La mythologie égyptienne

Nadine Guilhou
Janice Peyré

La mythologie égyptienne

• MARABOUT •

Les mots signalés par un astérisque sont expliqués dans le glossaire, p. 425. Les noms propres apparaissant en gras figurent dans le lexique des dieux, p. 353. Ces mots et noms propres ne sont matérialisés que lors de leur première occurrence.

Sauf mention contraire, le copyright des traductions et de toutes les illustrations et planches figurant dans cet ouvrage appartient à Nadine Guilhou.

À la mémoire de ma mère
À mon père, Jean-Mi et Guilhemette
NG

À mes parents
À Yves et Joaquim
JP

Sommaire

Introduction

Le monde de l'Égypte ancienne est un univers dans lequel on pénètre par les sens. Par la vue, en premier lieu, par l'émerveillement et les interrogations que suscitent la plasticité émouvante des objets, des bas-reliefs et des sculptures, la diversité des supports et la richesse chromatique. Par le toucher, même s'il est interdit : qui n'a ressenti l'envie d'effleurer furtivement les traits harmonieux du masque mortuaire du jeune Toutânkhamon, de frôler du doigt la texture lisse de cette surface dorée que l'on sent appelée à redevenir chair, de caresser de la paume de la main les hippopotames bleus qui nous guettent derrière les vitrines du Louvre ? Par l'ouïe, en imaginant les sons que devaient émettre les instruments de musique – luths, sistres*, harpes – et en contemplant les représentations de musiciens. Par le goût auquel invitent les scènes où sont présentés à la statue d'un défunt des aliments pour l'accompagner dans son long voyage. Par le parfum, enfin, de résine d'oliban* ou de térébinthe qui se dégage des fragments de récits qui nous sont parvenus. Parfums d'un monde raffiné et sensuel qui émanent de tant d'objets d'art, de ces papyrus incomplets, de ces livres de pierre.

Impressions multiples dont on s'imprègne, enfant, devant les vitrines du Louvre puis, plus tard, dans la contemplation des vestiges eux-mêmes, ou dans la lecture, pour découvrir à quel point ce monde était perçu et organisé par les Égyptiens en fonction d'une pensée religieuse très élaborée.

Une mythologie complexe et insaisissable

Au-delà de ces dieux à la fois étranges et familiers, à corps humain et à tête d'animal, la mythologie égyptienne est un monde mouvant, complexe, à maints égards insaisissable, dont il convient de s'imprégner à la fois par les sens et par la pensée. C'est donc par des récits mythologiques que s'ouvre cet ouvrage, des récits reprenant les principaux épisodes de la vie des dieux égyptiens. Il importe, d'abord, de les recevoir afin de se familiariser avec un monde si différent de celui que nous ont légué les anciens Grecs par son cadre, les personnages qui y interviennent et la formulation même des aventures qui les mettent en scène. D'apprendre, tout doucement, à les connaître. Ensuite seulement, on essaiera de débrouiller l'écheveau d'histoires qui s'entremêlent et surgissent soudainement du silence et de la nuit pour y retourner tout aussi soudainement, laissant mille questions à jamais sans réponse. Ensuite seulement, on tentera de décrypter les codes qui les sous-tendent, reliant entre eux, par des fils invisibles, des récits disparates, parfois décousus, émanant d'une culture trois fois millénaire. De trouver des clés.

Si l'on considère la mythologie comme un ensemble de récits fabuleux se déroulant dans un temps révolu et dans un espace imaginaire – à l'image des mythologies grecque et romaine –, assurément, on sera frappé par la pauvreté et le petit nombre de ceux que nous a transmis l'Égypte ancienne. Mais si on la définit comme un ensemble de spéculations autour du divin, alors, au contraire, on sera étonné de voir combien la pensée égyptienne n'en finit pas de s'enrouler sur elle-même pour repartir dans une autre direction, s'enrichissant toujours davantage. La mythologie affecte en cela la structure caractéristique de la pensée égyptienne, à l'image du flux et du reflux des eaux – ce qui se traduit, dans les textes religieux, par un double mouvement d'expansion et d'emboîtement dans l'espace et dans le temps.

Il y a, par exemple, une multiplicité de façons de désigner, voire de représenter un dieu, et l'assimilation d'une divinité à une autre pourra revêtir diverses formes : **Atoum**, dont le nom pourrait se traduire par « la Totalité », est le démiurge* selon la théologie d'Héliopolis, l'un des sanctuaires les plus importants d'Égypte. Il se manifeste par la lumière. Il est alors **Rê**, le soleil. Quand on le considère dans son mouvement, il est **Harakhty**, le faucon qui va d'un horizon à l'autre, d'est en ouest et d'ouest en est. Quand on le considère dans le temps, il est scarabée ailé le matin (**Khepri**, « Celui qui est venu à l'existence »), vieillard le soir (Atoum, « Celui qui est arrivé à son terme », autre valeur de son nom). La boucle est bouclée : Atoum peut désigner le démiurge susceptible de se manifester dans les différentes formes de Rê, le soleil, mais il est *aussi* l'une des manifestations de Rê (le soleil nocturne à son terme).

Les Égyptiens peuvent exprimer ce type de relation en qualifiant tour à tour l'un de « père » et l'autre de « fils ». Ainsi, dans le mythe de la Destruction des hommes, faisant lui-même partie du mythe de la Vache céleste, le démiurge est Rê, apparu au sein de l'Océan primordial, le **Noun**, qualifié de « très vieux dieu » ou de « plus ancien ». Mais sont également présents en son sein les huit dieux primordiaux d'Hermopolis, autre grand sanctuaire de l'Égypte. Ceux-ci sont désignés comme les « Pères » et les « Mères », bien que Rê soit défini comme dieu « venu à l'existence par lui-même ». Les termes « pères » et « mères » expriment simplement ici une antériorité de génération, et non un lien généalogique. De même, dans le recueil funéraire des *Textes des Pyramides*, la lune est qualifiée de « frère » du roi défunt, car tous deux sont visibles en même temps dans le ciel nocturne, tandis que Vénus, le dieu du matin, est son « rejeton », étant le dernier astre visible au matin.

Il en est ainsi également des rapports complexes unissant **Horus l'Ancien** à Horus fils d'Isis. Selon la généalogie des dieux à Héliopolis, la dernière génération, mise au monde de façon sexuée, est constituée par les cinq enfants de **Nout**, déesse du ciel (dans l'ordre : **Osiris**, Horus l'Ancien, **Seth**, **Isis** et **Nephthys**). Parmi eux, Osiris et Isis auront une descendance en la personne d'**Horus l'Enfant**, dit aussi Horus fils d'Isis. Une première série de combats pour le pouvoir va opposer Horus l'Ancien et Seth. Les deux protagonistes se battent sauvagement, Horus arrachant à Seth ses testicules, Seth arrachant à Horus son œil. Mais à la mort d'Osiris une lutte analogue se déroule entre Seth et Horus l'Enfant. Là encore, l'œil d'Horus est endommagé par Seth. Cet œil, blessé puis guéri, est dans tous les cas une métaphore pour la lune, croissant et décroissant. Le soleil et la lune sont en effet les deux yeux du démiurge, qu'il ouvre et ferme, dispensant tour à tour la lumière et les ténèbres. On voit comment les mythes s'interpénètrent d'une génération à l'autre, selon une confusion délibérée qui traduit, outre la problématique liée à la transmission du pouvoir, la permanence du combat de la lumière et des ténèbres, des origines du monde au règne de la dernière génération des dieux sur Terre, combat transposé dans le domaine céleste lorsque les dieux quittent la Terre.

Il ne faudra donc pas s'étonner que bien qu'enfant, voire pas encore né (!), Horus fils d'Isis participe aux funérailles de son père : il le doit, car c'est le geste indispensable du fils pour recueillir l'héritage. Le détail de la naissance d'Horus est d'ailleurs extrêmement confus chez Plutarque, pourtant très précis et exhaustif dans sa relation du mythe d'Osiris, car de telles incohérences étaient totalement incompréhensibles pour un esprit grec, de même que ces dieux mi-hommes mi-animaux, abolissant la distance entre les règnes et s'appropriant ainsi l'espace.

Ces quelques remarques montrent bien dans quel esprit il faut aborder la mythologie et la religion égyptiennes : sans *a priori*, avec une totale liberté de regard et d'esprit, sans chercher à rationaliser. Car s'il existe une logique dans ces récits, elle est différente de celle de notre culture classique. Cinq siècles avant notre ère, Hérodote notait déjà que les Égyptiens faisaient tout à l'envers des autres hommes. Les clés sont à trouver dans ce milieu si violemment contrasté : delta et vallée étroite qui dessinent le « Double-Pays » – ainsi désigne-t-on l'Égypte –, terre noire fertile et terre rose du désert, et cette eau qui surgit chaque année, miraculeusement, et recouvre tout, comme en une fin ou un début de monde, pour donner la vie. Comment s'étonner, dès lors, que l'Égypte, « copie du ciel », « temple du monde », fût, selon Hermès Trismégiste, le « seul pays de la Terre où les dieux fissent séjour » ? Et quelles qu'en soient les difficultés, il faut essayer avec Plutarque, s'adressant à Cléa, d'aller au-delà des apparences :

> « À Saïs, en outre, sur le fronton du temple d'Athéna qu'ils croient être la même divinité qu'Isis, on lisait cette inscription : "*Je suis tout ce qui a été, tout ce qui est et tout ce qui sera, et mon voile, jamais aucun mortel ne l'a encore soulevé.*" [...] Ainsi donc, toutes les fois que tu entendras ce que la mythologie égyptienne raconte sur les dieux : qu'ils ont été errants, qu'ils ont été démembrés, qu'ils ont souffert un grand nombre de semblables tourments, il faudra te souvenir de ce que nous avons déjà dit, et ne point croire que tout cela soit arrivé et se soit passé de la façon qu'on le rapporte. »
>
> Plutarque, *De Iside*, 9, 11.

Les sources

Les récits par lesquels le lecteur va pénétrer dans l'univers mythologique égyptien ne proviennent donc pas d'une seule source : ils ne représentent pas l'adaptation de textes déjà construits à l'identique que nous aurait légués la littérature égyptienne. Ils ont été recomposés à partir d'un entrecroisement de sources multiples, gravées ou peintes sur les parois, écrites sur des pages de pierre ou des feuilles de papyrus, d'origine égyptienne mais aussi grecque. Cette multiplicité témoigne d'un univers où les notions d'espace et de temps, nous le verrons, ne correspondent pas nécessairement aux nôtres. La logique qui en découle est propre à ce monde-là, et la déconcertante impression de plasticité insaisissable est accentuée par le fait que de nombreuses sources se sont perdues, ne laissant que des traces incomplètes, dont certaines sont pour le moment quasi impossibles à reconstituer. Un jour, peut-être, s'inscriront-elles dans un ensemble plus aisément déchiffrable ?

Ce n'est pas impossible. Car l'égyptologie elle-même participe de cette impression de monde en mouvement. Depuis Champollion, qui, en 1822, déchiffra les hiéroglyphes, ouvrant la voie à un accès direct aux sources, les connaissances n'ont cessé de s'élargir et de se compléter. Le travail accompli par les égyptologues est à la fois immense et dérisoire au vu des innombrables vestiges éparpillés sur un territoire qui s'étire sur plus de mille cinq cents kilomètres, sur les deux rives du Nil, de la Méditerranée à la deuxième cataracte, mais qui s'enfonce aussi dans le désert de part et d'autre du Nil, vers la mer Rouge à l'est et à plus de trois cents kilomètres du fleuve à l'ouest, dans ce qui est aujourd'hui le désert de Libye (voir carte p. 30). Si le travail des archéologues a surtout saisi les imaginations par la richesse extraordinaire des trésors découverts dans les tombeaux des pharaons, un travail scientifique plus discret, mais tout aussi important, s'est effectué ces trente dernières années, permettant des éditions scientifiques et rigoureuses des principaux textes égyptiens.

Les sources égyptiennes

C'est en premier lieu aux imposants et impressionnants vestiges physiques que l'on songe quand on s'interroge sur les origines de nos connaissances sur l'Égypte : des temples démesurés aux figures colossales, aux bas-reliefs riches en détails et aux pans de mur qui sont de véritables pages de texte aux rangées serrées de hiéroglyphes ; des pyramides dont les chambres funéraires sont couvertes du sol au plafond de colonnes de texte ; des tombes où chapelles et appartements funéraires sont tapissés de peintures murales transposant minutieusement des scènes où se croisent de mystérieuses figures mi-hommes mi-animaux, aux côtés de figures humaines plus aisément identifiables, engagées dans une multitude de tâches allant du service des offrandes aux moissons ; des trésors éblouissants recelant bijoux, coffres, animaux naturalisés, mais aussi des objets de la vie quotidienne, bref tout ce qui est nécessaire au voyage du défunt.

Ces vestiges et ces objets, les bas-reliefs, les peintures murales, les stèles et les inscriptions des temples, qui retracent de véritables récits, viennent renforcer un ensemble de textes religieux tels que les *Textes des Pyramides* ou les *Textes des Sarcophages*, qui développent déjà la cosmogonie* d'Héliopolis, le *Livre des Morts* ou les recueils funéraires royaux avec notamment le récit du voyage quotidien du soleil (voir ci-dessous). C'est à partir de tout cela que les égyptologues ont pu reconstituer la mythologie égyptienne, sinon de façon exhaustive, du moins en grande partie.

Les recueils funéraires royaux

On désigne ainsi un ensemble de textes inscrits, à partir du Nouvel Empire, sur les parois des tombes royales ou sur certains éléments du mobilier funéraire royal (chapelles, sarcophages, linceuls). D'abord à l'usage exclusif du roi, certains d'entre eux, à la Basse Époque, pourront être utilisés par les particuliers, notamment pour le décor des sarcophages. Tous retracent le voyage du soleil et/ou des astres dans le ciel visible ou invisible. Les *Litanies de Rê*, connues dès le début de la XVIIIe dynastie, montrent les soixante-quatorze formes du soleil pendant la nuit et sa régénération consécutive à son union avec Osiris, qui figure en quelque sorte sa forme morte (voir planche I, 1). Le *Livre de l'Amdouat* (= Ce qu'il y a dans l'au-delà, titre égyptien : « Écrits de la pièce cachée »), apparu sensiblement au même moment, et le *Livre des Portes*, attesté pour la première fois à la fin de la XVIIIe dynastie, reprennent le même thème mais dans le cadre des douze heures de la nuit. Les deux recueils sont divisés en douze sections correspondant aux douze heures, séparées par un vantail ouvert dans le *Livre des Portes* (ce qui a donné son nom, moderne, au recueil). La barque solaire les traverse à tour de rôle, acclamée par les morts qui se tiennent sur les rives, tandis que les ennemis sont punis. Au plus profond de la nuit, le soleil nocturne retrouve son propre cadavre et, à partir de cette rencontre, la lumière diurne se reconstitue peu à peu, jusqu'à son émergence, au matin. Dans le *Livre des Cavernes*, légèrement plus tardif (à partir de la XIXe dynastie), le soleil nocturne visite les cavernes obscures (= les caveaux) où se tiennent les morts auxquels il apporte une clarté éphémère, tandis que les damnés cuisent, corps et âme, dans de grands chaudrons. Dernier venu, le *Livre de la Terre*, dont la salle du sarcophage de la tombe de Ramsès VI présente une magnifique version, insiste plutôt sur les différentes étapes de l'émergence de la lumière. Très différent, et attesté lui aussi dès la fin de la XVIIIe dynastie, le *Livre de la Vache céleste* se situe un peu antérieurement dans le temps, expliquant à quelle occasion Rê a quitté la terre pour le monde céleste invisible. À côté de ces recueils qui évoquent tous le voyage du soleil dans la face cachée du ciel nocturne, les *Livres du Ciel* présentent, à partir de la XIXe dynastie, un panorama complet du ciel visible et invisible. En effet, si le *Livre du Jour* et le *Livre de la Nuit* décrivent respectivement le parcours de Rê dans le ciel diurne réel et dans le ciel nocturne imaginaire, ils sont associés à des représentations des étoiles, planètes et constellations inversement situées dans l'espace visible et dans l'espace invisible (ciel de nuit et ciel de jour des constellations, à l'opposé de ceux du soleil). Enfin, le *Livre de Nout*, dont le « Texte dramatique » offre une synthèse, explique de façon rationnelle comment astre diurne et astres nocturnes se succèdent sur le même chemin, tantôt visibles à l'extérieur du corps de Nout, tantôt à l'intérieur, alors invisibles, lorsqu'elle les « avale ».

À la différence des religions révélées, la religion égyptienne ne s'appuie pas sur un seul texte fondateur. Peint, gravé, tracé, le texte est omniprésent. « Sans être une civilisation du Livre, l'Égypte n'en est pas moins une civilisation de l'écrit », notent Dimitri Meeks et Christine Favard-Meeks[1]. Ces grands textes sont à la fois des manuels de géographie religieuse et des papyrus dits magiques (permettant d'utiliser et d'appliquer sur Terre les enseignements de l'histoire divine) ; on trouve des textes médicaux pour prendre soin du corps des vivants comme de celui des défunts et des papyrus des jours fastes et néfastes qui permettent d'organiser la vie quotidienne en fonction de la geste divine. En fait, cette multiplicité d'approches vient du fait que les récits et textes que nous qualifions de « mythologiques » ne sont pas écrits pour eux-mêmes, mais à chaque fois pour une utilisation précise : l'enfance d'Horus sert de modèle pour le médecin devant soigner des morsures de serpents ou des maladies infantiles ; la naissance du soleil sous l'aspect de Khepri, « Celui qui est venu à l'existence », permet, dans le cadre du temple, d'anéantir les forces mauvaises d'Apophis et de protéger la création ; la lutte contre le même Apophis et le récit du voyage

1. Dimitri Meeks et Christine Favard-Meeks, *Les dieux égyptiens*, Paris, Hachette, 1995.

nocturne du soleil garantissent au mort la présence de la lumière dans les profondeurs du caveau et dans la longue nuit de l'au-delà ; le récit de la cosmogonie d'Esna, avec les Sept Propos créateurs de **Mehet-Ouret**, est inscrit sur une colonne de la salle hypostyle du temple pour expliquer la fête du 13 *épiphi* commémorant l'arrivée de la déesse en son sanctuaire ; celui de la Vache céleste a pour fonction d'organiser le départ du roi vers le monde céleste, tour à tour visible et imaginaire, mis en place à l'occasion du départ de Rê. Tout cela explique que l'on mette l'accent sur tel ou tel aspect du récit en fonction du but recherché, à l'intérieur d'un ensemble disparate.

LES LIVRES MAGIQUES

De dates et de fonctions très diverses, les papyrus médicaux et magiques ont ceci en commun qu'ils présentent un récit mythologique afin de l'utiliser dans un but pratique, selon la croyance que monde imaginaire et monde réel sont le miroir l'un de l'autre et que ce qui a pu se réaliser dans le premier se réalisera pareillement dans le second.

Papyrus magique de Turin 1993

Daté de la XIXe dynastie, ce papyrus rappelle le récit de la *Ruse d'Isis*, guérissant Rê de la morsure d'un serpent qu'elle a elle-même suscité, comme un modèle : le médecin/magicien, identifiant le cas qu'il doit soigner à ce précédent mythique, va chasser la puissance néfaste du venin. Ce procédé est régulièrement employé dans les papyrus magiques et médicaux pour renforcer la médication. Ainsi, il en est fait usage dans le papyrus Brooklyn 47.218.48 + 85, *Traité d'ophiologie** qui décrit l'aspect et le comportement des serpents (une trentaine de noms conservés), classés en fonction du danger que présente leur morsure et de la possibilité de la soigner ou non.

Papyrus des jours fastes et néfastes

Les papyrus Caire JE 86637 et Sallier IV, British Museum, tous deux du Nouvel Empire (XIXe dynastie), évoquent, à l'occasion de la détermination de chaque jour, des bribes de mythes : un jour est faste ou néfaste en fonction des événements de la geste divine qui ont eu lieu ce jour-là. Il s'agit d'un calendrier destiné à inclure chacun dans la durée, le quotidien réactualisant sans cesse le mythe. Le titre égyptien était, en effet, « Livre du début de l'éternité à la fin de la durée éternelle ».

On trouve également, disséminées à travers tout ce corpus, des bribes des histoires des dieux, des allusions à des épisodes, des détails d'interdits alimentaires, des descriptions de rituels divers. Autant cela permet un croisement des sources et laisse affleurer la vision d'un monde complexe et d'une religion organisée dans le détail, autant le travail du temps, la fragilité de certains supports – alors que d'autres récits sont inscrits dans la pierre – ont contribué à la fragmentation de la connaissance et, par là, de notre compréhension de cette organisation mythologique qui trouve son prolongement dans l'organisation sociale.

ÉCRITS RITUELS

Papyrus Salt 825

Ce document d'époque tardive s'ouvre sur la catastrophe s'étant abattue sur Terre à la mort d'Osiris. Les manifestations de douleur des dieux débouchent sur la genèse de divers produits, tels que la cire, l'oliban, le lin, le papyrus. La première partie du recueil s'achève sur la destruction des ennemis sous la forme de figurines de cire. La deuxième partie, exclusivement rituelle, développe les rites accomplis dans la Maison de Vie du temple lors d'une fête de la fin du premier mois d'*akhet*.

Papyrus Bremmer-Rhind, BM 10188

Également d'époque tardive (IVe siècle), ce papyrus comporte plusieurs recueils. Dans le *Livre pour renverser Apophis* sont développés « les modes d'existence de l'Existant », c'est-à-dire la venue au monde de Khepri, dont la connaissance permet de lutter contre les entreprises d'Apophis. Les *Lamentations d'Isis et de Nephthys* constituent un deuxième recueil utilisé lors des fêtes retraçant la mort d'Osiris. Au cours de la veillée horaire, deux prêtresses, jouant le rôle d'Isis et de Nephthys, entonnaient à tour de rôle ces chants funèbres. Ce manuscrit comporte en outre un *Rituel de conduire Sokar sur les chemins secrets*.

On ignore l'origine et l'emploi du *document de Chabaka*, pierre conservée au British Museum, très dégradée parce qu'elle a servi de meule. Cette copie de la fin du VIIIe siècle comportait entre autres un récit de la cosmogonie memphite conçu sur un mode « scientifique », cherchant à rendre compte des liens entre pensée et parole, et également à coordonner différentes expressions cosmogoniques.

La cosmogonie d'Esna, avec les Sept Propos créateurs de Mehet-Ouret, fait également partie des textes rituels : il est gravé sur l'une des colonnes de la salle hypostyle d'Esna, à côté d'hymnes et de rituels destinés à **Neith** et à **Khnoum**, autre divinité du temple d'Esna. Ce mythe est réactualisé lors des fêtes commémorant l'arrivée de la déesse en son sanctuaire, le 13 *épiphi* (troisième mois de *chémou*, voir p. 423). Les textes des rituels de fête gravés sur les parois des temples de l'Égypte ptolémaïque et romaine contiennent souvent ainsi des textes d'ordre mythologique, comme les textes cosmogoniques et le mythe d'Horus, à Edfou.

Le naos* d'Ismaïlia 2248, qui renfermait une statue divine, porte gravé à l'extérieur, sur les parois latérales et la paroi de dos, le récit *Les Travaux de Chou et les tribulations de Geb*. L'intérieur, très dégradé, comportait des scènes se rapportant peut-être à ce récit qui rend compte des fondations religieuses de cette région.

Il en découle une vision dont on parvient dans certains cas difficilement à savoir si elle était unique ou multiple. Elle semble en fait – et ce n'est ni le premier ni le dernier de ce qui apparaît comme des paradoxes de la pensée égyptienne – avoir été les deux à la fois : en raison du fait que les lieux de culte étaient distants les uns des autres et donc que les croyances et les rituels étaient influencés par des traditions locales, mais aussi (et les deux explications ne sont pas incompatibles) parce que la philosophie qui la sous-tend est intrinsèquement fluide. On aboutit ainsi à différentes cosmogonies dont les dieux se recoupent sans toujours se superposer à l'identique, proposant des interprétations diverses des origines du monde, déclinant une multiplicité d'attributs divins, livrant des lectures complémentaires d'un même événement, d'un même dieu. Autant de lectures que, depuis une autre culture, nous serions tentés de recevoir comme contradictoires...

La datation des textes mythologiques

L'histoire des textes est liée aux grandes périodes de l'histoire de l'Égypte (voir chronologie, p. 25).

Les premiers textes dont nous avons connaissance ont été écrits sous l'Ancien Empire, soit au temps des pyramides, vers 2500 av. J.-C., c'est-à-dire environ sept siècles après l'apparition de l'écriture. Les documents de cette époque attestent déjà l'existence de différentes cosmogonies et de la résurrection d'Osiris ; les *Textes des Pyramides* (v. 2350 avant notre ère) abordent la question de la survie du pharaon qui continue, après sa mort, à servir de guide et d'intermédiaire entre les hommes et les dieux, même si alors, de sa double nature humaine et divine, c'est cette dernière qui l'emporte. Il est faux, quoi que l'on puisse lire dans certains ouvrages, que le pharaon ait été le seul à bénéficier d'un devenir *post mortem*.

UN MANUEL DE GÉOGRAPHIE RELIGIEUSE :
LE PAPYRUS JUMILHAC [1]

Conservé au Louvre sous le n° E 17110, ce papyrus doit son nom à son dernier propriétaire, le comte Odet de Jumilhac qui en a fait don au musée. Le rouleau, qui mesurait à l'origine 92 m de long, a été découpé en vingt-trois feuillets. Le texte est écrit en beaux hiéroglyphes cursifs, disposés en colonnes, à l'encre noire, avec un pinceau très fin. Il est divisé en chapitres par des doubles traits. Certains d'entre eux sont illustrés de vignettes* placées au-dessous du texte. Ce dernier, dont on ignore la date d'élaboration, a dû être copié à la fin de l'époque ptolémaïque. Il s'agit d'un manuel d'histoire et de géographie religieuses du XVIIIe nome* de Haute-Égypte. On y trouve exposées

1. Publié en 1962 par J. Vandier aux éditions du CNRS.

les légendes de ce nome, issues de différentes traditions, versions locales de thèmes développés ailleurs et antérieurement à ce document. Elles rendent compte des particularités des sanctuaires, buttes et bosquets sacrés du nome. La divinité principale du nome était à l'origine un dieu-faucon, Dounânouy, apparenté à Horus. Ensuite, **Anubis** y a pris une place importante, si bien que la plupart des récits concernent le mythe d'Osiris, avec la reconstitution du corps de ce dernier et la lutte des divinités contre Seth, lutte qui ne se réduit pas aux démêlés d'Horus et de Seth tels qu'ils sont exposés dans le papyrus ramesside* (XXe dynastie) Chester Beatty I – ce qui présente d'autant plus d'intérêt. Ce document complexe et d'un abord difficile apporte la preuve de l'existence de recueils spécifiques à un territoire et nous fait ressentir d'autant plus durement la perte de cette documentation.

Sous le Moyen Empire, vers 2000 avant notre ère, les *Textes des Sarcophages* viennent enrichir les textes précédents en élargissant leur portée puisque le viatique nécessaire au dernier voyage accompagne désormais un plus grand nombre. C'est également du Moyen Empire que datent les premiers véritables récits mythologiques, dont les *Textes des Pyramides* n'offraient que des bribes, et les premiers contes, ainsi que des textes décrivant les rituels, les premiers traités de médecine et de magie, du moins les premiers connus. Tous ces documents permettent de mieux préciser et de compléter le panorama de la pensée religieuse égyptienne, même si des interrogations, des incertitudes et des lacunes importantes subsistent.

Le Nouvel Empire nous a légué la plupart des textes dont nous disposons actuellement (1500-1100 av. J.-C.). Dans le *Livre des Morts*, aux côtés de nouveaux textes, on retrouve la majeure partie des *Textes des Sarcophages* dans une vision synthétique. Ce recueil et d'autres attestent la continuité de traditions bien plus anciennes qui va de pair avec une expression plus affinée de la pensée. La littérature funéraire s'articule essentiellement autour du devenir de l'astre solaire et du devenir osirien. En même temps, on voit apparaître des textes qui font état de dieux n'appartenant pas au panthéon égyptien à proprement parler, mais qui ont été « importés » des régions d'Asie avec l'expansion militaire et économique de l'Égypte : c'est le cas par exemple de Baal, le dieu de l'orage (qu'on retrouve aussi dans l'Ancien Testament), et de Yam, ce dieu de la mer qui cherche à imposer sa volonté aux dieux de l'**Ennéade**. **Astarté**, **Anat**, **Qadech** seront autant de figures d'**Hathor**. De tels rapports avec l'extérieur vont se multiplier à la Basse Époque, surtout avec la littérature démotique*.

Récits littéraires

Sous la dénomination de « récits littéraires » se côtoient des romans et des contes historiques, comme *L'Histoire de Sinouhé*, ou merveilleux, comme *Le Naufragé*, Papyrus Ermitage 1115, datant de la XIIe dynastie, où le héros se retrouve dans une île habitée par un serpent fabuleux. *Le Prince prédestiné*, papyrus Harris 500, BM 10060, du Nouvel Empire, appartient aussi à ce genre. La fin en est malheureusement perdue.

Les contes du papyrus Westcar (papyrus Berlin 3033, Deuxième Période intermédiaire)

Ces récits ne sont pas à proprement parler magiques mais ils mettent en scène des magiciens et leurs pratiques : l'un sépare les eaux pour récupérer un bijou, l'autre sait remettre en place les têtes coupées, le troisième anime un crocodile de cire, tout cela se déroulant à la cour du roi Khéops à qui ses fils racontent, pour le distraire, des récits merveilleux de faits remontant au temps de ses ancêtres. Le récit, qui appartient au genre du conte prophétique, est prétexte à annoncer l'avènement des rois de la Ve dynastie.

Le papyrus Chester Beatty I, Dublin, fait figure d'exception : il est en effet entièrement consacré à un récit mythologique, *les démêlés d'Horus et de Seth*. Le papyrus est complet. Il n'y a ni implications magiques ni implications rituelles. On sait par quelques documents antérieurs (*Textes des Pyramides* et un papyrus du Moyen Empire) que ce récit de l'époque ramesside était déjà connu auparavant. Sensiblement de la même époque, les contes des *Deux Frères* (papyrus d'Orbiney, BM 10183) et *Vérité et Mensonge* (papyrus Chester Beatty II, BM 10682) transposent le mythe osirien, l'un dans le monde profane, l'autre dans l'allégorie.

La Légende du dieu de la mer (papyrus de la collection Pierpont-Morgan, New York) très mutilée, témoigne des rapports qu'entretenaient, au Nouvel Empire, l'Égypte et ses voisins du Proche-Orient, à une époque où les échanges commerciaux contribuaient à l'adoption de dieux et de récits étrangers.

Une histoire de revenant se rapproche plutôt – et par son support également, tous les exemplaires étant sur *ostraca** – des lettres aux morts, dont l'Égypte ancienne nous a transmis maints exemples. Ce type de récit, qui sera prisé dans la littérature démotique, évoque les rapports parfois difficiles entre le monde des vivants et celui des morts.

Le regard des autres civilisations sur l'Égypte

Outre les textes égyptiens eux-mêmes, des auteurs grecs se sont intéressés à la mythologie égyptienne et ont tenté d'en rendre compte. De Platon à Diodore, en passant par Pythagore et Hérodote, les penseurs grecs ont été fascinés par le monde égyptien. Un intérêt tout aussi réel s'est également manifesté chez les Perses et les Romains, même s'il passait par une dimension plus politique et matérielle de domination, d'expansion et d'édification de villes (en témoignent les campagnes de César, après Alexandre le Grand). C'est par les auteurs grecs et romains que les siècles ultérieurs allaient découvrir les grandes lignes de la religion égyptienne, avant même de pouvoir déchiffrer les hiéroglyphes, qu'ils allaient se familiariser avec des figures comme Osiris et Isis, adoptées par la religion romaine, mais aussi prendre pour des faits avérés des interprétations erronées.

Au Ier siècle av. J.-C., Alexandrie était devenue l'un des grands centres du savoir de la Méditerranée où affluaient penseurs grecs et romains. Certains, comme les adeptes de l'école néo-pythagoricienne, puisaient dans les diverses sources religieuses de leur époque pour tenter d'élaborer, à partir de cet éclectisme, une pensée spirituelle plus élevée, voire sous certains aspects plus ésotérique que le culte rendu aux divinités du panthéon gréco-romain. Des auteurs comme Hérodote, au Ve siècle avant notre ère, ou Plutarque (46/49-125) exploraient tout ce qui pouvait aller dans le sens d'un renouvellement de la pensée religieuse, cherchant notamment à démontrer que les différentes manifestations du divin, aussi variées fussent-elles, ne seraient en fait que l'expression diverse d'une même âme humaine.

Les écrits d'Hérodote (*Histoires*), « touriste » grec en Égypte, ceux de Plutarque et les expéditions romaines en Égypte, relatées par le géographe Strabon, contribuèrent à faire connaître certaines facettes de cette civilisation à laquelle, très tôt, les écrivains et historiens donnèrent un halo de splendeur et de sagesse mystiques. Certains des mythes grecs trouvent une source ou étendent des ramifications en Égypte : Athéna est assimilée, selon les cas, à Isis ou à Neith. Hélène s'est rendue en Égypte. C'est là également qu'est emprunté le mythe du phénix renaissant, même si les Égyptiens ne lui attribuaient pas les mêmes pouvoirs que les Grecs. Enfin, dans le dernier siècle de l'ère préchrétienne, le mythe d'Isis allait connaître un véritable engouement, comme en témoigne la splendeur du temple d'Isis à Pompéi. Le faste de la cour de Cléopâtre est dépeint avec enthousiasme dans les *Vies parallèles des hommes illustres de la Grèce et de Rome* de Plutarque, dont les pages allaient inspirer, au début du XVIIe siècle, l'*Antoine et Cléopâtre* de Shakespeare.

Hérodote : Histoires

Premier récit historique rompant avec la tradition épique, les *Histoires* d'Hérodote constituent un ouvrage inachevé consacré pour l'essentiel à l'émergence et à l'expansion de l'empire des Perses et aux guerres médiques. Le Livre II est consacré à l'Égypte, et il repose sur des observations de terrain faites par ce voyageur infatigable que Cicéron surnomma « le père de l'Histoire » – même si Plutarque devait dénoncer l'inexactitude scientifique de son travail. Au cours d'un voyage de plusieurs mois, Hérodote remonta le Nil jusqu'à la première cataracte. Ses écrits foisonnent de détails parfois inexacts et d'anecdotes. Il décrit le cadre géographique, le mode de vie des Égyptiens, les institutions, les rituels religieux, les tenues vestimentaires et les règles d'hygiène des prêtres, les interdits alimentaires. Ce fut le premier à décrire avec précision le processus de momification. Beaucoup de données de son ouvrage ont été reprises au Iᵉʳ siècle avant notre ère par Diodore de Sicile, dans son histoire universelle en grec, *Bibliothèque historique*, dont le Livre I est consacré à l'Égypte.

Plutarque : Isis et Osiris

L'ouvrage le plus connu et sans doute le plus riche est celui de Plutarque. Dans *Isis et Osiris*, traité qui fait partie des *Œuvres morales* et qui s'appuie sur des observations précises et des connaissance réelles de la civilisation égyptienne, l'auteur propose une exégèse grecque du mythe égyptien, à travers lequel il entreprend de dessiner les lieux de rencontre entre deux systèmes mythologiques, celui du monde égyptien et celui du monde gréco-romain. Ainsi, il assimile le dieu **Thot** à Hermès : de même que Thot fit naître les autres dieux en émettant des sons, Hermès est celui dont on dit qu'il découvrit l'écriture et la musique.

La connaissance de l'Égypte qui s'en dégage donne, encore aujourd'hui, tout son intérêt à ces écrits. On sait que Plutarque visita l'Égypte et qu'il séjourna à Alexandrie. Il semble avoir été initié aux Mystères* d'Isis et Osiris et avoir lu tout ce qui avait été écrit sur l'Égypte par les Grecs. Surtout, et c'est là son grand apport, il a fait œuvre de pédagogie, comme le souligne l'égyptologue Eugène Lefébure. Assurément, certains détails sont erronés, et la richesse mouvante de la réalité mythologique égyptienne ne s'accommode pas toujours du moule logique que Plutarque a cherché à donner aux récits ; néanmoins, là où les scribes*, s'adressant aux Égyptiens, « n'ont fait qu'effleurer les anciennes légendes dont ils nous laissent à recomposer le tableau », les auteurs grecs « rendent [...] un sens général aux mille indications éparses ».

Sans ce secours précieux, « ce serait presque aussi difficile de retrouver la clef des événements mythologiques du cycle osirien que de refaire l'histoire du Christ en ne s'aidant que des proses et des hymnes contenus dans les missels » (*Le Mythe osirien*, sect. I, *Les Yeux d'Horus*).

C'est à ces voyageurs et écrivains grecs, ces premiers amateurs d'égyptologie éclairés pour leur temps, les premiers à être tombés sous la fascination de l'Égypte, que nous avons également emprunté des éléments venant croiser ou compléter ceux que nous livrent les sources égyptiennes elles-mêmes.

Chronologie

La division en trente dynasties repose sur Manéthon, prêtre égyptien qui, au début de l'époque ptolémaïque, avait rédigé en grec une *Histoire de l'Égypte* à la demande du pharaon. De cet ouvrage il ne reste malheureusement que des bribes qui nous ont été transmises par des auteurs de l'Antiquité tardive et des auteurs chrétiens. On y distingue trois périodes d'apogée, l'Ancien, le Moyen et le Nouvel Empire, séparées par des périodes dites « intermédiaires » au cours desquelles il y eut un émiettement du pouvoir central, si bien que plusieurs potentats locaux régnaient simultanément, certaines dynasties étant alors contemporaines – le terme « dynastie » ne désignant pas forcément une même lignée, pas plus que le changement de dynastie n'implique toujours un changement de lignée. On n'a retenu ici que le nom des pharaons principaux. Les dates données sont indicatives, au moins pour les périodes antérieures au Nouvel Empire : il existe en effet un désaccord entre partisans d'une chronologie haute et d'une chronologie basse, en particulier pour l'Ancien Empire.

Prédynastique (env. 5800-3000)

Période thinite, ou archaïque (env. 3000-2670)
Ire et IIe dynasties

Ancien Empire (env. 2670-2195)
IIIe dynastie (env. 2670-2600)
  Djoser
IVe dynastie (env. 2600-2475)
  Snéfrou
  Khéops
  Khéphren
  Mykérinos
V^e^ dynastie (env. 2475-2345)
  Ouserkaf
  Sahourê
  Nyouserrê
  Ounas
VIe dynastie (env. 2345-2195)
  Téti
  Pépy Ier
  Mérenrê
  Pépy II
  Nitocris (reine)

Première Période intermédiaire (env. 2195-2065)
VIIe-XIe [début] dynasties

Moyen Empire (env. 2065-1781)
XIe dynastie [fin] (env. 2160-1994)
  Montouhotep II-IV
XIIe dynastie (env. 1994-1781)
  Amenemhat Ier
  Sésostris Ier
  Amenemhat II
  Sésostris II

Sésostris III
Amenemhat III

Deuxième Période intermédiaire (1781-1550)
XIIIe-XVIIe dynasties
(rois Hyksos pour les XVe et XVIe dynasties, régnant en parallèle avec les dynasties autochtones)

Nouvel Empire (1550-1069)
XVIIIe dynastie (1550-1291)
Ahmosis
Amenhotep Ier
Thoutmosis Ier
Thoutmosis II
Hatchepsout (reine)
Thoutmosis III
Amenhotep II
Thoutmosis IV
Amenhotep III
Amenhotep IV-Akhenaton
Toutânkhamon
Ay
Horemheb
XIXe dynastie (1291-1185)
Ramsès Ier
Séthy Ier
Ramsès II
Mérenptah
Séthy II
Siptah
Taousert (reine)
XXe dynastie (env. 1185-1069)
Sethnakht
Ramsès III
Ramsès IV à XI

Troisième Période intermédiaire (1069-664)
XXIe dynastie (1069-945) thébaine, des « rois-prêtres »
XXIIe dynastie (945-718)
XXIIIe dynastie (820-718)
XXIVe dynastie (730-712)
XXVe dynastie (775-663) = rois kouchites, ou éthiopiens

Basse Époque (664-332)
XXVIe dynastie (664-525) = saïte
XXVIIe dynastie (525-401) = première domination perse
XXVIIIe dynastie (404-399)
XXIXe dynastie (399-380)
XXXe dynastie (380-342)
Deuxième domination perse (342-332)

Époque grecque ou ptolémaïque (332-30)
se terminant avec la bataille d'Actium

Époque romaine (30 av. J.-C.-395 apr. J.-C.)

Époque copte et byzantine (395-641 apr. J.-C.)

Conquête des Arabes en 641

Carte de l'Égypte ancienne

Frappé par la physionomie du pays, Hérodote notait déjà dans *Histoires*, 7-8 : « De la mer à Héliopolis, dans l'intérieur des terres, l'Égypte est large ; c'est une étendue toute plate d'eau et d'alluvions ; [...] en amont d'Héliopolis, l'étendue des terres est, pour l'Égypte, bien réduite : sur quatre jours de remontée du fleuve, c'est une plaine étroite, resserrée entre les monts (d'Arabie et de Libye) ». Cette distinction d'ordre géographique entre le Delta et la Vallée étroite se double d'une différenciation d'ordre historique. En effet, durant la préhistoire, deux royaumes distincts se sont constitués, au Sud et au Nord. La victoire du Sud sur le Nord, représentée sur le document fondateur qu'est la palette de Narmer, a consacré l'unification de l'Égypte. C'est à partir de Narmer (Ménès, selon la forme grecque du nom), premier pharaon à avoir coiffé les deux couronnes du Sud et du Nord pour régner sur le pays unifié, qu'est établie la liste des dynasties. Mais de ce passé, l'Égypte a gardé la désignation de « Double-Pays » – on dit aussi « les Deux Terres » –, rappelant cette dualité primitive et affir-

mant en même temps la dualité géographique qui oppose la Vallée au Delta, mais aussi la terre noire fertile (Kémet) au désert. Au point de jonction entre Haute-Égypte et Basse-Égypte, Memphis, « la Muraille blanche », capitale de l'Ancien Empire qui restera un centre religieux de premier ordre, est aussi appelée « la Balance du Double-Pays ».

Quand les récits parlent...

Les récits qui suivent ont été reconstitués à partir de documents divers pour qu'ils puissent renaître et reprendre vie sans perdre de leur authenticité. « Reconstitués » : voilà le maître mot. Si bavards en effet que soient les murs de pierre de l'ancienne Égypte et les rouleaux de précieux papyrus, tous couverts d'une écriture exprimant déjà l'harmonie si essentielle à la civilisation égyptienne, ils ne nous ont pas transmis un seul ouvrage sur la geste divine. Il est significatif que ce soit un Grec, Plutarque, qui ait fait un récit suivi du mythe d'Osiris, de la même façon qu'Eschyle puis Euripide ont mis en texte et en scène la saga des Atrides et la tragédie d'Œdipe. Rien de tel n'existe en Égypte ou, en tout cas, rien de tel ne nous est parvenu ; nous n'avons pas, à ce jour, retrouvé de bibliothèque de temple où les lettrés copiaient et glosaient des livres vénérables, recueillaient et renouvelaient le savoir autrefois transmis par les dieux, élaboraient la littérature au service du pouvoir. S'il existe bien des recueils magiques, médicaux, des rituels de fête, des récits, il n'y a pas, en Égypte, dans le domaine de la mythologie, d'histoire de référence, de livre canonique. Il faudra consulter des sources très variées : recueils funéraires, ouvrages magiques, « scientifiques » – comme les papyrus médicaux, ou cet étonnant traité d'ophiologie conservé au Brooklyn Museum –, hymnes religieux, calendriers des fêtes, manuels de géographie religieuse, mais aussi stèles de particuliers ou ex-voto déposés dans les temples, la liste n'est pas exhaustive. On y trouvera des bribes de mythes réinterprétés dans des contextes différents et orientés en fonction de l'utilisation que l'on veut en faire. Par exemple, pour guérir une morsure contre les serpents, on racontera comment Isis, la magicienne, avait un jour suscité un serpent contre le dieu solaire régnant alors sur Terre. Le magicien cherche à s'identifier à la déesse, à s'attribuer ses pouvoirs, et devra donc, comme elle, connaître le nom secret de Rê. C'est pourquoi l'accent sera mis sur les procédés mis en œuvre par la déesse pour obtenir cette connaissance. Le récit de la naissance du premier dieu, Khepri, « Celui qui est venu à l'existence », sert à conjurer les ennemis qui pourraient agresser la divinité en son temple. Le combat de Rê contre les ennemis des ténèbres sera celui du mort contre les forces de destruction. On choisira, selon les besoins de la cause, un épisode particulier qui sera plus ou moins développé, certains passages étant passés sous silence tandis que d'autres sont largement détaillés. Le lecteur est ainsi parfois dérouté par l'absence de cohésion d'un récit dont la fin, par exemple, peut être escamotée parce qu'il n'était pas nécessaire de le mener à son terme. S'ajoutent à cela, bien sûr, les outrages du temps. Malgré la sécheresse propice à la conservation du climat égyptien, maints papyrus nous sont parvenus en mauvais état.

Aux origines du monde

La liquidité est un élément commun aux différentes versions du mythe qui cherche à rendre compte du début de la vie. Car il n'y a pas un seul texte, mais plusieurs, tous aussi légitimes les uns que les autres. Ils proviennent des différentes cosmogonies égyptiennes qui s'attachent à décrire les origines de l'univers, son évolution, le rôle des divinités et les premières manifestations de la vie. D'où la simultanéité de différentes lectures qui ne se contredisent pas mais qui viennent se compléter, participant ainsi de la fluidité déroutante de ce monde aux contours si incertains, dont on sait qu'il est issu du chaos et appelé à y retourner.

L'émergence du démiurge

Au tout début, aucune chose n'existait. Il n'y avait qu'un océan, immensité d'eau et de ténèbres absolues qui n'étaient pas la nuit puisqu'il n'y avait pas non plus de jour. Rien de plus. Point de mouvement, ni de bruit, ni de colère, ni de peur. Tout cela n'existait pas encore. C'était le Noun. Au sein de ce Noun, de cet espace liquide, sombre, épais, aux contours indéfinis, allait se manifester un démiurge, pas encore tout à fait éveillé. Il allait naître seul de ces lymphes du monde, de ces fluides qui sont tout à la fois sperme, crachat et salive, tous créateurs de vie et de paroles.

Comment imaginer cette manifestation dans ce début, cet avant ? Engeance de ces flots qui sont dans la terre et le ciel, de la boue et de l'air, ni serpent, ni grenouille, ni rapace, mais tout cela à la fois, flottant, lointain, au-dessus des eaux dont il est issu : tel était le démiurge Atoum, « Celui qui est complet », « Celui qui est la totalité », « Celui qui est et qui n'est pas ». Il était aussi **Ptah**, le cœur et la langue de cette immensité, ce cœur et cette langue que l'on retrouvera dans le corps et dans la bouche de tous les dieux, de tous les hommes, de tous les animaux, de tous les reptiles, de tout ce qui vit. Ses yeux verts brillent dans les ténèbres.

Présent au début, Atoum seul restera, avec Osiris, en cet avenir très lointain, aux limites extrêmes du temps, quand le monde sera revenu à l'état de Noun, de chaos liquide, lorsque les hommes ne seront plus des hommes, lorsque les dieux eux-mêmes ne pourront plus voir. C'est ainsi qu'il l'explique aux morts qu'il accueille. Quand ces derniers lui demandent quel est leur destin et l'interrogent sur la durée de leur vie, il répond à chacun :

> « Tu es destiné à vivre des millions de millions d'années. Pourtant, je détruirai tout ce que j'ai créé ; ce pays reviendra à l'état de Noun, à l'état de flot, à son premier état. Je suis ce qui restera, avec Osiris, quand je serai redevenu serpent. Et ce que je serai, les hommes ne peuvent

> pas le connaître, les dieux ne peuvent pas le voir. Car je suis la totalité de ce qui est et ce qui n'est pas. Tout ce que j'ai fait, je l'ai fait étant seul, avant que personne d'autre ne se manifestât à l'existence. Seul j'ai pensé toute la création. »
>
> (Traduction de P. Barguet.)

Au début, donc, comme il le dit lui-même, Atoum était seul, seul dans et avec Noun, avant qu'il eût trouvé un endroit où se dresser, un endroit où s'asseoir, une butte sur laquelle reposer – car en ces débuts, aucun lieu n'émergeait de cette immensité, pas le moindre tertre ni la plus petite pointe de roseau ou de papyrus. Rien de tout cela n'existait encore. C'était avant que pointât l'Île de l'embrasement, dans ce lac de flammes que teignaient de rouge les rayons du soleil qui, tels des couteaux, triomphaient de ses ennemis des ténèbres.

C'était avant que le grand sanctuaire d'Héliopolis fût amené à l'existence sur les rives du fleuve. On, lieu saint que les Grecs ont appelé Héliopolis, « la ville du soleil », marquait l'endroit où s'était dressé le *Benben*, mi-obélisque mi-pyramide, pour que s'y élevât l'astre du jour, à l'origine des temps. C'était avant que cet autre sanctuaire, celui d'Hermopolis (qu'on appelle aussi la ville des Huit divinités, ou **Ogdoade**, la ville des Pères et Mères à l'origine de toutes choses, où le démiurge allait ultérieurement demeurer, et dont Thot serait le maître), eût été fondé. Pourquoi donnait-on aussi ces noms-là au sanctuaire d'Hermopolis ? Selon certains, c'est pour rappeler que seraient apparus en ce lieu quatre couples personnifiant la double nature des quatre entités primordiales : l'infini de l'eau, l'infini de l'espace, l'infini des ténèbres, l'infini du vide. Êtres primitifs surgis de la terre et de l'eau, émergeant à l'origine du temps, ils avaient pris la forme de grenouilles pour les mâles et de serpents pour les femelles.

L'OGDOADE

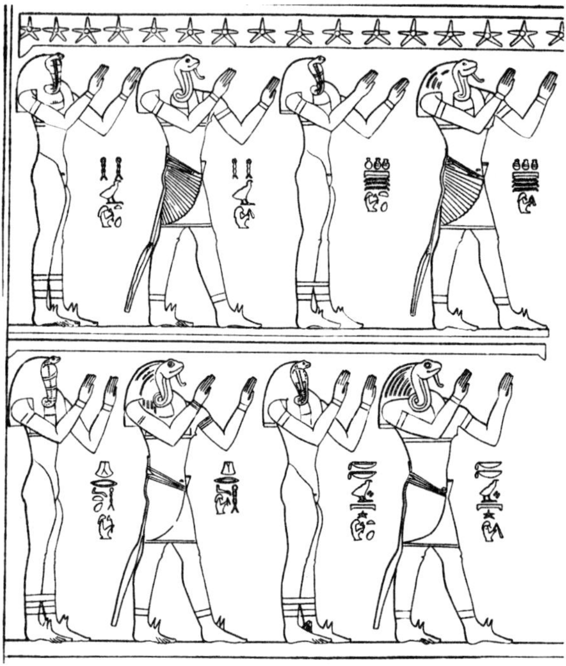

Les divinités de l'Ogdoade, à tête de grenouille pour les mâles, de serpent pour les femelles. Temple d'Hibis, d'après *The Temple of Hibis in El Khargeh Oasis* III, publications du Metropolitan Museum of Art, New York, 1953.

Lointain, volant au-dessus des eaux, Grand, maître des eaux : tel était le premier dieu. Puis le mouvement des flots cessa et, planant au-dessus de leur immensité, il imagina une masse de roseaux. La masse s'immobilisa et il put s'y poser, tel un faucon. On l'appellerait Horus (= Lointain) le Grand. Une bande de sable se déroula en bordure des roseaux. L'infini recula.

Atoum et sa lignée

Nulle compagne pour Atoum, et pourtant... C'est par masturbation, du désir qui naît de la main fermée qui permet de s'unir à soi, mais aussi par les crachats, la salive et la parole qui se mêlent à cet acte montant du cœur et naissant de cette langue qui est entre les lèvres et les dents, qu'il suscita en premier lieu son fils **Chou** et sa fille **Tefnout**, fruits de lui-même. Ainsi, d'un il devint trois. Tout ce qu'il avait créé, il l'avait fait étant seul. Mais voilà, désormais, il n'était plus seul.

De son fils Chou, il dit : « Son nom à lui est Vie. » De sa fille Tefnout, il dit : « Son nom à elle est **Maât** (Harmonie). » Atoum était content. Il dit : « Je vivrai avec mes deux enfants, je vivrai avec mes deux oisillons, je serai avec eux, entre eux, l'un contre mon dos, l'autre contre mon ventre. Vie reposera avec Harmonie, l'un en moi, l'autre autour de moi, et je serai porté par leurs bras qui m'entoureront. »

Ainsi animé par ce souffle vital que lui apportait son fils Chou, il amena à l'existence **Geb** puis sa sœur Nout. Aidé de Chou, il sépara Geb de Nout, et éleva cette dernière dans les hauteurs, pour que le frère soit la terre et que la sœur soit le ciel, au-dessus de lui. Le corps long et gracile de la déesse s'étirait dans le ciel, la tête vers l'ouest, les jambes à l'est. Tout cela, il le fit à partir des fluides de son propre corps, avant qu'un autre corps soit né, avant que soit venue à l'existence la famille première des neuf dieux primordiaux qu'on appelle l'Ennéade et qui allait devenir l'assemblée des dieux. D'autres dieux s'y ajouteraient alors, entourage protecteur jouant aussi le rôle de cour de justice quand il s'agirait d'apaiser les querelles qui agiteraient plus tard les descendants d'Atoum pour l'exercice du pouvoir[1].

Puis Geb et Nout s'unirent comme le feraient plus tard les hommes et les femmes. Le désir d'un seul ne suffirait désormais plus à faire éclore les fruits de la vie. Atoum n'avait-il pas dit : « C'est Geb qui vivra, ma progéniture, en mon nom, car n'a-t-il pas appris à faire vivre ce qui est dans l'œuf, c'est-à-dire en un corps correspondant ? »

Mais cette union entre Geb et Nout, entre le ciel et la terre, n'avait pas été sans heurts. Régulièrement, au cours de l'année, Nout, telle une truie, avalait ses petits : les étoiles disparaissaient alors du ciel. S'en était suivie une violente dispute entre Nout et Geb, qui ne supportait pas qu'elle mangeât ses enfants. Il s'en était ouvert à son père. Chou l'avait rassuré : « Nout ne mange pas ses enfants, elle les prend en son sein et les préserve pour les faire renaître. Quand l'un disparaît à l'occident, un autre naît à l'orient. Ainsi, tout au long de l'année, ils se succèdent. De même que, chaque soir, on dit qu'elle avale Rê, lui faisant traverser son corps la nuit pour le mettre de nouveau au monde au petit matin. »

Ainsi, après Chou et Tefnout, il y eut Geb et Nout, la terre et le ciel : de l'union de leurs corps naquirent, l'un après l'autre, Osiris, Horus l'Ancien, Seth, Isis et Nephthys. Osiris, héritier de Geb, donnerait vie à son tour à Horus l'Enfant qui lui succéderait.

---

1. Voir notamment le récit des querelles qui opposent Horus et Seth, p. 95.

DIAGRAMME DE LA CRÉATION
SELON LA COSMOGONIE D'HÉLIOPOLIS

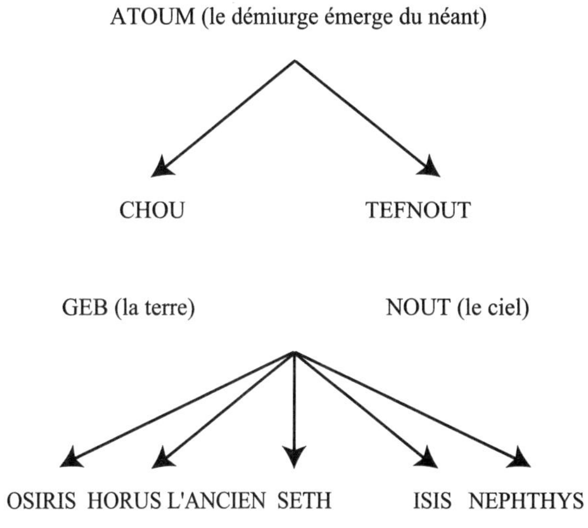

Les Huit Divinités d'Hermopolis

Les yeux voient, les oreilles entendent, le nez respire. Ils informent le cœur qui donne toute connaissance, et ce que le cœur a pensé est répété par la langue. À partir des ordres conçus par le cœur et exécutés par la langue, l'activité des mains, l'action des jambes, l'organisation des membres purent être créés dans les dieux et dans toute chose qui vit. À Memphis, l'ancienne capitale de l'Égypte, Ptah, père des dieux, avait ainsi énoncé toute chose, et tout ce qu'il concevait arrivait à l'existence. Lui-même, en son nom de

Tatenen, « la Terre émergée », servirait de support aux hommes, aux dieux et à tous les êtres vivants, tandis que ses yeux leur apporteraient la lumière.

Le désir engendra la vie à travers l'univers, des formes de vie multiples. Les Huit qui avaient abordé à Hermopolis – ces grenouilles et ces serpents – se changèrent en taureaux noirs et en vaches noires. Sans plus attendre, le premier taureau se précipita sur la vache. Devançant son désir, son ardeur jaillit, plus impatiente que son élan, et avant qu'il eût pu pénétrer la vache, sa semence tomba dans l'eau du grand lac d'Hermopolis où flottait un lotus, une fleur éclose côtoyant un bouton. Aspergée par la semence, voilà que la fleur de lotus, dont les feuilles repliées lui donnaient l'apparence d'un scarabée, se transforma en un enfant coiffé d'une couronne. Il resta là, un doigt sur les lèvres, immobile. Un doux parfum s'éleva, premier parfum de la création. Et devant cet enfant lotus, si lumineux qu'il éclairait tout le lac, l'obscurité sembla reculer, la nuit se séparer du jour. C'est pour cela que certains ont vu en cet enfant l'œil de Rê, le soleil et le roi des dieux qui voit tout et qui fait tout vivre. Ainsi le démiurge n'était plus seul à veiller sur le monde. Atoum, désormais, dans cette séparation du jour et de la nuit, cédait la place à Rê, mais sans se retirer pour autant : en effet, selon les heures, il *devenait* Rê. À Atoum le soleil vieillissant succédait ainsi Rê le soleil qui montait dans le ciel du matin pour éclairer le jour ; or l'un est aussi l'autre, car c'est toujours le même soleil. Certains disent aussi que Rê lui-même ne peut monter dans le ciel avant que surgisse à l'aube Khepri, sous forme d'un scarabée ailé. Car le soleil ne ressemble-t-il pas à la boule de terre que pousse cet insecte, dont on raconte qu'il naît spontanément, tel le disque du soleil surgissant du néant ? Ainsi la nature du soleil est triple : Khepri, puis Rê, puis

Atoum, chacun étant aussi les autres, puisque c'est, nous l'avons dit, toujours le même soleil.

Les Sept Propos créateurs de Neith

« Son nom est triple : Khepri au matin, Atoum le soir et, entre les deux horizons, Rê, celui qui, chaque jour, resplendit au-dessus du monde. » Telle était la prédiction faite par Neith, dieu et déesse créatrice tout à la fois car issue elle aussi de l'Océan primordial où elle se déplaçait sous la forme d'un poisson, après avoir pris la forme première d'une vache. Elle avait annoncé la venue d'un dieu, dieu des dieux et des hommes. Son œil serait la lumière du monde ; ce monde sombrerait dans les ténèbres quand il le refermerait. Et Neith d'ajouter : « Je le porterai, je lui insufflerai ma force, je lui offrirai ma vigueur, je le protégerai de ceux qui s'élèveront contre lui, je l'aiderai à vaincre. »

Neith avait également tenu d'autres propos, sept en tout, par lesquels elle avait elle aussi contribué à façonner le monde. Elle avait commencé par créer un lieu où se poser : « Que ce lieu devienne pour moi une plate-forme (de terre) ! » Et cette butte primitive était apparue, représentant ses quatre sanctuaires : Esna, Saïs, Pi-nétjer et Bouto. Ce fut son premier propos.

Et elle fut satisfaite de ce qu'elle fit. Alors elle dit : « Je me sens bien sur cette émergence. » Et cela donna naissance à la ville de Dep et fit que Saïs prit le nom de « Terre du bien-être ». Ce fut son deuxième propos.

Elle voulut alors donner vie à d'autres dieux, une trentaine : alors elle prononça leurs noms un à un. Puis elle leur dit : « Allons, élevons-nous sur ce lieu ! » Et ce lieu fut une haute terre, par elle créée. Ce fut là son troisième propos.

Dans son quatrième propos, elle expliqua tout ce qui allait naître par ses mots créateurs : ainsi ce qui emplissait les ventres pouvait se matérialiser grâce aux formules qui venaient sur les lèvres.

Dans son cinquième propos, elle annonçait la naissance de Rê, le dieu du soleil, comme nous l'avons évoqué plus haut. Il était issu d'un œuf déposé au sein des eaux. D'abord dissimulé en son nom d'**Amon**, il deviendrait Khnoum, le modeleur, qui façonnerait dieux et déesses de ses rayons. Annonçant cette naissance, elle l'avait suscitée : c'était donc son fils.

Dans son sixième propos, elle l'avait appelé, raconte-t-elle, à grands éclats de voix : « Viens, viens, toi que j'ai créé, [...] car je suis ta mère, **Akhet**, la vache divine ! » Le dieu vint alors, tout souriant, et se jeta à son cou. Et ce jour devint le beau jour de l'an[1]. Puis il pleura dans l'eau (initiale) quand il ne vit plus sa mère, la vache divine, qui s'était éloignée dans le ciel, et les hommes naquirent des larmes de son œil ; et il saliva quand il la revit, et les dieux naquirent de la salive de ses lèvres.

Alors Neith lui offrit sa protection. Elle dit à son fils : « Viens avec moi à Esna ; puis je t'emporterai à Saïs, dans le Delta, où tes ennemis ne pourront t'atteindre. Je t'allaiterai, pour que ta force soit considérable, pour accroître la crainte de toi, afin que tu puisses massacrer ceux qui trameraient des complots contre toi[2] ! » Ce fut son septième propos. C'est en remontant le fleuve, en transportant son fils entre ses

1. Ce moment marque la naissance de l'année selon le calendrier solaire.

2. C'est une allusion à l'affaiblissement du soleil (solstice d'hiver) et au renforcement de sa puissance (solstice d'été). Portant le soleil, Neith arrive à Saïs au mois d'*épiphi*, avant-dernier mois de l'année, soit à peu près au moment du solstice d'été dans une année idéale (voir p. 423). Les voyages de Neith entre Esna et Saïs évoquent donc sans doute les variations du soleil pendant l'année.

cornes, que Neith, la vache divine, mérita aussi le nom de Grande Nageuse (Mehet-Ouret).

Ces sept propos sortis successivement de sa bouche devinrent Sept Êtres divins. Ces sept divinités l'entourent et la protègent, la soutiennent quand elle se sent défaillir. Neith prétendait ainsi que c'était elle qui avait créé le soleil, que ce dernier serait né en fait d'excrétions de son corps placées au sein d'un œuf fécondé par la semence apportée au moment d'une crue. Par ses crachats, elle disait aussi avoir créé **Apophis**, serpent et force hostile contre lequel devrait lutter Rê – alors que d'autres racontent qu'ils sont nés du ciel, de Nout, et d'autres encore du Noun. De retour dans les contrées du sud où se situe son sanctuaire d'Esna, Neith se transforme en déesse ; de son arc, elle tire des flèches contre les ennemis et les combat âprement pendant quatre mois avant de regagner de nouveau son sanctuaire de Saïs dans le Delta.

Les quatre gardiens du démiurge

De son côté, pressentant lui aussi des combats, le démiurge résolut de créer à partir de lui-même quatre gardiens. L'un avait l'apparence d'un rapace (voir planche II, 2). Le visage encadré d'ailes, il portait un harpon. On le nomma « Seigneur du harpon ». Le deuxième était un lion puissant ; il portait un couteau. C'était le « Seigneur du couteau ». Le troisième, un serpent, brandissait un poignard. Il inspirait une profonde frayeur et on le dénomma « Celui dont la terreur est grande ». Le quatrième, enfin, portait aussi un couteau ; c'était un taureau, et son nom fut « Celui dont le mugissement est puissant ».

Ces quatre gardiens se subdivisèrent en quatre compagnies, les lions au nord, les serpents à l'est, les faucons au sud, les taureaux à l'ouest. Munis de leurs armes, ces génies gardiens constituaient, à Edfou, le rempart vivant du démiurge. Ils se figèrent autour de lui, constituant le mur d'enceinte de son temple. Et c'est ainsi que fut créée la demeure de Rê, semblable à l'horizon du ciel, immense, où il pourrait séjourner pendant des millions de millions d'années.

Et les dieux entrèrent dans leur corps mais aussi en toute chose, dans les hommes, dans les animaux, dans les plantes, dans les pierres et l'argile, en toute chose qui est sur cette terre. Ils se manifestent à travers tout cela et ils rejoignent ainsi Atoum, qui peut aussi avoir pour nom Amon, ou Ptah, le seigneur du Double-Pays, qui les a mis au monde et dont toute chose est issue : l'activité du corps, le mouvement de la vie, mais aussi les villes qu'il a organisées, les sanctuaires qu'il a aménagés, les offrandes qui y sont apportées, les aliments, les travaux des hommes.

Rê

C'est à la cosmogonie d'Héliopolis, de cette ville dont le sanctuaire était consacré au soleil, que nous devons tout naturellement la naissance de Rê-Atoum, dont nous avons vu dans le précédent récit qu'ils sont des manifestations complémentaires du soleil, à différents moments de la course de ce dernier.

Le récit du voyage du soleil provient du Livre des Morts *et des recueils funéraires royaux, le* Livre de l'Amdouat *et le* Livre des Portes. *D'autres incidents de la vie de Rê nous viennent d'autres textes, comme le* Livre de la Vache céleste, *la* Ruse d'Isis *et le* Mythe de la Lointaine.

La naissance de Rê

Dans l'obscurité infinie et liquide qui présida à l'émergence de la vie sur terre, Neith donna non seulement naissance à Rê, le soleil, mais aussi, par vomissements et nausées, au serpent Apophis : à l'avenir, ces deux n'auraient de cesse de s'affronter, nuit après nuit.

Rê succède au dieu Atoum. Il est le roi des dieux ainsi que des hommes : avant les pharaons, Rê puis ses fils ont régné sur la terre. L'œil de Rê veille sur les contrées de ce monde et rien ne lui échappe. Chaque jour, accompagné de ses guides, il parcourt le fleuve des cieux dans sa barque qui, depuis l'horizon oriental, s'élève au-dessus de la terre en une longue courbe avant de redescendre vers l'horizon de l'ouest. Le soir, après avoir atteint son lieu de repos, au-delà de l'occident, il s'engage là où les hommes ne pénètrent qu'au terme de leur vie.

Les heures du soleil

De même que le soleil se déplace, s'élève puis redescend, il se transforme aussi tout au long de la journée : d'abord enfant, pendant les deux premières heures, il monte peu à peu jusqu'à la sixième heure, changeant d'aspect. Parvenu au plus haut de sa course, il se voit doter d'une quadruple tête de bélier. Grâce à elle et à sa position élevée dans le ciel, il est capable de voir dans les quatre directions. Puis il amorce sa descente et ses forces s'affaiblissent progressivement. À la fin de la journée, il se présente comme un vieillard courbé, à la onzième heure, avant de revêtir, à la douzième heure, sa forme nocturne : un homme à la tête de bélier.

La barque solaire

Dans la barque solaire halée par les Étoiles infatigables, Rê (plus précisément le corps de Rê) se tient debout sous un baldaquin / dans un naos, un serpent protecteur dressé face à lui. C'est la forme du soleil nocturne, homme à tête de bélier. Il est accompagné de **Heka** (Magie) et **Sia** (Connaissance). Le serpent Mehen entoure la chapelle de ses replis, à l'abri desquels le corps du dieu solaire va pouvoir se régénérer (*Livre des Portes*, et à partir de la septième heure dans l'*Amdouat*).

C'est sous cette forme que le soleil avance dans sa barque lorsqu'il quitte le jour et le pays des hommes pour traverser les contrées nocturnes de la *Douat* * (l'au-delà), celles que ne saurait pénétrer un regard humain. Un grand vantail s'ouvre devant lui, gardé par un serpent. Derrière, le jour qui s'éloigne, devant, la nuit dans laquelle le regard s'enfonce. Cette porte imposante permet le passage d'un monde à l'autre. Certains prétendent que le ciel repose sur deux hautes montagnes. Celle de l'occident a pour nom Bakhou. Celle de l'orient est appelée Manou. Ces montagnes sont si hautes qu'on ne peut en connaître la hauteur : ne dit-on pas que Bakhou mesure 300 perches (soit 30 000 coudées ou 15 600 m) de haut et 150 perches de large ? **Sobek** y réside en son temple de cornaline. Et c'est là que, tous les soirs, le serpent établi au sommet se dresse contre la barque solaire. Un serpent monstrueux, de 50 coudées de long (c'est-à-dire 26 m), dont trois, à l'avant de son corps, sont en silex. On l'appelle « Celui qui demeure au sommet de la montagne et dont l'haleine est embrasée » car, tel un dragon, il crache ses flammes contre l'équipage de Rê.

Mais le soleil n'avance pas seul. Auprès de lui se tiennent Heqa, la Magie protectrice, et Sia, la Connaissance. Ces dieux masculins, présents tous deux dès les premiers instants de la création, veillent chaque nuit sur lui. D'autres divinités parfois se joignent à ce voyage, tel **Hou**, le Verbe créateur, ou **Oupouaout**, « Celui qui ouvre les chemins ». La barque solaire avance dans la nuit, guidée tour à tour par les heures qui se succèdent, tandis que, dans le ciel, Thot veille sur le monde : c'est en effet à ce dieu Lune, à la fois vizir et scribe, que Rê confie le ciel nocturne pendant qu'il traverse l'au-delà. Rê le connaît : n'est-ce pas de son cœur que Thot est né, en un moment d'amertume ?

L'eau, à la première heure, est abondante et puissante. Sur les rives du fleuve se pressent de nombreuses divinités qui acclament la barque sur son passage. Puis, quand la barque pénètre à l'occident, ce sont des troupes de babouins qui l'attendent. À grand renfort de cris et de gesticulations désordonnées, ils manifestent leur joie, comme ils le font chaque matin au lever de l'astre solaire. Mais l'équipage ne craint rien de ces attroupements turbulents, car des génies veillent, gardiens armés de lances et de couteaux. C'est la deuxième heure.

À la troisième heure, tout l'équipage se raidit. La tension monte. C'est l'heure de tous les dangers. En effet, chaque matin, chaque soir, à ce moment qui hésite entre lumière et ténèbres, moment dangereux entre tous, la barque rencontre le serpent Apophis qui se dresse devant Rê pour tenter de lui barrer le chemin et de l'empêcher de poursuivre sa route céleste ; il cherche à renverser la barque solaire pour arrêter le cours du temps. Chaque jour, Rê, bien qu'affaibli à ce moment de sa course, triomphe de son adversaire, de cette figure du mal, de cet ennemi si menaçant.

Pourtant il est des jours où c'est ce dernier qui, un temps, semble triompher. Alors la masse du serpent cache au monde l'œil de Rê et le soleil disparaît jusqu'à ce que l'équipage triomphe une fois de plus du monstre par les coups et les cris. Le serpent Apophis s'est déroulé et déployé hors des eaux noires devant la barque qu'il tente de déstabiliser, menaçant de renverser l'équipage et d'éteindre l'œil du soleil. Alors Atoum vient au secours de la barque menacée : le démiurge, tout en cédant la place à Rê pendant certaines heures, n'en est pas moins le soleil lui aussi. Concentrant ainsi toute la puissance du soleil, unissant ses forces à celles de Rê, il lui permet de reprendre le dessus et de poursuivre son voyage, une fois le serpent neutralisé.

Le serpent Apophis

« Quant à cette montagne de Bakhou sur laquelle repose le ciel, [...] elle fait 300 *khet* [1] de long et 150 *khet* de large. [...] Au sommet de cette montagne est un serpent de 50 coudées de long, et dont les 3 coudées antérieures sont en silex. “Celui qui demeure sur la montagne et dont l'haleine est embrasée” est son nom. Or, au moment du soir, il tourne les yeux vers Rê, et il en résulte une grande confusion dans la navigation, car il avale une coudée trois paumes d'eau. Alors Seth jette contre lui sa lance de fer et lui fait recracher tout ce qu'il avait avalé [...], disant : “[...] Recule devant moi ! [...] Je suis venu [...] afin que Rê soit tranquille, au crépuscule, quand il

1. Un *khet* (perche) = 100 coudées, soit 52,30 m.

achève le tour du ciel. Te voilà dans les liens, comme il l'avait été décrété auparavant." »

(Chapitre 108 du *Livre des Morts*. Traduction d'après P. Barguet.)

Dans sa traversée nocturne, la barque solaire, à bord de laquelle voyage Rê, doit affronter le serpent Apophis qui tente d'empêcher son avancée et donc le retour de la lumière. Cette lutte qui se renouvelle chaque nuit est minutieusement décomposée en autant d'étapes que d'heures séparant la tombée du jour de l'aube. Ci-dessous, deux exemples du combat contre Apophis.

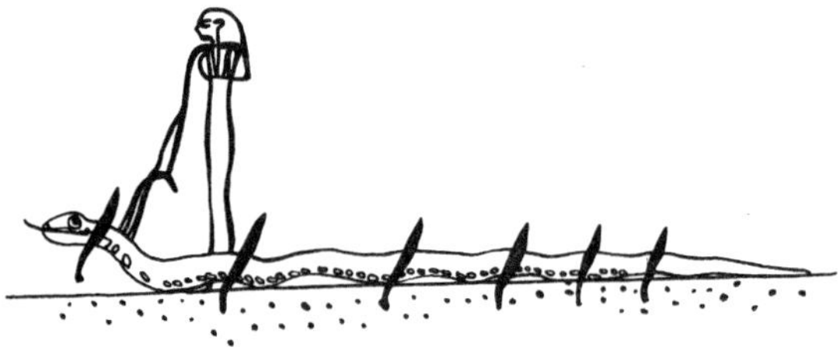

Le serpent Apophis maîtrisé par **Serqet**, à la septième heure du recueil dit l'*Amdouat* (Écrits de la pièce cachée).

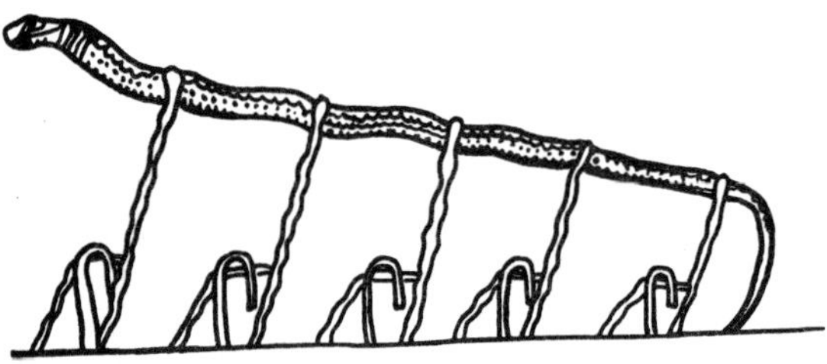

Apophis enchaîné et entravé dans la douzième heure du *Livre des Portes*.

À la quatrième heure, la barque s'enfonce dans les profondeurs des ténèbres. Il y fait si noir qu'on doit l'équiper de têtes de serpents qui, à la proue et à la poupe, éclairent le chemin d'une faible lueur rougeoyante. Çà et là, des flammes trouent la nuit, comme autant de repères. Il n'y a plus d'eau, et là où la barque glissait sans effort sur le fleuve, il faut désormais la haler sur le sable. On raconte qu'Apophis, encore lui – ou serait-ce le serpent de la montagne ? –, ne se contente pas d'essayer de faire chavirer la barque. Chaque nuit, il tente aussi d'arrêter sa progression, de l'immobiliser au milieu des contrées nocturnes en avalant l'eau du fleuve. Cette nuit encore, la barque doit s'arrêter, une grande confusion règne à bord : Apophis a avalé une coudée et trois paumes du grand flot ; la barque est à sec. Mais, une fois encore, Rê n'est pas seul. Il est le dieu de tous les dieux, et ces derniers ne restent pas indifférents à son sort ; ici, c'est Seth, si souvent craint pour sa violence, ailleurs néfaste, qui vient à son secours. Voilà qu'il utilise sa force pour attaquer le serpent qui cherche à s'opposer à l'avancée de la barque du dieu-soleil. Seth jette sa lance de cuivre. Elle jaillit, dessine une courbe dans le ciel, vient frapper le flanc du serpent et lui fait recracher toute l'eau qu'il avait avalée.

La barque reprend son cours. Lors de la cinquième heure, elle passe près de la butte renfermant le cadavre d'Osiris. Après ces deux heures terribles, l'espoir renaît : le soleil nocturne atteint le cadavre de Khepri, le dieu-scarabée, sa forme future. Cette jonction, cette union de Rê à son propre cadavre, est le point de départ d'un nouveau cycle. C'est la sixième heure. La lumière renaît au plus profond de la *Douat* et Rê, dans sa barque, retrouve sa puissance et son énergie vitale.

L'ÉVEIL DE KHEPRI

Le cadavre (litt. : « la chair »), protégé par le triple serpent qui l'enveloppe, s'éveille au passage de la barque solaire, comme le montre le geste du bras levé. Sixième heure du *Livre de l'Amdouat*. Tombe d'Amenhotep II.

Dessin de N. Guilhou, d'après un cliché personnel.

Si Rê, dans ce pays de la nuit, croise des ennemis, il y trouve aussi des alliés, notamment un autre serpent, Mehen, bienfaisant celui-là, qui remplace dans la barque le baldaquin qui l'abrite. Le protégeant et l'enveloppant de ses anneaux, Mehen permet au dieu de se régénérer à l'abri au creux de ses replis. Certains racontent que c'est dès son entrée dans le monde nocturne que Rê est ainsi entouré et protégé par ce serpent (voir l'encadré sur la barque solaire p. 51).

Sur les rives, des hommes s'agitent. C'est la septième heure. Ils approchent, chargés des cadeaux qu'ils apportent au roi : des armes, des tissus, des attributs royaux. Aux alentours rôdent des ennemis, mais ils sont capturés et châtiés sous le regard vigilant des déesses des heures. Liés aux poteaux de torture, brûlés par des cobras qui crachent des flammes, certains sont décapités et mis à cuire dans de grands chaudrons. Leur sang alimente les lacs de flammes que l'on voit rougeoyer au loin. C'est la huitième heure.

En passant dans la neuvième heure, le soleil fait émerger ceux qui étaient noyés dans l'immensité vide du Noun et les revigore. Le serpent Apophis, vaincu une première fois, reparaît à cet instant, lors du combat qui oppose la lumière et les ténèbres. Une fois encore, il essaie en vain d'arrêter le temps qui se déroule, telle une corde sans fin (voir l'encadré sur le serpent Apophis, p. 53).

Enfin, la barque est hissée par Noun à l'orient, vers la lumière. C'est la douzième heure. La barque et tout son équipage, ainsi que l'escorte de Rê, traversent le serpent du temps : arrivés vénérables, ils en ressortent jeunes. Déjà Khepri, le scarabée, a pris place sur la proue de la barque. Chou s'en empare et il émerge à l'horizon oriental, tandis que la momie d'Osiris demeure dans l'au-delà.

Tour à tour, les habitants de chaque section ainsi traversée reçoivent la lumière. Certains s'occupent à délimiter les champs, à les ensemencer, puis à les moissonner. D'autres, dans l'obscurité de la nuit, font pousser les arbres. À la cinquième heure apparaissent les représentants des « quatre races », les Égyptiens, les Asiatiques, les Nubiens et les Libyens, ceux-là mêmes qui constituent « le troupeau de Rê ». Au matin, le soleil rajeuni leur apporte à tous la lumière et l'énergie de la vie.

Le nom secret de Rê

Il n'en avait pas toujours été ainsi : du temps où il demeurait près des hommes, Rê allait sans relâche dans le ciel visible, jour après jour, année après année, siècle après siècle. Infatigable dieu des dieux et des cieux, apportant aux hommes les bienfaits et les excès de sa lumière. Pourtant, Rê vieillissait. Isis entreprit alors de lui dérober son nom secret, celui qui, comme chez chacun, dieu ou homme, était enfoui au plus profond de son être, ignoré de tous, afin que nul ne pût l'utiliser contre lui. Savoir le nom secret de quelqu'un, c'était avoir un pouvoir sur lui, une arme pour lui nuire. Isis le savait.

Obtenir le nom secret de Rê confirmerait non seulement les pouvoirs déjà importants d'Isis la magicienne, mais les renforcerait encore. Or elle savait que Rê, roi des dieux, ne lui livrerait pas volontairement son secret. Jamais il n'accepterait de se défaire d'une partie de sa puissance. Mais Isis était obstinée : si elle voulait mener à bien sa quête pour retrouver son époux disparu et pour sauver son fils de la mort, elle aurait besoin de cette magie. Si Rê n'était pas disposé à la partager avec elle, il ne lui restait qu'à s'en emparer. Elle imagina donc une ruse terrible : susciter en lui un mal que seule la connaissance de ce nom enfoui lui permettrait de soulager.

Et quel mal est pire que celui que l'on suscite en soi, qui émane de soi ?

Rê, nous l'avons dit, était vieux : ses yeux larmoyaient, la salive coulait du coin de sa bouche et tombait à terre. Recueillant à son insu un peu de cette salive, Isis la mêla à de la terre qu'elle malaxa et pétrit, jusqu'à lui donner la forme d'un serpent qu'elle anima par des paroles magiques avant de l'enfouir dans le sable.

Peu de temps après, le dieu Rê vint à passer par là. Comme à l'accoutumée, il se disposait à gagner sa barque pour commencer sa ronde dans les cieux. Le serpent le mordit au talon. Douleur terrible qui fit hurler le dieu. Cris perçants, de ceux que nul n'entendit jusqu'à ce jour. La voûte du ciel chancela. Les dieux accoururent.

La douleur dépassait toutes celles qu'avait pu ressentir jusque-là un homme ou un dieu. Elle se doublait d'une peur et d'un désarroi tout aussi inaccoutumés chez un dieu. La souffrance du roi des dieux était d'autant plus forte qu'il ne pouvait en identifier la cause. Lui qui était à l'origine de toute forme de vie connue ne reconnaissait pas celle qui brûlait les humeurs de son corps et le faisait grelotter tout à la fois.

Les cris montèrent et montèrent encore vers la voûte du ciel qui les démultipliait. Les dieux étaient impuissants. Rê leur ordonna de faire venir leurs enfants et, parmi ses cris, râles et gémissements, il demanda à tous ceux qui connaissaient les arts secrets de la magie de le soulager. Isis se présenta parmi eux. L'air concentré, feignant la préoccupation, elle s'amusa à essayer, comme d'autres autour d'elle, amulettes, prières et formules magiques. En vain. Alors elle lui souffla à l'oreille que seule la connaissance de son nom secret lui permettrait de trouver l'art de le guérir. Rê résista puis récita pour elle les nombreux noms sous lesquels il était connu, vénéré, craint : « Celui qui a fait le ciel et la terre », « Celui qui produit à son gré la lumière et les ténèbres », « Celui qui a pour nom Khepri le matin, Rê à midi, Atoum le soir ». Mais tous ces noms ne servaient en fait qu'à cacher celui qui était blotti en son cœur et Isis ne s'y méprit pas. Enfin, dévoré par la douleur, affaibli, ne sachant plus comment résister à Isis ni combattre le mal en lui, Rê céda ; en son cœur, enfoui au plus profond, Isis découvrit enfin son nom secret. Elle le lui arracha : la douleur de le perdre fut si forte qu'elle estompa chez Rê la douleur causée par le serpent magique. Isis sentit monter en elle le pouvoir divin qu'elle avait subtilisé à Rê. C'est ainsi qu'elle devint déesse, rejoignant le cercle des divinités.

Rê se dispute avec Mout

Rê était un dieu sévère, qui veillait non seulement sur les hommes mais aussi sur les autres dieux, qu'ils fussent ou non ses enfants. Ses colères étaient terribles et redoutées de tous, même si les événements qui les provoquaient n'étaient pas toujours clairement perçus. On raconte ainsi qu'une dispute, dont on ignore l'origine, l'opposa un jour à sa déesse protectrice, déesse à l'identité mouvante caractérisant tant de dieux qui se dérobent ainsi au regard et au savoir des hommes. Gardienne de l'uræus* (ou « Œil du soleil ») qu'il portait au front, elle avait en cette occasion pris l'apparence de **Mout** dont le sanctuaire se situe à Thèbes. Mout, habituellement connue pour sa nature discrète et effacée, s'enflamma de colère. Une lueur sombre traversa ses beaux yeux de chatte éthiopienne, plus beaux qu'un ciel sans nuages, et, courroucée, elle résolut de s'exiler dans le désert de Nubie. L'Égypte souffrit de son absence ; le Nil menaça de se dessécher. Son peuple l'implora de revenir parmi eux mais, fière et obstinée, elle demeurait sourde à leurs appels.

Alors le dieu Thot, entendant la détresse des Égyptiens, lui envoya un représentant, un petit « chacal-singe » : ce petit animal réunissait en lui le savoir de Thot et le talent de persuasion de Chou. Cet animal malin et enjoué raconta à la déesse des histoires qui venaient la distraire au cours de ces longues journées dans le désert où, même si elle ne voulait pas l'avouer, elle se languissait. Les fables de son petit compagnon ramenèrent le sourire sur ses lèvres ; peu à peu, la lueur de colère qui rougeoyait dans son regard s'atténua, jusqu'à disparaître, pour y laisser une douceur pleine d'amour. Enfin, elle accepta de se réconcilier avec Rê et de revenir en ses temples : l'Égypte l'accueillit avec des fêtes et des offrandes, avec des douceurs et du vin. Ces journées de grande liesse et d'abondance ressemblèrent à ces moments de l'année où le Nil généreux inonde de nouveau les champs secs après une période de sécheresse, réjouissant le cœur des hommes. Depuis ce jour, on appelle aussi Chou du nom d'**Onouris**, « Celui qui est allé chercher la Lointaine ».

Rê punit les hommes

À la création du monde par le démiurge avait succédé un âge d'or. La terre était une nourricière généreuse. Des épis de sept coudées[1] poussaient en rangs serrés dans les champs. Nul fléau ne s'abattait sur eux, point de maladie ni de nuées d'insectes. Les ventres de tous étaient remplis et le crocodile n'éprouvait pas le besoin d'emporter des proies dans la vase au fond du fleuve. Les querelles ne divisaient point les hommes. Les plantes n'avaient point d'épines pour déchirer les flancs des hommes et des bêtes. L'harmonie régnait en toutes choses.

Cependant, Rê devenait de plus en plus vieux. Les siècles passaient sur lui. Ses os étaient d'argent, sa chair était d'or, sa chevelure de lapis-lazuli véritable. Ses yeux d'électrum brillaient toujours du feu qui jaillit de ce mélange particulier composé d'or et d'argent. Pourtant, il vieillissait. La perte de son nom secret semblait l'avoir affaibli. Les hommes qui vivaient sur la terre voyaient bien qu'il n'avait plus la même force

1. Une coudée = un peu plus de 50 cm.

que naguère, et ils crurent que le moment approchait où ils pourraient secouer son joug. Ils commencèrent à grommeler, à le regarder avec arrogance. Ils envisagèrent de se révolter contre lui. Mais si Rê était vieux, il n'en continuait pas moins de voir tout ce qui se passait sur terre, et il lut ce mépris impatient dans le cœur des hommes. Il entra dans une colère terrible et résolut de les punir.

Si la colère d'un vieillard peut être épouvantable, si la rage divine est immense et secoue l'univers, celle d'un dieu vieillissant en menace les fondations mêmes et met l'avenir en péril. Le courroux de Rê foudroya les hommes et s'abattit brutalement sur eux, les empêchant de fuir dans le désert où ils eussent été épargnés. Sur les conseils de l'assemblée des dieux, il appela à lui son Œil, l'uræus protecteur. L'envoyant contre eux sous l'apparence d'Hathor, chatte douce et langoureuse quand elle le voulait mais qui savait tout aussi rapidement se transformer en une lionne avide de sang et de passions, Rê déchaîna ainsi toute sa fureur contre les hommes. Se sentant autorisée et protégée par Rê, la déesse, saisie de pulsions sauvages, se livra à un carnage sanglant qui transforma en ruisseaux pourpres les ruelles de la ville d'Héracléopolis. Les massacres furent tels que le roi des dieux en fut lui-même épouvanté, et demanda à la déesse de cesser : « Les hommes sont suffisamment punis : ils ont subi ma colère et se sont soumis. »

Mais Hathor, avide de goûter encore et encore sur ses lèvres ce sang épais et chaud, ne pouvait s'arrêter : devenue **Sekhmet**, la Puissante, elle échappait désormais au contrôle du grand Rê. Il plaida, implora, voulut lui offrir des présents, mais rien n'y fit. Le sang coulait à flots, détrempait la terre, et le sable se teintait de rouge. Les hommes se faisaient rares. Il ne resterait bientôt personne. Enfin, après avoir cherché longtemps, Rê imagina un subterfuge pour la faire cesser et sauver les hommes qui étaient encore en vie : il concocta une boisson de bière colorée en rouge avec de l'hématite* nubienne afin d'imiter la couleur du sang, et offrit ce mélange à Sekhmet. Buvant jusqu'à satiété ce breuvage au dosage savant qu'elle prenait pour du sang, elle s'enivra, se radoucit, en oublia les massacres et s'endormit. C'est ainsi que Rê, après les avoir punis, sauva les hommes. Et c'est ainsi que, depuis lors, on plante pour Hathor, la Charmante, des vignobles à Imaou, dans le Delta, et qu'on célèbre pour elle une fête au cours de laquelle tous s'enivrent, en souvenir de ce jour.

Le mythe de la Vache céleste

Rê se sentait envahi par la lassitude. Après neuf siècles, il était temps de mettre un terme à ses voyages quotidiens, de confier à d'autres le soin de veiller sans relâche sur ce monde. Il avait besoin du repos nocturne. Il résolut de confier à son fils le royaume des hommes et de la lumière, puis de se retirer dans son autre royaume où plus rien ne l'atteindrait. Ce fut donc Chou qui monta sur le trône de Rê pour régner à son tour en roi parfait du ciel et de la terre, des eaux et des vents, avant de céder la place à son fils Geb, dont la Majesté, couronnée, paraîtrait le moment venu sur le trône. Le jour, Rê continuerait à veiller sur eux du haut du ciel et à leur dispenser ses rayons. La nuit, il disparaîtrait aux yeux de tous, dans une autre contrée.

Il fallait donc aussi quelqu'un pour le remplacer dans le ciel nocturne, car on ne pouvait laisser les ténèbres régner sur le monde. Rê fit appeler Thot. « Tu seras mon vizir, mon remplaçant, lui dit-il. Tu éclaireras le monde des vivants à ma place pendant que je dispenserai la lumière à la *Douat* et que j'irai me ressourcer dans l'obscurité totale. Tu seras lune dans le ciel. Sous l'apparence d'un ibis, tu pourras faire traverser l'étendue céleste aux âmes des morts, sur ton aile. Ton bec, mince et courbe comme une lame, sera le croissant lumineux guidant les hommes dans la nuit. Tu leur enseigneras les paroles divines. Sous l'aspect d'un babouin, accroupi comme un scribe, tu feras le décompte du temps, et c'est toi qui apporteras aux hommes le savoir. » Thot s'inclina sans mot dire.

Tout était en ordre. Rê pouvait maintenant gagner cette autre contrée où il régnerait désormais. Mais elle se situait bien au-delà du fleuve sur lequel naviguait quotidiennement sa barque, et il ne pouvait y accéder seul, ni même avec ses guides fidèles. Comment y parvenir ? Après y avoir longuement réfléchi, il demanda à Chou de soulever sa fille Nout dans les hauteurs, séparant ainsi le ciel et la terre. Là-haut, la tête pointée vers l'ouest, les jambes vers l'est, la déesse Nout, à la demande de Rê, prit la forme d'une vache. Le dos de la vache dessinait un arc immense dans le ciel, bien plus haut que le parcours habituel emprunté chaque jour par la barque de Rê. Ce dernier s'installa sur son dos et regarda autour de lui. De là-haut, il pouvait contempler tout à son aise des contrées au-delà de celles qu'il avait pu voir ou traverser jusqu'alors. Cela lui convenait.

Nout, la Vache céleste, fut saisie de vertige. La peur s'empara d'elle lorsqu'elle mesura les altitudes qu'elle atteignait, la crainte de ployer sous le roi des dieux et de chuter s'ajoutant à son angoisse. Rê s'en rendit compte. Pour la maintenir solidement, éviter que son assise chancelât et apaiser la Vache céleste, il plaça autour d'elle quatre paires de génies, autant d'étais pour consolider ses pattes (voir dessin p. 206). Dans ce nouveau domaine qui était le sien, il créa des champs verdoyants, de riches pâturages, une étendue sombre piquetée d'étoiles s'étendant en voûte et reflétant comme un miroir l'humus noir de la terre d'Égypte où pointent les jeunes pousses. Ceux qui, au terme de leur vie, rejoindront ces vertes contrées ne connaîtront plus la faim ni la soif.

C'est là-haut, où nul ne peut l'atteindre, que réside désormais Rê. Tandis que, sur terre, ses successeurs gèrent le monde des vivants, il éclaire les hommes du haut du ciel. La nuit, il s'enfonce dans les profondeurs de la *Douat* pour s'y régénérer et apporter la lumière à ceux qui ne sont plus. Alors, dans le ciel nocturne, c'est la lune de Thot qui le remplace.

Chou et Geb

Les règnes successifs de Chou et de Geb sont évoqués sur le naos d'Ismaïlia.

Le règne de Chou : les enfants d'Apophis

Chou avait succédé à Rê qui s'était désormais retiré là-haut, loin au-dessus de la terre.

Son règne fut difficile. Le serpent Apophis, qui défiait Rê chaque nuit, avait engendré des enfants. Ceux-ci poursuivaient avec Chou la querelle qui avait opposé Rê à celui qui leur avait donné la vie. Ils se répandaient sur la terre, rampaient sur le sable, se glissaient entre les roseaux, jetant le crachat mortel de leur venin en direction de toutes créatures, étouffant dans l'étreinte de leurs anneaux celles dont ils s'emparaient, serrant jusqu'à ce que la vie, montant du cœur, quitte leur corps par la bouche, serrant encore jusqu'à ce que les lymphes sortent entre les lèvres et coulent sur la terre. Traînées de lymphes, traînée de mort : de ces lymphes-là, mêlées au venin, rien ne naissait, aucune pousse d'un vert tendre ne venait changer la mort en vie renouvelée.

La progéniture d'Apophis envahissait peu à peu le pays qui sombrait dans la désolation. Et voilà qu'elle menaçait directement Chou qui avait établi sa résidence royale dans le delta du fleuve, là où ses bras d'eau viennent s'offrir à l'immensité de la mer et s'y perdre.

« Sire, les enfants d'Apophis approchent. Ils avancent vite. Rien ne semble pouvoir les arrêter. Bientôt, ils seront aux portes du palais. Nous devons agir. »

Chou réunit son gouvernement. Différents plans furent dressés. On creusa des fossés, mais les serpents glissaient jusqu'au bas et remontaient le côté opposé. On envoya une armée, mais les serpents s'enroulaient autour des lances qu'ils retournaient contre les guerriers en leur crachant leur venin dans les yeux.

Les guerriers tombèrent. Les serpents continuèrent leur avancée inexorable. Ils grimpèrent en rampant sur les murs du palais, se glissèrent dans les galeries, les cours et les jardins, s'enroulèrent dans les arbres et se faufilèrent sous les feuillages des plantes qui ornaient les abords des bassins, envahirent les pièces, glissant sous les meubles et dans les coffres. Terrorisés, les habitants du palais s'enfuirent, laissant les portes ouvertes à une deuxième vague d'envahisseurs qui mit le palais à sac, emportant les meubles, les tissus précieux et les coffrets de bijoux, et saccageant les peintures qui ornaient les murs et les sols.

Alors Chou comprit que, pour lutter contre ceux qui sont nés dans les ténèbres, la force et la ruse des hommes ne suffiraient pas. Par Apophis, ils puisaient leur force dans le commencement du monde. C'est donc auprès des dieux que Chou devait chercher de l'aide. Il consulta l'Ennéade. Force était de constater que les hommes s'étaient détournés des dieux, ou du moins qu'ils les oubliaient et qu'ils n'accomplissaient plus les sacrifices. Les dieux s'en trouvaient affaiblis. Il fallait multiplier les lieux où l'on pouvait leur rendre hommage, assurer les offrandes et revigorer ainsi les dieux tout en créant entre les enfants d'Apophis qui avançaient et les portes du palais des endroits de culte, des espaces sacrés nimbés de lumière divine où les serpents des ténèbres n'oseraient avancer.

Chou lança l'ordre de mobiliser des centaines de paysans : sur leurs terres rendues stériles par le mal que répandaient les serpents, nulle culture n'était possible. Le travail de semences et de moissons s'était interrompu. Les bras ne manquaient donc pas et chacun était prêt à tout faire pour arrêter cette inexorable avancée du mal devant laquelle la tentation de fuir était chaque jour plus grande.

Plus vite qu'on ne saurait le dire, on vit surgir de terre des chapelles qui formèrent bientôt un chapelet autour de la résidence du palais. Les prêtres s'avancèrent dans leurs tuniques blanches, tête rasée. Les flammes jaillirent sur les autels, les offrandes s'accumulaient, les fumets du sacrifice s'élevaient, mêlés d'encens.

Le roi avait vu juste : les serpents s'arrêtèrent, hésitèrent en se coulant de-ci de-là, cherchant un passage entre les chapelles, mais l'émanation divine qui se dégageait de chacune d'entre elles formait une barrière infranchissable. Les serpents se replièrent. Alors, les prêtres avancèrent, enhardis, repoussant les enfants d'Apophis jusqu'aux confins du royaume où se situe le monde des ténèbres.

Les problèmes de Chou ne cessèrent pas pour autant. La lenteur avec laquelle il avait fait face à la menace des serpents, les hésitations qui avaient entouré ses décisions, l'échec des premières mesures prises contre l'ennemi avaient laissé leurs traces. La victoire finale n'avait pas suffi à effacer le mécontentement. Au sein même de son entourage, entre les colonnes et dans les jardins de son palais, on murmurait contre lui, on ourdissait des complots pour le déposer. Alors, afin de ne pas trahir son père qui lui avait confié le trône pour qu'il puisse à son tour voir son fils y monter, Chou décida que la meilleure façon de préserver la couronne était d'y renoncer. Il convoqua donc une assemblée et annonça qu'il était temps pour lui de partir ; son fils lui succéderait. Mais un peu plus tard. Il devait d'abord se préparer à cette nouvelle fonction. En attendant, ce serait donc son épouse et sœur, Tefnout, mère de Geb, qui occuperait la place du souverain. Tous s'inclinèrent. C'est ainsi que Chou déjoua un complot qui aurait pu voir passer la couronne dans des mains autres que celles des successeurs d'Atoum et de Rê. Il s'éleva dans le ciel, quittant le royaume sur lequel il avait régné.

Le règne de Geb

Geb demanda à des sages de lui relater, ainsi qu'à toute l'assemblée réunie pour célébrer l'intronisation de sa mère, les hauts faits de son père. Son combat contre les enfants d'Apophis fut rapporté avec maints détails qui mettaient en avant la sagesse et l'habileté du roi ; on raconta aussi comment, aidé de Thot, il avait réussi à convaincre Mout de regagner son sanctuaire de Thèbes alors qu'elle s'était exilée dans le désert de Nubie, d'où son surnom d'Onouris, « Celui qui est allé chercher la Lointaine ». Il s'agissait désormais d'oublier les difficultés qu'avait connues le dieu et de renforcer la légitimité de la reine en rappelant l'aura et le pouvoir de celui dont elle avait reçu le trône en attendant de le transmettre à son héritier légitime. Tous écoutèrent avec vénération le récit. Tous respectaient la volonté de Chou et se prosternèrent devant l'autorité de Tefnout. Aucun ne contestait l'héritage de Geb. C'était seulement une question de temps.

Mais Geb s'impatientait. Il ne pouvait supporter de voir sa mère occuper le trône de son père, même si ce dernier l'avait lui-même placée là. C'était à lui, Geb, de siéger, avec, à son côté, éventuellement sa mère, de préférence une épouse, en tout cas une femme belle et altière qui le soutînt. Le désir du trône et le désir qu'il sentait monter en lui pour une femme se mêlaient étrangement, hantaient ses pensées. Pour accéder au trône, il fallait écarter sa mère. Dominer le pays, soumettre une femme, imposer sa volonté à sa mère et à la cour... Une nuit, n'y tenant plus, il arpenta seul les galeries du palais. Ses pas le conduisirent vers la chambre royale où il se glissa dans la couche de sa mère qu'il tenta de prendre de force.

Ainsi violentée, Tefnout se réfugia au sein de l'Ennéade. Elle ne reparut pas dans le palais, faisant savoir qu'elle cédait le pouvoir à son fils. Ayant pris conseil auprès de son entourage, Geb décida alors de prendre place sur le trône. Lentement, il prit l'uræus vivant, l'éleva et voulut le placer sur son front. Mais soudain le serpent cracha sa flamme contre lui, le brûlant grièvement, tandis que tous les dieux de sa suite moururent.

Rê, qui continuait de tout voir depuis son domicile au plus haut des cieux, résolut d'aider Geb en dépit de la façon dont il avait outragé sa mère : le pays avait besoin d'un roi, le trône ne pouvait rester inoccupé. Il lui envoya un messager qui transportait un fardeau précieux : sa perruque. Personne d'autre ne l'avait jamais portée. Le messager remit la perruque à Geb qui la coiffa. Aussitôt, les brûlures s'apaisèrent et les marques s'effacèrent. Personne d'autre n'était autorisé à porter cette perruque du roi des dieux. Il était important de la conserver en un lieu sûr. Geb fit tailler et orner un coffre en pierre fine véritable que des prêtres, sur ses ordres, cachèrent en un lieu sacré inconnu des hommes.

Quand Geb ne portait pas la perruque, il la conservait dans sa châsse. Parfois, avant une cérémonie importante, la perruque devait être lavée. Une procession de prêtres se rendait alors au lieu sacré où se trouvait le coffre puis le portait jusqu'aux rives d'un lac. Là, les prêtres nettoyaient soigneusement la perruque dont les boucles flottaient à la surface de l'eau. Une fois lavée, elle était de nouveau rangée dans le coffre qui était rapporté au sanctuaire.

Un jour, pourtant, Geb fut étonné de voir les prêtres faire irruption dans la salle du palais, où il dictait une lettre au scribe royal en présence de son vizir. Un grand danger pesait sur le pays : des ennemis se massaient aux frontières. Les négociations avaient échoué. Il fallait se préparer à la guerre, envoyer des ordres dans les provinces pour mobiliser les soldats, protéger les sanctuaires, mettre à l'abri les vivres.

Les prêtres se prosternèrent devant lui. Il faillit les congédier avant de leur laisser le temps de parler, mais, lisant un grand effroi dans leurs yeux, il hésita.

« Parlez ! » ordonna-t-il.

Ils restèrent muets. L'un d'eux, le plus âgé, regarda en direction du vizir et du scribe : leurs oreilles ne pouvaient entendre les secrets des dieux.

Le vizir et le scribe comprirent : ils se prosternèrent et se retirèrent.

« Sire, la perruque », dit alors l'un des prêtres d'une voix balbutiante.

Le regard de Geb s'assombrit : n'avait-il point dit

qu'elle devait être gardée en lieu sûr, que nul ne devait la profaner ?

Les prêtres connaissaient les tortures qui attendaient ceux d'entre eux qui trahissaient leur mission et donc les dieux.

« Parlez ! ordonna le roi.

– La perruque... dans le lac sacré... des crocodiles. »

Les prêtres tremblaient tellement qu'ils avaient du mal à s'exprimer.

Il fallut un certain temps à Geb pour comprendre ce qui s'était passé tant les paroles venaient difficilement, tant le récit était confus.

Comme à l'accoutumée, les prêtres s'étaient rendus sur les rives du lac pour laver la perruque. Mais soudain les boucles qui flottaient à la surface de l'eau avaient changé de couleur et d'apparence. La perruque semblait s'agrandir, s'allonger, se doter d'yeux, d'un long nez, d'une gueule menaçante. Les prêtres, effrayés, lâchèrent la coiffure. Ils eurent à peine le temps de retirer leurs mains que la perruque divine s'était transformée en crocodile.

Geb se fit transporter sur les rives du lac sacré. Laissant à distance sa suite, il avança seul jusqu'à l'eau.

Un instant plus tard, un crocodile apparut et vint vers lui. Geb resta un long moment près du lac : il ne craignait rien. Alors le crocodile rampa hors de l'eau et se redressa. Voilà que maintenant il était doté d'une face de faucon et portait sur sa tête les cornes d'un taureau. Geb sut alors que le dieu Rê était à son côté. Sentant sa propre puissance ainsi décuplée, il mena son armée contre l'ennemi. Dans les combats qui s'ensuivirent, l'apparition combattit avec lui, frappant ses ennemis jusqu'à les contraindre à la fuite.

La renommée de Geb s'étendit jusque dans les contrées les plus lointaines. Devenu crocodile à son tour, il succédait aux dieux qui avant lui étaient entrés dans le corps d'un crocodile, Rê et Chou. Un jour, il en irait de même pour son fils Osiris qui naîtrait de son union avec Nout, déesse du ciel.

Une chose est sûre : Geb était désormais reconnu comme le roi de tous les dieux, de toutes les déesses, des hommes et des animaux dans le ciel, sur terre, dans l'au-delà, le dieu qui régnait sur les eaux primordiales, les montagnes, les vents, la mer et les pierres. Il portait une attention particulière aux serpents, ces êtres de la terre toujours enclins à la révolte – Rê le lui avait recommandé. Un jour, son fils Osiris le remplacerait, avant de céder la place à son tour à son propre fils Horus. Puis, quand les dieux regagneraient le ciel, les hommes régneraient sur la terre d'Égypte.

Osiris

*C'est surtout à Plutarque que l'on doit le récit le plus complet de la vie d'Osiris, de son union avec Isis et de la lutte acharnée que son frère Seth mena contre lui. On retrouve dans les textes égyptiens (*Textes des Pyramides, Textes des Sarcophages*) des bribes et des allusions diverses aux différents épisodes. Un des plus beaux est sans doute le* Grand Hymne à Osiris *(que l'on peut lire sur une stèle du Louvre), qui raconte de façon très poétique et imagée la quête d'Isis et de Nephthys pour retrouver le corps d'Osiris, les plaintes d'amour d'Isis et la fécondation de cette dernière par Osiris retrouvé. Le papyrus Jumilhac développe plus particulièrement la reconstitution du corps d'Osiris. La désolation du monde, avec les manifestations de tristesse des dieux, constitue l'introduction du papyrus Salt 825. La veillée funèbre, avec les stances d'Isis et Nephthys, fait l'objet du papyrus Bremmer-Rhind. Enfin, les rituels des temples évoquent la confection des figurines d'Osiris, à Dendara, et les rites spécifiques de l'abaton* de Biggeh, à Philae.*

Les enfants de Nout

Rê, le soleil, veillait sur tout et sur tous. Rien n'échappait à son œil qui éclairait de jour la face céleste, confiant à la lune le soin d'être son autre œil, celui qui veillait sur la nuit tandis qu'il traversait les contrées de l'au-delà, la *Douat.* C'est ainsi qu'il vit que Nout, la déesse du ciel, avait eu à son insu un commerce qu'elle espérait secret avec Geb, le dieu de la terre. Rê entra dans une grande colère et, lorsqu'il apprit qu'elle était enceinte, il lança contre elle une imprécation : il ne tolérerait pas qu'elle accouchât, ni dans les jours ni dans l'année qui suivraient. Or les jours passaient, le terme approchait, l'angoisse de Nout augmentait. Elle chercha où se cacher, mais ne trouva nul endroit où elle eût pu se réfugier et se soustraire, ainsi que sa progéniture attendue, à la vigilance implacable de Rê dont l'œil ne la quittait pas, relayé la nuit par celui tout aussi vigilant de la lune.

C'est alors que Thot vint à son secours. Ce dieu de raison et de paroles mesurées était lui aussi amoureux de la déesse Nout. Il invita la lune à jouer aux dés. La partie fut longue et serrée. Mais il gagna et demanda un gage que la lune se vit contrainte de lui offrir. Il obtint ainsi un soixante-douzième de ses jours de lumière qu'il utilisa pour fabriquer cinq jours additionnels, ou épagomènes*, cinq jours qui échapperaient au regard de Rê et à celui de la lune. C'est ainsi que Nout, protégée de ce regard divin intransigeant, put mettre au monde ses enfants.

Elle en eut cinq : Osiris, qui allait devenir l'héritier de Geb, naquit le premier, brun de teint et de peau. C'était à Thèbes, là où s'élèverait plus tard le temple d'Opet. C'était le premier jour épagomène que l'on appelle parfois « le jour du taureau dans sa prairie ». Horus l'Ancien naquit le deuxième jour. Le troisième jour, ce fut le tour de Seth. Il violenta le flanc de sa mère, l'ouvrant et le déchirant pour sortir plus rapidement ; il était roux et pâle comme le désert. Sa naissance fut marquée de troubles qui éclatèrent dans le pays ; c'était, disent certains, en l'an 363 du règne de Rê. Le roi éternel écrasa les révoltes et décréta que le jour anniversaire de la naissance de Seth, on célébrerait désormais les victoires sur l'ennemi. Puis, ce fut le tour des filles : Isis, d'abord, qui naquit le quatrième jour. Elle vit le jour à Dendara, là où s'élève aujourd'hui le temple édifié pour elle, derrière celui d'Hathor. Elle apparut sous la forme d'une femme noire comme la nuit et rose comme l'aurore, douée de vie, douce d'amour. Sa mère Nout lui dit quand elle la vit : « Sois légère (*is*) pour ta mère ! » C'est pourquoi son nom a été Isis. Ainsi les écrits anciens gardent-ils la mémoire de sa naissance. Enfin, Nephthys, qui serait sa sœur fidèle, naquit le cinquième et dernier jour, celui que l'on nomme « le jour de l'enfant dans son berceau », la veille de l'ouverture de l'an. Certains prétendent qu'ils n'avaient pas tous le même père, car nombreux étaient les dieux qui aimaient Nout.

Annonce de la naissance d'Osiris

Pamylès, habitant obscur de Thèbes, était en train de puiser de l'eau lorsqu'une voix retentit. Saisi, il faillit faire tomber sa cruche. Les paroles qu'il entendit étaient tout aussi inattendues : « Le grand roi, le maître de toutes choses, le bienfaiteur Osiris est né. Va et proclame la nouvelle. » Pamylès obéit, et Geb, le dieu de la terre, lui confia l'enfant Osiris en lui ordonnant de prendre soin de lui et de l'élever. Ce que fit Pamylès.

Description d'Osiris

Osiris était beau. Ses membres étaient d'or, sa coiffure de lapis-lazuli, sa couronne de turquoise. Il ne cessait de grandir, en intelligence comme en stature. Il était aimé de sa mère et admiré par son père : ce dernier l'installa sur le trône, en fit son héritier, le guide des hommes et le roi des dieux. Osiris était à tous égards un colosse, plus grand que tous les hommes vivant sur la terre, plus grand aussi que les autres divinités. Il mesurait exactement huit coudées, six paumes et trois doigts, soit plus de 4,50 m. Sa taille faisait de lui un géant, un être à part, y compris parmi les dieux. C'est en utilisant cette particularité unique que Seth, ayant pu obtenir la mesure précise de sa taille, imagina une ruse meurtrière pour se débarrasser de ce frère aîné exceptionnel.

Ordonnateur, civilisateur

Osiris avait été couronné. Il était devenu souverain du ciel et maître de la terre. Devant sa figure imposante qu'allongeaient encore les deux hautes couronnes dont il était coiffé, tous s'inclinaient. Ses sujets le vénéraient. Ses adversaires étaient terrassés par la peur. Tous l'admiraient ou le craignaient. Tous sauf Seth, son frère.

Souverain prudent et sage, Osiris s'entourait de bons conseillers. Pour vizir, il choisit le dieu Thot qui, fidèle, avait veillé sur sa mère, l'avait aidée, lui permettant par là de mettre au monde ses enfants. Pour généraux, il choisit Hou, homme de parole, et Sia, homme d'intellect, car Osiris préférait le verbe et la réflexion à l'action dénuée de mesure. En cela, comme en bien d'autres choses, Osiris était différent de son frère Seth. Et ce dernier était jaloux de son aîné, devenu roi, alors que lui arpentait le désert aride et brûlant.

Osiris était tout ce que n'était pas Seth. Maître du désert, celui-ci ne pouvait supporter les bienfaits et la protection que le roi déversait sur la terre. En effet, alors que Seth se nourrissait de violence, Osiris s'attacha à rétablir la paix dans le Double-Pays qui, avant son arrivée, était la proie de massacres.

Mais ce n'était pas tout. Osiris ne se contenta pas d'éloigner le mal qui rongeait les hommes. Il plaça sa main au-dessus de ce pays fait d'eau et de vent. Il créa l'orge et le blé, fit verdir l'herbe, rassembla les troupeaux sur lesquels il veillait tout comme il veillait sur les oiseaux et sur les reptiles. Il arracha les hommes à leur vie primitive, il leur enseigna la culture des terres, l'art de planter la vigne et le secret des semences ainsi que le soin des troupeaux. Il leur expliqua comment organiser leur vie qui, avec son aide, fut désormais régie par des lois. Et le Double-Pays se réjouit de cette bienveillance et de cette attention infinies.

Aux armes, dont Seth était tant épris, Osiris préférait le charme de la parole persuasive qu'il employait avec talent dans ses discours pour séduire et convaincre. Artisan hors pair du langage, il triomphait par le verbe. Sa langue était son glaive, alliant crainte et respect. Nul ne l'égalait pour la douceur du chant et l'harmonie de la musique. Nul ne savait lui résister. Aux combats, il préférait l'amour. Là encore, nul ne l'égalait, aucune femme ne se refusait à lui. Et cela, Isis le savait mieux que toute autre.

Sa compagne, Isis, sœur et épouse

Osiris n'était pas seul. Dans la lourde tâche qui lui incombait, qui était de répandre sur son royaume, mais aussi au-delà, à travers le monde, sa mission civilisatrice et de révéler aux hommes les secrets de l'agriculture et de l'élevage, il était secondé par celle qui était à la fois sa sœur et son épouse, la grande reine Isis. Fidèle protectrice de celui qui présidait aux destinées du Double-Pays, elle éloignait ses ennemis, notamment Seth ; elle veillait sur sa terre d'Égypte tandis qu'il s'absentait pour porter plus loin sa sagesse. Dame et souveraine, elle protégeait le sceptre et l'autorité de son époux.

Son éclat égalait celui d'Osiris. Grande, majestueuse, d'une beauté verdoyante qui rappelle la tendresse des pousses dans les champs ensemencés, elle emplissait le palais d'une lumière étincelante quand elle paraissait. Les nuages l'aspergeaient d'une délicate rosée parfumée quand, coiffée d'un bandeau et d'une couronne bleue, elle sortait du palais en procession. Ses sujets s'inclinaient devant la maîtresse de tous, la dame du palais, la souveraine du Double-Pays. Et bien qu'Osiris fût absent, les rebelles se repliaient au-delà des frontières, les dissidents se taisaient.

Reine à l'autorité affirmée, elle n'en était pas moins une douce et fidèle amante. Isis et Osiris s'aimaient tendrement, d'un amour qu'ils avaient déjà connu et partagé dans le ventre de leur mère, avant leur naissance. C'est donc éplorée qu'elle découvrit un jour l'adultère d'Osiris avec leur sœur Nephthys, épouse de Seth. Ce fut son père Geb qui la trouva éplorée, couverte de poussière, la robe souillée : elle avait trouvé une guirlande végétale de mélilot*, parure d'amour, laissée par Osiris chez Nephthys. Osiris dut user de tous ses talents de persuasion pour qu'elle lui accordât à nouveau confiance et amour ; mais il sut la convaincre que, ayant confondu les sœurs jumelles, il avait connu dans les bras de Nephthys, épouse de Seth, un ravissement amoureux qu'il croyait partager avec sa douce Isis. De cette union naquit Anubis. Abandonné par Nephthys qui craignait la colère de Seth, l'enfant fut retrouvé et élevé par Isis, dont il devint un fidèle compagnon, guide et gardien de la déesse-reine, chacal dévoué semblable aux chiens qui sont les compagnons et les protecteurs des hommes.

La jalousie de Seth et la mort d'Osiris

Seth, face à ce frère doté de toutes les qualités, de tous les honneurs et de tous les bonheurs, était rongé par la jalousie et dévoré du sombre désir de mettre fin aux jours de ce dernier. Hanté par l'image de ce frère qui éclairait les jours de sa présence lumineuse, il n'eut de cesse d'imaginer un complot pour se débarrasser de lui à jamais, et s'adjoignit le soutien d'une reine venue d'un autre désert, au-delà des sources lointaines du fleuve, la reine d'Éthiopie.

Il convia donc des amis à un banquet somptueux. Au centre de la pièce, les convives découvrirent un coffre si magnifiquement ouvragé que chacun se prit en secret à le convoiter. Les meilleurs artisans du pays y avaient travaillé : l'or, la pâte de verre et les pierreries les plus précieuses et les plus rares habillaient le bois doré incisé de traits fins, y traçaient les artifices les plus extraordinaires, jetant des étincelles vertes et bleues dont les convives ne pouvaient détourner leurs regards. La fascination qu'exerçait sur eux ce coffre était telle que certains, on le sentait, étaient prêts à tout pour obtenir ce chef-d'œuvre, refusant l'idée qu'il pût passer en d'autres mains que les leurs.

C'était un grand coffre aux proportions élégantes pouvant accueillir un homme de très grande stature, voire un dieu. Entouré d'une suite majestueuse de soixante-douze hommes, Seth accueillit ses convives et leur proposa un jeu. Serait maître du coffre celui qui, s'y allongeant, le trouverait à sa taille. Son frère Osiris était parmi les convives.

À tour de rôle, chacun s'y glissa, s'y allongea, s'étirant au maximum pour tenter de le remplir de toute sa hauteur. Mais aucun n'était assez grand. Enfin, Osiris, amusé, consentit à son tour à tenter sa chance. Le coffre était à ses mesures exactes. Mais avant qu'il eût le temps de se redresser, les soixante-douze hommes qui entouraient Seth se précipitèrent sur lui. Ils rabattirent le couvercle, le fermèrent à l'aide de gros clous et le scellèrent avec du plomb fondu. Soulevant le coffre et suivant les ordres de Seth, ils le jetèrent dans un bras du fleuve. Le coffre s'éloigna lentement et descendit le cours jusqu'à la mer. La conjuration avait réussi. Osiris ne régnait plus sur le Double-Pays. Certains disent que son règne aurait duré quatre siècles, d'autres vingt-huit ans, à l'image d'une lunaison, car les jours des hommes sont des années pour les dieux.

Désolation du monde et des dieux

À la nouvelle de la disparition d'Osiris un vent de panique balaya le pays, tel un de ces vents du désert qui assèchent l'espoir. Les informations étaient rares. La terre était dévastée. Le soleil ne se levait plus, la lune tardait à monter. L'univers vacillait, la terre tanguait comme sur une mer déchaînée, nul ne pouvait plus naviguer sur le fleuve. Tout menaçait de sombrer de nouveau dans le chaos primordial.

Chacun gémissait et pleurait la mort d'Osiris, y compris les dieux. Mais leurs larmes apportèrent du baume à la terre, car de ces émanations produites par la douleur naissaient d'autres formes de vie. Ainsi, les bienfaits d'Osiris se poursuivaient au-delà de sa disparition. Geb, dans sa douleur, saigna : le sang qui surgit de son nez s'égoutta sur la terre qui vit pousser des pins riches en résine. Des larmes abondantes versées par Chou et Tefnout naquit la résine du térébinthe. Les larmes de Rê se transformèrent en abeilles, qui elles-mêmes, par leur diligente activité dans les fleurs de toutes les plantes, produisirent la cire et le miel. De la sueur de Rê, épuisé par ces catastrophes qu'il tentait d'endiguer afin d'empêcher le retour au chaos, le lin germa dont on tisserait la toile dans laquelle s'habilleraient les prêtres. Les crachats et les vomissures de Rê se transformèrent en bitume et créèrent aussi le papyrus. La mort d'Osiris provoqua un tel bouleversement que l'ordre du temps en fut bousculé, et l'on raconte même que son fils Horus, alors qu'il n'était pas encore né, pleura lui aussi. Les larmes qui s'écoulèrent de ses yeux germèrent sur la terre : l'oliban sec, parfum si précieux, était né.

Isis et Nephthys cherchent Osiris

La nouvelle de la disparition de son époux fut terrible pour Isis. Elle coupa une boucle de ses cheveux et revêtit une tenue de deuil. Puis elle partit en quête de son époux, interrogeant sans relâche tous ceux qu'elle croisait.

Parcourant ce monde endeuillé qui courbait la nuque sous le joug de la peur que répandait Seth, Isis cherchait inlassablement... Et c'est de la bouche d'enfants rencontrés dans son errance tragique que la vérité lui parvint enfin. Tandis qu'ils jouaient parmi les roseaux, ils avaient vu le coffre descendre le cours du fleuve vers la mer. Et c'est de ce jour, de ces paroles qui apportèrent un premier réconfort à Isis, que date l'importance que les prêtres attachent aux dires et aux chants des enfants : malgré leur ignorance, leur pureté d'âme les rend plus proches des mystères du monde et leur permet de voir au-delà de la surface des choses.

Isis descendit donc le Nil, elle traversa les marécages du Delta où les repères se confondent, atteignit la mer et poursuivit sa quête plus loin encore, séjournant sur les îles et sur les côtes, questionnant et cherchant toujours. Le coffre avait vogué sur les eaux jusqu'à venir échouer sur le rivage, près de la ville de Byblos où il s'était immobilisé contre un tamaris. Ce dernier avait grandi dans des proportions jusque-là inconnues, à tel point que son tronc s'était développé autour du coffre, enfermant ce dernier en son sein. Nul n'avait jamais vu un tel arbre, et c'est la raison pour laquelle le roi du pays, émerveillé, ordonna qu'on le coupât et qu'on en fît une colonne maîtresse pour soutenir le toit de son palais.

Instruite par le vent du destin qu'avait connu le coffre et guidée par ce même vent, Isis se rendit donc à Byblos et arriva au palais où elle se présenta sous la forme d'une mortelle. Grâce à ses talents et à ses parfums, elle fut rapidement admise au sein du cercle intime de la reine qui lui confia son enfant.

De nuit, hirondelle éplorée, Isis voletait autour de la colonne magistrale qu'elle avait facilement repérée, poussant des cris de détresse. Dans son rôle de nourrice, elle élevait l'enfant comme seule sait le faire une déesse : lui donnant son doigt à téter au lieu d'une mamelle, signe qu'elle s'occupait de cet enfant comme s'il avait été le sien, et à cette même fin, brûlant de nuit tout ce qu'il avait en lui de mortel – jusqu'au jour où la reine, surprenant cette scène, voulut interrompre ce rituel, horrifiée de voir que cette suivante mystérieuse brûlait son fils. C'est alors qu'Isis se révéla à elle dans sa nature première et éblouissante de déesse et obtint que lui fût donnée la colonne. Sans peine, elle en délivra le coffre et remit au roi et à la reine le tronc d'arbre parfumé qui allait devenir un objet de vénération. Puis elle s'embarqua avec le coffre.

Telle un oiseau survolant la terre, Isis était partie à la recherche de son mari disparu, aidée selon certains de sa sœur Nephthys, épouse de leur frère Seth qui avait si sauvagement tué Osiris. Allant et venant l'une de l'ouest, l'autre de l'est, l'une en oiseau *hat**, l'autre en milan, survolant le pays, elles avaient enfin retrouvé Osiris.

Osiris ranimé par Isis

L'enfant de la reine avait suivi Isis : celui à qui elle avait voulu donner une enveloppe divine avait voulu savoir ce qu'il y avait de si précieux dans ce coffre. Au moment où Isis allait l'ouvrir, elle le surprit qui l'espionnait avec une curiosité enfantine. Sa colère fut terrible, si terrible que l'enfant en fut foudroyé et s'effondra, aussitôt oublié de la déesse ardente d'amour pour son époux.

Le coffre fut ouvert. Osiris apparut. Isis vola jusqu'à lui. Elle vint à lui. Elle se jeta sur son époux avec des gémissements terribles. Grâce à ses ailes et aidée de Nephthys, Isis-oiseau agita l'air tout autour de son tendre époux et frère : ce vent qui provenait du battement de leurs ailes, elle désira qu'il entrât dans ses narines, qu'il pénétrât par les trous de sa tête, qu'il le traversât afin qu'il pût à nouveau vivre et lui parler, et lui apporter de nouveau la réjouissance.

Isis fécondée par Osiris

« Osiris, murmurait-t-elle, vois, ta sœur Isis est venue, ton épouse, s'ouvrant à ton amour. Place-la sur ton phallus afin que ce qui sortira de ta descendance soit en elle. »

ISIS FÉCONDÉE PAR OSIRIS

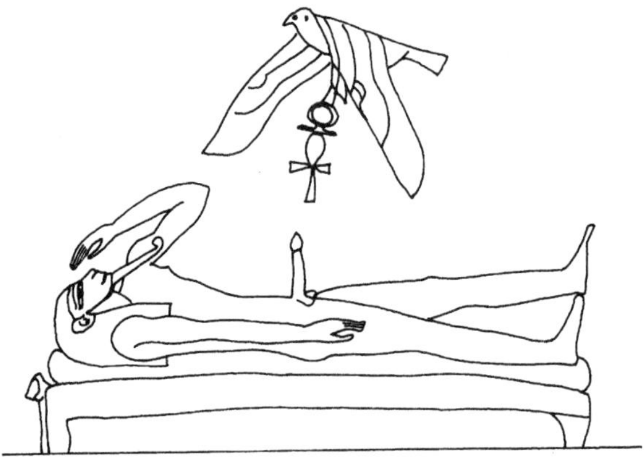

Isis, sous la forme d'un rapace, ranime Osiris, comme le montrent le signe de vie qu'elle tient entre ses serres et le geste de réveil d'Osiris. Celui-ci, le sexe dressé, pourra ainsi la féconder pour donner naissance à Horus.

(Intérieur du sarcophage d'Iménéminet, Troisième Période intermédiaire, Louvre E5334. Dessin de N. Guilhou d'après Chr. Ziegler, *Le Louvre, les antiquités égyptiennes*, Paris, éd. Scala, RMN, 1990, p. 73.)

Isis enceinte

Ces retrouvailles entre Isis et Osiris, l'union qui en résulta, la semence que ce dernier, qui était mort, déposa en celle qui l'avait ranimé firent trembler la terre et le ciel. La foudre fouetta la nuit, les dieux eux-mêmes prirent peur. Isis, esseulée, se cacha, mais elle exultait : l'enfant qu'elle portait en son sein, celui de son frère Osiris, régnerait à son tour sur ce pays qui devait tant à ce grand dieu si injustement assassiné. Par elle, femme isolée et abandonnée de tous, ce fils vengerait la mort de son père.

Osiris dépecé

Isis enceinte avait déposé le coffre en un lieu secret du Delta. C'est ailleurs, dans un autre lieu tout aussi caché, îlot de roseaux au sein du fleuve, qu'elle donna naissance à son fils, Horus, né d'un père mort. Fécondée dans la détresse, au-delà de la mort, Isis avait souffert dans son corps et dans son âme. Il avait fallu convaincre les dieux, y compris Rê lui-même, que l'enfant qu'elle portait était bien celui d'Osiris : c'était la première fois qu'un dieu était non seulement terrassé mais qu'il restait en mesure, par le désir qu'avait néanmoins pu susciter son épouse, de déposer en elle sa semence. Il y avait là de quoi s'interroger sur la confusion dans laquelle la perte de son époux aurait pu jeter Isis, dont tous avaient pu mesurer le désarroi. Le Maître universel en vint même à douter que l'enfant fût le fils d'un dieu et ses insinuations indignèrent Isis qui affirma solennellement que, déesse, elle portait en son sein l'enfant né de la semence d'Osiris. Cette déclaration était si implacable que nul n'osa plus remettre en doute sa parole.

L'accouchement fut douloureux et difficile, et Isis dut invoquer l'aide des dieux pour enfin mettre au monde son enfant qu'elle nomma Horus. Dès l'instant de sa naissance, la vie de l'enfant fut en danger. Nul ne devait savoir qu'il était né ni où il se trouvait : il fallait le cacher pour le soustraire à la vengeance de Seth.

Ce dernier n'apprit pas tout de suite la naissance d'Horus. Mais une nuit, alors qu'il chassait au clair de lune, accompagné de sa meute, il retrouva le coffre. Hors de lui, il découpa le corps d'Osiris en morceaux qu'il éparpilla sur toute la terre du Double-Pays – quatorze selon certains, vingt-six selon d'autres, voire quarante-deux, autant que de nomes.

Le corps reconstitué

Ayant découvert le forfait de Seth, Isis se lança dans une nouvelle quête destinée à retrouver et à rassembler les morceaux démembrés de son époux. Chaque fois qu'elle récupérait une partie du corps, elle élevait sur les lieux un temple à la gloire d'Osiris. C'est ainsi qu'elle quadrilla la terre du Double-Pays de sanctuaires consacrés au culte d'Osiris. À Abydos se trouvait le plus illustre qui renfermait la tête du dieu ; à Busiris du Delta, le plus ancien ; sur l'île de Biggeh, à la frontière sud de l'Égypte, le plus secret, cachant la jambe, dont sourd, en son temps, l'inondation.

Dans cette tâche douloureuse de reconstitution du corps d'Osiris, elle se fit aider de Nephthys. Certains prétendent qu'Horus lui-même, pourtant encore enfant, participa à cette quête. Celle-ci dura douze jours.

« Ma sœur, dit Isis à Nephthys, vois, c'est notre frère ! Viens, aide-moi à soulever sa tête, à recueillir ses os. Viens, aide-moi à remettre en ordre ses membres. Viens, aide-moi à ôter la terre de sa chair. Ensemble, nous te reconstituerons, ô cher Osiris. »

LE RELIQUAIRE D'ABYDOS

À Abydos, principal sanctuaire d'Osiris avec Busiris, dans le Delta, se trouvait l'une des principales reliques d'Osiris, sa tête, qui était conservée dans un reliquaire spécial, que ce bas-relief du temple de Ramsès Ier, édifié près du sanctuaire du dieu, nous permet d'imaginer.

Les lymphes d'Osiris

Avec de l'amour dans chacun de ses gestes, Isis reconstitua le corps d'Osiris. D'aucuns pensent qu'elle retrouva toutes les parties de son corps, sauf peut-être son membre viril que Seth aurait jeté dans le fleuve où il aurait été dévoré par trois poissons. Le fidèle Anubis rassembla tous les morceaux dans une enveloppe de papyrus qu'on appelle la « nébride* ».

OSIRIS : LES PARTIES DE SON CORPS RETROUVÉES

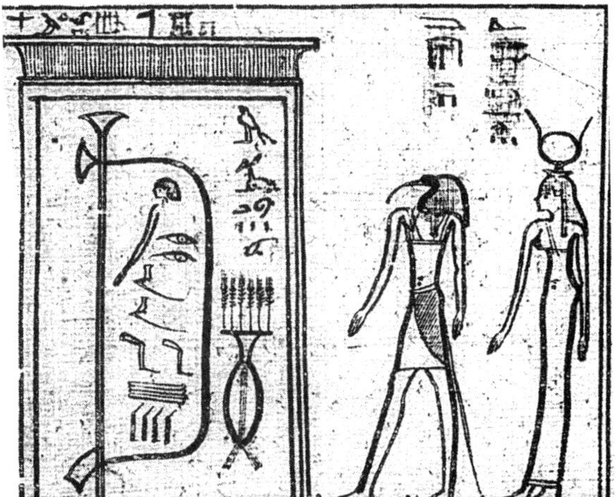

Les parties du corps d'Osiris trouvées en Haute-Égypte sont rassemblées dans une nébride de papyrus, tandis que ses humeurs sont recueillies dans le vase *senou*, où elles ont donné naissance à des épis de blé. L'ensemble est figuré dans le pavillon divin d'Anubis, responsable de la momification, au côté duquel se tient Isis, qui a pu retrouver les différentes parties du corps de son époux.

(Papyrus Jumilhac, planche V, 2e vignette.)

Pour certains, la nébride est la peau d'**Ânti**, fils de **Hesat**, la vache divine, qui avait commis un crime abominable – ce pour quoi il fut dépecé. N'avait-il pas, en effet, décapité sa propre mère ? Mais Hesat, faisant couler son lait sur cette peau, le fit renaître à la vie, tout comme Isis donna naissance à Osiris à travers l'enfant Horus. Pour d'autres, enfin, la nébride est la peau même de Seth qui s'était transformé en panthère. Anubis l'en ayant dépouillé y enveloppa les membres en putréfaction d'Osiris, avant de reconstituer son corps. Le mal était ainsi réparé par celui-là même qui l'avait commis. Après quoi Anubis sécha soigneusement le cadavre, l'assouplit avec des onguents et l'emmaillota de lin fin. Ce fut la première momie. Les humeurs qui s'étaient écoulées furent recueillies et Isis, se levant, prononça ces mots : « Osiris, vis et répands la vie autour de toi. Et toi, lymphe de ce corps lumineux, sourds, coule, remplis les canaux, fais-toi rivière, étanche notre soif. »

RECONSTITUTION DU CORPS D'OSIRIS ET MOMIFICATION

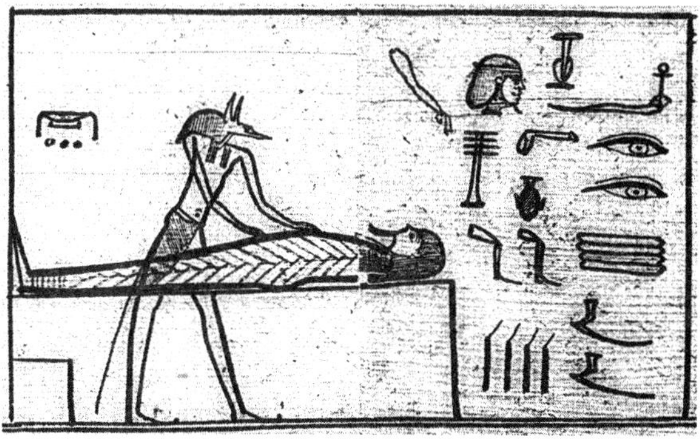

À l'intérieur du hiéroglyphe servant à écrire la « Maison de l'or » (officine de momification), Anubis est occupé à reconstituer le corps d'Osiris, dont les morceaux sont disposés dans le champ, à droite, et à confectionner sa momie. On distingue clairement les yeux, les côtes, les membres inférieurs et supérieurs, la tête, le sexe, le cœur et les idéogrammes des mâchoires, des doigts, de la colonne vertébrale, de la trachée, des poumons et des intestins.

(Papyrus Jumilhac, planche VI, 1re vignette.)

C'est ainsi que l'on vit les humeurs sortir du corps divin d'Osiris, se répandre, nourrir et ensemencer la terre comme il avait ensemencé Isis, gonfler les eaux du Nil et faire germer sur ses rives les champs de céréales, tandis que le dieu, après avoir régné sur le monde des vivants, partit régner sur l'occident, là où chaque soir disparaît le soleil, après avoir célébré un second couronnement à Héliopolis. Il reçut le sceptre, le chasse-mouches et la crosse de berger, et monta sur le trône, souverain du monde des défunts, le pays du silence. Au terme d'une longue nuit de veillée funèbre durant laquelle chacun craignait les attaques de Seth capable de prendre la forme d'un insecte pour s'attaquer au corps momifié du dieu, l'on vit avec soulagement le soleil se lever et répandre sa lumière bienfaisante. Alors, le corps d'Osiris fut enseveli dans l'île de Biggeh, au sud d'Éléphantine, en un lieu écarté. Nul n'avait le droit d'y cheminer. On ne pouvait y chasser d'oiseau ni pêcher de poisson. On ne pouvait y élever la voix et la plainte du tambourin y était interdite, de même que la mélopée des harpes et des flûtes. Trois cent soixante-cinq tables d'offrandes y avaient été disposées près du bosquet sacré et Isis, depuis son sanctuaire voisin de Philae, s'y rendait en barque, tous les dix jours, pour faire une libation de lait sur la tombe de son époux.

Les paysans n'oublièrent pas Osiris ni les bienfaits qu'ils lui devaient. Chaque année, au quatrième mois d'*akhet*, la fête du Labour commémorait la découverte des membres du dieu (voir p. 418). Pendant les douze derniers jours, ils plaçaient de l'orge à l'intérieur d'un châssis avec du terreau au-dessous et au-dessus, orge auquel ils donnaient chaque jour de l'eau afin qu'il grandisse et devienne florissant. Ainsi revivait Osiris, noir comme la terre, vert comme le blé tendre et bleu-vert comme la mer où viennent se mêler les rivières.

LE CORPS MOMIFIÉ D'OSIRIS

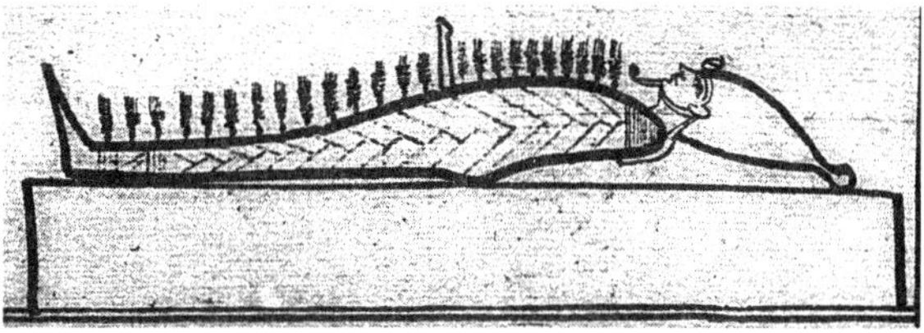

Des épis jaillisent du corps d'Osiris, illustrant sa renaissance. Lors des fêtes d'Osiris, on confectionnait des pseudo-momies de limon du Nil mêlé d'orge que l'on ensevelissait. De même, dans les tombes, on déposait parfois une effigie d'Osiris, silhouette dessinée avec des graines sur une toile de lin ou dans un moule. La germination symbolisait la résurrection du dieu et donc celle du défunt.

(Papyrus Jumilhac, planche III, 3e vignette.)

Déposée dans la tombe au moment des funérailles, son effigie verdoyante était gage de renaissance, vie issue de la mort. Et dans le secret des grands sanctuaires du pays, sur le lac sacré, était commémorée la geste sanglante d'Osiris, tandis que son effigie entourée d'amulettes et revêtue de lin fin voyait, par la magie des rites, l'orge se transmuer en or, chair divine impérissable. Ainsi le dieu est satisfait et poursuit, par-delà la mort, son œuvre civilisatrice. Car si l'on avait négligé les cérémonies d'Osiris en leur temps, ce pays aurait été privé de ses lois et aurait été livré aux épidémies et aux ennemis.

Et qu'en est-il d'Isis et d'Osiris ? Osiris règne dans l'occident où demeure son corps. Il déteste le tumulte et ne voit plus que fugacement la lumière, quand Rê plonge, pour s'y ressourcer, dans le monde des ténèbres : durant cette traversée le soleil prend un éclat terne et brouillé. Quels chemins Osiris a-t-il empruntés pour se rendre dans cet autre monde où certains disent que les visages sont inversés ? Nul ne le sait, et les autres dieux évitent tout itinéraire susceptible d'y conduire. Seuls Thot et Anubis peuvent à l'occasion jouer le rôle d'intermédiaires : c'est Thot qui a remis à Osiris les insignes de la royauté lui donnant la légitimité pour régner dans l'au-delà après l'avoir fait sur terre ; c'est Anubis qui, parfois, autorise les défunts, sujets du royaume d'Osiris, à revenir sur terre solliciter les vivants qui ont omis ou cessé de leur assurer les rituels nécessaires à leur tranquillité dans l'au-delà. Les serviteurs d'Osiris, libres d'aller et de venir entre les deux mondes, ainsi que les génies et les esprits, permettent à certaines informations de circuler. Les échanges se font aussi par missives ou par des passages aménagés en certains lieux – ainsi Horus peut-il communiquer avec son père.

En dépit de son absence physique, la forme immatérielle et lumineuse d'Osiris habite le ciel. Sous l'apparence d'Orion, il parcourt la limite sud du ciel. Juste derrière lui se lève la fidèle Isis, étoile la plus brillante de la constellation du Grand Chien, notre Sirius, que les Égyptiens nommaient **Sothis** – ce qui veut dire l'acérée, celle qui possède acuité et vivacité d'esprit. N'est-ce pas elle, en effet, qui annonce l'inondation, au premier jour de l'année égyptienne ?

Horus et Seth

*La rivalité entre Horus, le fils d'Isis et Osiris, et son oncle Seth vient prolonger la lutte pour le pouvoir entre ce dernier et Osiris. Elle prolonge aussi l'opposition entre Seth et son frère Horus l'Ancien, originaire du Delta et donc antinomique du dieu du désert. D'où certaines interférences dans quelques récits, ceux concernant Horus l'Ancien préfigurant en quelque sorte ceux qui mettent en scène Horus fils d'Osiris. On retrouve des éléments dans différents documents (*Textes des Sarcophages, Livre des Morts, *papyrus Jumilhac) ainsi que dans un conte du* XIIe *siècle av. J.-C. dont il existait des versions antérieures (on en connaît une dès le Moyen Empire). Ces divers récits attestent l'acharnement de Seth et la ténacité d'Isis à défendre la mémoire de son époux et, par là, l'héritage de son fils ; ils témoignent aussi du fonctionnement tatillon et de l'esprit procédurier de l'assemblée des dieux, l'Ennéade, qui n'en finit pas de débattre et d'osciller entre les deux prétendants à la succession d'Osiris. Enfin, ils soulignent les règles de transmission du pouvoir, prototypes de celles en vigueur dans la société pharaonique.*

L'acharnement de Seth

Horus, fils d'Isis et d'Osiris, avait grandi loin de tous, caché parmi les roseaux et les papyrus du Nil, en des lieux jalousement gardés par sa mère.

HORUS ENFANT

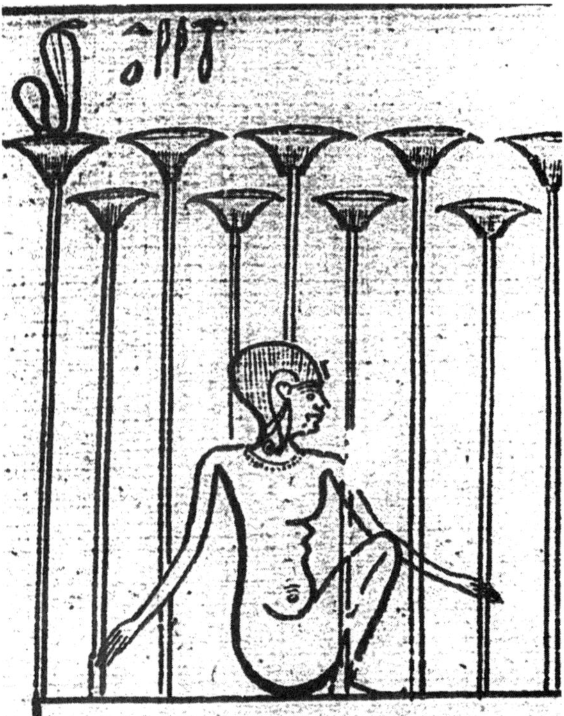

L'enfant Horus (aussi connu sous le nom d'**Harpocrate**) est assis dans un fourré de papyrus des marécages du Delta, sous la garde de **Ouadjyt**, déesse cobra de Basse-Égypte (posée en haut à gauche, sur une touffe de papyrus). Il est représenté selon les conventions habituelles utilisées pour signifier l'enfance, nu, portant la mèche de l'enfance sur le côté de la tête. La position des bras, baissés, est celle de la faiblesse. Il porte au front l'uræus l'identifiant comme roi.

(Papyrus Jumilhac, planche II, 1re vignette.)

Rien, en effet, ne semblait pouvoir l'atteindre, car Isis veillait sur lui avec un amour d'autant plus féroce que la conception avait été difficile. L'épouse d'Osiris vouait un dévouement sans limites à leur fils : sa présence lui rappelait son amour, et Isis espérait qu'Horus, son bel enfant aux yeux lapis qui lui donnaient un regard d'un bleu profond, vengerait un jour l'acharnement dont son père avait été victime.

Elle n'avait toutefois pu garder secrète la naissance d'Horus, et quand Seth apprit qu'Osiris avait engendré un fils par-delà la mort, il entra dans une telle rage qu'une tempête de sable brûlant traversa le désert, desséchant les yeux et les narines. Aussitôt il reporta sur Horus la jalousie et la haine qu'il avait jadis vouées à Osiris et à leur frère Horus l'Ancien, dont le nouveau-né portait le nom.

Une fois, Seth avait cru venir à bout de son frère Horus. Un jour, en effet, il s'était transformé en porc noir et lui avait donné un coup, l'atteignant au niveau de l'œil. Le coup avait été si violent qu'Horus avait perdu connaissance. Mais Rê veillait, et il ordonna aux dieux d'étendre Horus sur son lit où il reprit peu à peu connaissance. Leur soulagement fut grand, car tous aimaient Horus, et c'est d'ailleurs depuis ce jour-là qu'ils exècrent le porc. Rê examina l'œil d'Horus : la blessure était importante. Afin de vérifier s'il pouvait toujours voir, il dit à Horus : « Jette donc un regard sur ce trait avec ton œil malade en cachant l'autre de ta main. » Ce que fit Horus : il ne voyait plus rien ! Consterné, il s'écria : « *Maa hedj* ! Je vois tout blanc ! » Et par ces mots, il créa l'oryx blanc (*ma hedj*), qui devint un ennemi d'Horus. De son œil mutilé, il ne voyait effectivement plus. Rê fit alors appel au dieu Thot dont la connaissance permit à Horus de recouvrer la vue. L'œil blessé devint ainsi, grâce à l'intervention de Thot, l'œil *oudjat*, l'œil guéri : il en est ainsi de la lune, cet œil dans le ciel qui s'affaiblit au point de disparaître avant de reprendre sa forme pleine d'œil *oudjat*.

Désormais Seth n'aurait qu'un but : éliminer à son tour cet enfant qui s'interposait entre lui et ce trône du Double-Pays auquel il aspirait tant. De même qu'il avait réussi à retrouver le corps d'Osiris, il entreprit de découvrir la cachette d'Isis.

Ce fut difficile. En effet, Isis déplaçait régulièrement l'enfant pour brouiller les pistes, au cas où Seth, ayant appris sa naissance, retrouverait sa trace. Déesse magicienne, elle changeait souvent l'apparence de son fils pour mieux confondre son ennemi et elle réussissait en cela si bien qu'une fois il lui arriva de ne pas le reconnaître tant la métamorphose fut réussie. Inquiète et désemparée, elle se rendit auprès de Thot auquel elle demanda de l'aide. Ce n'est qu'avec des questions, en nommant son fils et en rappelant ses attributs, qu'elle put enfin le retrouver.

Un jour, à force de patience et de ruse, ayant exploré toutes les sinuosités du Delta et chacune des îles du fleuve, Seth découvrit le lieu. Quelque temps plus tard, après maints essais infructueux, il parvint à déjouer l'attention d'Isis. Dès qu'elle se fut éloignée, Seth envoya un scorpion qui, rampant sur le sable, s'approcha de l'endroit où jouait l'enfant, insouciant, sur le sable blond. Curieux, sans crainte, il examina l'animal. Tendit-il la main pour le saisir ? En tout cas, le scorpion le piqua, le venin agit avec la rapidité de l'éclair, et Horus s'effondra, terrassé par le mal. Rien ne semblait pouvoir le sauver.

Quand Isis découvrit le corps de son fils, elle poussa des cris terribles de désespoir et de rage. Les cris d'une mère qui croit voir son enfant mort sont insoutenables ; quand, de surcroît, cette mère est une déesse, ils écorchent de leur douleur l'univers entier. Ses plaintes bouleversèrent les dieux. Lorsque Rê sut ce qui était arrivé à Horus, il envoya Thot sur terre. Sa sagesse et son savoir purent déjouer les sombres desseins de Seth, et les yeux d'Horus s'ouvrirent de nouveau à la lumière.

Éducation d'Horus

Grand et beau, lumineux et vif, Horus avait grandi dans l'isolement, protégé par sa mère ; mais il était temps que son père soit présent à son côté pour parfaire son éducation et le préparer à son destin de roi. Osiris, qui régnait sur les ténèbres, revint de l'occident pour séjourner de nouveau sur terre auprès de son fils. Le jeune garçon avait grandi avec l'idée de venger son père et sa mère, et plus les années passaient, plus il était déterminé : il serait le vengeur de son père, le soutien de sa mère. Son impatience croissait, il était temps de lui enseigner les arts de l'intelligence et du combat afin qu'il pût un jour vaincre Seth.

Le père et le fils se retrouvaient donc pour des joutes durant lesquelles, complices, ils mesuraient leurs forces et échangeaient leurs réflexions. Le jeune Horus était puissant et agile, il apprenait vite. Sa réflexion mûrissait aussi. Un jour, entre deux entraînements, il expliqua à son père qu'il était préférable de combattre avec un cheval plutôt qu'avec un lion. Quand Osiris lui demanda pourquoi, son fils répondit : « Le lion est un excellent allié quand il faut se défendre, mais le cheval est préférable dans l'attaque, car il déroute l'ennemi, permet aisément de le disperser puis de l'exterminer. » Osiris sut alors que son fils était prêt et il regagna les rives de l'au-delà.

Rivalité de Seth et d'Horus

Jeune, doté de la force, de l'intelligence et de la beauté de ses parents, Horus se sentait prêt à monter sur le trône. Mais Seth aspirait lui aussi à succéder à Osiris. Chacun considérait ses droits comme légitimes. Ils en appelèrent donc aux dieux qui se réunirent en assemblée pour examiner les revendications de l'un et de l'autre. D'un côté, ce jeune dieu, fils du beau souverain au teint brun qui avait régné sur le Double-Pays, de l'autre, ce dieu pâle du désert, traître et violent, mais dont la force permettait à Rê de triompher du serpent Apophis. Les dieux étaient très embarrassés. Comment trancher ? Lequel préférer ? Le procès s'enlisa et dura huit décennies. L'Ennéade, l'assemblée des dieux, semblait incapable de prendre une décision.

Thot, toujours fidèle aux enfants de Nout, tenta de convaincre les autres dieux qu'ils devaient reconnaître en Horus le dieu légitime. Il prit la couronne du Double-Pays et l'éleva pour la présenter à Horus. Chou, père d'Osiris, le soutenait, considérant que les droits du fils de son fils aîné étaient plus légitimes que ceux de son fils cadet : « La justice, dit-il, doit triompher de la force. » Une exclamation de joie s'échappa des lèvres d'Isis. Voilà que son fils allait enfin monter sur le trône d'Égypte !

À cet instant, Rê s'interposa et apostropha les trois divinités : « Allez-vous donc vous substituer à l'Assemblée et décider en lieu et place des autres dieux ? »

Alors l'Ennéade, subitement lasse de tant de paroles et de doutes, déclara : « Que l'on prenne la couronne blanche, qu'on la place sur la tête d'Horus et qu'on inscrive son nom dans le cartouche* royal. »

Isis triomphait. Le visage de Rê, courroucé, s'assombrit. Avant que Thot ait pu exécuter la volonté de l'Ennéade, Seth bondit en avant : « S'il croit mériter ce trône, qu'il vienne se mesurer à moi. Mes mains sont plus puissantes que les siennes. Je vous le prouverai, et vous remettrez la couronne entre les mains de celui qui aura vaincu. Car ce seront les mains du plus fort. Et le roi doit être le plus fort. »

« Comment remettre la couronne à Seth, alors que le fils du roi Osiris est vivant ? » demanda Thot.

L'irritation de Rê croissait. Certes, il avait sauvé Horus de la morsure traîtresse du scorpion envoyé par Seth, mais il connaissait et appréciait la force de ce dernier, et il n'avait pas oublié comment Isis lui avait volé son nom secret. C'était Seth, et non Horus, le fils d'Isis, qui avait sa préférence.

L'Ennéade hésitait à contrarier Rê, dieu des dieux, de crainte que le soleil ne se cachât. L'Assemblée décida donc de consulter Atoum, Celui qui est et qui n'est pas : lui seul saurait trancher. On amena Seth et Horus devant le vénérable vieillard qui résidait dans l'île de Sehel, sur le Nil. Coiffé de la double couronne, il écouta attentivement, mais refusa de se prononcer, confessant son incapacité à rendre un jugement. La décision était trop lourde de conséquences. Il conseilla à l'Assemblée d'écrire à Neith, la mère divine, mère de Rê et du dieu-crocodile Sobek. Puissante et sage, elle seule saurait.

La lettre à Neith

L'Ennéade demanda à Thot d'écrire une lettre à Neith. Thot s'assit et se mit au travail. Il écrivit de la part de Rê, « roi de la Haute- et Basse-Égypte, maître du Double-Pays, Disque solaire aux mille éclats, Nil puissant qui nourrit la terre », et s'adressa à « Neith la puissante, mère divine toujours jeune, lumière du premier visage », lui demandant auquel des deux adversaires le tribunal devrait accorder sa préférence pour que cesse enfin cette rivalité qui durait depuis quatre-vingts ans.

La réponse de Neith ne tarda pas. Dans sa lettre, elle enjoignait l'Ennéade de remettre les attributs du roi à Horus, fils d'Osiris, et conseillait à Rê de faire des présents à Seth en lui offrant notamment ses deux filles, Anat et Astarté, nées au-delà des frontières de l'Égypte. Horus devait s'asseoir sur le trône d'Osiris. Toute autre décision ne serait qu'iniquité et provoquerait la colère de Neith, une colère telle que le ciel s'écraserait sur la terre. Telle était la sentence de la mère de Rê.

Thot réunit l'assemblée des dieux et leur lut la lettre de Neith. Rê entra dans une grande colère et se tourna vers Horus : « Enfant, comment penses-tu pouvoir régner sur le Double-Pays ? Tes membres sont trop faibles, tu n'es qu'un gamin dont la bouche sent mauvais ! »

Un murmure d'indignation parcourut l'Assemblée. Le roi des dieux était allé trop loin. Ses paroles étaient injurieuses pour Horus, et tous craignaient la colère de Neith.

Les propos cinglants de Rê avaient traversé l'infini et étaient parvenus jusqu'au royaume des ténèbres où Osiris les entendit. Furieux, il appela un de ses serviteurs, Baba. Dans le monde des morts, Baba dévorait le cœur des coupables jugés par Osiris. Dans le monde des hommes, il prenait l'apparence d'un être effroyable. Osiris s'entretint avec lui ; Baba disparut pour surgir au sein de l'Ennéade. Traversant l'Assemblée stupéfaite, il s'arrêta devant Rê et il lui jeta à la face cet affront terrible que nul dieu ne saurait entendre sans chanceler : « Vois ! Ton temple est vide. »

Saisi, Rê s'effondra, blessé par les paroles de Baba. Un tumulte monta parmi les dieux qui chassèrent Baba. Inquiets des conséquences de cette injure faite à Rê, ils se retirèrent chacun en sa demeure. Le dieu des dieux ne bougeait pas. Immobile, il gisait là, le cœur lourd.

Alors Hathor eut pitié de son père. Espiègle et enjouée comme une chatte quand elle ne cédait pas à cette cruauté de lionne qui se lovait aussi dans son cœur, elle ne pouvait le laisser là, seul et triste. Elle l'avait déjà aidé quand il avait voulu punir les hommes, même si ensuite il l'avait enivrée pour qu'elle cessât son carnage sanguinaire. Ils se comprenaient. Elle s'approcha donc. Resplendissante, un regard lourd et malicieux tout à fois dans les yeux, dressée au-dessus de lui, elle se dénuda lentement, lui dévoila sa beauté et lui enseigna sa vulve. Le dieu la contempla et se redressa comme malgré lui. Il riait.

La colère de Rê s'était évanouie. Il réunit de nouveau l'Assemblée, et convoqua Horus et Seth. Chacun, décréta-t-il, s'exprimerait à son tour.

Seth et Horus entendus

Seth parla le premier. Il rappela qu'il était le fils de Nout, et donc le frère d'Osiris. Il mit l'accent sur sa force, sur sa violence, sur sa capacité à tuer. Surtout, il insista sur son rôle de protecteur du dieu-soleil quand celui-ci, dans sa barque, traverse les ténèbres et doit affronter le serpent Apophis. Sans Seth, qu'adviendrait-il de Rê ? Sans le soleil, qu'en serait-il du jour et du monde des hommes ? Il était légitime qu'il fût reconnu comme roi.

Thot s'indigna : « Seth est frère d'Osiris, mais aussi frère d'Isis. Va-t-on choisir comme roi le frère de la mère, alors que le fils du roi est vivant ? »

Mais Rê lui rétorqua : « Va-t-on choisir comme roi un jeune homme, alors que son aîné est vivant ? »

Tous les dieux commencèrent à parler en même temps. Ils se tournèrent vers Rê : « Ces paroles sont indignes de toi ! »

Voilà que l'on n'avait guère avancé.

Alors Horus se leva et dit : « Est-il juste que je sois dépouillé de mon droit, et ce, par l'Ennéade ? Est-il imaginable que la fonction de mon père, qu'il reçut de son père, ne me soit point transmise ? »

Isis soutenait son fils, exaspérée de voir cette Assemblée incapable de prendre une décision. Les dieux tentèrent de l'apaiser : « N'aie crainte, lui dirent-ils, nous accorderons son droit à celui qui est dans son droit. Nous n'irons pas contre ta volonté. »

Seth se leva et proféra cette imprécation : « Tant qu'Isis sera présente, je refuserai ce tribunal. Par mon sceptre, je vous tuerai tous les uns après les autres : chaque jour, l'un de vous mourra ! »

Rê soupira et ordonna aux dieux de se rendre dans l'île du Milieu pour tenter d'y juger en toute sérénité. Ânti le passeur ne devait pas laisser accéder Isis « ni toute autre femme lui ressemblant », ajouta-t-il se rappelant avec amertume les ruses d'Isis.

L'île du Milieu

Les dieux se rendirent donc en l'île du Milieu. Ordre fut donné à Ânti le passeur de ne laisser débarquer aucune femme sur l'île ; il savait que c'était la belle et altière Isis qu'ils cherchaient à écarter.

Les discussions traînaient en longueur, tournant toujours autour des mêmes points. On n'avançait guère. Les dieux mangeaient du pain et s'interrogeaient sans relâche.

Isis était furieuse et inquiète. Elle approcha de la rive : Ânti le passeur était assis près de son bateau, en face de l'île. Il entendit des pas et tourna la tête. Une femme... On l'avait mis en garde contre les femmes, surtout contre celles qui étaient aussi éblouissantes qu'une déesse. Or celle-ci était vieille, courbée et d'aspect misérable. Il se laissa de nouveau aller à ses rêveries. Elle allait passer son chemin.

Mais non. Elle s'arrêta près de lui. Ânti ne daigna pas lever la tête. « Je dois me rendre dans l'île, dit-elle. Mon petit gars garde son troupeau sur l'île du Milieu depuis cinq jours. Voilà qu'il a faim. Transporte-moi dans l'île pour que je lui apporte ce pot de farine.

– J'ai ordre de ne laisser passer aucune femme.

– Aucune femme ? J'ai entendu parler de la déesse Isis : ceux qui sont là-bas la craignent. Regarde-moi : est-ce que je ressemble à Isis ?

– Qu'est-ce que tu me donneras si je te transporte dans ma barque ?

– Cette miche de pain.

– Tu crois que je vais enfreindre un ordre pour une simple miche de pain ? »

La vieille femme sembla hésiter, puis elle lui tendit un anneau d'or. « Prends. Le petit gars a faim. Je dois me rendre sur l'île. »

L'or exerçait sur le passeur une fascination à laquelle il n'avait jamais su se dérober. Il prit l'anneau et fit passer la vieille femme dans l'île du Milieu. Il n'avait pas songé que les magiciennes, pour parvenir à leurs fins, se déguisent souvent. Il allait payer cher cette négligence.

Isis séduit Seth

L'Ennéade siégeait, délibérant et mangeant du pain. Seth mangeait avec eux. De loin, il vit passer une silhouette entre les arbres et se leva, méfiant. Dès qu'Isis vit son regard se tourner vers elle, elle se transforma par quelques incantations magiques en une jeune fille à la fine taille, si belle de corps que Seth ne pouvait en détourner les yeux. Il semblait avoir perdu toute volonté, et avançait vers elle, fasciné, oubliant sa querelle avec Horus, son souci de suivre chacune des paroles des dieux et de peser dans la décision. Il s'approcha d'elle et, s'arrêtant près d'un sycomore, l'appela : « Viens ! Je veux me joindre à toi, connaître ta beauté. »

La jeune fille semblait hésiter. « Mon seigneur, dit-elle, je veux bien venir jusqu'à vous, mais entendez ce que j'ai à vous dire. Mon mari était pasteur d'un troupeau. Je lui donnai un fils. Il mourut, me laissant seule avec l'enfant qui prit à son tour le rôle de berger. Il garde ses bêtes jour et nuit. Mais voilà qu'un étranger survint ; je l'accueillis, je lui donnai du pain. Il entra dans l'étable où était affairé mon fils et lui dit : "Pars avant que je ne te frappe et te chasse. Désormais, le troupeau de ton père m'appartient." Telles furent ses paroles. Soyez mon champion, sire, défendez la cause de mon fils, et je viendrai jusqu'à vous. »

Devant les yeux éblouis de Seth, la taille fine semblait onduler, le regard de la jeune fille le fixait, immense, envoûtant comme celui d'une magicienne.

S'élançant vers elle pour la saisir, il s'écria : « Va-t-on donner le troupeau à un étranger alors que le fils est vivant ? »

Au moment où il pensait la tenir et forcer sur elle son désir, elle lui échappa. Ses bras s'ouvrirent comme deux ailes, elle se dressa sur la pointe des pieds comme pour prendre son envol. Hébété, il recula. La jeune fille avait disparu, un milan avait pris son essor pour se percher dans le sycomore au-dessus de sa tête. Et la voix d'Isis retentit, moqueuse : « C'est ta propre bouche qui a parlé ! Pleure ! Pleure sur toi-même ! »

Seth s'effondra en pleurant des larmes de rage et d'humiliation. Puis il alla voir Rê. Il pleurait toujours. « Que se passe-t-il ? » demanda le roi des dieux.

Seth répondit : « C'est encore Isis, cette mauvaise femme qui s'acharne contre moi. Je ne sais par quel moyen elle est parvenue jusqu'à l'île alors qu'on avait dit au passeur de ne transporter aucune femme. Mais je ne l'ai pas reconnue, car elle se cachait sous les traits d'une belle et jeune femme, de celles qui nous font perdre la raison. Elle m'a dit qu'un étranger était venu chasser son fils et prendre son troupeau qu'il gardait depuis la mort de son père. Elle feignait de me demander conseil. »

Le Maître universel soupira. Autant il appréciait la force de Seth, autant il savait qu'il se laissait aisément piéger par l'art et la ruse d'Isis. Rien d'étonnant à cela, puisque lui-même avait été trompé par la magicienne.

« Que lui as-tu répondu ? demanda-t-il.

– Va-t-on donner le troupeau à un étranger alors que le fils est vivant ? Cet étranger, il faut le frapper au visage, avec un bâton, le jeter dehors, le chasser de cette maison où il cherche à prendre la place du fils.

– Tu as parlé. Tu t'es jugé toi-même. »

Les paroles de Rê n'apaisèrent pas Seth. Sa colère redoubla, et ne voulant pas la déverser contre lui-même, il la dirigea contre Ânti le passeur. « Qu'on m'amène cet homme, ce lâche et ce traître ! » tonna-t-il.

Le passeur fut convoqué devant l'Ennéade qui le punit. On le battit, on le tortura, on le dépeça, on lui arracha les orteils auxquels on substitua des griffes. Ânti poussa un grand cri et jeta l'anneau d'or loin de lui : « Abomination ! Que je ne voie plus jamais de l'or. Et que les hommes qui m'entendent proscrivent désormais l'or. » On raconte que les hommes d'une ville voisine l'entendirent et que, depuis ce jour, ils refusent cet objet de convoitise qui fut la cause du malheur d'Ânti le passeur.

L'Ennéade choisit Horus

Rê commençait à se lasser de cette querelle entre Seth et Horus. Depuis que le premier avait à son insu dicté sa propre sentence, Atoum avait choisi de prendre le parti d'Horus. Les deux divinités convoquèrent l'Assemblée sur la rive occidentale. Les dieux firent la traversée en bateau et gravirent la montagne. Là, Atoum et Rê déclarèrent : « Il est temps d'en finir. Horus et Seth ne vont pas passer le restant de leur vie à attendre devant ce tribunal. Que l'on place la couronne blanche sur la tête d'Horus afin qu'il succède à son père Osiris. »

Isis exultait. Mais Seth rentra dans une rage terrible. Les dieux tentèrent de l'apaiser : « N'as-tu point entendu les paroles d'Atoum et de Rê ? »

On posa la couronne blanche sur la tête d'Horus.

Seth se redressa devant l'Ennéade et poussa un immense cri. « Comment peut-on donner la couronne au cadet alors que moi, l'aîné, je suis toujours là ? Enlevez cette couronne de la tête d'Horus, jetez-la dans l'eau et laissez-moi encore lutter contre lui pour le trône. »

Rê, une fois de plus, choisit d'entendre Seth. Il donna son accord.

Les hippopotames

La couronne fut jetée dans le fleuve. Seth se tourna vers son adversaire : « Vois, c'est là que doit se jouer notre sort. Plongeons dans les eaux où nous deviendrons deux hippopotames. Celui d'entre nous qui émergera après trois mois pleins, celui-là ne sera pas le roi. »

Ils plongèrent donc.

Isis resta sur la rive à contempler l'endroit où ils avaient disparu. Elle ne voyait ni l'un ni l'autre, et se lamentait de ne pas pouvoir être au côté de son fils pour le préserver. Seth va le tuer, songea-t-elle. Elle imaginait un combat terrible au fond du fleuve, dans la vase. Je dois faire quelque chose, se dit-elle.

Elle chercha et trouva du fil. Puis, avec un poids en cuivre, elle fabriqua un harpon qu'elle lança dans l'eau, là où avaient plongé Seth et Horus. Concentrée, elle cherchait à deviner l'endroit où se trouvait Seth. Mais ce fut dans le corps d'Horus que le harpon vint se planter. Horus poussa un cri de douleur : « Mère ! Je suis Horus, ton fils. Ordonne à ton harpon de se détacher.

– Harpon, détache-toi ! s'écria Isis. Ne meurtris pas cet hippopotame, car c'est Horus, mon fils. »

Le harpon se détacha et Isis le lança de nouveau. Cette fois-ci, il s'enfonça dans le flanc de Seth qui hurla.

Isis exultait. Elle tira sur le fil. Seth hurla de nouveau.

« Sœur, je suis ton frère ! »

Isis arrêta de tirer. Seth était son frère, elle l'avait presque oublié. Mais c'était aussi l'assassin de son époux. N'avait-il pas tué Osiris, son bien-aimé, puis découpé son corps et tenté ensuite de tuer son fils adoré ? Elle recommença à tirer.

« Isis, ma sœur, aie pitié ! Le harpon déchire ma chair. Que t'ai-je fait ? »

Malgré elle, Isis sentit une vague de compassion lui étreindre le cœur. Elle s'apprêtait à lâcher le fil. Mais à cette dernière question la colère et la vengeance l'envahirent de nouveau. Que lui avait-il fait ? ou plutôt, que ne lui avait-il pas fait ? Tuer Osiris ne lui avait pas suffi. La jalousie qu'il éprouvait allait bien au-delà de ses ambitions. Ne souffrant pas de voir que son couple avec Nephthys était voué à la stérilité, il n'avait pas supporté que cette dernière, séduite par Osiris qui l'avait prise pour sa jumelle Isis, donnât naissance à un fils. Et si ce dernier, Anubis, avait échappé à sa colère, c'était grâce à Isis. Doublement humilié et frustré, il résolut de se venger et d'assouvir ses passions violentes. Voyant un jour Isis aller seule, il prit l'aspect d'un taureau. Métamorphosée en chienne, Isis ne put lui échapper. Il se rua sur elle et la fit rouler à terre, l'écrasant sous son poids. Labourant le sol de ses sabots, creusant le sable de ses cornes, il tenta de la prendre. Sa semence jaillit trop tôt et se répandit sur le sol où elle donna naissance à une plante du désert. Vidé, hébété, il relâcha sa pression, et Isis put fuir.

Que n'avait-il fait ? Que ne tenterait-il pas, cet être de violence que rien ne semblait pouvoir assouvir ? Isis tira sur la corde.

« Comment peux-tu me blesser ainsi ? De quel droit ? Je suis ton frère utérin, ta sœur est mon épouse. Avant de venir à la lumière, nous avons attendu ensemble dans le flanc de notre mère, unis, peau contre peau. Souviens-toi ! Aie pitié ! »

Isis hésita.

« Ce qui nous oppose aujourd'hui est donc plus important pour toi que ce que nous avons partagé dans le sein de notre mère commune ? »

« Harpon, détache-toi, libère mon frère utérin. » Sa voix tremblait.

Elle sortit le harpon de l'eau. C'est ainsi, alors qu'elle le tenait enfin en son pouvoir, qu'Isis épargna son frère Seth. La vengeance qui avait couvé en elle durant de si longues décennies n'avait pu avoir raison des liens qui l'unissaient à son frère.

Sans cette compassion, Seth serait vaincu, Horus serait roi. C'est ainsi que ce dernier vit les choses. Il était las de combattre pour le trône de son père, las de combattre contre les autres dieux. Et voilà que sa mère, qui au sein déjà le nourrissait du lait de sa vengeance, qui lui avait depuis toujours raconté qu'un jour il monterait sur le trône de son père, qui l'avait soutenu et encouragé jusque-là, voilà qu'elle le lâchait en cet instant décisif. Une rage incontrôlée s'empara de lui. Il bondit hors de l'eau.

Jeune homme, hippopotame : Horus n'était plus rien de tout cela. La colère l'avait transfiguré en fauve. Il avait la souplesse impitoyable du félin, le regard mesuré du léopard. Il s'élança vers sa mère, brandissant une dague. D'un coup, il la saisit, la terrassa et lui trancha la gorge jusqu'à détacher la tête. Laissant là le corps, il prit la tête et gravit froidement la montagne d'une démarche élastique, sans un regard en arrière.

Les yeux d'Horus

Rê, qui vint à passer par là, vit ce qui lui sembla être une statue de femme, une statue sans tête, si pâle et immobile qu'elle aurait pu être de silex. Il demanda à Thot qui la contemplait avec tristesse : « Qui est cette nouvelle venue ?

– C'est Isis, répondit Thot. Son fils Horus lui a tranché la tête. »

Rê rugit et appela tous les dieux. La vue de la statue sans tête les emplit d'effroi. Tandis que Thot, pris de pitié, restait auprès d'Isis, Seth et les autres dieux partirent à la recherche d'Horus. Le châtiment qui lui serait infligé devrait être proportionnel au sacrilège qu'il venait de commettre.

Thot coiffa la statue d'une tête de vache aux grands yeux tristes qui rappelaient ceux de la déesse. Le corps s'anima. Isis revenait à la vie.

Dans la montagne, les dieux trouvèrent Horus endormi sous un arbre.

Seth ne put rester insensible au crime commis par Horus contre sa sœur. C'était une raison de plus pour s'acharner contre Horus et le vaincre définitivement. Il saisit Horus, le soumit et lui arracha les yeux qu'il cacha dans deux boîtes. Laissant là Horus, les dieux s'éloignèrent. Seth enterra les boîtes en un lieu secret. Jadis, il avait mutilé un des yeux de son frère Horus l'Ancien que Thot avait guéri. Cette fois-ci, il prit soin de cacher les yeux pour que sa vengeance fût totale. Sans les yeux, nul dieu ne pourrait lui rendre la vue.

Quand Isis découvrit Horus, ses grands yeux se remplirent de larmes. Elle en oublia ce qu'il venait de lui faire. Les yeux, les beaux yeux d'un bleu si profond de son fils avaient été arrachés ; ne restaient que les orbites vides, tel un bijou auquel on aurait ôté les pierres précieuses. « Reste là, mon fils, lui soufflat-elle dans un sanglot. Je vais t'aider. » Elle alla trouver Anubis pour lui demander conseil. Ensemble, ils entreprirent de retrouver les yeux d'Horus. Cette nouvelle quête fut longue et difficile. Les pistes, nombreuses, se brouillaient. Certains racontaient que les yeux d'Horus étaient devenus deux bourgeons qui avaient donné naissance à deux fleurs de lotus d'un bleu pâle rappelant la lumière qui s'était répandue lors de l'éclosion de l'enfant-lotus aux premiers temps du monde.

Anubis trouva enfin les boîtes. Il les prit et les enterra dans la montagne, en un lieu sûr où il conduisit Isis. Quand ils arrivèrent, ils trouvèrent une vigne qui avait poussé exactement à l'endroit où étaient cachées les boîtes. Alors, Isis et Anubis y aménagèrent un vignoble, au sein d'une propriété où s'installa Isis. Elle arrosa régulièrement la vigne. Voyant qu'elle se développait, elle implora Rê de rendre à Horus ses yeux. La douceur de ses paroles émut le dieu qui, une deuxième fois, entendit sa douleur de mère. Un palmier vint à pousser près du lieu où se tenait Isis, la silhouette gracile de l'arbre évoquant les courbes souples et altières de la déesse implorante. Voyant cet arbre, Isis comprit que Rê l'autorisait à rendre la vue à Horus.

Elle alla retrouver Horus. Mais il n'était pas à l'endroit où elle l'avait laissé.

C'est la déesse Hathor, la dame du sycomore, familière des ouâdi* desséchés et de la lisière du désert, qui le trouva errant dans le désert, en pleurs sans savoir où il allait.

Une gazelle passait non loin de là. Elle la saisit et s'empara de son lait dont elle humecta les paupières d'Horus. Le lait de Hesat, la vache divine, n'avait-il pas pareillement, jadis, guéri les chairs d'Ânti, dépecé pour avoir, lui aussi, décapité sa propre mère ?

Elle lui dit : « Ouvre tes yeux. »

Horus ouvrit les yeux et elle mit deux gouttes de lait dans chaque œil.

« Regarde-moi », dit-elle.

Il la regarda. Il voyait de nouveau.

Le vignoble est toujours là. Ses raisins d'un bleu intense donnent à ce jour un vin de qualité qui rappelle les larmes d'Horus. Depuis ce jour, on appelle le vin « l'œil vert (car brillant et vivifiant) d'Horus ».

Isis alla voir Rê et lui dit : « J'ai trouvé Horus. Seth lui avait arraché les yeux, et mon fils errait dans le désert. Hathor lui a rendu la vue. »

Alors Rê réunit de nouveau l'Ennéade et convoqua Seth et Horus.

« Cette violence doit cesser. L'un et l'autre, vous avez commis des actes infâmes. Allez. Mangez, buvez, soyez en paix l'un avec l'autre. Cette querelle est terminée. »

Semences

Seth et Horus obéirent. Ils décidèrent d'un commun accord de passer des jours heureux dans la maison de Seth. Ils burent et mangèrent ensemble. Le soir venu, ils s'allongèrent l'un près de l'autre. La couche d'Horus était accueillante.

Dans la nuit, Seth s'approcha d'Horus et se pressa contre son dos. Il repensait aux épaules puissantes d'Horus, à ses reins bas et ramassés, à son torse allongé. Son membre était raide. Horus le sentit pénétrer entre ses cuisses et ne bougea pas. Simplement il glissa sa main au même endroit, sans que Seth s'en rendît compte. Brûlant de désir, impatient comme à son habitude, Seth s'arc-bouta contre Horus qu'il tenait prisonnier entre ses bras. La semence jaillit et

Horus la recueillit dans ses mains, à l'insu de Seth qui croyait avoir abusé de son adversaire.

Le lendemain, Horus, éperdu, quitta la maison de Seth et alla trouver sa mère à qui il raconta l'épisode de la nuit précédente : « Mère ! Regarde ce que m'a fait Seth ! » dit-il en ouvrant ses mains.

Isis poussa un cri. Elle saisit un couteau et coupa les mains d'Horus qu'elle jeta dans l'eau. Puis elle lui procura de nouvelles mains qui n'étaient pas souillées.

Elle était décidée à se venger de Seth, mais aussi à contrecarrer le plan qu'elle le soupçonnait d'avoir ourdi.

À cette fin, elle massa son fils avec un onguent doux qui lui engourdit les sens et fit monter en lui un désir profond.

Ayant ainsi prélevé la semence d'Horus, elle se rendit dès l'aube dans le jardin de Seth et demanda au jardinier : « Quels sont les légumes que Seth mange ?

– Les laitues, répondit-il. Il ne mange que des laitues. »

Isis aspergea les laitues du liquide qu'elle avait recueilli.

Comme à son habitude, Seth vint dans la journée manger des laitues et aussitôt il accueillit, sans le savoir, de la semence d'Horus en son sein.

De nouveau devant l'Assemblée

Seth et Horus se présentèrent de nouveau devant l'Assemblée.

Seth déclara : « J'ai quelque chose à vous dire. Quand vous m'aurez entendu, vous conviendrez que c'est à moi que revient la fonction de roi.

– Parle, lui dit Rê.

– Voilà. J'ai invité Horus chez moi, nous avons bu,

nous avons joué, nous nous sommes divertis ensemble. Dans la nuit, j'ai pris le rôle du mâle et j'ai dominé Horus qui ne m'a pas résisté. »

Les dieux crachèrent au visage d'Horus : « Horreur ! Tu nous fais vomir. Va-t'en d'ici ! »

Horus riait. « Je fais le serment, devant tous les dieux réunis, que ce que dit Seth est faux. Appelez la semence de Seth, vous verrez bien d'où elle vous répondra, appelez ma semence, vous verrez bien d'où elle vous répondra. »

Alors Thot, le scribe de l'Ennéade, le sage, celui qui maîtrise les paroles divines, appela la semence de Seth. Tous regardaient vers Horus, mais la semence répondit du fond du marais où Isis avait jeté les mains de son fils.

Puis Thot s'approcha de Seth. « Sors, semence d'Horus », ordonna-t-il.

Alors la semence répondit. La voix venait de l'intérieur de Seth qui sursauta et pâlit.

« Par où dois-je sortir ? » demanda la semence.

– Par son oreille.

– Moi, fluide de la création, liquide divin, puis-je sortir par son oreille ?

– Sors par son front. »

Alors un disque d'or apparut sur le front de Seth.

Furieux, Seth voulut s'emparer du disque, mais Thot repoussa sa main et saisit le disque qu'il plaça sur son propre front, tel le disque étincelant de la pleine lune.

La preuve était là, rayonnante comme un soleil, visible, indestructible : Seth, une fois encore, avait menti. Horus avait dit vrai.

Les bateaux de pierre

Les dieux dirent en chœur : « Seth a menti, Horus a dit vrai. Seth a tort, Horus a raison. »

Un râle de colère s'échappa des lèvres de Seth : « Horus a tort, Seth a raison. Accordez-nous un dernier défi. Sortons et construisons chacun un bateau en pierre. Nous ferons une course sur le fleuve. Et celui qui arrivera en premier deviendra roi. »

Horus se retira sous les arbres, à l'écart de tous. Il abattit des arbres et construisit un bateau en bois. Puis il l'enduit de plâtre et, le soir venu, le mit à l'eau. Seth arriva et vit le bateau d'Horus. Voyant qu'il flottait et pensant qu'il était en pierre, il gravit la montagne et tailla un bateau dans un bloc de pierre.

Il descendit le bateau jusqu'à la rive et embarqua.

Le bateau coula et disparut dans la vase au fond du fleuve. Seth se transforma en hippopotame et fit couler le bateau d'Horus. Mais Horus avait saisi un harpon. Il frappa dans l'eau et atteignit Seth.

Les dieux s'interposèrent. « Ne frappe pas Seth », ordonnèrent-ils à Horus.

Horus en appelle à Neith

Horus en avait assez. Il prit un bateau et descendit le fleuve jusqu'au sanctuaire de Neith.

Il lui dit : « Mère divine, fais que ce combat cesse enfin. Voilà plus de huit décennies que l'Ennéade nous juge, qu'elle prend des décisions pour ensuite refuser de les appliquer. Chaque fois, l'Assemblée a jugé que j'étais le vrai roi, et chaque fois Seth a obtenu un répit. J'ai été entendu dans les grandes salles de l'Assemblée. Chaque fois, j'ai été désigné roi. »

Mais Horus n'obtint pas de réponse.

Thot en appelle à Osiris

Thot entreprit donc de consulter Osiris dans le monde des défunts. Il s'adressa à lui en ces termes : « Lion protecteur des dieux, souverain des hommes, protecteur du Double-Pays, taureau bienfaisant, Père bénéfique se nourrissant d'or, éclaire-nous, libère-nous de notre ignorance, aide-nous à choisir entre Seth et Horus. »

La lettre fut acheminée jusqu'au monde des ténèbres. Enfin, elle parvint à Osiris qui sursauta d'indignation quand il la lut. Il fit aussitôt parvenir sa réponse à Thot : « J'ai donné au monde l'orge et le froment afin que vous puissiez manger. J'ai enseigné aux hommes l'art de la culture, mais aussi l'art de garder et de multiplier les troupeaux. Tout cela, nul ne l'avait fait avant moi. Votre force, vous me la devez. Et après cela, vous feriez du mal à mon fils Horus ? »

Thot lut la lettre d'Osiris à l'Assemblée. Rê tressaillit de colère : n'était-ce pas lui, le soleil, la source de toute la vigueur du monde, de toute la prospérité de la terre ? Sans le soleil, point de jour, point de vie.

« Écris ce que je vais te dicter, ordonna-t-il. Réponds à Osiris que même s'il n'avait jamais existé, tout cela aurait été, car je suis le dieu des dieux, le soleil tout-puissant. »

Osiris lui répondit : « Certes, le monde où tu règnes est grand et beau. Mais la justice s'en est retirée pour s'enfoncer dans l'autre monde, celui d'êtres redoutés de tous, y compris de vous, car ils arrachent les cœurs et ne craignent pas les dieux. Voulez-vous que je les fasse monter dans le Double-Pays, voulez-vous que je vous renvoie tous ceux dont le cœur déséquilibrait la balance de la justice ? ceux qui ressemblent au souffle brûlant de Seth venu du désert et qui flétrit les vignes, dessèche les canaux où flottent sur le dos les poissons morts et les cadavres d'oiseaux ? Car ce sont ceux qui volent le grain des greniers au lieu de le partager, ceux qui empruntent la voie tortueuse du mensonge au lieu du droit chemin de la vérité. Est-ce cela que vous voulez ? Et vous savez que vous ne saurez empêcher la désolation qui s'ensuivra, car nul n'est aussi puissant que moi.

– Il a raison, murmurèrent les dieux. Nous lui devons tant. »

L'Assemblée se rendit donc de nouveau dans l'île du Milieu. Horus avait gagné. Seth fut déclaré coupable. Atoum ordonna qu'on lui attachât un pieu au cou : il était condamné.

Alors Rê, qui l'avait toujours soutenu, approcha de lui et lui ôta le pieu infamant. « Qu'il vienne avec moi dans mon royaume d'en haut. Là, il rugira dans le ciel, et tous auront peur de lui, de son regard noir des ténèbres. Il m'aidera à combattre le serpent Apophis. »

On dit aussi qu'il fut condamné pour toujours à porter Osiris, comme les ennemis du roi liés sur le socle de son trône. Ou encore qu'il fut mis en pièces sous l'apparence du taureau de sacrifice, tandis qu'Horus disait : « Ô, mon père Osiris, j'ai frappé pour toi celui qui t'avait frappé ! J'ai renversé celui qui t'avait renversé ! J'ai tué celui qui t'avait tué ! Je lui ai tranché la tête, je lui ai tranché la queue, je lui ai tranché bras et jambes ! » Puis les morceaux furent répartis entre les dieux. Mais la patte avant – le bras qui avait donné la mort à Osiris – fut jetée dans le ciel. Là, elle devint la Grande Ourse que les Égyptiens appellent « la Cuisse » ou encore « l'Herminette ». Elle est placée là, sous la garde d'Isis-la-Grande, sous la forme d'un hippopotame femelle qui la tient enchaînée à un pieu d'amarrage afin de l'empêcher de se rendre dans le ciel du Sud où vit Osiris-Orion (voir p. 404). En mémoire de cela, avant la mise en terre, on effleure le visage du défunt avec une herminette* de fer céleste en forme de patte avant de taureau. Alors la bouche peut de nouveau parler, manger et boire, les yeux peuvent voir, le nez respirer, les oreilles entendre. Ainsi, ce qui fut jadis instrument de mort sert aujourd'hui à rendre au mort ses fonctions vitales.

On posa la couronne sur la tête d'Horus et on le plaça sur le trône de son père. Isis fit éclater sa joie devant l'aboutissement heureux de son long combat. Les dieux entourèrent le nouveau roi. Des guirlandes ornaient leur tête. La joie et la réjouissance se répandirent dans tout le pays. Les récoltes abondaient de nouveau, la paix et la justice régnaient désormais dans le cœur des hommes.

1. Rê sous la forme d'un grand chat. Litanies de Rê (56e litanie) dans la tombe de Thoutmosis III, vallée des Rois, pilier de la salle du sarcophage.

2. Edfou, les quatre compagnies de génies gardiens, mur vivant autour du démiurge. Ici, génie à tête de faucon. Rainures des mâts du pylône.

3. Les trois formes du soleil à l'entrée de la tombe de Séthy II (vallée des Rois 15) : scarabée et homme à tête de bélier dans le disque.

4. Scène de pesée du cœur, chapitre 125 du Livre des Morts *d'un papyrus d'époque ptolémaïque, au musée du Caire. Un plateau porte le cœur, l'autre une figurine de la déesse Maât. Thot, greffier, note, tandis qu'Anubis et Horus vérifient la justesse de la pesée. Le défunt s'avance, incliné.*

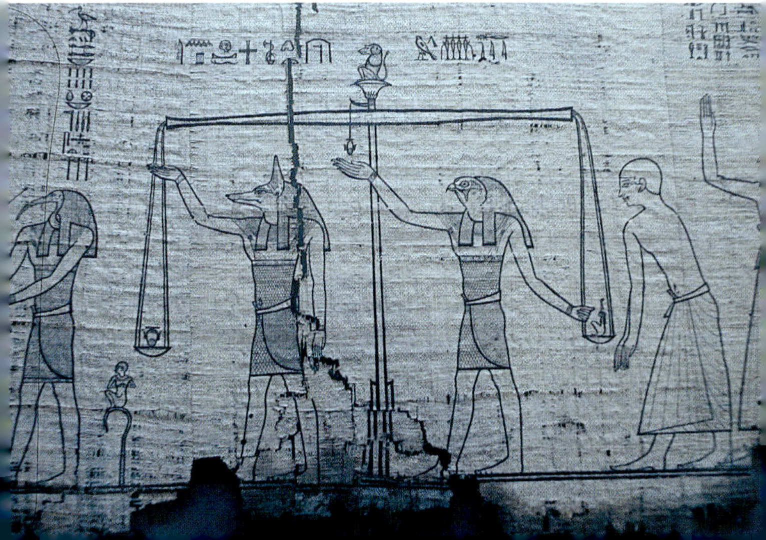

5. Vipère à cornes servant à noter la consonne f coupée en deux pour la neutraliser. Sarcophage de Menkabou, Boston, MFA 03.1631 a-b, Première Période intermédiaire.

6. Thot à tête d'ibis inscrivant les noms du roi sur les fruits de l'arbre iched, mur nord de la salle hypostyle de Karnak.

7. Serpent neutralisé par des couteaux dans une inscription de la tombe de Kherouef (TT 192), Nouvel Empire.

8 et 9. Plafond de la chapelle pure du temple de Dendara où se déroulait la fête du Nouvel An. Nout avale le soleil à l'Occident et lui redonne naissance à l'Orient. Il éclaire le temple d'Hathor, représenté par l'effigie de la déesse sur le signe de l'horizon, portant de chaque côté un arbre iched.

9.

10. Dé de chapiteau portant le nom de Séthy Ier dans un cartouche. Mur extérieur nord de la salle hypostyle, Karnak. L'idéogramme de Seth, servant à écrire le nom du roi, est un être hybride, homme à tête d'animal fabuleux.

11. « Couteau magique » du British Museum, Moyen Empire, portant des représentations apotropaïques. Parmi elles, on retrouve l'ancêtre de Bès, « le Combattant », brandissant des serpents, le scarabée et la grenouille des origines, le « serpo-léopard », une figure de Thouèris. Ivoire d'hippopotame, Moyen Empire. © Serge Blanc

Avatars de l'histoire d'Horus

Les histoires d'Osiris et d'Horus s'articulent autour de la rivalité sans répit qui les oppose à Seth. Cette thématique qui a donné lieu à d'abondants épisodes mythologiques semble avoir également inspiré des textes profanes, dont Vérité et Mensonge *et* Les Deux Frères, *tous deux de la XIX*e *dynastie. Le premier est légèrement antérieur au second, qui est l'un des rares manuscrits complets à nous être parvenus.*

Le conte Vérité et Mensonge, *dont il manque le début, se rapproche des mythes en raison des trois personnages mis en scène : un frère aîné est persécuté par son cadet et sera finalement vengé par son fils qui lui ressemble par sa beauté quasi divine. Ce récit jette un pont entre les textes mythologiques et les contes populaires par sa dimension allégorique (comme en témoigne le nom des frères, « Vérité » et « Mensonge »).*

Les Deux Frères, *un peu plus long, est de construction plus complexe, et pourrait même être la fusion de deux récits distincts. On y retrouve la rivalité entre les frères, Anoup et Bata, ce dernier étant victime des intrigues de deux épouses infidèles, celle de son frère puis la sienne ; l'ensemble comporte des éléments magiques.*

Vérité et Mensonge

Jamais nul n'avait vu un tel poignard. La lame s'étirait telle une montagne, le manche était aussi large qu'une forêt, le fourreau était une tombe de dieu, et il avait fallu le cuir des troupeaux d'une région entière pour fabriquer la ceinture. Depuis le couteau utilisé par Horus pour décapiter sa mère, nul n'avait eu connaissance d'une lame de cette dimension. C'est pourtant une telle arme que Mensonge disait avoir prêtée à son frère aîné Vérité qui ne la lui avait jamais rendue. Difficile de savoir où Vérité aurait pu l'avoir cachée sans qu'on la retrouvât aisément ! Pourtant, l'Ennéade, à laquelle Mensonge demanda justice, donna raison à ce dernier. Et la sentence dictée par Mensonge fut exécutée : Vérité fut aveuglé et réduit à servir son frère comme portier.

Cependant, cela ne suffisait pas à Mensonge. Lui savait ce qu'il en était de ce poignard extraordinaire. Il ne supportait pas de voir son frère à sa porte, jour après jour. Alors il ordonna à deux serviteurs : « Prenez-le, emportez-le dans le désert, et livrez-le aux lions et aux autres fauves. » Aussitôt, ils saisirent Vérité, mais ce dernier les implora : « Emportez-moi, mais donnez aux lions un autre homme à ma place. »

Quand les serviteurs s'en retournèrent chez Mensonge, ils lui dirent : « Un lion est sorti de son antre et il a dévoré ton frère. »

Les serviteurs avaient laissé Vérité gisant dans un fossé. C'est là que le trouvèrent les servantes d'une belle et riche dame. Elles le trouvèrent si beau qu'elles coururent chercher leur maîtresse. Celle-ci les accompagna : elle comprit que l'homme était aveugle ; pourtant, à la vue de la beauté de son corps, l'émotion la troubla et un violent désir jaillit en elle, la consumant de l'intérieur. « Prenez-le, dit-elle, et aidez-le à venir jusque chez moi. Je veux qu'il soit le portier de ma maison. »

Et la nuit qui suivit, alors que toute la maisonnée dormait, elle fit venir auprès d'elle Vérité. Ils se connurent comme se connaissent un homme et une femme.

Neuf mois plus tard, elle mit au monde un enfant, un garçon, plus beau, plus grand, plus fort et plus brillant que tous les autres enfants de son âge. Il excellait en tout : on eût dit un jeune dieu. Pris de jalousie, les autres garçons se moquaient de lui, l'injuriaient et le tourmentaient parce qu'il n'avait pas de père.

Un jour, excédé, le garçon demanda à sa mère : « Qui est mon père ? »

Celle-ci lui montra l'aveugle assis près de la porte : « Voilà ton père. »

Le garçon sursauta : « Mon père est là, gisant dans ces conditions ? Tu mériterais que j'appelle un crocodile afin qu'il te déchiquette et te dévore, toi et ta famille, pour avoir traité ainsi mon père. »

Il alla trouver son père, le fit entrer dans la maison et asseoir sur une chaise. Il le fit manger et boire et lui dit : « Je sais que tu es mon père. Je veux savoir pourquoi tu es aveugle. »

Son père répondit : « C'est mon frère qui m'a rendu aveugle. » Et il lui raconta l'histoire du poignard démesuré que nul n'avait jamais vu, à juste raison puisqu'il n'existait pas.

Le garçon dit : « Je vais te venger. »

Il prit des sandales, une outre, un couteau, un bâton et dix pains, et partit.

Il commença par chercher un taureau, et il chercha jusqu'à trouver un taureau remarquable : personne n'en avait jamais vu d'aussi beau.

Le garçon alla ensuite trouver le pâtre de Mensonge qui veillait sur son troupeau de taureaux. Il lui donna les pains, l'outre, le couteau et les sandales, lui demandant en échange de garder son taureau que le pâtre mit à paître avec ceux de Mensonge.

Quelques jours plus tard, ce dernier vint inspecter son troupeau. Quand il vit le nouveau taureau, il sut que celui-là ne lui appartenait pas ; mais il était tellement beau que la convoitise l'envahit. Il dit au pâtre : « Donne-moi ce taureau, car je veux le manger. »

Le pâtre lui répondit : « Je ne peux pas te le donner, il appartient à quelqu'un.

– Tu lui donneras un de mes taureaux. Fais ce que je te dis ! »

Et Mensonge emporta le taureau.

Quand le jeune garçon revint, il demanda où était son taureau.

« Mon maître l'a emporté, mais prends celui que tu préfères. »

Alors le garçon en compagnie du pâtre, se rendit devant l'Ennéade qui convoqua Mensonge. Le jeune garçon l'accusa d'avoir volé son taureau – et quel taureau : « Il lui faut le Nil pour litière : la touffe de sa queue reposerait alors sur les marécages du Delta, sa tête s'étirerait vers la source, une corne toucherait les montagnes de l'est, l'autre les montagnes de l'ouest, et chaque jour il engendrerait soixante veaux.

Les dieux rirent : « Mon garçon, nul n'a jamais vu un tel taureau.

– Ah bon ? rétorqua le garçon. Et si je vous disais : "La lame s'étirait telle une montagne, le manche était aussi large qu'une forêt, le fourreau était une tombe de dieu, et il avait fallu le cuir des troupeaux d'une région entière pour fabriquer la ceinture." Pensez-vous qu'il existe un tel poignard ? Aujourd'hui, je vous dis : jugez entre Mensonge et Vérité, car sachez que je suis le fils de Vérité que vous avez jadis condamné à être cruellement châtié ; je suis venu le venger. »

Mensonge croyait Vérité mort, car ses serviteurs lui avaient dit l'avoir livré à un lion qui l'avait dévoré. Il ordonna : « Qu'on trouve mon frère et qu'on le fasse venir. Alors vous pourrez m'aveugler et faire de moi son portier. »

Le garçon fit venir son père devant les dieux. Ces derniers, voyant que Mensonge leur avait menti, le condamnèrent à être aveuglé et battu.

C'est ainsi que le fils de Vérité vengea son père.

Le Conte des deux frères

I

C'était le début de la saison des labours. Le Nil s'était retiré, laissant la terre riche, noire et humide. Anoup et son frère cadet Bata sentirent la joie monter en eux. « Regarde, dit Anoup à son frère, la terre sort de l'eau, elle est bonne à labourer. Prépare l'attelage car demain nous commencerons. » Le temps des ensemencements était revenu – le temps de la fertilité et de l'énergie qui monte de la terre.

Bata servait loyalement son frère aîné Anoup et la femme de ce dernier qui l'avaient élevé comme un fils et n'hésitaient pas à lui demander toutes sortes de tâches auxquelles il n'opposait jamais de refus : il semait, moissonnait, préparait les attelages, réparait les outils et menait paître les troupeaux. Nul homme de la contrée n'avait pareil serviteur. Aussi l'épouse d'Anoup n'hésitait-elle pas à solliciter le jeune Bata pour la cuisine, pour le bois ou pour le lait. En cette saison des labours, elle se prit à observer le jeune homme de plus près, à admirer sa force. Ce n'était plus un enfant : c'était désormais un jeune homme énergique, au corps puissant et harmonieux. Elle ne pouvait ôter son image de son esprit, même quand il était absent, à vaquer aux travaux des champs.

Tous les jours, il traçait des sillons derrière les bêtes qui tiraient l'attelage, tous les soirs il rentrait chargé de plantes, de bois, de lait pour son frère et la femme de celui-ci. Il mangeait, puis il quittait la maison pour aller dormir dans l'étable. Il dormait parmi les bêtes : elles étaient bonnes pour lui, car il était doux avec elles, et quand il les menait paître, elles lui disaient : « Suis notre conseil, conduis-nous en tel lieu car l'herbe y est bonne. » Et il les conduisait là où elles souhaitaient, et elles devenaient belles et mettaient bas les veaux les plus résistants de la contrée.

Le rythme des semences satisfaisait les deux hommes. Ils étaient absents de la maison toute la journée, partant le matin avec les pains préparés par Bata et rentrant le soir pour manger et dormir.

Un jour, alors qu'ils étaient aux champs, les semences vinrent à manquer. Anoup demanda à Bata : « Retourne au village demander des semences à mon épouse. »

Quand Bata entra dans la maison, il trouva la femme de son frère en train de se coiffer. Il lui dit : « Il me faut des semences. Je dois faire vite pour retourner rapidement au champ où m'attend Anoup.

– Ouvre le grenier, dit-elle. Prends ce qu'il te faut, car je dois terminer ma coiffure. »

« Quel poids vas-tu charger sur tes épaules ? demanda-t-elle quand il revint du grenier.

– Cinq sacs, trois de froment et deux d'orge.

– Tu es très vigoureux. Tu es un homme désormais. »

Elle le prit par la main et s'approcha de lui : « Viens, couchons-nous un moment. Je veux te connaître, et tu ne le regretteras pas. Je te ferai de beaux vêtements. »

Elle tenta de l'enlacer, mais il la rejeta violemment. La colère qui s'empara de lui fut telle qu'elle crut avoir devant elle un léopard, et elle recula, terrorisée par la rage que le jeune homme semblait difficilement maîtriser.

« Comment ? Tu m'as élevé comme une mère, ton mari est comme un père pour moi, et tu te livrerais à pareilles abominations ? Ne tiens plus jamais de tels propos devant moi. Je ne dirai rien à personne de ce que tu m'as dit. »

Il chargea les sacs et s'en retourna aux champs où il se remit avec énergie au travail, sans mot dire.

Le soir, Anoup rentra le premier à la maison.

Il la trouva plongée dans les ténèbres. Il entra, mais sa femme ne l'attendait pas comme à l'accoutumée pour verser de l'eau sur ses mains. Elle était couchée, vomissant.

« Que s'est-il passé ? demanda-t-il.

– Quand ton frère est venu chercher les semences, il a voulu me connaître en connaissance d'homme. Je lui ai dit : "Ne suis-je pas comme une mère pour toi, ton frère n'est-t-il pas un père pour toi ?" Alors il m'a battue pour que je ne dise rien, et il est reparti. S'il vit, je devrais mourir, car je ne puis supporter sa vue. »

Ce fut au tour d'Anoup d'entrer dans une colère immense et de réagir comme un léopard : il décida de tuer Bata. Prenant sa lance, il se cacha derrière la porte de l'étable où il attendit son frère.

Comme à l'accoutumée, Bata rentra chargé, marchant au milieu de ses bêtes. Quand la première vache entra dans l'étable, elle lui dit : « Attention, ton frère est là, il t'attend pour te tuer. »

Une deuxième vache entra et lui dit la même chose.

Bata regarda plus attentivement et vit les pieds de son frère sous le bas de la porte. Laissant là tout ce qu'il portait, il s'enfuit, poursuivi par Anoup qui brandissait sa lance.

Bata implora Rê : « Toi qui vois les justes et les criminels, aide-moi ! »

Rê entendit sa prière, et soudain apparut entre Anoup et Bata une large étendue d'eau où l'on pouvait deviner de nombreux crocodiles. Le frère aîné s'arrêta, furieux. Depuis l'autre rive, Bata lui dit : « Pourquoi es-tu venu ainsi pour me tuer ? Sache que tu as toujours été un frère et un père pour moi, ton épouse a toujours été une mère pour moi. Mais aujourd'hui, quand je m'en suis retourné à la maison pour les semences, elle a tenté de m'inciter à la rejoindre dans sa couche. Et c'est pour elle que tu veux me tuer ? » Bata prit un roseau, se coupa le membre et le jeta dans l'eau, où le silure, poisson vorace, l'avala. Le jeune homme restait là, affaibli et malheureux. En face, séparé de lui par cette eau où rôdaient les crocodiles, Anoup pleurait.

« Tu pleures, dit enfin Bata, mais tu étais prêt à me tuer, oubliant toutes les bonnes choses que j'avais faites. Je ne viendrai plus chez toi, je m'en irai au Val du Pin Parasol. Là, tu devras venir m'aider, retrouver mon cœur, que j'aurai placé en haut d'un pin qui sera coupé. Tu le retrouveras, et tu le mettras dans l'eau fraîche pour que je puisse revivre. Il faudra que je me venge. Et tu sauras quand j'aurai besoin de ton aide : ce sera quand on te présentera une cruche de bière qui déborde. Mais maintenant, va, retourne en ta maison. »

Tandis que Bata s'éloignait, Anoup retourna chez lui. Il tua sa femme et jeta son cadavre aux chiens. Puis il s'assit et pleura l'absence de son frère cadet.

II

Bata arriva au Val du Pin Parasol où il plaça son cœur dans une fleur tout en haut de l'arbre. Ainsi, tant que l'arbre ne serait pas abattu, il n'avait rien à craindre des fauves ni d'ennemis potentiels. Le soir, après avoir chassé le gibier, il dormait sous le pin.

Pendant la journée, il construisait une maison qu'il voulait aussi belle qu'une demeure digne des rois. Un jour, se trouvant devant sa maison, il vit passer l'Ennéade qui s'occupait des affaires du pays. Le voyant, les dieux lui dirent : « Sache, Bata, que ton frère a tué sa femme. Tu es vengé. »

Mais Rê ne voulait pas que Bata restât seul. Pour le récompenser d'avoir repoussé les avances de la femme de son frère, Rê pria Khnoum de lui façonner une épouse. Alors Khnoum fit une compagne pour Bata : c'était la plus belle femme du pays, d'une beauté divine, car elle était comme si tous les dieux l'avaient conçue. Quand les sept Hathors virent celle qui était en quelque sorte la fille des dieux, elles dirent d'une seule et même voix : « Elle mourra par le glaive. »

Bata n'entendit pas cette prophétie. Sa compagne était plus belle en son corps que toutes les favorites du pharaon, ce qui n'était pas étonnant puisqu'elle portait en elle la semence de tous les dieux. Bata ne voyait qu'elle, il était éperdument amoureux, il la désirait ardemment. Il lui raconta comment il avait placé son cœur tout en haut du pin parasol du vallon où se trouvait leur maison.

Pendant la journée, quand Bata s'absentait pour chasser, elle demeurait dans la maison, car son époux craignait la convoitise du dieu de la mer. Un jour, pourtant, la jeune femme s'aventura hors de la maison. Le dieu de la mer la vit et envoya de longs rouleaux de vagues pour tenter de la happer. Effrayée, elle s'enfuit. À la demande du dieu de la mer, le pin tenta de l'empêcher de se réfugier en sa maison. Il échoua mais lui prit une tresse de cheveux qu'il donna au dieu. Ce dernier la déposa dans l'eau, parmi les vêtements que lavaient des esclaves du pharaon. L'odeur divine qui émanait de la tresse se répandit dans les vêtements, et le pharaon exigea de connaître l'origine du parfum irrésistible. On finit par lui apporter la tresse qui flottait encore dans l'eau. Le pharaon consulta les hommes les plus sages de sa cour, et on lui dit : « Cette tresse appartient à une fille des dieux. »

Le pharaon demanda qu'on envoyât des messagers dans tout le royaume. Ceux qui se rendirent dans le Val du Pin Parasol périrent des mains de Bata ; le pharaon envoya donc une troupe de soldats avec des chars et une femme pour accompagner celle qu'il désirait ardemment depuis qu'il avait respiré le parfum de sa tresse.

Ils revinrent avec la compagne de Bata. Les plus belles parures imaginables vinrent rehausser sa beauté. Elle devint la grande favorite du pharaon.

La compagne de Bata aimait cette vie à la cour du pharaon. Elle raconta à ce dernier ce que lui avait révélé Bata au sujet de son cœur. Le roi envoya donc des hommes couper le pin. L'arbre s'abattit, le cœur tomba, et Bata s'écroula : il était mort.

Un soir, alors qu'Anoup se lavait les mains après une journée de travail, quelqu'un lui apporta une cruche de bière qui déborda. Il prit une cruche de vin, mais le liquide se troubla. Alors il sut qu'il était temps de partir. Il prit son bâton, enfila des sandales, rassembla des vêtements et des armes.

Arrivé au Val du Pin Parasol, il trouva la maison de son frère. Ce dernier gisait à l'intérieur. Anoup pleura, puis il commença à chercher le cœur. Il chercha pendant quatre ans sans succès et crut qu'il ne le trouverait jamais. Il songeait même à rentrer chez lui. C'est alors qu'il remarqua une graine qui avait la forme d'un cœur desséché. Il la plaça dans un récipient d'eau fraîche et attendit.

Le cœur absorba l'eau et augmenta de volume. Peu à peu, Anoup vit les bras et les jambes de Bata frissonner puis bouger. Pourtant, son cœur était encore dans l'eau fraîche. Anoup prit le récipient et fit boire Bata. Ce dernier avala le cœur qui retrouva sa place habituelle. Bata était guéri.

Les deux frères s'embrassèrent.

Bata dit alors : « Je vais devenir un grand taureau, un des plus beaux que l'on ait jamais vu. Tu grimperas sur mon dos et nous nous rendrons à la cour. Je veux me venger de ma femme. Tu me céderas au pharaon qui te donnera des cadeaux en échange. Ainsi, tu pourras retourner dans ton village où tu ne manqueras de rien. »

Bata se changea donc en taureau, et les deux frères arrivèrent bientôt à la cour du pharaon. Comme Bata l'avait prédit, le roi donna beaucoup d'or et d'argent à son frère, ainsi que des serviteurs. Bata fut traité comme un animal sacré, ce qui lui permettait d'aller et venir librement dans tout le palais.

Un jour, il alla trouver la grande favorite, son ancienne compagne, et lui glissa à l'oreille : « Vois-tu, je suis encore en vie. »

La favorite eut peur. Elle dit au pharaon : « Je voudrais manger du foie de ce taureau. »

Le pharaon était triste, car il aimait beaucoup le taureau, mais il ne voulait pas contrarier sa favorite. Il fit donc venir le boucher qui égorgea le taureau après une fête d'offrandes.

Deux gouttes de sang furent projetées sur les montants de la porte du palais, une de chaque côté. Le lendemain, on trouva là deux superbes perséas. Ces merveilles remplirent d'allégresse le cœur du pharaon,

Mais voilà qu'un jour où la favorite s'assit sous l'un des deux perséas, Bata lui souffla : « Vois-tu, tu as voulu me tuer, je me suis transformé en taureau, tu as de nouveau tenté de me tuer et je suis devenu ces deux perséas. »

La grande favorite trembla. Quelque temps plus tard, alors qu'elle versait à boire au pharaon, elle lui dit : « J'aimerais de beaux meubles fabriqués avec le bois de ces perséas. »

Il fit venir des ouvriers, les arbres furent abattus en présence de la favorite. Un éclat de bois vint se loger dans sa bouche et elle l'avala.

La grande favorite était enceinte : l'éclat de bois s'était transformé en un enfant, un enfant mâle qu'elle mit au monde. Le pharaon était enchanté : tout le pays partagea son allégresse. Le prince héritier grandit, et lorsque le pharaon mourut, il monta sur le trône.

Le nouveau pharaon réunit autour de lui les plus grands sages du pays. Il leur exposa ce qui s'était passé, et les sages du pays jugèrent Bata (car c'était lui) et son ancienne compagne. Elle fut désignée coupable et condamnée à mort.

Bata appela à son côté son frère Anoup et en fit son prince héritier. Puis il mourut, et le frère aîné monta sur le trône où avait régné son cadet.

Les tributs du dieu de la mer

Exemple même des frustrations que ne manque pas de ressentir tout égyptologue, il ne reste de ce rouleau de papyrus que quelques miettes éparses, un début de récit, des phrases, voire des fragments de phrases, qui semblent raconter les défis lancés à l'Ennéade par un mystérieux dieu de la mer. C'est vers la fin du XIVe *siècle av. J.-C. que l'on trouve dans les textes égyptiens des allusions à ce dieu qui a probablement été importé dans le panthéon égyptien. Il serait d'origine asiatique, à l'instar du dieu Baal (que l'on retrouve dans l'Ancien Testament et qui, en Égypte, a parfois été identifié à Seth), tout comme Astarté, déesse phénicienne de la fécondité. Le début du conte a été récemment identifié, mais les nouveaux fragments n'apportent rien au récit proprement dit. Ce qui suit est interprété à partir des éléments conservés.*

Une nouvelle menace

L'assemblée des dieux, l'Ennéade, avait connu bien des tourments. Le Maître de l'univers, le démiurge, n'avait-il pas cherché à conjurer définitivement les dangers, refoulant les anneaux de l'ennemi au fin fond de l'Océan ? L'Ennéade n'avait-elle pas aidé celui qui régnait sur le Double-Pays, Chou, puis Geb, à combattre les ennemis venus de zones obscures qui se massaient aux confins du royaume, au sud ? N'avaient-ils pas, avec l'aide de Thot, celui qui connaît la mesure des paroles, convaincu ces mêmes ennemis de parvenir à un accord, les persuadant de ne plus recourir à la force et d'avoir, en retour, librement accès à l'eau du fleuve si nécessaire à leur survie ? Désormais, ils n'auraient plus à craindre les hippopotames ni les crocodiles, ils pourraient conduire en liberté leurs troupeaux jusqu'aux rives du Nil pour les faire boire.

Plutôt que d'exterminer les ennemis, les dieux avaient préféré faire preuve de magnanimité, de sagesse aussi : l'exemple de Rê déchaîné contre les hommes était resté gravé dans les mémoires ; la colère du roi avait été démesurée puis le courroux de Sekhmet privée de sa proie avait fait peser des menaces sur la terre quand elle s'était retirée dans le sud. Il avait fallu toute la force de conviction de Thot pour la ramener. Puis il y avait eu la lutte entre Seth et Horus qui les avait tous divisés et épuisés. Il était temps de songer à se retirer, de s'élever au-dessus de toutes ces querelles et de trouver à Horus des successeurs qui régneraient sur le monde des hommes, disposés, le cas échéant, à construire à l'est des murailles qui fermeraient la route aux envahisseurs.

Seulement, voilà qu'un nouveau danger était apparu au nord, jusque-là inconnu. Certes, les dieux avaient été confrontés aux ruses et aux traîtrises de Seth ; le meurtre d'Osiris des mains de son frère avait failli faire basculer l'univers sur ses fondements. Mais tous connaissaient Seth, sa violence, sa démesure, ainsi que son aveuglement qui permettait de contourner ses desseins les plus sombres ; à l'occasion, il savait aussi rendre service, par exemple contre le serpent Apophis. Après tout, n'était-il pas l'un des leurs ? Tandis que ce nouveau dieu...

On n'en avait jamais entendu parler jusque-là. D'où venait-il, nul ne le savait très bien. Une chose était certaine, il n'avait pas été suscité en ce monde par le démiurge, il ne faisait pas partie de l'assemblée des dieux, on ne le comptait pas parmi ces génies dont certaines cités invoquaient la protection. Nul temple n'avait été construit pour lui sur les rives du fleuve. Nulle procession n'était organisée pour lui, point d'offrandes n'étaient élevées en son honneur. Aucune statue ne lui était consacrée.

Certains disaient qu'il venait des contrées lointaines, au-delà du pays où se lève Khepri, habitées par des peuples ennemis. D'autres prétendaient qu'il était venu avec ces peuplades d'Asie qui, un temps, avaient menacé de déferler sur le Delta. D'autres encore le disaient surgi de ces eaux salées indomptables dans lesquelles se perdent celles du Nil, de cette mer sur les rives de laquelle Isis avait longuement erré, seule, étrangère, loin de cette noble terre d'Égypte, avant de retrouver le cercueil de son cher époux.

Les dieux de l'Ennéade n'aimaient pas la mer, ces gigantesques étendues d'eau salée qui se déchaînaient sous l'effet des vents et des tempêtes. Il est vrai qu'elle était difficile d'accès : il fallait traverser les zones instables des marécages du Delta pour l'atteindre ; elle était bordée de terres inconnues dont on savait qu'elles vénéraient d'autres dieux ; elle leur rappelait les errances d'Isis en quête d'Osiris dont l'Égypte avait failli perdre à jamais le corps. En même temps, ces marécages étaient une forme de défense naturelle, protégeant l'Égypte d'incursions étrangères, et nul n'avait songé qu'un quelconque danger pût arriver de ce côté-là.

Or voilà qu'une force inconnue – d'aucuns disaient un dieu – terrorisait désormais les pêcheurs qui s'aventuraient hors du Delta, s'emparant de leurs barques qu'elle engloutissait en emportant hommes, filets et nef dans les profondeurs des eaux. Nul n'en revenait vivant. Puis, une nuit, ce fut du bétail qui disparut, comme happé par une immense vague qui déferla sur les bêtes et les emporta. Une autre fois, ce fut un village, toujours dans le Delta, qui fut victime de sa convoitise. Un grand bateau accosta, la proue ornée d'une figure grimaçante d'une facture inconnue en Égypte. Des êtres en surgirent – nul n'eut le temps de dire si c'était des hommes –, lancèrent un filet qui s'abattit sur un groupe de jeunes filles qu'ils capturèrent avant même que les villageois assistant, hébétés, à la scène eussent le temps ni le réflexe de s'interposer. Lorsque, enfin, ils lancèrent des barques à la poursuite de la nef, il était trop tard : elle voguait déjà au large et disparut bientôt au-delà de l'horizon ; quant aux jeunes filles, nul ne les revit.

Les rumeurs se multipliaient, les craintes s'amplifiaient. Certains racontaient qu'un monstre surgissait des profondeurs de la mer chaque nuit et venait errer dans le Delta aux abords des villages, d'autres que les crocodiles et les hippopotames eux-mêmes se terraient par frayeur dans les sombres profondeurs de la vase.

Face à cet intrus, le dieu du Nil, **Hâpy**, avait alerté l'assemblée des dieux. Mais ces derniers hésitaient, ballottés entre les rumeurs et leur indécision. Ils recommandèrent aux prêtres de multiplier les offrandes et les processions religieuses. Des troupes furent expédiées dans la région du Delta, et une surveillance de la mer fut mise en place.

Le dieu de la mer

La menace venait d'un certain *Yam*[1] qui se décrivait comme le dieu de la mer. C'est alors que le mystérieux ennemi frappa directement les dieux. Une barque sacrée descendait le Nil portant une statue du dieu Hâpy : elle approchait de l'embouchure, au terme des méandres qui serpentaient entre les papyrus, retraçant le voyage qu'avait fait Osiris prisonnier dans son sarcophage. Soudain, une muraille d'eau s'éleva au-dessus d'elle et s'abattit violemment sur l'embarcation avec des grondements et des craquements. Les eaux du fleuve déferlèrent, écrasant les papyrus, faisant voler des nuées d'oiseaux effarouchés et aspirant du limon les crocodiles si ébahis qu'ils en semblaient désarticulés et les hippopotames dont on voyait la gueule grande ouverte d'effroi, comme coincée par un pieu invisible. Lorsque le calme fut revenu, la barque et les créatures du Nil avaient disparu sous une nappe d'eau si lisse qu'elle en était soudain effrayante.

La terre trembla, le ciel s'assombrit : les dieux reprenaient en écho la colère terrible de Hâpy. C'est alors qu'une voix rugit : « Mon tribut ! »

Le lendemain, ce fut un taureau roux sacré, réservé à des festivités prochaines, qui fut happé en moins de temps qu'il ne faut à un héron pour attraper un poisson. Les dieux comprirent qu'ils étaient directement visés.

---

1. C'est la vocalisation dans les langues sémitiques.

Ensuite, l'ennemi s'en prit à une jeune femme, fille des dieux d'Égypte. Khnoum l'avait fabriquée pour Bata, frère cadet d'Anoup, pour le récompenser d'avoir repoussé les avances de la femme de ce dernier (voir récit précédent). Un jour, malgré les mises en garde de Bata qui redoutait le dieu de la mer, elle s'aventura hors de chez elle. Le dieu de la mer la vit et la désira. Effrayée, voyant les vagues rouler vers elle telles les roues immenses d'un char sur lequel se dressait le dieu, elle voulut rentrer chez elle. Elle passa sous un pin parasol qui, à la demande du dieu, lui arracha une tresse. Cette tresse finit entre les mains du pharaon qui, ne pouvant résister au parfum des dieux qui en émanait, fit enlever la femme de Bata pour en faire sa grande favorite. Ayant trahi son époux Bata, elle fit tout ce qui était en son pouvoir pour qu'il mourût. Mais chaque fois Bata renaissait en se métamorphosant, et ce fut finalement elle qui fut mise à mort pour ses crimes : c'est ainsi que périt une fille des dieux, à cause de la concupiscence du dieu de la mer. L'Ennéade ne pouvait pardonner un tel affront.

Offrandes

Le dieu de la mer était insatiable. Jour après jour, il exigeait son tribut. Et face aux menaces qui pesaient sur l'Égypte depuis qu'il en avait approché la côte, les dieux crurent bon de s'incliner, espérant qu'il finirait par se lasser de tant de présents et qu'il repartirait dans ses contrées d'origine. C'était mal le connaître et sous-estimer la démesure de son avidité.

Pour montrer sa détermination, il envoya ses troupes en vagues conquérir les terres du Delta. Celles-ci disparurent sous leur emprise, le bétail se noya, les oiseaux s'envolèrent, les paysans fuirent en barque, les semailles pourrirent, l'eau envahit les greniers et le grain moisit.

Alors la Terre implora la déesse de la moisson, **Renenoutet**, de l'aider. Elle s'inclina devant elle : « Vois, j'ai été généreuse, les récoltes ont été bonnes. Mais voilà que tout périt, je m'enfonce dans cette immensité liquide, mes enfants meurent, je ne puis les aider. Va, apaise la faim de *Yam*, porte-lui de l'orge et du blé pour qu'il soit rassasié et qu'il se retire. »

Renenoutet s'exécuta et lui offrit des gerbes en abondance, mais le dieu, furieux, les jeta à la mer. Ces offrandes n'étaient pas suffisamment riches pour un dieu. Alors l'Ennéade, après avoir longuement débattu, au désespoir de la Terre, fit rassembler des trésors d'argent, d'or, de lapis-lazuli et de toutes sortes de pierres précieuses dont les dieux remplirent des coffrets. Accompagnée du pharaon qu'on avait fait monter dans le ciel pour l'aider, Renenoutet chargea tous ces présents dans une somptueuse barque qui descendit le cours du fleuve jusqu'à l'embouchure. Là, le dieu accepta les présents des mains du pharaon qui se prosterna devant lui.

Le dieu demanda qu'on lui élevât un temple aussi grandiose que celui de Rê, à Héliopolis. Les travaux traînaient : le pharaon hésitait à considérer ce dieu comme l'égal de ceux qui composaient l'Ennéade et à irriter ces derniers en faisant des offrandes et des sacrifices pour un dieu étranger. Cependant, les dieux eux-mêmes n'étaient-ils pas contraints de lui verser un tribut, reconnaissant par là sa supériorité ?

Voyant que son sanctuaire n'avançait pas, *Yam* entra dans une rage démesurée. Une grande peur saisit les dieux qui envoyèrent une délégation conduite par le pharaon en personne. La promesse que fit ce dernier d'accélérer les travaux ne suffit pas à apaiser le dieu de la mer. Il réclama un trésor dix fois plus important que le précédent, dans autant de barques ornées d'or et de pâtes de verre et pourvues de rames en ébène.

L'Ennéade s'exécuta, mais le dieu de la mer ne retira pas ses eaux de la Terre, qui implora de nouveau les autres dieux. Le tribut que *Yam* demandait cette fois-ci était autre : des pierres de la taille d'un œuf de crocodile qu'on ne trouvait que dans une mine cachée dans un lointain pays ; et il réclama que cette offrande lui fût apportée par la fille de l'un des dieux accompagnée d'un cortège de filles jeunes et belles n'ayant jamais encore enfanté. L'Assemblée écouta attentivement les oiseaux qui leur répétaient les exigences de *Yam*. Les dieux baissèrent la tête, évitant de se regarder les uns les autres. Alors Renenoutet prit la parole : « Ptah, toi qui as su soulever la Terre hors du Noun, toi qui nous a pensés en ton cœur et énoncés dans ta bouche, Dieu verdoyant, tu as une fille que tous redoutent. Elle porte ta semence, elle a ta force et ne craint rien. » La Terre se prosterna devant lui : « Ô Ptah, demande à Astarté, ta fille, de porter notre tribut à cet être insatiable. Elle seule pourra apaiser sa colère. » Les autres dieux joignirent leurs suppliques à celles des deux déesses, et Ptah s'inclina.

La fille de Ptah

Les oiseaux allèrent voleter autour des fenêtres d'Astarté. La jeune déesse dormait. Les oiseaux l'appelèrent : « Ô Astarté, fille de Ptah, si tu es éveillée, entends-nous. Si tu dors, éveille-toi et entends-nous. » Plongée dans son sommeil, Astarté finit par entendre leur appel et se présenta à la fenêtre. Les oiseaux lui firent part de la demande des dieux : elle devait aller elle-même porter le tribut de l'Ennéade au dieu de la mer. Astarté éclata en sanglots : elle avait entendu les lamentations des hommes, les pleurs de la Terre, l'impuissance de Renenoutet et les craintes des dieux. Elle se sentit envahie d'une grande peur. Les dieux détournèrent la tête pour ne pas la voir pleurer.

Mais Astarté était fière et elle comprit vite ce qu'on attendait d'elle. Elle se para donc de ses plus beaux vêtements et de ses bijoux les plus précieux, elle tressa sa lourde chevelure et, accompagnée de porteurs, se laissa glisser dans une barque sur le Nil. Arrivée sur le rivage, elle descendit de la barque et attendit. Des jours et des jours durant, elle arpenta les sables, riant et chantant pour attirer le dieu de la mer. Ses sandales s'usèrent et se percèrent de trous, ses vêtements se déchirèrent sous l'assaut des vents. Qui aurait pu deviner en la voyant que c'était là une déesse ?

Un matin, enfin, le dieu de la mer approcha pour s'emparer de son tribut. Quand il vit Astarté, il marqua une pause. « Qui t'envoie ? » lui demanda-t-il.

Astarté le regarda fièrement. Elle tenait bien haut sa tête altière. « Ce sont les dieux qui m'envoient. Je t'apporte leur tribut. » Elle se tourna vers les porteurs qui avancèrent avec des coffres, mais le dieu de la mer ne semblait pas l'avoir entendue. Il la regardait fixement.

« Tes vêtements sont déchirés, tes sandales percées, et pourtant tu chantes et tu lèves la tête, fille des dieux. »

Astarté, impatiente, fit signe aux porteurs de s'approcher un peu plus. Mais le dieu de la mer leva la main et ils s'arrêtèrent. Il regardait fixement Astarté.

« Un seul tribut me suffira », dit-il enfin.

Astarté se tourna vers les porteurs. « Ouvrez les coffrets », ordonna-t-elle. Puis, se tournant vers le dieu de la mer, elle l'apostropha : « Tu veux choisir parmi ces coffrets ? »

« Remporte les coffrets. Va, et dis aux dieux de l'Ennéade que s'ils me donnent leur fille, la messagère qu'ils viennent de m'envoyer, je n'imposerai plus aucune exigence. Que ferai-je contre eux, puisque je serai uni à eux par la beauté de leur fille ? Va, rapporte-leur mon offre de paix, et reviens vite auprès de moi, car je ne saurais attendre longtemps. La pensée même de ton absence me fait déjà souffrir. »

Sans mot dire, la tête haute, le masque lisse de son visage cachant sa pensée, Astarté regagna la barque qui remonta le Nil et s'éleva jusqu'aux contrées où les dieux résidaient. Astarté fut admise devant l'Ennéade, réunie au complet. Tous attendaient avec anxiété. Elle leur répéta ce que le dieu de la mer avait dit à son sujet, l'accord qu'il leur proposait.

Les dieux l'écoutèrent attentivement. En silence, ils l'observèrent. Elle sentait peser sur elle le poids de leur regard et de leur attente. Enfin, elle inclina la tête en signe de soumission. Alors, les dieux se levèrent et vinrent se placer à ses côtés, tandis que les génies – ou petits dieux – vinrent se prosterner, couchés à terre devant elle. Ptah la conduisit à un trône et la fit asseoir. En consentant de devenir l'épouse de *Yam*, elle se voyait jugée digne de rejoindre l'Assemblée des grands dieux.

Mais s'il n'acceptait désormais pour seul tribut que la beauté d'Astarté, le dieu de la mer attendait qu'elle lui vînt avec sa dot. Les beaux vêtements qui avaient remplacé ceux usés par le voyage, les sandales de prix, les lourdes parures de bijoux qui ornaient son cou, ses bras et sa chevelure d'un bleu intense ne suffisaient pas. Il fit connaître ses attentes qui étaient très précises : le panier de récoltes de Renenoutet ; le collier de perles de Nout, déesse du ciel, qu'il fit peser une à une pour s'assurer de leur authenticité ; l'anneau de Geb.

Renenoutet s'exécuta. Nout enleva son collier et le plaça elle-même sur la balance. Geb hésitait à se défaire de son anneau. Voilà que le dieu de la mer leur ôtait à chacun un attribut : n'allaient-ils pas tous, peu à peu, se défaire d'une partie d'eux-mêmes, laisser glisser une part de leur pouvoir aux mains de ce dieu ?

Geb céda finalement aux exigences de *Yam*, et c'est ainsi qu'Astarté rejoignit la couche du dieu de la mer. Ses troupes de vent, de flots et d'embruns se retirèrent de la Terre, le Delta retrouva sa physionomie habituelle, les paysans revinrent et reconstruisirent leurs maisons, les terres recommencèrent à verdir. La paix était revenue, et l'Ennéade reprit son cycle d'activités habituelles.

Mais voilà que l'humeur colérique et imprévisible du dieu de la mer se manifesta de nouveau. La beauté d'Astarté et la soumission à laquelle elle s'obligeait en dépit de sa nature vive ne suffisaient plus à assouvir ses désirs. Il envoya son épouse réclamer encore des tributs, menaçant de recouvrir de nouveau non seulement le Delta, mais également les montagnes. Que n'exigerait-il pas par la suite ? Leur nom secret ? De rejoindre l'Ennéade ?

Alors les dieux prirent peur devant le profond bouleversement qui menaçait l'ensemble de l'univers s'ils se pliaient aux exigences de ce dieu. Le risque de retour au chaos avant l'heure leur parut soudain réel : les combats qu'ils avaient jusque-là menés contre les ennemis du désordre n'étaient que secondaires comparés au risque que ce dieu représentait pour eux, pour leur culte, pour l'équilibre et les cycles si nécessaires à la vie harmonieuse de toutes choses. Ils ne pouvaient plus accepter de se laisser déposséder de la sorte. Ils invitèrent Astarté à ne pas retourner auprès de son époux, mais à regagner la demeure où elle avait vécu auparavant.

Seth, victorieux du dieu de la mer

C'est ainsi qu'ils firent appel à Seth, non sans une certaine réticence. Ses pouvoirs étaient grands ; son souffle chaud, ses forces tapies dans le désert, sa capacité à combattre les monstres surgis du chaos et les forces de l'humidité pouvaient servir dans ce cas pour le bien de tous.

Ce fut donc Seth qui, enfin, eut raison du dieu de la mer : il le repoussa derrière les portes et les murailles liquides, brûlant de sa chaleur les rivages et les côtes où plus rien ne pousserait par la suite tant la terre était brûlée par le sel de la mer et l'aridité du désert. Cet ultime combat fit tant de bruit qu'on l'invoque encore pour chasser certaines maladies. Et c'est ainsi qu'en reconnaissance l'Ennéade remit entre les bras de Seth la jeune Astarté, la fille irascible et violente de Ptah, dont le tempérament s'accordait tout à fait avec celui de son nouvel époux. Et le dieu de la mer ne revint plus jamais troubler la paix des terres sur lesquelles veillait l'Ennéade.

Chez les pharaons

*Quelques récits font état de l'ennui qui était parfois le lot des pharaons. Au milieu de tant de magnificence non exempte de sensualité, entouré d'une cour empressée et d'une famille qui lui est soumise, le pharaon vit pourtant dans un relatif isolement dû essentiellement au rôle quasi divin qu'il endosse. La nécessité de le distraire, de chanter ses louanges et de rappeler sa dimension divine sont ainsi le moteur de certains des récits. Un conte du papyrus Westcar, prenant pour prétexte cet ennui royal, inscrit, par le biais de récits magiques, le pharaon dans la lignée de ses prédécesseurs et annonce la naissance des rois à venir. La version proposée ici s'appuie sur des récits et des fragments divers, la plus ancienne représentation étant celle du temple funéraire de la reine Hatchepsout à Deir el-Bahari (XVIII*e *dynastie), reprise peu après à propos d'Amenhotep III. Ces récits sont complétés par la description des rites entourant la naissance de l'enfant du couple divin, dans le* mammisi* *des temples ptolémaïques et romains. Dans tous* *les cas, le pharaon se trouve intégré à une dynastie inscrite dans la légitimité d'une descendance divine.*

La vie à la cour

Quand Horus, fils d'Osiris, cessa de régner sur la terre d'Égypte, il fit en sorte que cette dernière ne restât pas sans souverain. La lignée des dieux se poursuivait désormais à travers les rois auxquels revenait la lourde charge de régner sur le Double-Pays : Pharaon, puis le fils de Pharaon, et le fils de son fils, et ainsi de suite. Héritier et descendant des dieux, astre de nuit participant au voyage solaire, le pharaon se voit léguer les Deux Terres, avec pour mission de veiller sur l'intégrité du pays et d'assurer sa prospérité. Intermédiaire entre les hommes et les dieux, maître absolu des premiers, fils et serviteur des derniers, lui seul est habilité à leur rendre le culte : assisté de prêtres d'une propreté scrupuleuse, soigneusement rasés et revêtus de lin blanc, il assure par l'offrande leur existence sur terre, tandis que ceux-ci, en échange, garantissent sa souveraineté. Homme mais fils des dieux, sa lignée et sa fonction le placent au-dessus des autres hommes, tel le soleil dans le ciel. Tous ceux qui l'approchent éprouvent vénération et crainte, apportant des cadeaux comme on fait aux dieux des offrandes, lui adressant leurs plus belles filles, se prosternant devant lui (« à plat ventre », dit-on en égyptien) et s'adressant à lui en le parant des qualités de ses ancêtres, en le comparant à Rê l'éternel, à Atoum ou à Horus, au taureau ou au faucon. « Apparaissant sur le trône d'Horus » lors de son intronisation, tel le soleil, à sa mort, « il déploie ses ailes vers le ciel » pour y rejoindre ses pères les dieux, car n'est-il point d'essence divine ? Ceux qui en douteraient n'ont pas entendu les mythes que nous ont transmis les anciens.

Il y a longtemps, très longtemps, vivait parmi les descendants d'Horus le grand roi Khéops. C'était lors de la IVe dynastie[1]. Dans son palais, le roi s'ennuyait. Les journées lui semblaient trop longues et l'emplissaient de lassitude. La veille, il était sorti en char, accompagné de ses fils et de ses serviteurs, pour chasser le taureau sauvage – combat plus mâle que la chasse aux autruches menée quelques jours auparavant ; mais la chaleur et la poussière du désert l'avaient épuisé. Dans la fraîcheur du jardin, à l'ombre des sycomores et des palmiers, assis près du bassin, avec à proximité un jeune enfant qui agitait un éventail, il se reposait. De belles musiciennes à la peau rendue plus sombre encore par l'ombre des arbres jouaient du luth, du tambourin et de la flûte. Talentueuses et graciles, parées de lourdes chevelures tressées, elles étaient le présent d'un riche marchand étranger venu en ambassade pour son roi. Très plaisant, le tableau qu'elles formaient était digne d'une fresque comme celles qui ornaient les murs du palais.

Elles étaient aussi belles que les vingt rameuses qui, quelques jours auparavant, avaient, pendant de longues heures, fait glisser en un aller-retour incessant une barque royale sur le lac du pharaon. On leur avait donné des rames d'ébène au manche en bois de santal, le tout recouvert d'or. Le pharaon avait lui-même choisi les rameuses parmi les plus belles filles du palais : jeunes, à la poitrine ferme et relevée, à la taille fine, n'ayant encore jamais enfanté. Il avait ordonné qu'on leur fît ôter leurs vêtements afin qu'elles ne soient vêtues que de leurs chevelures tressées et d'une

1. Voir chronologie, p. 25.

étroite résille aux mailles serrées qui moulaient leurs formes harmonieuses sans rien en cacher. Le spectacle était beau à voir depuis la rive où l'on avait installé le trône du roi sous un baldaquin. Le cœur du pharaon se divertissait, ses yeux ne quittaient pas le mouvement rythmé de ces jeunes corps qui déployaient leurs grâces pour sa seule délectation.

Or ce jour-là, un incident avait interrompu le cours de leurs évolutions : l'une d'elles avait perdu le poisson de turquoise qui ornait sa chevelure. Aussitôt, elle s'était arrêtée et toute la barque avec elle. Il n'avait fallu rien de moins que l'intervention d'un magicien qui, pliant les eaux en deux, avait pu ramasser le précieux bijou au fond du bassin pour remettre tout en ordre. Et ce n'était que la nuit venue – le spectacle s'étant poursuivi à la lumière de flambeaux – que le roi avait donné d'un simple geste de la main l'autorisation aux rameuses de cesser leur activité. Puis il s'était retiré dans ses appartements privés.

Malgré tous ces divertissements, le roi s'ennuyait. Ceux qui le connaissaient de près savaient que la mort de sa mère, la grande reine Hétepherès, l'avait laissé inconsolable. Il avait commandé des statues d'or incrustées de turquoises, de lapis-lazuli et de tourmaline ainsi qu'un masque d'or fin. Il s'était assuré qu'elle emportât avec elle, dans son voyage dans l'au-delà, un vaste trésor afin qu'elle ne manquât de rien : de lourds bracelets d'or incrustés de papillons aux ailes chatoyantes dans un coffret plaqué d'or, tout comme la couche et le baldaquin qui l'abritaient.

Le pharaon était aussi connu pour sa nature autoritaire ; tous le craignaient. Pourtant, un de ses fils se hasarda à lui proposer un jeu de *senet*, et un serviteur s'approcha avec un damier finement ouvragé d'ébène et d'ivoire. Le roi gagna et resta immobile.

À tour de rôle, chacun de ses fils vint lui présenter

un récit. On évoqua des magiciens fameux et leurs pouvoirs extraordinaires. C'est alors que le prince Hordjedef parla : « Tous ces récits sont de vieilles histoires appartenant au passé. Mais sais-tu, ô Pharaon, qu'en ton règne vit un homme de cent dix ans, près de la ville de la pyramide de Snéfrou ? Sais-tu que chaque jour il mange cinq cents pains, une épaule de bœuf en guise de viande, le tout arrosé de cent cruches de bière ? Sais-tu qu'il est puissant, car il détient une force qui n'est pas simplement dans ses jambes et ses bras ? Qu'il parvient notamment à remettre en place une tête coupée, à faire marcher un lion en laisse derrière lui ? On dit de lui qu'il connaît les plans du sanctuaire de Thot. »

À ces mots, le roi se ressaisit. Il cherchait précisément ces plans, car il avait pour ambition de faire édifier sa demeure funéraire sur ce modèle. Il rêvait d'une demeure qui ne serait pas luxueuse comme l'était son palais aux riches pavements peints de fleurs et d'animaux et aux plafonds ornés de motifs géométriques peints de bleu, de jaune, de rouge et de noir, mais qui serait bâtie de pierre éternelle, secrète comme un sanctuaire et capable de l'abriter au-delà de la fin des temps. Ainsi, les hommes n'oublieraient jamais qu'il avait été pharaon parmi les pharaons, maillon d'une longue chaîne, élément d'une lignée qui descendait des dieux. Jusqu'à ce jour, nul parmi ses fils ni ses prêtres n'avait pu l'aider à retrouver la trace de ces plans. C'était là une des sources de l'irritation qu'il contenait sous un masque d'indifférence et de lassitude ; il était inquiet de voir le temps passer et de ne pouvoir commencer cet édifice qui lui permettrait de reposer pour l'éternité en un lieu digne de ses ascendants et de sa fonction de roi. Déjà s'esquissait en sa tête la forme qu'aurait la demeure funéraire idéale : un bâtiment aux parois lisses, dressées sur un immense socle carré et venant se rejoindre en une pointe d'or tel un unique rayon de soleil ; une butte rappelant les premières buttes émergées du néant et dont la symétrie et la régularité viendraient en contraste et complément du chaos originel du monde ; une forme ascendante du haut de laquelle Pharaon rejoindrait le monde des divins dont il était issu, comme si des rayons de soleil pétrifiés le conduisaient vers le ciel. À l'intérieur, au cœur du monument, se tiendrait une chambre funéraire précédée d'une antichambre où mènerait une haute galerie montante comme on n'en avait encore jamais vu. Les proportions de l'ensemble devraient être soigneusement calculées, rien ne pouvant être laissé au hasard. L'idéal, évidemment, serait de retrouver les calculs du grand Thot, voire les plans, car, étant de nature divine, ils ne pourraient qu'être supérieurs à ceux préparés par le grand vizir et ses scribes.

Le pharaon Khéops questionna son fils et lui ordonna d'en savoir plus, de retrouver ce marchand et de le faire venir au palais. Heureux de voir son père quitter enfin son ennui profond, Hordjedef accepta de se rendre chez Djedi – tel était le nom de cet homme fameux. Ce dernier habitait une contrée lointaine en bordure du fleuve. Accompagné de serviteurs, le fils du roi embarqua dans un long bateau richement orné, à la fière proue recourbée en fleur de lotus. Le bateau glissa le long du fleuve, porté par le rythme souple de cent rameuses presque aussi belles que celles de son père. Des tentures protégeaient le prince du soleil. Sous les voiles blanches, il reposait sur des coussins et des peaux, parmi un mobilier luxueux chargé de parfums et de mets délicats. Enfin, la barque s'arrêta et le fils du roi descendit. Depuis l'embarcadère, il fut transporté chez le magicien dans une litière d'ébène aux brancards façonnés dans du bois tout aussi précieux, le tout enchâssé dans une monture d'or.

La nouvelle de sa venue l'avait précédé. Il fut fêté comme l'on célèbre la venue sur terre d'un dieu. N'était-il pas le fils de Pharaon, lui-même dieu car fils de dieu ? Une foule s'était rassemblée le long des rives du fleuve et se pressait sur son passage. Le vin coulait à flots, des parfums tour à tour provocants ou envoûtants flottaient dans l'air. Les jeunes gens étaient ivres, les filles belles à voir.

Entouré de sa suite, Hordjedef arriva avec des cadeaux. Le magicien Djedi vint à sa rencontre, accompagné de ses enfants, et il se prosterna aux pieds de l'illustre visiteur. Au cours du banquet qui suivit, Hordjedef expliqua l'objet de sa visite. Djedi s'inclina et se prépara au voyage. Accompagné une fois encore de ses enfants, chargé de ses livres que nul autre que lui n'avait le droit de consulter, il se rendit en caravane à la cour de Khéops où le pharaon l'attendait. Ses autres fils l'entouraient et Hordjedef se joignit à eux : tous espéraient que cette visite aurait raison de la lassitude dans laquelle avait sombré le roi, et que l'annonce de ce magicien avait quelque peu contribué à dissiper.

Devant toute la cour, celui-ci montra ce qu'il savait faire. Tous en furent émerveillés. Mais impatient, car il avait déjà vu des magiciens talentueux, Khéops lui demanda enfin : « On prétend que tu connais les plans du sanctuaire de Thot ? »

Djedi répondit : « Je ne les connais pas, ô roi, mais je peux te dire où ils sont.

– Alors où sont-ils ? Réponds !

– Ils sont déposés dans un coffre en silex dans la chambre des archives, à Héliopolis.

– Tu me les apporteras. »

Djedi se prosterna, puis se releva et dit gravement : « Ô roi, lion redoutable, toi qui as la force du taureau d'Horus et la sagesse d'Atoum, toi qui nous illumines comme le soleil du grand Rê, je ferai tout ce que tu demandes, mais ce n'est pas moi qui te les apporterai. »

De plus en plus impatient, Khéops bondit, avant de s'obliger à se rasseoir sur son trône et à reprendre son masque d'impassibilité. Seuls ses doigts qui jouaient avec le chaton de sa bague en forme de scarabée trahissaient sa nervosité. Un tel refus de la part d'un de ses sujets eût normalement valu une mort cruelle. Quelque chose, pourtant, le retenait. Sans être grand prêtre, ce magicien ne serait-il pas la bouche choisie par les dieux pour annoncer quelque événement inhabituel ? Feignant un ton ironique, il demanda : « Et qui donc me les apportera ?

– C'est l'aîné des trois enfants qui sont dans le sein de Redjedet.

– Et qui est cette Redjedet ?

– C'est la femme d'un prêtre de Rê nommé Raouser. Elle est enceinte de trois enfants : ce sont les fils de Rê. Le jour viendra où ils exerceront la plus haute fonction dans ce pays, et l'aîné d'entre eux sera Grand Voyant à Héliopolis. »

Naissances divines

À ces mots, Khéops se rembrunit. Il avait compris ce que Djedi avait dit à demi-mot : ses fils et petit-fils ne seraient donc pas pharaons après lui ? Mais Djedi, voyant le visage royal s'assombrir, le rassura : « Ne t'inquiète pas ! Ce n'est qu'après les règnes de ton fils et de ton petit-fils qu'ils monteront sur le trône d'Égypte. »

Alors le roi sut qu'il ne fallait plus attendre les plans dessinés de la main du dieu Thot pour faire édifier sa sépulture. Lorsque ces enfants naîtraient, il aurait déjà rejoint ses pères. Cette lignée nouvelle, à la suite de sa propre lignée, c'était elle qui ferait vivre son nom, qui perpétuerait son culte funéraire et qui permettrait que se poursuive sa vie dans le monde des dieux : un monument, si parfait soit-il, n'est rien s'il tombe dans l'oubli et si nul n'entretient la mémoire. Khéops fit alors reconduire Djedi, après l'avoir richement doté, et ils prirent date pour l'accouchement qui devait avoir lieu à quelque temps de là.

Mais Rê veillait lui aussi sur Redjedet. Et quand la date de la délivrance fut proche, le dieu envoya chercher Isis, Nephthys, **Meskhenet**, **Heqat** et Khnoum, qui avait modelé l'embryon dans le sein de sa mère. Ces divinités prirent l'aspect de musiciennes et se mirent en route. Quand elles arrivèrent à la maison de Raouser, elles le trouvèrent bouleversé, le pagne sens dessus dessous. Il leur dit : « Mesdames, la dame souffre. L'accouchement est difficile. »

Mais elles le rassurèrent : « Laisse-nous la voir ! Nous savons accoucher ! » Elles entrèrent et s'enfermèrent avec elle. Isis se plaça face à elle, Nephthys derrière elle ; Heqat hâta la naissance. Et Isis dit : « Ne fais pas preuve de trop de vigueur (*ouser*), en ce tien nom d'Ouserkaf (*Celui dont le* ka* *est vigoureux*, nom du premier roi de la Ve dynastie) ! » Alors cet enfant fut expulsé et atterrit dans ses bras. C'était un enfant d'une coudée. Ses os étaient solides, son corps était revêtu d'or et sa chevelure était du vrai lapis-lazuli. Elles le lavèrent après avoir coupé son cordon ombilical, tandis qu'il était placé sur une couche de briques dessinées de signes prophétiques et protecteurs où se tenait la mère encore accroupie, comme le font les femmes égyptiennes quand elles mettent au monde leurs enfants. Heqat lui insuffla le souffle de vie. Meskhenet se rendit auprès de lui et dit : « Tu seras un roi qui exercera la royauté dans ce pays tout entier », tandis que Khnoum lui octroyait la santé.

Puis Isis se plaça à nouveau face à Redjedet, Nephthys derrière elle ; Heqat hâta la naissance. Et Isis dit : « Ne te retourne pas (*sah*), en ce tien nom de Sahourê ! » L'enfant parut. Comme son aîné, ses os étaient solides, son corps revêtu d'or et sa chevelure du vrai lapis-lazuli. Les divinités le lavèrent, coupèrent son cordon ombilical et le placèrent près de son frère sur la couche de briques. La mère reprit son travail, assistée des déesses : Isis face à elle, Nephthys derrière, Heqat hâtant la naissance. Pour ce troisième et dernier enfant, Isis dit : « Ne reste pas dans l'obscurité (*kekou*), en ce tien nom de Kakaï ! »

Elles retournèrent alors toutes trois auprès de Raouser et lui dirent : « Tu peux être content, Raouser ! Vois, trois enfants te sont nés ! » Tout heureux, il leur donna, pour prix de leur assistance, une mesure d'orge pour faire de la bière, et les déesses repartirent. Mais un peu plus loin, elles s'arrêtèrent, se ravisant : « Comment, nous n'avons rien fait pour ces enfants ? » Alors le dieu et les déesses confectionnèrent trois couronnes de roi qu'ils placèrent dans le sac d'orge. Suscitant un orage, ils retournèrent à la maison, y laissèrent le sac en dépôt, puis disparurent.

Or quatorze jours plus tard, jour de la fête des relevailles, il se trouva qu'on manquait d'orge pour confectionner la bière. Redjedet envoya sa servante chercher le sac et celle-ci, entrant dans la pièce où il était rangé, entendit des bruits de voix, des chants et des musiques de fête, de celles que l'on fait jouer pour l'avènement d'un roi. Tout cela sortait du sac merveilleux. Elle le rapporta vite à sa maîtresse qui, aussitôt, enferma le précieux sac dans un coffret, lui-même rangé dans un coffre. Quand son mari rentra des champs, elle lui raconta tout. Et tous deux, pleins de joie en ce jour heureux, se reposèrent. C'est ainsi que naquirent et furent désignés comme futurs rois les enfants de Redjedet, épouse de Raouser, qui eurent comme père Rê.

Amants divins

Des pharaons de la Ve dynastie, on connaît seulement la naissance. D'autres récits rapportent des secrets d'alcôve : comment les dieux, qui savent dissimuler leur identité pour venir parmi nous, se glissent dans la couche royale pour engendrer celui qui est destiné à monter sur le trône d'Égypte. Pour engendrer Hatchepsout, la grande reine, celle qui irait jusqu'au lointain pays de Pount pour en rapporter les précieux arbres à encens, qui érigerait une paire d'obélisques dans la salle hypostyle du sanctuaire d'Amon à Karnak, qui chasserait définitivement du pays les dernières bandes armées semant le trouble dans le pays, celle qui tiendrait les rênes du pouvoir pendant l'enfance de son neveu, le jeune Thoutmosis, c'est le dieu Amon qui s'était déplacé en personne.

Pour séduire la grande épouse royale, Amon, le dieu vénérable, seigneur des trônes du Double-Pays, se rendit dans le palais royal où il prit l'apparence de Sa Majesté le roi de Haute- et Basse-Égypte, Âakheperkarê. Il trouva la reine qui se reposait au plus profond de son palais et se tint près de sa couche. Elle s'éveilla en respirant le parfum enivrant du dieu et sourit devant Sa Majesté. L'épouse du pharaon était belle, très belle. C'est pourquoi on l'avait appelée Ahmès, ce qui veut dire « la lune est venue au monde », car elle en avait l'éclat, à moins que cela ne rappelât le moment de sa naissance. Alors, s'approchant d'elle, Amon la désira ardemment, et il se montra à elle en sa forme de dieu, dans toute sa gloire et toute sa force. Étant venu tout contre elle, et tandis qu'elle se réjouissait en voyant sa beauté, œil contre œil, narine contre narine, il envahit de son puissant amour divin son corps de reine, inonda ses sens et sa peau de son parfum divin, composé de toutes les senteurs du lointain pays de Pount. Une langueur envahit la reine, la livra tout entière à cette beauté démesurée qu'elle s'attacha à servir. Sa Majesté – c'est-à-dire Amon – fit tout ce qu'il désirait auprès d'elle, et elle fit qu'il se réjouît d'elle, l'embrassant et le caressant.

L'épouse royale, Ahmès, dit alors à ce dieu auguste, Amon, seigneur des trônes du Double-Pays : « Seigneur, vraiment, grande est ta puissance ! Il est précieux (*chepes*) de voir ta quintessence quand, t'étant uni (*khenem*) à moi en ta gloire, ta rosée pénètre tout mon corps ! » Après cela, une fois encore, Sa Majesté fit tout ce qu'il désirait avec la reine qui, émerveillée, s'abandonna à nouveau à sa volonté et à sa force divines. Amon, seigneur des trônes du Double-Pays, lui dit : « L'extrêmement précieuse unie à Amon (*hat chepeset khenemet Imen*, Hatchepsout), tel sera donc le nom de cette fille que j'ai placée en ton sein, selon les mots sortis de ta propre bouche. Elle exercera sa royauté bienfaisante dans le pays tout entier. Reine, elle sera aussi roi et portera le sceptre, protégée par la flamme du cobra. Je m'animerai pour elle, mon énergie sera pour elle, je me montrerai pour elle et en elle, ma couronne sera pour elle. Roi, elle régnera sur le Double-Pays et conduira tous les vivants dans la paix et la prospérité. »

C'est ainsi que l'on raconte la naissance de cette reine, fille d'un dieu, si exaltée entre toutes qu'elle fut roi et pharaon. De tout ce que firent le dieu et la reine, de leurs délices, et de ce qu'ils se dirent d'autre, ces secrets-là ne sont pas de ceux que l'on partage avec des paroles qui s'envolent dans les bosquets de papyrus. On ne retiendra que les premières paroles de sa mère d'après lesquelles a été nommée l'enfant. Plus tard seulement, lorsqu'elle s'installerait sur le trône d'Horus, les prêtres, inspirés par la divinité, élaboreraient sa titulature*. À son nom de naissance, dit celui de « fils de Rê », ils ajouteraient l'antique « nom d'Horus », la plus ancienne façon de désigner le roi en sa qualité d'héritier ; celui « des deux maîtresses », **Nekhbet** et Ouadjyt, vautour et cobra, couronne blanche et couronne rouge ; celui de « faucon d'or », dieu parmi les dieux ; enfin, celui de « Roi de Haute- et Basse-Égypte », nom de couronnement. Ce dernier, qui comporte toujours le nom de Rê, serait inscrit dans un cartouche, comme le nom de naissance – ce qui signifie que le pharaon règne sur tout ce qu'enserre le soleil dans son parcours quotidien. En tout cinq noms : elle serait donc l'Horus Ouseret-kaou (« Celle dont les *kas* sont puissants »), Celle des deux maîtresses Ouadjet-renpout (« aux années florissantes »), Faucon d'or Netjeret-khâou (« Divine d'apparitions »), roi de Haute- et Basse-Égypte Maâtkarê, fils de Rê Hatchepsout. Elle entrerait ainsi dans la longue lignée des successeurs d'Horus.

Quand Amon s'en retourna dans la résidence des dieux, Khnoum se chargea de façonner le précieux embryon dans le ventre de la mère. Après la naissance, l'enfant, fille d'un dieu et d'une reine, fut prise en charge par les *ka* et les *khemsout*, génies masculins et féminins qui lui attribuèrent de l'énergie et de nombreuses facultés. Allaitée par les vaches divines, portée sur les genoux des déesses, elle fut introduite auprès des dieux en compagnie desquels elle grandit et qui complétèrent l'éducation qui allait lui permettre de régner, une fois revenue sur terre, en digne héritière de ses ascendants divins. Tout cela, elle le fit représenter par son maître d'œuvre, le fidèle Senmout, sur son temple funéraire de Deir el-Bahari, édifié dans ce majestueux cirque de montagnes, à l'ouest de Thèbes.

Sur la première terrasse, des arbres à encens rapportés de Pount, sur lesquels veillent des jardiniers avec un soin jaloux, rappellent ce parfum divin qui présida à sa naissance et qui est l'apanage des dieux.

Pour ceux qui douteraient de ces visites qu'effectuent les dieux auprès des pharaons, ou du moins auprès de leurs épouses, voici un autre récit qui raconte la naissance d'Amenhotep III. Une fois encore, Amon avait pris la forme (*kheperou*) du roi de Haute- et Basse-Égypte, Menkheperourê. Une fois encore, il trouva la reine installée dans la splendeur de son palais, belle, très belle, si belle qu'il la désira avec toute la puissance du dieu qu'il était. Elle avait pour nom Moutemouia, ce qui veut dire « Mout dans la barque divine ». Elle s'éveilla au parfum du dieu en souriant devant Sa Majesté. Aussitôt, il s'approcha d'elle, se révéla à elle en sa magnificence divine, vint à elle et la féconda, prenant tout le désir qu'elle lui offrait sans retenue. Et c'est ainsi qu'après être venu auprès d'elle, après avoir éveillé en elle cette exaltation devant la révélation de cette beauté divine, son amour pénétra dans son corps et que le palais fut inondé du parfum du dieu et de toutes les senteurs de Pount. Alors la reine dit à Sa Majesté Amon, seigneur des trônes du Double-Pays, dieu auguste : « Combien grande est ta puissance ! Combien belle est ta figure ! Ta rosée a pénétré dans mon corps tout entier ! » Après cela, Sa Majesté Amon fit, une fois encore, tout ce qu'il désirait avec elle. Puis il dit à Sa Majesté la reine : « Amon est satisfait, *Amenhotep*, souverain de Thèbes, tel est le nom de l'enfant que j'ai placé dans ton ventre. C'est l'expression qui est sortie de ta bouche. Il va exercer cette royauté éminente sur le pays tout entier. » Quand il montera sur le trône, les prêtres élaboreront sa titulature, y ajoutant les quatre autres noms du protocole royal. Celui de couronnement sera Nebmaâtrê (« Rê est celui qui possède la vérité »).

En souvenir de cette venue d'Amon dans la couche de ces deux reines et du plaisir qu'il y prit, de la soumission de ces femmes remarquables, l'épouse royale, ou la reine, portera le titre d'Épouse divine et celui de Main du dieu, celle qui a permis au démiurge la première émission créatrice. Elle sera aussi Divine Adoratrice d'Amon, titre porté pour la première fois par Hatchepsout, mais qui sera ensuite l'apanage d'une fille du roi qui restera vierge et sera dotée d'un grand pouvoir spirituel et temporel, particulièrement à l'époque saïte. En outre, des dames de qualité, choisies pour leur beauté et leur raffinement, seront chanteuses d'Amon : dans son temple, elles participent aux rites qui se déroulent en son honneur, agitant des sistres (voir p. 292) et des claves d'ivoire en forme de main ou portant un visage d'Hathor pour chanter les louanges de celui qui, comme Rê, sut donner à l'Égypte des pharaons dont les noms ne périront jamais.

Sur le même modèle, dans les temples d'époque gréco-romaine, on célèbre la naissance de l'enfant divin. À Dendara comme à Edfou, chaque année, on fête la naissance du fils d'Hathor, Ihy à Dendara, Harsomtous à Edfou. Engendré ici par Amon-Rê, là par Horus, il est le modèle du roi. Modelé par Khnoum, reçu par Meskhenet, doué de vie par Heqat, reconnu par son père, présenté aux hommes et aux dieux, la royauté lui est transmise par le lait de sa mère, nourriture divine qui permet à son corps de redevenir perpétuellement jeune. Ainsi est garantie, au cœur du temple, la permanence de la transmission du pouvoir, de génération en génération, l'un des fondements du monde des hommes comme de celui des dieux.

Le Naufragé, ou L'Île du *ka*

Il n'existe qu'une seule version connue à ce jour de ce court récit, évoqué aussi parfois sous le nom de L'Île du ka *ou* L'Île du serpent. *Le manuscrit date de la XIIe dynastie. Le récit, qui est présenté comme autobiographique (c'est le conteur qui livre sa propre expérience), permet de mieux comprendre ce qu'est le* ka, *force vitale et principe de vie qui accompagne l'homme tout au long de sa vie et le représente au-delà* *(voir p. 245)*.

Hasardeux sont les voyages, car ils nous confrontent à de multiples défis. Il nous faut en effet surmonter les dangers des contrées étrangères vers lesquels nous dirigeons nos pas. Certains de ces dangers sont prévisibles, telle la férocité des animaux sauvages ou la sécheresse du désert si l'on est appelé à traverser des contrées lointaines, ou les tempêtes et les risques de naufrage si c'est sur la Très-Verte que l'on s'aventure. Il est aussi des dangers inattendus, et tout aussi redoutables, comme les pièges que peut tendre au naïf voyageur un magicien habile, ou la rencontre avec des créatures fantastiques appelées à vous détruire. Mais ce que tout voyageur mandaté par le pharaon redoute le plus, c'est de revenir sans avoir pu accomplir sa mission.

C'est ainsi que je rencontrai un jour un prince de la cour de retour d'un long voyage qui l'avait conduit jusqu'à la mer qui s'étend au-delà du pays de Ouaouat [1]. Avec son équipage, il était revenu sain et sauf. Et pourtant voilà que le doute et l'angoisse le tenaillaient, car il avait le sentiment d'avoir failli dans la mission que lui avait confiée notre pharaon. Je ne savais point en quoi consistait cette mission et ne cherchai point à le savoir. Mais, par pitié pour cet homme loyal, j'entrepris de le rassurer au mieux en lui contant une histoire qui m'était advenue et que je vais vous conter à mon tour. Car n'est-il point dit que le malheur des autres permet de soulager son propre malheur et d'atténuer son sentiment de solitude ?

Voici donc ce que je lui racontai.

« J'avais moi-même entrepris un long voyage, accompagné d'une escorte importante. Nous voyageâmes vers le pays de Pount qui regorge de trésors plus fabuleux les uns que les autres. C'est là notamment que nous trouvons les parfums et les essences de bois parmi les plus rares. Pour ce faire, nous avions dû traverser le désert, parvenir à la mer qui s'étend au-delà et y faire construire des bateaux grâce auxquels nous avions poursuivi notre descente vers le sud. Car c'est là le moyen le plus sûr de parvenir à ce pays merveilleux ; la navigation, pourtant, n'est pas sans risques, tant les côtes sont dangereuses, découpées, émiettées en récifs traîtres que le pilote ne perçoit pas et en îlots entre lesquels il convient de naviguer avec prudence.

1. Région de Basse-Nubie s'étendant entre le Nil et la mer Rouge.

« Le navire dans lequel je voyageais était une belle embarcation, grande et stable, de cent vingt coudées de longueur et quarante de largeur[1]. Il y avait cent vingt marins à bord, parmi les meilleurs de ceux que comptait l'Égypte. Ils avaient une si grande expérience que, tel le lion qui de loin flaire les dangers invisibles dans le désert, ils savaient lire dans le papyrus du ciel les signes annonciateurs d'une tempête.

« C'est la raison pour laquelle ce qui m'arriva est d'autant plus remarquable.

« Le voyage se déroulait sans incident. Nous longions la côte visible dans le lointain, sous un ciel appesanti de chaleur mais où ne semblait pas se tapir le moindre orage, sur une mer qui se déroulait plus lisse qu'une plaque de cuivre, sans qu'aucun signe d'îlot ou de récif vienne en troubler la surface. Les autres navires de notre petite flotte nous suivaient. Nous avions pris de l'avance sur eux, mais ils étaient visibles au loin.

« Soudain, sans que les marins aient rien pu pressentir, l'aile gigantesque d'une ombre profonde sembla masquer le soleil ; un orage violent s'abattit sur nous, la surface de la mer se creusa et se souleva en houles nerveuses et profondes. Le pilote tenta de maintenir son cap mais il fut déporté vers le rivage. Devant la violence du vent et des vagues, il renonça à lutter et tenta d'utiliser le courant pour gagner la côte. Mais sous l'effet du vent, la mer sembla redoubler de violence et même de volume, comme si elle grossissait de l'intérieur. Une lame de huit coudées vint s'abattre sur le navire qui fut englouti : je ne revis point les autres membres de l'équipage.

« Quant à moi, cramponné à une planche de bois

---

1. Cela correspond approximativement à soixante mètres sur vingt (1 coudée = 52 cm). Ce n'est donc pas une embarcation légère.

qui, par un effet de battoir sur les eaux, semblait mystérieusement les aplanir et les maîtriser, je fus emporté à la dérive, pour enfin échouer sur une île où je m'attendais à trouver la mort.

« Je restai là trois jours et trois nuits, inerte, sans avoir la force de me lever ni de prendre connaissance du lieu où j'étais. Tout au plus trouvai-je suffisamment d'énergie pour me traîner dans l'ombre d'un arbre, car l'orage avait cessé aussi rapidement qu'il avait éclaté, et le soleil était brûlant, comme il se doit en cette région du monde.

« Le matin qui succéda à la troisième nuit, je me levai affamé et partis à la recherche de quelque nourriture. Mes craintes d'avoir échoué en quelque lieu désertique se dissipèrent à la vue d'une nature foisonnante : arbres et buissons ployaient sous le poids de fruits de toutes sortes, des eaux claires regorgeaient de poissons et entre les arbres voletaient des oiseaux peu farouches. J'étais seul, personne d'autre ne semblait avoir survécu au naufrage, mais assurément je ne manquerais de rien.

« Je me gorgeai de figues et de raisins, je cueillis des fruits de sycomore et des concombres, et bien d'autres fruits encore. J'en ramassai tellement que, les bras chargés, je ne parvenais plus à marcher. Je m'assis pour manger à ma faim, et laissai à terre ce qui restait, sans aucune crainte, car c'était véritablement une terre d'abondance que j'avais découverte, un lieu de ressourcement et de vie. Tout semblait plus grand, plus abondant, plus goûteux que ce que j'avais pu connaître jusque-là.

« Alors, satisfait, je m'en revins vers le rivage et scrutai l'horizon : pas une embarcation en vue. D'ici on ne voyait pas non plus la côte, ni d'autres îles. J'étais seul sur un îlot, seul au milieu de la mer. Seul, mais vivant. Je pris un bâton, le façonnai pour en produire du feu et, rassemblant des feuilles et des brindilles sèches, je fis monter des flammes en remerciement aux dieux.

« Soudain, j'entendis un grondement, comme celui de la mer quand l'orage s'abat. Je levai les yeux, mais pas une ride ne plissait la surface lisse de l'eau. S'ensuivit un craquement violent qui me fit sursauter car il ne parvenait pas du large mais de l'intérieur de l'île. Des hommes ? des bêtes sauvages ? Je m'étais imaginé seul et en sécurité...

« La terre sembla trembler sous mes pieds, et je me jetai au sol, me couvrant les yeux de terreur.

« Quand le silence fut revenu, j'ôtai les mains de mon visage, que j'aurais bien caché de nouveau si je n'avais été trop terrifié pour bouger. Devant moi se trouvait un serpent – et quel serpent ! Son corps devait s'étirer sur trente coudées pour le moins. Il portait une barbe imposante qui devait dépasser deux coudées. Ses énormes écailles étaient des plaques d'or qui rutilaient au soleil ; au-dessus de ses yeux se dessinait un trait de lapis-lazuli. Il était tellement majestueux que je me prosternai, devinant que je me trouvais en présence d'un être plus proche des dieux que des animaux communs, le souverain en quelque sorte de cette île étrange.

« Il s'avança vers moi, la bouche grande ouverte, et je m'apprêtais à mourir. Mais il s'arrêta et dit :

« “Petit, dis-moi ce que tu es venu faire ici. Qui t'a amené ? Réponds vite ou je te réduirai en cendres et tu disparaîtras à tout jamais.”

« J'étais tellement terrifié que je ne pus répondre des paroles claires. “Je ne sais plus, j'ai perdu la possibilité de parler en me trouvant devant toi.”

« Alors il ouvrit de nouveau grand la bouche et me saisit. Je fermai les yeux. Mais il ne m'avala pas. Sans me blesser, il me porta comme une lionne transporte son lionceau et me déposa dans son repaire, à l'intérieur de l'île.

« Prosterné devant lui, je n'osais bouger. Il demanda encore :

« "Qui t'a amené ? Qui t'a amené sur cette île de la Très-Verte ?"

« Je lui racontai mon voyage, le navire, la tempête qui était survenue, le naufrage et la façon dont j'avais échoué sur cette rive, seul survivant.

« Le serpent me parla d'une voix douce.

« "Ne crains rien, petit, ne crains rien. Si tu es auprès de moi, c'est parce que Dieu a voulu que tu vives. Sur cette île du *ka*, tu ne manqueras de rien, car toutes les bonnes choses sont ici. Ton séjour ne saurait donc être pénible. Mais il ne sera pas éternel. Car après une attente de quatre mois, tu verras un bateau aborder : un bateau de ton pays, conduit par des marins que tu connais. Et tu auras le bonheur de raconter ensuite ce qui t'est advenu ici."

« Le serpent parut se détendre, il se roula sur lui-même et poursuivit :

« "Je comprends la solitude dans laquelle tu te trouves aujourd'hui, loin de ceux qui te sont chers, ayant perdu tes compagnons de voyage. Je comprends tes sentiments car, vois-tu, j'ai vécu moi aussi une histoire assez semblable à la tienne. Je vivais sur cette île en compagnie d'une multitude d'autres serpents. Nous étions soixante-quinze en tout en comptant mes enfants, dont une fille à laquelle je tenais beaucoup : elle m'était venue en réponse à une prière. Mais voilà qu'un jour, alors que je me trouvais à l'écart du reste du groupe, une étoile traversa les cieux et vint s'abattre sur l'île, très précisément sur le lieu où étaient rassemblés les autres serpents, mes enfants, dont cette fille à laquelle je tenais tant. Tous prirent feu, et quand je revins vers eux, je ne trouvai qu'un amas de cendres : c'était tout ce qui restait de leurs corps consumés. Depuis, je vis seul sur cette île. J'ai survécu à leur disparition. Vois-tu, il te faut espérer, être courageux et patient : car je te le dis, tu retrouveras tes enfants que tu serreras contre toi, tu pourras embrasser ta femme et retourner dans ta maison, dans ton pays, parmi tes frères, pour vivre puis mourir auprès d'eux."

« Je me prosternai, non plus terrifié mais ému et reconnaissant : "Si je retourne dans mon pays, je me présenterai devant le Souverain, je lui raconterai ta grandeur, ta puissance, la richesse de ton île. Je ferai en sorte que te soit apporté de cet encens qu'on brûle dans nos temples, dans des navires chargés de bois et de parfums précieux, dont le *hekenou*. Nous ferons des sacrifices de taureaux et de volailles en ton honneur."

« Le serpent rit : "Petit, dans ton pays, vous êtes certes riches en résine de térébenthine, mais l'oliban y est rare. Mon île produit en abondance l'oliban et le *hekenou*. Quand tu seras parti, renonce à revenir, car tu ne retrouveras jamais cette île. Après ton départ, elle se transformera en flots."

« Et il advint comme il l'avait prédit. Un jour que, juché dans un arbre, je scrutai l'horizon, je vis approcher un navire. Lorsqu'il fut près de la côte, je reconnus les hommes qui étaient à bord. Alors je me rendis auprès du serpent qui m'attendait. "Je sais, petit, il est temps de partir. Retourne en bonne santé, et sois heureux, dans ta maison, auprès de tes enfants et de ta femme. Le meilleur cadeau que tu puisses me faire sera de parler en bien de moi."

« Il me montra les biens amoncelés près de lui : "Voilà ta cargaison pour ton souverain", dit-il.

« Il y avait là oliban et *hekenou*, queues de girafes et défenses d'ivoire, chiens de chasse et babouins. Je transportai tout cela jusqu'à la rive et chargeai le navire, sous les yeux émerveillés des marins.

« De retour dans mon pays, j'allai me prosterner devant le souverain et lui faire don des cadeaux du serpent de l'île. Je lui racontai mes péripéties, ce qui ravit le souverain presque autant que les dons, car il aimait les récits qui l'aidaient à chasser l'ennui dans lequel il sombrait fréquemment. Il m'éleva en rang et me donna des serfs pour cultiver mes terres.

« Vois-tu, l'ami, je te redirai ce que m'avait dit le serpent : il te faut espérer, être courageux et patient. Ne crains rien. »

À la fin de mon récit, le prince soupira : il semblait avoir perdu tout espoir et ne plus croire en la clémence du souverain. Je le vis partir sans avoir pu le dérider.

Comme me l'avait prédit le serpent, je suis rentré, je vieillis, et pourtant il me semble rajeunir, m'alléger des années qui devraient peser sur moi : bientôt je le sais, je mourrai.

Souvent, je repense au serpent, à mon séjour sur cette île que personne d'autre n'a jamais pu aborder : en effet, on raconte que certains, ayant entendu mes récits, ont tenté de retrouver l'île. Sans succès...

Comprendre les récits

De l'eau, des ténèbres, une fleur de lotus, un bouquet de papyrus entre eau et terre, des îles qui disparaissent, des dieux dont l'altière beauté minérale évoque des traits de faucon ou de vautour et masque des jalousies et des tergiversations tout humaines : comme toutes les constructions mythologiques qu'ont façonnées les hommes qui peuplent la planète, la mythologie égyptienne tente d'élucider par des récits le mystère des origines du monde, le rapport de l'homme à l'univers et aux dieux. Pour les Égyptiens, nous l'avons vu, la naissance du monde et des dieux se situe dans une immensité d'eau et de ténèbres. Les récits, relativement courts comparés à ceux d'autres mythologies, tentent de rendre compte, à travers les avatars d'une dynastie de dieux, de l'organisation du monde, sur terre et dans l'au-delà, et de l'émergence d'une lignée de pharaons qui se situe dans la continuité du règne divin : dernier dieu à régner sur l'Égypte, Horus cède la place aux pharaons. Une retenue dans la description, une absence de contours physiques et chronologiques, des touches suggestives rendues presque évanescentes par le fait qu'elles sont parfois les seules bribes ayant survécu de documents plus importants : tout cela rend ces récits mystérieux et insaisissables. Simultanément, pourtant, il s'en dégage des détails impérissables par la netteté du trait maîtrisé et soigné des artistes anonymes qui ont écrit leur histoire sur les monuments.

Expliquer la création

Une vision cyclique du temps

Outre la diversité et la multitude fragmentée des textes, la mythologie égyptienne, nous l'avons vu, ne s'appuie pas, comme c'est le cas pour certaines religions, sur un livre sacré faisant office de révélation. La mythologie égyptienne s'exprime et se décrit dans différentes cosmogonies qui se sont succédé, qui se complètent mais qui parfois se contredisent aussi.

« Il était une fois, la première fois... » C'est ainsi que pourrait commencer chaque nouveau récit des dieux, chaque conte, chaque geste rituel ; et c'est une formule que l'on retrouve effectivement dans certains textes. Car tout est constamment à reprendre, à recommencer, à saisir sur l'instant afin que ce qui doit se produire par la suite soit mieux compris. Simultanément, pourtant, l'insaisissable demeure la principale caractéristique de cette dimension cosmogonique de la religion égyptienne.

Si les systèmes décrits dans ces diverses cosmogonies diffèrent, tous, ou presque, se rejoignent sur la perception du monde qui précéda la création. Ils s'accordent à imaginer l'univers comme une sorte de chaos informe, intemporel et illimité, obscur et froid, non pas tant un néant mais plutôt une masse liquide au sein de laquelle se love un potentiel d'existence qui naîtra par l'un ou l'autre des moyens décrits dans les différents textes : par émanation du démiurge, sous forme de grenouilles ou de serpents, ou de fleur de lotus. Ce qui caractérise cette conception commune de l'univers, qui recoupe les différents systèmes cosmogoniques, c'est une vision cyclique de la création, perçue comme un éternel recommencement permettant de défier le temps : un perpétuel mouvement de flux et de reflux, comme le rythme des crues du Nil, mais aussi comme l'alternance du jour et de la nuit, ou le mouvement croissant et décroissant de la lune, le voyage quotidien du soleil à travers la voûte céleste et sa disparition la nuit, les cycles du soleil et de la lune, des saisons, des successions divines ou pharaoniques.

Tout a un début, une fin, un recommencement, chaque chose succède à elle-même. « Les Égyptiens ont conçu leurs cosmogonies moins comme la recherche des origines en un temps donné [...] que comme l'explication d'une dynamique universelle », note Philippe Derchain dans son article sur la cosmogonie (*Dictionnaire des mythologies*, vol. 1 et 2, sous la direction d'Yves Bonnefoy, Flammarion, 1999).

Dans ce chaos, ces eaux primordiales, comment s'est manifestée la création ? C'est du sein même de cette liquidité qu'elle émane et qu'elle s'exprime, sous forme d'un démiurge. Elle n'a pas été pensée, voulue, imposée de l'extérieur. Le chaos contient donc en lui un potentiel de création, et la création est menacée par la possibilité d'un retour au chaos, chacun d'eux étant indispensable à l'autre.

Émergeant du néant par la pensée, mais aussi matériellement, sous la forme d'un oiseau venant se poser sur une butte qui est elle-même une manifestation matérielle de ce début, le démiurge va à son tour engendrer d'autres dieux, d'autres formes. De un, il devient trois, puis neuf, pluriel du pluriel, et donne lieu à des « millions », nombre qui, chez les Égyptiens, indique l'infiniment grand. En même temps, pourtant, le démiurge et les autres dieux vont devoir continuer de combattre et d'endiguer le chaos, le risque constant du retour au néant, telle une inondation qui engloutirait de nouveau tout ce qui est, et qui d'ailleurs est annoncé comme inéluctable dans « des millions d'années ». Le signe le plus visible et récurrent de ce danger constant d'implosion demeure en puissance au sein de la création, présent dans les eaux primordiales de même qu'elles contenaient le démiurge. Ce danger s'exprime sous la forme d'un serpent. Selon certaines légendes, il reste au stade de non-devenir dans les profondeurs du néant, lové sur lui-même, se mordant la queue, dans un signe d'éternel retour (le serpent s'avale et renaît de lui-même) ; cet aspect-là n'est pas négatif. Ailleurs, c'est le serpent Apophis qui, chaque nuit, tente d'empêcher l'avancée de la barque du soleil vers l'aube et la naissance d'un nouveau jour, entravant par là le cycle du temps.

Dans ce monde qui précède la création, les notions d'espace et de temps sont à la fois vertigineuses et étrangement concrètes. L'immensité spatiale du néant n'a pas de frontières, pas de consistance, pas de mouvement : c'est un espace liquide dans des ténèbres qui ne sont pourtant pas la nuit puisque le jour n'existe pas, un infini qui n'est rien puisque son contraire n'est pas. Il en va de même pour le temps : « les inscriptions historiques emploient des expressions comme "jusqu'aux limites du temps", "jusqu'à l'orbite du soleil", "des millions d'années", qui suggèrent qu'il n'existe pas de notion abstraite de l'infini », note Philippe Derchain. Ce rapport entre l'espace et le temps fait que, même après l'émergence du monde et son inscription dans le temps, les deux notions resteront floues et interdépendantes : un dieu peut être simultanément démembré et reconstitué, il peut être présent en des lieux différents, sous des formes diverses. Rê peut avaler les dieux, les recracher sous forme d'oiseaux et de poissons : ces derniers emporteront avec eux une part du divin, mais ils ne remplaceront pas les dieux qui continueront d'être présents sous leur forme antérieure à cet engloutissement. Tout cela participe d'une conception du monde que d'aucuns ont voulu percevoir comme étonnamment moderne, proche de celle rendue imaginable par les théories einsteiniennes de la relativité et par ce que nous savons désormais de l'origine aquatique du vivant.

Des récits qui varient en fonction des régions

Les principales cosmogonies qui retracent les origines du monde sont celles d'Héliopolis, d'Hermopolis et de Memphis, mais d'autres grands sanctuaires en ont élaboré, comme Edfou ou Esna. Chaque temple utilisait une cosmogonie, avait donc sa vision des temps originels et de la création, dans laquelle il insérait ses propres divinités : il ne faut pas oublier que chaque ville égyptienne, dont certaines étaient séparées par des centaines de kilomètres, avait son dieu, ses divinités autochtones, pour certaines assimilées de croyances antérieures. Si toutes ces cosmogonies cherchent à rendre compte d'une « dynamique universelle » (pour reprendre l'expression de Philippe Derchain), à la fois originelle et sans cesse renouvelée, si toutes cherchent à décrire le mécanisme antagoniste et complémentaire de forces opposées, à la fois créatrices et potentiellement destructrices, les narrations de la création diffèrent dans la façon dont elles rendent compte de l'émergence du monde matériel et de son organisation spatiotemporelle. C'est un monde instable, sans cesse menacé d'implosion, qu'il convient de maîtriser et de préserver par des rites précis et une organisation sociale pyramidale, où le pharaon, placé au sommet, joue le rôle de premier prêtre médiateur entre les dieux et les hommes.

Points communs entre les différentes cosmogonies égyptiennes

Les différentes cosmogonies égyptiennes ont en commun un certain nombre de données (même si les noms utilisés ici renvoient à la cosmogonie d'Héliopolis) :

• Toutes définissent les origines comme un Océan primordial, immensité d'eau et de ténèbres, le Noun, dans lequel le démiurge est en puissance, et au sein duquel il va s'éveiller. Cet Océan représente le début du monde, mais aussi la fin des temps (avant un nouveau recommencement), puisque c'est à l'état de Noun que tout ce qui existe est censé revenir.

• La vie se manifeste : le créateur apparaît, vient à l'existence par lui-même ; Atoum est seul, sans un endroit où se poser (tel un oiseau, Grand et Lointain, dans la cosmogonie d'Edfou).

• Apparaît une butte primordiale (butte de terre ou fourré de papyrus) : c'est alors que la création peut commencer.

• La création se fait par étapes :

1. La création à partir de soi (le démiurge créateur étant solitaire) : Atoum (dont le nom signifie « Celui qui est la totalité », « Celui qui est et qui n'est pas »). Elle se fait donc par émanation (liquide créateur, pensée, parole, jeux de mots).
2. Le démiurge donne ainsi naissance à deux émanations : les principes masculin et féminin Chou et Tefnout, principes de vie et norme.
3. De ces deux émanations vont se créer Geb et Nout : c'est avec eux que commence la création par mode « normal » (reproductif, sexué).

Tous les textes insistent sur la solitude du démiurge et sur le fait qu'il n'a, au tout début, aucun endroit où s'installer, puisque ce n'est qu'ultérieurement que va émerger, dans cette immensité, une butte, un tertre, une touffe de papyrus, un lieu où il va pouvoir se poser. Les procédés de création sont directement le fruit de cette solitude. La première création ne sera pas une création sexuée mais, selon les cosmogonies, une création par masturbation, par crachat ou par parole, soit dans tous les cas une émanation du démiurge lui-même, émanation généralement liquide, cette valeur fondamentale de la liquidité créatrice étant déjà patente dans l'existence même de l'Océan primordial. Le démiurge se manifeste souvent sous l'aspect d'un être hybride, comme né à la fois de la terre et de l'eau (serpent, grenouille), mais parfois aussi comme un oiseau ; cet oiseau est appelé « Lointain », rapace planant au-dessus des eaux, dans la cosmogonie d'Edfou, ou oiseau-héron (*bénou*), celui qui va se poser sur les papyrus qui émergeront de l'Océan primordial.

Si le démiurge est à l'origine de la création, celle-ci, étant cyclique, est appelée à revenir à son point de départ, donc à revenir, « dans des millions et des millions d'années », à son état premier, à se voir de nouveau engloutie dans le Noun. Cela est particulièrement bien exprimé dans le chapitre 175 du *Livre des Morts*, où le défunt s'interroge sur l'impact qu'aura pour sa propre existence dans l'au-delà cette réalité cyclique de l'univers :

> « Et que peux-tu me dire de ma durée de vie ? dit [le mort à Atoum].
>
> – Tu es destiné à vivre des millions de millions d'années. Pourtant, je détruirai tout ce que j'ai créé ; ce pays reviendra à l'état de Noun, à l'état de flot, à son premier état. Je suis ce qui restera, avec Osiris, quand je serai redevenu serpent. Et ce que je serai, les hommes ne peuvent pas le connaître, les dieux ne peuvent pas le voir. »
>
> (D'après la traduction de Paul Barguet.)

Ou encore, ayant achevé son œuvre créatrice, le démiurge meurt, tel le serpent **Kematef**, « Celui qui a achevé son temps ». Auprès de chaque grand temple, une nécropole conserve les corps des dieux ancêtres, tandis que leurs âmes sont étoiles dans le ciel. À dates fixes, la divinité résidant dans le sanctuaire se rend auprès d'eux afin d'accomplir les rituels.

C'est donc dans la solitude, par auto-engendrement que commence la création qui, dans un premier temps, permettra la constitution d'une première assemblée de dieux, l'Ennéade (neuf dieux) ou l'Ogdoade (huit dieux), selon les cosmogonies. Cette Assemblée, dont le nombre des membres, dans certains cas, reste indéterminé, est entourée d'un ensemble de dieux que l'on pourrait qualifier de « mineurs », et qui sont appelés à jouer des rôles ponctuels, saisonniers ou associés à des moments précis de la vie, ou géographiquement ancrés dans des lieux de culte. Certains semblent être une autre personnification d'un des dieux primordiaux. Le nombre de dieux composant l'Assemblée varie non seulement d'une cosmogonie à une autre mais également en fonction des circonstances. C'est ainsi qu'un dieu mineur peut être appelé à prendre place dans l'Assemblée : c'est le signe d'un grand honneur, auquel les autres dieux ne demeurent pas insensibles. Quand Astarté (dans le conte *La Légende du dieu de la mer*) est invitée à prendre place parmi l'Ennéade, « les grands dieux la virent et se levèrent en sa présence », « les petits la virent et se prosternèrent en sa présence », « alors Astarté prit place sur son trône ».

La cosmogonie d'Héliopolis

Héliopolis, aujourd'hui ensevelie sous les quartiers nord du Caire, était l'un des sanctuaires majeurs de l'Égypte. Ville du soleil, comme l'appelait les Grecs (*On* en égyptien), c'est effectivement la cité du dieu-soleil Rê qui parcourt le ciel dans « sa barque du jour » avant de s'enfoncer la nuit dans le « ciel inférieur ». Rê ne reste pas le même, il change d'apparence – la notion d'apparence, par opposition à celle de nature, ou « forme véritable », est essentielle en Égypte – et devient donc un autre dieu selon les différentes étapes de son voyage : au matin, pour figurer le soleil levant, il est Khepri, ou le scarabée ; faucon le jour, le soir il redevient Atoum, le démiurge, ou le soleil couchant, représenté comme un vieillard.

La cosmogonie héliopolitaine est développée dans les *Textes des Sarcophages* (chap. 76 à 80) et dans le papyrus Bremmer-Rhind, un livre sur la connaissance de la création du monde ; cette connaissance doit permettre de « renverser Apophis », c'est-à-dire de détruire les forces maléfiques s'opposant à la création.

Dans la cosmogonie d'Héliopolis, le démiurge est Atoum, dont le nom est particulièrement intéressant. Atoum (en égyptien *Tm*) signifie en effet « Celui qui est complet », « la Totalité » et « Ce qui n'est pas », l'être et le néant, en quelque sorte. Dans la théogonie* d'Héliopolis, Atoum est le démiurge qui émerge de l'Océan primordial, Noun, et qui engendre, par masturbation ou par crachats, selon les textes, le premier couple divin, Chou (l'air) et Tefnout (l'ardeur du soleil). Chou et Tefnout s'unissent pour engendrer le dieu Geb (la terre) et la déesse Nout (le ciel). Nout est représentée comme une vache ou comme une femme allongée au-dessus de la terre qu'elle touche seulement des pieds et des mains (voir p. 366). Geb et Nout étaient unis en un « mariage sacré » permanent jusqu'au jour où Chou, dieu de l'air, les sépara. De leur union naquirent Osiris et Isis, Seth, Nephthys et Horus l'Ancien.

La création procède, ici comme ailleurs, par différenciation et par démultiplications successives.

Les quatre phases de la création

Selon la cosmogonie d'Héliopolis, la création se déroule en quatre phases :

1re phase : émanation du démiurge ;

2e phase : création de l'espace différencié en masculin et féminin (Chou et Tefnout), passage de un à trois ;

3e phase : génération de Geb et Nout, le ciel étant séparé de la terre dans un second temps, comme l'explique le *Livre de la Vache céleste* ;

4e phase : c'est cette séparation qui va permettre désormais une création « normale » (sexuée), qui commence avec la naissance des cinq enfants de Nout et de Geb.

**Diagramme de la création
selon la cosmogonie d'Héliopolis**

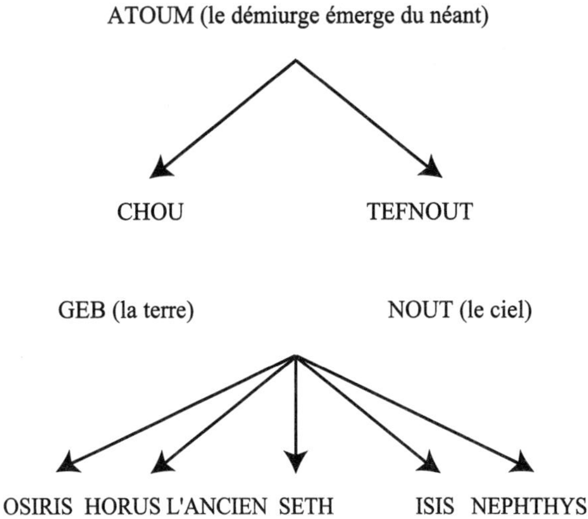

Soit le démiurge et son Ennéade, c'est-à-dire une assemblée de neuf dieux, pluriel du pluriel, constituant l'entourage et la protection du démiurge, soit dix divinités au total (ce sont donc leurs pairs au sein de l'Assemblée que Seth et Isis saisissent lors de la lutte de pouvoir pour la succession d'Osiris ; et l'on voit comment, dans certains récits, l'Ennéade s'élargit pour incorporer d'autres dieux).

La cosmogonie de Memphis

Au sud du Caire actuel, au point de jonction entre Haute-Égypte et Basse-Égypte, Memphis, la « Balance du Double-Pays », capitale des pharaons de l'Ancien

Empire, est la ville du dieu Ptah. Dans cette cosmogonie, Ptah occupe le rôle dévolu à Atoum dans la cosmogonie d'Héliopolis. Ptah est le dieu créateur par excellence. C'est dans son cœur, dans son esprit, par la pensée, que le dieu-artisan Ptah conçoit le monde, lui donnant ensuite réalité par la parole. Ptah, c'est « celui qui a formé tous les dieux, hommes, animaux, qui a créé tous les pays » après s'être auto-engendré par la puissance de son esprit. Cœur et langage sont ainsi, dans cette cosmogonie, au tout début de toute chose : après s'être manifesté comme le cœur et comme la langue, le dieu Atoum attribua la vie à tous les dieux et à leur *ka* (qui peut être défini comme l'image permanente et immuable de la personne : voir p. 246). Horus est issu par le cœur, Thot par la langue.

Ptah, par sa pensée, fait exister les dieux, les huit premiers formant avec lui l'Ennéade memphite : Tatenen, la terre qui a émergé de l'Océan originel, Noun et son doublet féminin **Naunet**, et Atoum en son double aspect de père et de mère des dieux. Pour les quatre autres dieux, les noms se sont perdus. Certains pensent qu'il pourrait s'agir d'Horus, « intelligence de Ptah », de Thot « volonté de Ptah », du dieu-lotus **Nefertoum** (dont Ptah serait le père), et d'un dieu-serpent. À leur tour, les dieux prirent des existences diverses dans les pierres, les plantes, les animaux. Et bien qu'elle ne figure pas dans la cosmogonie, Sekhmet, présentée dans certains textes comme l'épouse de Ptah, jouera un rôle important : auxiliaire de Rê, le soleil, lors de la révolte des hommes, elle est aussi capable de le narguer, emportant l'Œil du soleil dans les régions du sud, d'où il faudra la convaincre de le ramener. C'est le mythe de la **Lointaine**, dans lequel la déesse peut être désignée sous différents noms.

La cosmogonie d'Edfou

Edfou, au sud de Thèbes, a conservé jusqu'à aujourd'hui un temple quasiment intact, datant de l'époque gréco-romaine. Originaire du doublet nordique du temple d'Edfou, dans les zones marécageuses du Delta, la cosmogonie qui y a été développée insiste sur les épais fourrés de papyrus, premières manifestations de la vie. Deux apparences du divin, Lointain et Grand, respectivement qualifiés d'« Unique » et de « Seul et Unique », sont ici à l'origine de la création. Au-dessus de la masse des eaux en mouvement plane Lointain, la divinité qui n'a pas encore pris forme, rejoint par Grand, « le maître des eaux ». « Alors les eaux s'arrêtèrent dans leur mouvement et Celui-qui-est-au-dessus des eaux discerna par la pensée une masse de roseaux. » Le dieu au visage encadré d'ailes décrit des cercles au-dessus de ce flotteur de roseaux, maintenant immobile. L'apparence du créateur se précise, et c'est en faucon divin qu'il se pose enfin sur le flotteur, qui deviendra l'un des noms du temple d'Edfou. « Puis une grève étroite s'étendit à côté de la masse de roseaux. Et Dieu dit : "Que l'espace infini reste à jamais en retrait." » Alors le démiurge, forme de Ptah, put faire œuvre de création en pensant et en nommant toutes choses.

La cosmogonie d'Hermopolis

À peu près à mi-chemin entre Le Caire et Louqsor, Hermopolis (*Khéménou* en égyptien) est la ville du dieu Thot, que les Grecs ont assimilé à Hermès. Ici, le démiurge est Thot. Par la pensée, Thot crée l'Ogdoade, un groupe de quatre couples de divinités (quatre grenouilles et quatre serpents) issus des eaux primordiales et représentant chacun une dimension de l'univers. Ces dieux sont : Noun et **Naunet**, l'Océan primordial ; **Heh** et **Hehet**, l'espace infini ; **Kekou** et **Keket**, les ténèbres ; Amon et **Amonet** (ou **Niaou** et **Niat**), « Ce qui est caché » ou « Ce qui disparaît ». Dans le lac primordial d'Hermopolis, un lotus jaillit : c'est le soleil enfant engendré par l'Ogdoade.

L'ordre dans lequel se déroulent les étapes de la création diffère selon les textes. On trouve aussi la progression suivante : dans l'Océan primordial apparaît la première butte, sur laquelle fleurit bientôt le premier lotus. Du calice de ce dernier jaillit le premier soleil, dont la lumière donnera à son tour vie à quatre couples de serpents et de grenouilles.

La création selon Esna

On retrouve ici une déesse, Neith, de nouveau venue du Delta, qui a pour mission de faire émerger l'univers physique. Se muant successivement en poisson *latès* et en vache, elle gagne à la nage Esna, où elle énonce sept propos créateurs, définissant autant d'étapes du devenir du monde visible, tandis que le bélier Khnoum, potier divin, modèle les premiers êtres vivants sur son tour. Plus tard, il transmettra au ventre des femmes la capacité créatrice de son tour.

Les Sept Propos créateurs de Mehet-Ouret

Ces sept paroles de Methyer (ou Mehet-Ouret) correspondent à autant d'étapes de la création, après son apparition sur terre, une fois qu'elle a pris l'apparence d'une vache, puis d'un poisson *latès* et qu'elle a ouvert les yeux, produisant la lumière. En d'autres termes, ce texte évoque à la fois la création de l'espace (eau/terre émergée) et celle du temps (jour/nuit et année solaire).

En fait, la progression du récit de la création est

assez inattendue pour nous. La sortie des eaux, qui se fait en plusieurs étapes, doit sans doute évoquer la lente émergence de la terre au cours de la première saison. Les six autres propos correspondent à la création de l'année solaire (est-ce à dire qu'un jour correspond à un an ?), et la réalisation du début de ce qu'avait annoncé Methyer. C'est une allusion à l'affaiblissement du soleil (au solstice d'hiver) et au renforcement de sa puissance (au solstice d'été). Portant le soleil, Neith arrive à Saïs au mois d'*épiphi*, avant-dernier mois de l'année, soit à peu près au moment du solstice d'été dans une année idéale (voir en annexe Le Calendrier égyptien, p. 423). Les voyages de Neith d'Esna à Saïs, et *vice versa*, évoquent donc sans doute les variations du soleil pendant l'année.

La création de l'espace céleste

Dans le mythe de la Vache céleste, la déesse du ciel, Nout, prend la forme d'une vache qui doit transporter le soleil entre ses cornes (d'où la coiffe d'Hathor, qui représente des cornes de vache enserrant le disque solaire). Ce récit se rattache aux mythes de la création dont l'étape suivante sera celle des étoiles, ces dernières étant les âmes des dieux puis, ultérieurement, sous les pharaons, les âmes des rois morts. Certaines d'entre elles, les « Impérissables », sont toujours visibles. Elles offrent un modèle d'éternité. Un autre est fourni par les étoiles « vivantes » qui, se déplaçant de part et d'autre de l'écliptique, disparaissent périodiquement du ciel nocturne. La première d'entre elles, car elle indique le début de l'année, est Sothis (Sirius). Sa disparition évoque la mort, tandis que sa période d'invisibilité de soixante-dix jours, pendant laquelle

elle se débarrasse de son impureté, correspond au temps de la momification. Ces sept décades sont en même temps les sept mois de gestation d'Osiris dans le ventre de Nout. On retrouve ainsi, sur des durées différentes, la notion de cycle, avec le passage obligé par la mort, permettant seul la renaissance. Ainsi vont les étoiles, passant par différentes apparences :

> « L'étoile qui glisse à terre meurt et entre dans la *Douat*. Elle s'arrête dans la maison de Geb [...] et se débarrasse de son impureté à terre en 70 jours. On ne peut la qualifier de "délivrée" avant 70 jours, et on ne la désigne pas du nom de "vivante" avant sa délivrance. Ayant déposé leur impureté à terre [...], elles [les étoiles] sont pures et elles vivent, commençant à apparaître à l'est. L'une meurt et l'autre vit tous les 10 jours. [...] [Ainsi] elles se succèdent. Ce qui leur pèse étant à terre, leurs âmes peuvent monter, qui étaient tombées à terre. Leurs larmes coulent, devenant des poissons. La vie d'une étoile se manifeste dans le lac. [Puis] elle sort de l'eau et vole vers le ciel, hors de l'étendue d'eau et de sa forme première. Telle est la vie des étoiles : elles sortent de la *Douat* et s'éloignent vers le ciel. »
>
> (D'après le papyrus Carlsberg I
> et le *Texte dramatique de l'Osireion* de Séthy Ier.)

Le soleil

Dans son voyage quotidien, qui s'inscrit bien évidemment dans la vision cyclique de l'univers, le soleil est perçu comme changeant d'aspect et de nature tout au long de sa course, à tel point que cela se traduit par des personnifications différentes mais complémentaires (voir planche III, 3).

Enfant au début de sa course (incarné aussi par le dieu-scarabée Khepri), disque pendant la journée (Rê ou faucon Harakhty), le soleil gagne en vigueur, ce qui lui vaut d'être représenté au zénith avec une quadruple tête de bélier, avant de faiblir, pour devenir au soleil couchant un vieillard courbé, assimilé à Atoum.

Pour la traversée nocturne, il prend la forme d'un homme à tête de bélier. Cette traversée marque l'entrée dans un monde hostile. Elle est perçue comme une épreuve difficile, à laquelle le soleil, dans sa barque, doit se soumettre quotidiennement, mais surtout comme un retour dans le monde des ténèbres, où il va se ressourcer et puiser l'énergie nécessaire à sa renaissance.

Les heures du soleil

(Il y a des variantes en fonction des différents recueils ; voir aussi le récit *Rê*.)

À chaque heure de la traversée nocturne du soleil dans la *Douat* (l'au-delà) correspond une étape.

Première heure : la barque avance sur le flot abondant ; sur les rives veillent les dieux.

Deuxième heure : des babouins se pressent sur les rives. Ils ne présentent aucun danger et des génies veillent.

Troisième heure : le serpent Apophis surgit et tente de renverser la barque du soleil. Aidé par Atoum, Rê, bien qu'affaibli, parvient à triompher de lui.

Quatrième heure : nous sommes au cœur de la nuit, si noire qu'on ne perçoit rien, si ce n'est des lueurs rougeoyantes. Le fleuve s'est desséché, il faut haler la barque sur le sable : Apophis a avalé les flots. Il faut parfois faire appel à la force brutale de Seth qui, d'un coup de lance, frappe le serpent et lui fait recracher l'eau.

Cinquième heure : la barque passe près de la butte contenant la momie d'Osiris.

Sixième heure : Khepri, le dieu-scarabée, se réveille. Les ténèbres commencent à se dissiper.

Septième heure : sur la rive, des hommes apportent des tributs à Rê, qui reprend vigueur.

Huitième heure : des menaces pèsent toujours, mais les ennemis sont capturés et tués.

Neuvième heure : le soleil redonne énergie à tous.

Dixième heure : Apophis tente une dernière fois d'empêcher la progression de la barque.

Onzième heure : la barque est hissée vers la lumière.

Douzième heure : un scarabée prend place sur la proue. C'est Khepri, le soleil levant.

La lune

Le soleil est assurément l'astre principal dans l'astronomie mythologique égyptienne, le dieu autour duquel gravitent les autres, et la création elle-même, puisque sa disparition tous les soirs, ou lors d'éclipses, est une source constamment renouvelée d'inquiétude. La lune joue cependant un rôle important, aussi bien dans le calendrier que dans le domaine funéraire, et fait l'objet de fêtes spécifiques, correspondant aux différentes phases. Le cycle lunaire est présent, parallèlement au cycle solaire, dans les grands temples ptolémaïques et romains d'Edfou et de Dendara. Œil gauche du démiurge, la lune se déplace en barque comme le soleil. C'est à elle, présente dans le ciel nocturne, que Rê, durant sa traversée de la *Douat* dans la barque de la nuit, confie le ciel visible. La lune est alors représentée par

Thot, le remplaçant de Rê, vizir et scribe, qui veille sur le monde en l'absence du roi, d'où le disque lunaire qui apparaît sur sa tête. De même que la disparition du soleil suscite l'angoisse, les éclipses lunaires – perçues comme le ciel avalant la lune – étaient considérées comme porteuses de mauvais présages.

Les Égyptiens ont plus particulièrement retenu deux caractères de la lune : sa mobilité et la modification de son aspect, avec ses phases successives de croissance et de décroissance. Le dieu **Khonsou**, dont le nom signifie « l'errant » ou « le voyageur », incarne plus particulièrement son déplacement rapide à travers le ciel. Dieu enfant, il représente aussi sa phase croissante. Vieillissant, de taureau il devient bœuf, passant successivement de l'état d'enfant à celui de vieillard, avant de rajeunir pour redevenir enfant.

> « Khonsou de Thèbes [...] qui se trouve sur le grand trône, lune la nuit, second de la lumière solaire, qui remplit l'œil sain, qui pourvoit l'œil gauche ; il vieillit chaque jour au moment où il le veut, et rajeunit à l'heure que choisit son cœur. Conçu le jour de la nouvelle lune, il est mis au monde le jour du premier croissant [le 2 du mois], il devient vieillard après le 15. Il remplace le soleil lorsque celui-ci descend dans la *Douat*. [...] C'est la lune [*Iâh*] en sa forme [intacte], depuis qu'il s'est refait enfant, un taureau brillant ; lorsqu'il est vieux, c'est un bœuf parce qu'il produit l'obscurité. »
>
> (Porte d'Évergète à Karnak,
> d'après S. Sauneron et J. Yoyotte.)

La période d'invisibilité de la lune a également été mise en rapport avec la mort d'Osiris, dont Plutarque, au chapitre 42, souligne l'aspect lunaire : assassiné à l'âge de vingt-huit ans, ou en sa vingt-huitième année de règne, il a été découpé par Seth en quatorze morceaux, correspondant aux quatorze jours de la lune décroissante. La mise en rapport de la phase décroissante et du mythe osirien a donné lieu à de multiples mises en image. En effet, de même que le soleil est quotidiennement menacé par le serpent Apophis, les forces destructrices rôdent aussi autour de la lune tout au long de son cycle. Ici, le danger vient de Seth, dont l'attaque prend différentes formes, ayant pour cadre la lutte qui l'oppose successivement à Horus l'Ancien et à Horus fils d'Isis. La lune est alors l'œil blessé, mutilé par Seth et amoindri au point de disparaître. Guéri par Thot, il reprend sa forme pleine d'œil *oudjat*, guéri. Sous les apparences successives d'un porc noir et d'un oryx blanc, Seth va attaquer la lune figurée comme l'œil d'Horus.

La symbolique de l'œil *oudjat* est particulièrement riche dans le domaine funéraire : la plaque destinée à dissimuler l'incision pratiquée lors de l'éviscération, au cours de la momification, portera une représentation de l'œil ayant retrouvé son intégrité. Plus largement, les nombreuses amulettes reprenant ce motif, disposées entres les divers enveloppements de la momie, vont signifier que la blessure suprême qu'est la mort peut, grâce aux rites, être guérie.

Dans les temples de l'époque gréco-romaine, on peut voir Thot pêcher au filet la nouvelle lune, remontée ainsi du fond des eaux. La phase croissante est figurée comme un escalier. Sur chacune des quatorze marches, une divinité, apportant un végétal et un minéral, « entre » tour à tour dans l'œil lunaire qui, à terme, se trouve « rempli ».

> Paroles d'Osiris (7e marche) : « J'emplis l'œil *oudjat* de turquoise et j'illumine sa pupille avec la moutarde. »

Parole de Tefnout (9e marche) : « J'emplis l'œil *oudjat* d'albâtre et je soigne l'œil luisant avec du pyrèthre. »

(Traduction d'après S. Aufrère.)

Il apparaît alors comme un disque renfermant l'œil *oudjat*, reçu par Thot, et posé sur une ombelle de papyrus, idéogramme de la verdeur et de la vigueur. Voilà pourquoi la pleine lune est verte.

La lune croissante

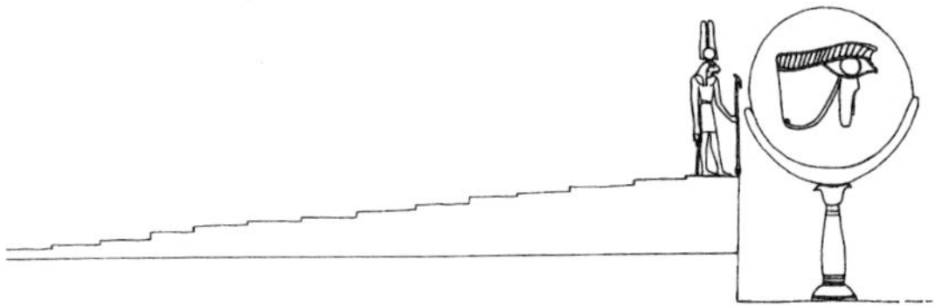

La phase croissante de la lune est représentée par un escalier de quatorze marches que gravissent quatorze divinités (non reprises sur le dessin). Chacune d'elles apporte un végétal et un minéral destiné à « remplir l'œil *oudjat* », c'est-à-dire à compléter le disque lunaire jusqu'à sa plénitude. Celle-ci est signifiée par l'œil *oudjat* dessiné dans le disque, lui-même placé sur le croissant, selon la représentation traditionnelle de la lune dans l'Égypte ancienne, le tout étant placé sur un pilier en forme d'ombelle de papyrus, idéogramme de la verdeur et de la croissance. En effet, la pleine lune est « verte », c'est-à-dire vigoureuse, tandis que la nouvelle lune, commençant le mois lunaire, invisible mais pleine de potentialité, est noire.

(Plafond de la salle hypostyle de Dendara. Dessin de N. Guilhou d'après un cliché personnel.)

L'univers des dieux

Le règne des dieux

La succession des dieux

Les temps anciens qui ont succédé à la création des dieux puis à celle des hommes sont célébrés comme un Âge d'or, même s'ils ne constituent pas vraiment un paradis perdu. Jadis, les dieux et les hommes vivaient en harmonie, les dieux régnaient sur la terre, les hommes les respectaient et leur étaient soumis. C'était avant que prenne fin l'Âge d'or, avant que se révoltent les hommes et que les dieux, lassés, se retirent dans leurs célestes hauteurs (Osiris étant, pour sa part, parti régner sur le royaume des morts). Le gouvernement de la terre et des hommes était confié aux soins des « Serviteurs d'Horus », qui allaient devenir les rois ou pharaons.

Les dieux ont régné sur terre non pas collectivement, mais dans un ordre relativement précis, puisqu'un certain nombre de documents évoquent la succession des divinités et la durée de leur règne.

Le naos d'Ismaïlia est le plus complet. Il s'agit du sanctuaire de pierre monolithe qui renfermait la statue divine, dont les parois sont couvertes d'un récit mythique. Celui-ci donne la succession suivante : Atoum/Rê (présenté comme une autre forme d'Atoum), Chou puis Geb, soit les trois dieux masculins, de père en fils, de l'Ennéade héliopolitaine.

Le *Livre de la Vache céleste* (fin de la XVIIIe-début de la XIXe dynastie, soit environ 1350-1300 av. J.-C.) relate des événements censés s'être déroulés à la fin du règne de Rê. Une stèle conservée au musée du Louvre (C 286), et datant du Nouvel Empire, évoque Osiris comme étant l'« héritier de Geb », son propre fils Horus étant à son tour nommé « héritier d'Osiris ». Un *ostracon* démotique juxtapose, en une sorte de raccourci, les règnes de Rê et d'Osiris.

La liste la plus complète, celle de Manéthon (historien égyptien et prêtre d'Héliopolis du IIIe siècle avant notre ère), reprend cette succession en donnant des noms grecs aux dieux égyptiens, puisque Manéthon écrivit en grec :

> « Le premier homme (dieu) chez les Égyptiens est Hephaïstos (soit le démiurge, Atoum ou Ptah). Issu de lui, Hélios (Rê) ; après Sôsis (Chou) ; ensuite Cronos (Geb) ; puis Osiris, Typhon (Seth), frère d'Osiris, et enfin Horus fils d'Osiris et d'Isis. »
>
> (Eusèbe Arménien, I, 1.)

Il s'agit toujours des dieux mâles de l'Ennéade d'Héliopolis : Atoum, puis Rê, Chou, Geb, Osiris, Seth et Horus. Georges le Syncelle (rapporteur de Manéthon, au VIIIe siècle de notre ère) mentionne, après Atoum, Hélios et Cronos, suivis de douze dieux, et il donne la durée de leur règne.

Des dieux mortels ?

Cette question pourrait sembler incongrue dans la mesure où, pour nous, les dieux éternels ne sont pas censés mourir. Il y a pourtant des générations de dieux qui se succèdent, correspondant à autant d'étapes de la création : les dieux primordiaux, ayant achevé leur œuvre créatrice, meurent, tel le serpent Kematef, « Celui qui a achevé son temps ». Ils sont enterrés dans la nécropole, comme l'Ogdoade d'Hermopolis, venue jusqu'à Thèbes et ensevelie sur la rive occidentale, dans la butte de Djémê. Au sud-ouest d'Edfou, les corps des ancêtres divins reposent dans la nécropole, tandis que leurs âmes sont étoiles dans le ciel. Des veaux ont piétiné leur sépulture afin de la dissimuler, comme ils l'ont fait sur la tombe d'Osiris pour permettre sa renaissance. Dans la nécropole divine, les rites égrènent le temps : tous les dix jours, une libation, d'eau ou de lait, selon le cas, est versée sur leur tombe. Chaque année, une grande fête conduit là leur successeur légitime. Ainsi, Amon de Karnak traverse-t-il le Nil, lors de la Belle Fête de la Vallée, tandis qu'Horus d'Edfou attend la venue d'Hathor de Dendara, lors de la fête de la Bonne Réunion, à la nouvelle lune du mois d'*épiphi* (voir p. 423), pour accomplir les rites. Ainsi se perpétue le monde créé.

Il y a surtout la mort d'Osiris, exceptionnelle, violente, imprévue : d'où l'épouvante et le désarroi qu'elle suscita chez les dieux eux-mêmes, habitués à leur statut divin inscrit dans un cycle prévisible ; d'où les secousses qui traversèrent l'univers et en menacèrent les fondements mêmes. Assurément, cette mort n'empêcha pas Osiris de ressusciter, le temps d'engendrer son fils et héritier Horus – comment mieux exprimer que la vie naît de la mort ? –, avant de partir régner sur le monde des défunts, dans un au-delà où, chaque nuit, vient se ressourcer le soleil.

Ce qui est sûr, également, c'est que les dieux vieillissent, de manière cyclique pour certains : c'est ainsi qu'Atoum, présenté au coucher du soleil comme un vieillard appuyé sur sa canne, se renouvelle et se rajeunit en Rê, qui lui-même cède la place au dieu-scarabée Khepri dans le voyage quotidien du soleil. Rê vieillit, on le sait par les récits, et notamment dans celui où Isis lui soustrait, non sans peine, son nom secret. La minéralisation par laquelle se traduit le vieillissement de son corps semble s'accompagner d'une certaine dégradation de ses capacités mentales, dans la mesure où il apparaît comme impuissant face à la magie exercée par Isis. Là encore, cette image triviale n'a d'autre fonction que d'exprimer l'obligation de renouveler une création qui s'épuise.

Serait-ce donc cette notion de vieillissement, cette vision de cycles appelés à se renouveler des millions de fois qui entraîne la nécessité d'une succession ? Sinon, on comprendrait mal pourquoi un dieu comme Atoum, qui dans la cosmogonie d'Héliopolis est le Maître universel, serait appelé à céder la place à un successeur.

Car les dieux se succèdent. Rê ressent à un moment donné la nécessité de se retirer du monde (et donc de renoncer à son gouvernement), et il demande à la vache Nout de l'aider à rejoindre les voûtes célestes, où il se transporte dans sa barque royale. Il cède ainsi la place à son fils Chou qui à son tour juge bon de laisser la sienne à son fils pour maintenir la stabilité d'un trône qu'il sent remis en question par les aléas de son règne. On voit comment, dans l'intérêt d'une continuité qui dépasse la personne du dieu, s'instaure une dynastie qui se renouvelle le plus souvent de père en fils : d'où les interrogations que suscite la question de la succession d'Osiris à la mort de ce dernier, son fils n'étant pas encore né dans un premier temps, et le frère assassin, Seth, cherchant à imposer sa candidature. Fils d'un dieu-souverain, Seth n'est-il pas aussi légitime qu'Osiris ? Assassin de son frère, meurtrier potentiel de son neveu, n'est-ce pas un usurpateur qui vient troubler l'ordre établi et, par sa violence, menacer de chaos l'organisation du monde voulue par le démiurge ? Le trouble de l'assemblée des dieux, leurs hésitations et leur incapacité à trancher entre deux des leurs sont patents, comme on l'a vu dans le récit, et s'éterniseront pendant des centaines d'années – ce qui ne fait qu'accroître l'exaspération d'Isis et la détermination de Seth à vaincre Horus par tous les moyens.

La datation des règnes

Le Canon royal, un document conservé au musée de Turin dans un état fragmentaire, dresse ce qui semble être une chronologie complète des dieux et des pharaons depuis le début des temps jusqu'au XVe siècle avant notre ère, soit la XVIIIe dynastie des pharaons. On y trouve quelques noms de dieux, et la durée de leur règne, pour certains, est encore lisible. Ainsi, on découvre que Thot régna 7 726 ans, tandis qu'Horus n'aurait régné que 300 ans. D'autres documents livrent des durées de règne différentes pour des dieux dont on ne perçoit pas toujours où ils s'inscrivent dans la lignée des dieux-souverains : certains ne semblent pas être des dieux de l'Ennéade héliopolitaine ; ils seraient plutôt des dieux dont le culte local exige qu'on leur impute également une fonction de souverain.

Ces éléments de datation des règnes divins cherchent sans doute à inscrire dans une durée mythologique des événements relatifs aux règnes des pharaons ou à la création des lieux de culte, donnant aux premiers comme aux seconds une légitimité inscrite dans un temps qui remonte au-delà de celui des hommes. Inévitablement, pourtant, le temps des hommes a parfois du mal à s'y retrouver, à donner à ce temps des dieux un sens chronologique qui soit invariablement cohérent.

Comment se déroule d'ordinaire la succession divine – le cas d'Horus et de Seth restant en dehors de la transmission habituelle ? Elle se fait, nous l'avons vu, de père en fils, même si nous ne connaissons pas toujours les circonstances qui conduisent le dieu régnant à renoncer à son trône. Le fils se voit remettre les insignes du pouvoir (double couronne rouge et blanche de l'Égypte du sud et de celle du nord, sceptre et flagellum) et monte sur le trône. Dans certains textes, il est fait état d'un document officiel, sorte de contrat par lequel sa légitimité est reconnue. Parfois, comme dans le cas d'Horus et de Seth, c'est l'assemblée des dieux qui doit décider : le comportement de Rê, dans ce combat opposant le neveu et l'oncle, peut laisser supposer que le rôle de l'Assemblée n'est habituellement que d'entériner une décision qui devrait aller de soi.

Le rôle du dieu régnant

Connue sous le nom de « fonction d'Atoum », la fonction du souverain est de régner sur toutes choses : sur l'univers, sur la terre et le ciel, sur les dieux et les hommes, sur les animaux et les saisons, sur les fleuves, la mer et les montagnes. Car c'est encore l'époque où le monde des hommes et celui des dieux n'ont pas été dissociés.

Les règnes ne sont pas de tout repos. Les forces cosmiques, qu'Atoum n'a pas réussi à vaincre en créant le monde, émergent périodiquement des eaux primordiales où elles se tapissent et se manifestent sous la forme d'ennemis massés aux frontières du royaume. Repoussés par Chou, ces ennemis ne disparaissent pas pour autant et reviennent sous le règne de Geb, envahissant certaines contrées et en venant même à saccager son palais. Entre ces deux attaques, Chou s'était retiré au ciel, laissant son épouse Tefnout régner sur terre ; mais Geb s'était emparé du trône.

Rê, on l'a vu, doit également faire face à des attaques venues de Nubie, mais aussi à des menaces « intérieures », comme le complot par lequel Isis cherche à lui ravir une partie de ses pouvoirs. Certains textes laissent entendre qu'il s'agirait d'une forme d'usurpation, dans la mesure où elle cherche, en lui dérobant son nom secret, à se substituer à lui : magicienne, elle fabrique, avec la salive de Rê lui-même – salive du soleil, donc –, un serpent dont le venin est si puissant que le dieu est contraint de lui livrer son nom secret pour pouvoir espérer une guérison. Il doit également écraser une révolte des hommes dont on peut imaginer qu'elle est fomentée par Seth ; cette révolte matée, tout ne sera pas pour autant réglé puisqu'il lui faudra trouver un moyen d'apaiser Sekhmet, la déesse sanguinaire qui, ayant goûté au sang des hommes, ne peut refréner ses pulsions. Enfin, comme si tout cela ne suffisait pas, il doit se réconcilier avec sa fille, Hathor, qui habituellement le défend et le protège : on l'appelle aussi Œil de Rê, et elle est représentée par le cobra qu'il porte sur la tête ; Hathor, dans ce rôle, se confond avec Sekhmet. Voilà qu'Hathor-Mout se fâche et se retire au sud, laissant Rê sans son Œil, le monde sans l'iris qui l'éclaire. Rê lui envoie des dieux pour la convaincre de revenir : Thot et Chou, appelé aussi Onouris, « Celui qui est allé chercher la Lointaine ». On comprend que, le moment venu, se sentant vieux, il aspire à se retirer... Mais avant de partir, il s'efforce de tout laisser en ordre : il met en place les différents dieux, avant son départ vers un autre monde, le ciel et l'au-delà (ce que nous pourrions appeler le monde imaginaire). En cela, il se fait aider de Nout, qui prend la forme d'une vache : c'est le mythe de la Vache céleste.

La période la plus difficile sera bien évidemment celle de l'interrègne ou de guerre civile qui opposera Seth et Horus : au cœur de ce mythe, on retrouve toute la question de la succession par filiation, de la légitimité du fils à succéder au père. Est-ce, transposée dans le mythe, l'image des périodes que l'on qualifiera d'« intermédiaires » ? En contraste, l'intronisation d'Horus à la suite du jugement de l'assemblée des dieux qui écartera définitivement Seth du trône, sera le prélude d'un règne serein, sans histoire, pourrions-nous dire, puisque nous en savons peu de chose, sinon qu'Horus restera fidèle aux enseignements d'Osiris, que son modèle de gouvernement est celui qui sera appelé à se perpétuer à travers les lignées ininterrompues de pharaons, une fois que les dieux auront renoncé à régner sur les hommes et sur le monde des hommes.

Où et comment vivaient les dieux ?

La géographie des espaces habités par les dieux est quelque peu indéfinie et vaste. Les textes laissent penser qu'ils résident dans des palais luxueux, suffisamment éloignés les uns des autres pour que les dieux ne puissent communiquer entre eux que par l'intermédiaire de messagers. Pour leurs propres voyages, ils empruntent des barques qui leur permettent de traverser le ciel ou de suivre le fleuve : ce sont des barques luxueuses, telles que la « grande barque d'amour » qu'emprunte Hathor chaque année pour quitter sa demeure de Dendara et, pendant trois semaines, retrouver Horus à Edfou : au terme de processions fluviales qui font l'objet de réjouissances et attirent les foules sur les berges, leurs retrouvailles s'effectuent dans le temple où leurs barques respectives sont placées côte à côte.

L'assemblée des dieux se réunit sur des îles pour décider du sort d'Horus et de Seth : ce sont des îles analogues, pourrait-on penser, à celle qui est décrite dans le conte *L'Île du* ka. À défaut d'être habitée par un serpent redoutable, comme l'est cette île, celle où se réunit l'Ennéade pour discuter de la lutte qui oppose Horus à Seth est gardée par un passeur chargé d'en interdire l'accès à ceux qui ne doivent pas en fouler le sol. Il a reçu l'ordre formel de ne pas y laisser accéder Isis, dont la magie exercée contre Seth est redoutée non seulement de ce dernier mais des autres dieux. Sur ces îles dont on imagine aisément qu'elles pourraient disparaître, comme celle du *ka* dans le conte évoqué, poussent des forêts, comme celle où Isis trompe Seth. Ailleurs, le paysage est familier : on y trouve des palmiers, des vignobles, comme celui créé par Isis pour y enterrer les yeux d'Horus.

Plus que leurs espaces de vie, ce sont les comportements des dieux et leurs relations entre eux qui frappent le lecteur. Hormis la beauté et la sagesse d'Osiris qui lui confèrent une dimension exceptionnelle, auréolée d'un charisme que sa fin tragique vient renforcer, et la mesure de Thot, qui fait de lui un dieu du dialogue et de la recherche de solutions, les traits dominants des autres dieux reflètent des personnalités peu héroïques ou peu exceptionnelles. Certes, Isis frappe les esprits par son amour pour Osiris et la fougue passionnée avec laquelle elle défend la cause d'Horus ; mais elle se montre aussi tour à tour sans scrupule ou indécise. Rê apparaît comme un autocrate irascible, incapable d'accepter une décision contraire à sa volonté, et s'abaissant par là à tous les subterfuges ; Seth, bien évidemment, incarne le plus souvent le traître et, surtout, celui qui enfreint la règle, qui vit hors des normes ; de nombreuses déesses font preuve de tempéraments imprévisibles et violents. Quant à l'assemblée des dieux, elle se caractérise par sa singulière inertie et son incapacité à prendre des décisions. Les rapports entre les dieux sont faits de tensions, de rivalités, de luttes, de défiance. Arrogance et menaces sous-tendent les échanges. Accusé d'avoir emporté avec lui la justice qu'il avait, lors de son règne, répandue sur la terre, Osiris menace l'Ennéade de lui envoyer ses émissaires qui gardent l'au-delà si la juste cause de son fils n'est pas reconnue. Inceste, viol, séductions viennent ajouter du piment à ce panorama de la vie des dieux qui a pour but de montrer la diversité du monde et d'être compris sur le plan symbolique grâce à des analogies de situations et des jeux de mots qui ont présidé à la création du monde.

Familles de dieux

Même si le rituel de la naissance du dieu fils est célébré dans les mammisis des temples d'époque tardive, et même si l'on qualifie à l'occasion une divinité de « fils », « fille », « père » ou « mère » de telle autre, on ne peut pas véritablement parler de familles de dieux, à l'exception de la famille osirienne. En effet, nul récit ne nous a été transmis sur une vie commune d'Hathor et d'Horus, par exemple, qui se retrouvent pourtant à Edfou et à Dendara, ou sur les rapports de Neith et Sobek présentés comme mère et fils. Si le schéma de la triade divine est fréquent (par exemple, Amon, Mout et Khonsou à Thèbes), associant démiurge, « mère » (c'est le sens du mot *mout*) et dieu-enfant, il n'est pas universel et a une valeur essentiellement théologique et rituelle, mais non mythique. Ainsi, à Thèbes, on rencontre aussi Amonet, au côté d'Amon, tous deux renvoyant au couple de divinités primordiales. Khonsou est le dieu fils en raison de l'aspect de la lune qu'il incarne. À Éléphantine, nous ne savons rien des rapports « familiaux » de Khnoum, **Satis** et **Anoukis**, ou de ceux de Khnoum et Neith qui se partagent le sanctuaire d'Esna. Ces associations de divinités sont surtout signifiantes d'un point de vue théologique, rendant compte de différents aspects de la conception du monde et de la présence des dieux sur terre, ainsi que de leur rôle, lors des différents rituels. Plutôt que de couples divins, on parlera de divinités « parèdres* », c'est-à-dire associées à l'intérieur d'un sanctuaire et d'un espace sacré. Même la famille osirienne, malgré les accents humains que présente le couple constitué par Isis et Osiris, a d'abord pour fonction de signifier la transmission du pouvoir dans un contexte politique et régalien et le passage de la vie à la mort dans un contexte funéraire, par la transformation du corps d'Osiris et par l'engendrement *post mortem* d'Horus. En aucun cas on ne retrouve en Égypte de « sagas » comparables au mythe des Atrides ou aux heurs et malheurs conjugaux de Zeus et d'Héra.

Auprès des dieux : les passeurs, génies et serviteurs

Les dieux ne sont pas seuls. Ils sont aidés dans leurs diverses tâches par des êtres appelés dieux mineurs, dieux-gardiens, ou génies. Isolés ou réunis en compagnies, ces gardiens veillent, sur les rives, au passage de la barque solaire, qui a elle-même un équipage à bord dont la mission est de la mener sans encombre ; ils défendent les portes qui mènent vers l'au-delà, ainsi que l'accès aux îles ou aux buttes. Certains ont participé à la construction des demeures des dieux. À cet égard, on les associe à des lieux précis. Des compagnies veillent aux quatre points cardinaux.

LES GÉNIES

Dans le *Livre de la Vache céleste*, huit génies *Heh* maintiennent les pattes de la vache, qui est supportée par Chou, les bras levés.

Ces supports vivants personnifient les quatre paires de divinités primordiales représentant l'infini de l'eau et des ténèbres, à l'origine de la création (au nombre de huit, ils renvoient ainsi à l'Ogdoade d'Hermopolis).

Protecteurs, ils portent des couteaux ; régénérateurs, ils ont en main un épi ou un signe de vie.

Dessin de N. Guilhou, d'après la représentation de la tombe de Séthy Ier, cliché personnel.

Les génies porteurs de couteaux et d'épis de blé représentés ci-dessus sont les gardiens des corridors d'Osiris. Êtres hybrides, ils accueillent le mort ayant les connaissances nécessaires et le protègent.

Papyrus d'Ani, Nouvel Empire, vignette du chapitre 144 du *Livre des Morts*.

Dessin de N. Guilhou, d'après W. Budge, *The Papyrus of Ani in the British Museum*, Londres, 1895, pl. 11.

(Voir également le dessin des portes de Nebseni, p. 266.)

Ces génies sont dotés de noms effrayants, et on invoque leur aide dans les situations difficiles ou pour éloigner les dangers et le mal. À la différence des dieux pourtant, ils ne font pas l'objet de cultes, même s'ils sont parfois redoutables, jusqu'à intimider les dieux. C'est ainsi que Baba, envoyé par Osiris, n'hésite pas à interpeller Rê lui-même (voir p. 102-103). Il est vrai que Baba appartient à la cohorte de génies qui forment la garde rapprochée d'Osiris dans l'au-delà, et qui sont, à ce titre, parmi les plus redoutés.

Des dieux insaisissables

L'identité même des dieux est faite de fluidité. Ils appartiennent à plusieurs natures différentes, voire à plusieurs temps différents, puisque la généalogie des dieux elle-même n'est pas figée. La mère de l'un apparaît ailleurs comme son amante ou sa fille, et, au moins d'un point de vue symbolique, on retrouvera cette fluidité intergénérationnelle dans les dynasties pharaoniques : Hatchepsout, fille de Thoutmosis Ier, épouse un fils illégitime de son père, soit son demi-frère ; quatre des cinquante filles de Ramsès II allaient devenir ses épouses. Amon ou **Min**, sont appelés « Kamoutef », c'est-à-dire « Taureau de sa mère », pour signifier qu'ils renaissent de leurs propres œuvres, s'engendrant eux-mêmes, cette énergie trouvant en soi sa propre capacité de renouvellement. On cultive la confusion entre Horus l'Ancien et Horus l'Enfant, les quatre **fils d'Horus** étant eux-mêmes présentés comme descendants du premier ou du second, mais toujours comme des fils d'Isis, la mère éternelle, qui assure ainsi la permanence entre les générations. Les principales cosmogonies enfin, produites dans différents hauts lieux religieux (Héliopolis, Hermopolis, Memphis, Edfou, Esna), contribuent aussi, par leurs interférences savamment développées, par des lectures qui semblent concurrentes mais qui sont en fait complémentaires, à brouiller les générations. Une manière à la fois de nier le temps et d'exprimer son renouvellement à l'infini.

Cette accumulation d'images et de désignations ne reflète pas uniquement des diversités influencées par des sensibilités autochtones, elle n'a pas simplement pour but de traduire la multiplicité et la plasticité de la nature divine, elle sert aussi d'écran : car elle vise avant tout à signifier le fait que les dieux sont *inconnaissables* par essence. Ainsi, dans le mythe de Rê, ce dernier résiste longuement quand Isis tente de lui soutirer son vrai nom. De même, Amon, dont le nom signifie « le Caché », est assimilé aux différentes manifestations de Rê-Atoum, à l'origine de l'Ennéade, mais aussi de Ptah, dieu primordial en sa forme de Tatenen, « la Terre qui se soulève », et enfin de l'Ogdoade :

> « Trois sont tous les dieux,
> Amon, Rê, Ptah, qui n'ont pas de semblable.
> Son nom [d'Amon] est caché en tant qu'Amon,
> il est Rê par le visage, et son corps est Ptah. »
>
> (*Grand Hymne à Amon* de Leyde, traduction Daumas-Barucq.)

Mais sa vraie nature est inconnaissable :

> « Unique est Amon [...] qui se dérobe aux dieux, sans que l'on connaisse son aspect.
> Il est plus éloigné que la voûte céleste, plus profond que la *Douat*.
> Aucun dieu ne connaît sa véritable nature. [...]
> Il est trop mystérieux pour que soit découverte sa prestigieuse majesté.

Il est trop grand pour être interrogé, trop puissant pour être connu.
On tomberait à l'instant mort d'effroi,
si on prononçait son nom secret, intentionnellement ou non.
Aucun dieu ne sait l'appeler par ce nom :
Âme cachée (*amon*) est son nom, tant il est mystérieux. »

(*Ibid.*)

Ce phénomène d'associations (c'est ce qu'on appelle le syncrétisme) qui servent à dresser le portrait mouvant d'un dieu permet non seulement de jeter des passerelles entre les différents règnes divins, mais aussi d'établir des correspondances multiples entre les divinités – ce qui crée un effet de « dieux-tiroirs » : en effet, il est impossible de réduire une divinité à une nature ou à une manifestation uniques, voire à un seul être « identifiable », avec toute la confusion que cela suppose quand on aborde les mythes égyptiens. Les dieux se dédoublent et assument des identités multiples. Ainsi, Rê est également Atoum qui, dans la cosmogonie, est « né » avant lui : mais cela s'explique. Rê est le soleil ascendant, Atoum est le vieillard associé au soleil couchant et donc vieillissant. Nout est la mère de Rê, c'est aussi sa fille ; elle est le ciel, séparé de la terre ; elle est aussi celle qui, représentée comme une vache gigantesque, porte la voûte du ciel, qui épouse la forme de son dos arc-bouté.

Les dieux et les déesses peuvent être représentés par des animaux, mais aussi par des végétaux. Horus est assimilé au faucon, dont les ailes enserrent la tête de certains pharaons, par exemple celle du pharaon Khéphren, sur une statue conservée au musée du Caire. Mais il l'est aussi au taureau, qui est associé, dès le document fondateur qu'est la palette de Narmer, à l'imagerie royale.

Le protocole royal qui ouvre le récit *La Princesse de Bakhtan* – récit qui inspira à Leconte de Lisle son poème « Néférou-Ra » – invoque le pharaon Ramsès II sous le nom d'Horus, « Taureau vigoureux aux nobles couronnes », reprenant un nom inauguré par Thoutmosis III, l'Horus « Taureau puissant apparaissant dans Thèbes ». La déesse Nout est représentée comme une vache au dos arrondi soutenant le ciel, mais aussi comme le sycomore, qui tend boisson et nourriture à l'âme du mort. Nourricière, elle est dépeinte à l'intérieur du couvercle du sarcophage, tel un ciel au-dessus du défunt, puisqu'elle remet au monde les morts (c'est le sens de l'un des mots pour « sarcophage », en égyptien « Celui qui dispense la vie », bien différent du grec « Mangeur de chair ») : « Nout, étends-toi sur moi, dit le mort. Remets-moi parmi les Étoiles impérissables (= les circumpolaires, qui ne se couchent jamais). » Ainsi, dans *L'Histoire de Sinouhé*, récit historique du Moyen Empire, la description des cérémonies funéraires évoque « le ciel au-dessus de toi qui aura été placé dans le sarcophage ». Auparavant, le fidèle serviteur du pharaon, qui aspire à regagner l'Égypte après un exil involontaire, avait comparé la reine à la déesse Nout : « ciel » du pharaon, il prie pour qu'elle étende son éternité au-dessus de lui, humble suppliant, qu'elle veille donc sur lui, comme la déesse, après sa mort.

Après les dieux : les pharaons

Désignés tout d'abord comme les serviteurs d'Horus puis sous le nom de pharaons, ils sont censés se succéder dans une suite ininterrompue depuis Horus et s'inscrire par là dans la lignée des dieux, dont ils sont à la fois les descendants et les officiants. En effet, ce sont eux qui remplacent les dieux qui avaient auparavant régné sur terre avant de se retirer lorsque prit fin le premier âge, à la suite de la révolte des hommes. C'est pour rappeler cette filiation et la légitimer que des récits racontent comment les dieux (en l'occurrence Rê ou Amon, selon les textes) sont venus sur terre où, prenant forme humaine, ils se sont glissés dans la couche de l'épouse d'un grand prêtre ou du pharaon pour engendrer des enfants – garçons, mais aussi filles – appelés à monter sur le trône. Preuve de leur origine divine, ils sont nés avec des membres d'or et des cheveux lapis-lazuli, comme l'expose le papyrus Westcar et comme en témoignent leurs effigies.

Représentant des dieux sur terre, le pharaon a aussi pour rôle d'assurer leur culte en tant que premier officiant. Comme l'exprime très bien Philippe Derchain : « L'univers est constamment sur le point de se disloquer, son intégrité dépend de l'exécution des rites, c'est-à-dire de l'intensité avec laquelle l'homme se le représente. La cosmogonie devient ainsi un élément de la vie politique et sociale éminemment actuel. » À partir du moment où les dieux ne règnent plus sur terre à cause des hommes qui tentèrent de se révolter, c'est par la médiation du pharaon, entouré du clergé, que s'opèrent l'influence des dieux et l'intercession en faveur des hommes auprès de ces derniers. C'est donc par l'intermédiaire d'un clergé nombreux qui a pour mission de préparer et de porter les objets de culte, de procéder aux sacrifices et de l'accompagner dans les cérémonies, que le pharaon accomplit les rites. Ne pouvant être présent dans tous les temples de son empire, il se fait représenter par les grands prêtres qui procèdent aux rites en son nom : mais c'est toujours le pharaon qui est figuré dans les scènes de cérémonies religieuses.

Son protocole, comportant cinq noms, rappelle également son origine divine. Le nom d'Horus, le plus ancien, est celui qui le rattache au monde divin et au mythe. Mais ses autres noms, qui le mettent sous la protection des divinités tutélaires de Haute- et Basse-Égypte, invoquent aussi les noms d'autres dieux ; et lorsqu'on s'adresse à lui, on compare sa perfection à celle de Rê, sa force à celle d'Horus, et la longévité de son règne à celui d'Atoum (voir récit Chez les pharaons, p. 146).

Les espaces royaux

Le pharaon vit dans un palais, une demeure de brique entourée de jardins, fréquemment décrite comme magnifique. Même si le trait est sans doute emphatique, dans la mesure où rien ne peut être assez grandiose pour le maître tout-puissant de l'Empire, les peintures murales dépeignent un cadre de vie fastueux. Les objets rangés dans les chambres funéraires pour accompagner les défunts dans leur long voyage témoignent d'un goût raffiné, qui illustre à quel point étaient prisés les bois, les métaux précieux et les pierreries, ainsi que l'habileté exquise des orfèvres et autres artisans.

Ce goût du luxe, et la dimension sensuelle qui l'accompagnait, se retrouve dans l'agencement du palais et des descriptions qui nous sont parvenues de la vie du pharaon. Sous les portiques ombragés, on peut goûter la fraîcheur de la « douce brise du nord ». Les jardins s'organisent autour de bassins bordés de fleurs et entourés de frondaisons de palmiers ou de bosquets de sycomores. Dans le conte des rameuses, il est fait état d'un lac sur lequel, pour chasser l'ennui du pharaon, on organise pour ce dernier le spectacle d'une barque allant et venant en un ballet incessant, au rythme des rames d'ébène actionnées par une vingtaine de belles jeunes filles vêtues seulement d'une résille seyante... L'eau joue un rôle important. À l'instar des dieux, le pharaon se déplace fréquemment sur le Nil, dans des barques somptueuses, à la proue et à la poupe sculptées qui évoquent souvent une fleur de lotus pour rappeler la naissance du premier dieu. C'est d'une telle barque que se sont inspirés les ouvriers qui ont créé la barque funéraire de Khéops, retrouvée enfouie dans le sable près de sa pyramide. C'est d'une telle barque que semble se souvenir Plutarque quand il écrit sur les amours fougueuses d'Antoine et de Cléopâtre dans ses *Vies parallèles*. Shakespeare s'inspirera de sa description magistrale de la barque de Cléopâtre dans une tirade où la sensualité se mêle à l'effroi quasi religieux que suscite tant de grandeur :

> Le navire où elle était assise, tel un trône étincelant,
> Flamboyait sur les eaux ; la poupe était d'or martelé,
> De pourpre les voiles [...] Les rames étaient d'argent,
> Et battaient en cadence au son des flûtes [...] Elle reposait
> Sous un pavillon de soie tissée d'or
>
> (*Antoine et Cléopâtre*, traduction de J.-M. Déprats, *Tragédies I*, Gallimard, 2002.)

Les présents apportés par les visiteurs étrangers admis en présence du pharaon contribuaient à la splendeur de son cadre de vie, si l'on en croit les récits : ils lui offrent des objets en or, en bois précieux, moins fréquemment en argent, des bijoux de lapis-lazuli, de turquoise, de tourmaline, de la myrrhe et de l'oliban. Des îles de l'Égée viennent des vases précieux, et de l'Afrique l'or, l'ébène et des œufs d'autruche. Outre les peaux transportées par les émissaires, des envoyés conduisent aussi des animaux vivants : girafes hautaines, panthères, petits singes familiers, et même des ours ou des éléphants. Figurent aussi comme dons des femmes jeunes et belles, parmi lesquelles le pharaon choisira, sinon des rameuses ou des musiciennes, des concubines, voire, parfois, comme dans *La Princesse de Bakhtan*, l'épouse royale.

12. Anubis, homme à tête de chacal, ici sous son aspect d'Imy-out, c'est-à-dire responsable de la momification. Sarcophage de Thoutmosis IV, vallée des Rois.

13. Mise à mort d'Apophis par Atoum dans la 3e section du Livre des Portes, *salle du sarcophage de la tombe de Ramsès I, vallée des Rois.*

14. Figures de fécondité alternativement masculines (« Nils ») et féminines, chargées d'offrandes alimentaires, sur le soubassement du temple de Ramsès II à Abydos.

15. Bès, nain difforme, protecteur des femmes en couches. Temple d'Hathor à Dendara, époque ptolémaïque.

16. Les quatre fils d'Horus, debout sur le lotus, aux pieds d'Osiris, respectivement à tête d'homme, de cynocéphale, de chacal et de faucon. Derrière Osiris, l'idéogramme de l'Occident. Temple funéraire de Ramsès III à Médinet Habou.

17. Hathor « qui dirige la lisière du désert », où est établie la nécropole, tendant le souffle de vie vers les narines d'Amenhotep II.
Salle à piliers de la tombe d'Amenhotep II, vallée des Rois.

18. Khnoum tourne l'enfant divin, auquel Heqat tend le souffle de vie.
Mammisi de Nectanébo, Dendara.

19. Hathor, à la chevelure de lapis-lazuli et en robe de turquoise, portant le disque solaire entre ses cornes, sur un pilier du portique bordant la 2ᵉ cour du temple funéraire de Ramsès III à Médinet Habou.

20. Khonsou, momiforme, porte la tresse sur le côté, un disque et un croissant lunaire sur sa tête. Il tient le sceptre ouas, *la crosse* heqa, *le pilier* djed *et le flagellum. Autour de son cou, le collier menat, à contrepoids est un insigne de fertilité. Temple funéraire de Ramsès III à Médinet Habou.*

21. *Idéogrammes des déesses Isis, Nephthys, Neith et Serqet. Tombe de Montouherkhepechef, l'un des fils de Ramsès IX, Vallée des Rois.*

Les lieux de la mythologie égyptienne

Ce qui ressort des divers récits – qu'ils rendent compte des origines de la création, qu'ils dépeignent la nature des dieux, qu'ils identifient les espaces qu'ils occupent ou qu'ils précisent la localisation de leurs temples –, c'est que les mythes égyptiens s'inscrivent dans un milieu géographique spécifique. Ils n'auraient pas pu surgir d'un milieu autre que celui de cette vallée du Nil, d'une civilisation autre que celle qu'elle a vu naître, et qui elle-même n'aurait pu se développer ailleurs. Mythe et civilisation sont rythmés par les cycles qui caractérisent ce milieu, par la dualité d'un univers qui se partage entre fleuve et désert. Ils cherchent à donner sens au monde dans lequel l'homme égyptien vit et s'inscrit.

L'eau et le désert, omniprésents

L'eau

Partout, dans ces mythes, l'eau est un élément fondamental : au tout début, une étendue d'eau immense, sans frontières, occupe l'infini. C'est dans cette eau, émergeant de cette liquidité, que se manifestera la création : ici et là, ce seront des buttes qui apparaissent à la surface de cette immensité, des îles où les dieux s'isoleront pour mieux méditer sur les décisions à prendre et qui engageront l'avenir, comme dans l'histoire qui oppose la légitimité d'Horus aux revendications de Seth. C'est un univers aux contours indistincts, aux espaces marécageux où poussent des touffes de papyrus, comme tentant de tracer une frontière entre cet espace liquide et des contrées arides que l'eau a désertées. C'est une mer, la Méditerranée, aux rivages lointains, une eau salée où est venue se perdre l'eau douce du fleuve Nil. La crainte qu'inspire cette mer se retrouve dans cette légende selon laquelle l'assemblée des dieux, l'Ennéade, est terrorisée par un dieu de la mer étranger, lequel exige d'eux des tributs qui n'étanchent jamais sa soif de pouvoir et de violence. Aujourd'hui encore, la mer n'est pas, pour les Égyptiens, un espace familier, domestiqué : en égyptien, comme en arabe, il n'y a pas de mot spécifique pour la désigner. Le mot *yam/yôm* (qu'on retrouve dans le nom du dieu de la mer) est emprunté à d'autres langues sémitiques, tandis que l'égyptien désigne par « Très-vert », ou « Grand-vert » (*Ouadj-our*) l'étendue de la mer, mais aussi celle du Delta marécageux, voire celle du ciel nocturne, assimilé ainsi à une mer.

Le fleuve

Cet espace liquide immense, noyé dans les ténèbres et au sein duquel se manifestera le monde, fait songer à la mer – en cela, l'origine du monde égyptien fait écho aux origines du monde hébraïque et classique. Isis, dans sa quête d'Osiris, devra faire une incursion sur des rives étrangères au-delà des mers pour le retrouver. Toutefois, c'est essentiellement le Nil qui est au cœur de l'univers mythique. Sur plus de six mille kilomètres, cet immense fleuve traverse le désert, alimenté par des sources situées dans le sud lointain, rythmé par ses crues et ses six cataractes, avant de se jeter dans la mer, au nord. C'est lui qui donne à l'Égypte sa spécificité physique ; il en fait un lieu de contrastes et de complémentarités qui va modeler l'imaginaire collectif, façonner la pensée religieuse, induire l'organisation sociale, politique et économique du pays.

Ce qui caractérise avant tout le Nil, c'est son caractère cyclique, son calendrier de crues, de retrait des eaux, de sécheresse. Des eaux qui débordent leur lit et s'étalent, avant de se retirer de nouveau : d'où des rives mouvantes, des terres devenues eau, l'eau se transformant en limon. Emblématique de cette variabilité, le Delta crée un paysage perpétuellement ambivalent. Ailleurs, le phénomène d'expansion et de baisse des eaux fait tour à tour apparaître puis disparaître des îles sur le Nil : ces buttes ou îlots qui émergent servent de refuge aux animaux et sont parfois cultivés quelques années, avant d'être effacés de la surface des eaux. On songe inévitablement au premier tertre de la création, qui apparaît là où l'instant d'avant il n'y avait rien, aux îles évanescentes de certains récits. Leur disparition physique, alors qu'elles restent dans la mémoire collective, participe du mystère et du caractère éphémère de l'existence. Ces rythmes, sur lesquels l'homme n'a que peu de prise, sont ainsi à l'origine des mythes qui tournent sur les phénomènes cycliques et temporels alors qu'ils retracent les grandes périodes de l'histoire de la création du monde.

Le Nil qui efface les terres est source de vie, par son eau, mais aussi par la vase de son lit et par le limon qu'il dépose sur les terres au moment de la crue, les laissant là comme un don quand les eaux se retirent. Et il s'agit d'une source de vie d'autant plus importante et d'autant plus prisée que ce fleuve irrigue un vaste désert.

Le désert

Autre immensité venant s'opposer à celle de l'eau, le désert inspire la crainte, étant perçu comme un lieu de mort ou d'exil où l'on peut être contraint à « manger ses excréments et à boire son urine », selon la terreur qu'expriment les textes funéraires. Le désert à travers lequel le Nil trace son sillon de fertilité s'est développé entre le VIe et le IIIe millénaire de l'ère préchrétienne : de vastes contrées vertes et fertiles qui recouvraient une partie de ce qui est aujourd'hui le Sahara se sont réduites après un changement de climat, obligeant les populations à se rapprocher des fleuves et des côtes. D'où l'importance vitale de vénérer la crue de ce fleuve dont dépendait l'homme pour sa survie, d'organiser autour de lui une pensée religieuse qui allait se traduire le long de ses rives par des rites et des lieux de culte.

Les temples bâtis en Nubie par Ramsès II s'échelonnent sur le parcours de la crue. Lors de la montée des eaux, des fêtes sont dédiées au fleuve en crue, au cours desquelles on jette des offrandes dans le Nil. Pour le Nouvel An, on s'échange de petites gourdes de terre cuite, renfermant de l'eau de l'inondation. Les lieux de culte sont nombreux et d'importance variable. Temples gigantesques, chapelles votives, mausolées pyramidaux, le territoire est quadrillé par la croyance, donnant lieu à une véritable cartographie mythologique que l'on retrouve dans les textes : les dieux et les déesses se déplacent d'un lieu de culte à un autre, d'une partie du royaume à une autre, en fonction des saisons, des fêtes locales, des crues et de la décrue. Chaque localité a ses dieux, d'autres divinités, plus connues, étant vénérées du nord au sud. Chaque province aura droit à sa partie du corps démembré d'Osiris, pour que le dieu puisse être reconstitué et redevienne un, à l'image du royaume d'Égypte. Le corps d'Osiris est en effet le corps de l'Égypte ; chacun des morceaux correspond aux nomes, ou divisions administratives, du royaume du pharaon qui traduit ainsi sur le plan politique la reconstitution du corps à laquelle s'attache Isis et, dans certains textes, son fils Horus.

Reconstitution du corps d'Osiris

> Te voilà reconstitué. Tu as reçu ta tête. Tes os ont été recueillis pour toi, tes membres ont été ramassés, la terre a été enlevée de ta chair. (Pyr. 654a)
>
> ...
>
> C'est moi, je suis ton fils, je suis Horus.
>
> Je suis venu vers toi, te laver, te purifier, te faire revivre, recueillir pour toi tes os, ramasser pour toi tes chairs, recueillir pour toi les morceaux de ton corps,
>
> car je suis Horus qui venge son père,
>
> qui a fait périr pour toi celui qui t'a fait périr. (Pyr. 1683)

Osiris et Seth

Au contraire des rythmes cycliques du fleuve, les pluies, torrentielles et dévastatrices, sont une manifestation de Seth, frère ennemi d'Osiris.

Le lion-gargouille chargé d'évacuer l'eau de pluie ne déclare-t-il pas :

> « Je suis le lion qui repousse les rebelles, le grand veilleur qui garde l'endroit de Celui qui l'a créé, qui détruit celui qui vient contre lui avec de mauvaises intentions. Je suis le grand gardien qui fait passer l'[eau] de pluie et qui la rejette à terre, lorsque l'averse est dispersée, qui avale la tempête, le jour de l'orage, lorsque celui-là [désignation de Seth] vient pour faire le mal. [...] Je suis le puissant lion aux dents aiguës, le furibond aux yeux de cornaline, qui mange les portions de viande, qui boit du sang, qui est satisfait du sang, qui fend les ventres, qui arrache les foies, qui croque les os des confédérés du Pervers (c'est-à-dire Seth), qui augmente le carnage parmi les ennemis du faucon (c'est-à-dire Horus d'Edfou), et qui les écorche. Battez en retraite, ô ennemis, morts et malfaiteurs ! »
>
> (*Edfou*, IV, 130, 5-7, et 111, 11-14 ; d'après C. de Witt.)

(Voir aussi p. 327)

Associé à la mer, dont les eaux salées, à la différence de celles du Nil, ne donnent pas la vie, Seth incarne aussi et surtout, dans la mesure où il est le dieu de l'excès, le désert, sa nature stérile, sa terre dure qui ne laisse pas germer la vie, ses vents brûlants qui dessèchent l'humidité ou qui arrêtent les nuages dont la pluie alimente le Nil. Le désert doit être apprivoisé. Il ne peut être ignoré : d'où la notion de « Double-Pays », nord et sud, mais aussi *Kémet*, terre noire (le nom le plus courant de l'Égypte) et *Décheret*, terre rouge (qui a donné notre « désert »), qui cherche à dépasser la dichotomie entre fleuve et désert, d'où le combat que se livreront Horus et Seth.

Le mythe reflète ainsi la tension du milieu géographique, entre désert et fleuve, les zones indistinctes où se situe la rencontre de ces deux espaces antagonistes, et où, selon les saisons, l'un semble dominer l'autre avant un nouveau renversement (ainsi Seth a l'ascendant sur Osiris aux moments où le Nil se réduit à un filet d'eau dans un lit creux, soit entre novembre et mai). L'espace se reflète dans le mythe, et le mythe dans le milieu géographique dont sont issus les hommes qui l'ont pensé.

Hymne à Osiris

« Salut à toi, Osiris ! Seigneur de l'éternité, roi des dieux !
[...]
Tu fais régner l'ordre dans toute l'Égypte.
Tu fais monter le fils sur le trône du père,
loué de ton père Geb,
aimé de ta mère Nout.
Grande est ta force, Osiris, quand tu terrasses le Rebelle,
puissant est ton bras quand tu tues ton ennemi,
[...]
tu as hérité de Geb le royaume du Double-Pays.
Voyant ta perfection,
le dieu Geb a ordonné que tu guides les pays pour une heureuse réussite.

Il a placé ta main sur ce pays,
son eau et son vent,
son herbe et tous ses troupeaux,
tout ce qui vole et tout ce qui se pose,
ses reptiles et ses animaux du désert,
[tout cela] offert au fils de Nout :
et le Double-Pays s'en réjouit ! »

(Extrait du « Grand Hymne à Osiris », texte qui figure sur une stèle conservée au musée du Louvre (C286), d'après Fr. Daumas et A. Barucq.)

La géographie, ainsi, s'écrit dans le mythe. On le voit clairement dans le mythe osirien, dont les protagonistes incarnent les différentes zones d'Égypte. Plutarque l'a très bien perçu :

« Osiris, c'est le Nil, et il s'unit avec Isis, la terre, Typhon [Seth] est la mer, où le Nil se jette pour s'y disperser et disparaître. Toutefois, auparavant, la terre reçoit et conserve une partie de l'eau du Nil, qui devient, grâce au fleuve, une semence féconde. »

(Plutarque, *Isis et Osiris*, 32.)

Héritier des principes de création à partir de l'immensité liquide, nous explique Plutarque, Osiris est le principe d'humidité, source de génération, au sein duquel vont germer toutes choses vivantes. Isis, épouse et sœur d'Osiris, est la terre fertile, celle que le Nil recouvre et féconde, pour donner naissance à Horus qui, grâce à cette nature double dont il hérite – celle de l'eau et celle de la terre – sera élevé dans les marais, et devra, entre autres épreuves, combattre Seth dans la vase au fond du fleuve, avant de pouvoir régner sur le royaume. Les Égyptiens prétendaient que les inondations cycliques du Nil étaient produites par les larmes d'Isis (Pausanias, *Description de la Grèce*, Livre X, XXXII, 18).

Nephthys, sœur d'Isis et d'Osiris, incarne les terres limitrophes, plus lointaines, entre vallée et désert, près des montagnes ou de la mer, ces terres dites « extrêmes » que le Nil n'atteint que plus rarement : quand les eaux débordent hors des rives et les recouvrent, on y voit alors aussitôt surgir des plantes éphémères, tel ce mélilot, emblème de fécondité, qu'Isis va découvrir, comprenant par là l'infidélité d'Osiris : de son union avec Nephthys naîtra Anubis, fidèle protecteur d'Isis auquel reviendra le rôle de préparer la momie d'Osiris.

Hymne au Nil

Dans le *Grand Hymne au Nil*, versifié, connu par plusieurs copies de l'époque ramesside, le fleuve apparaît non seulement comme le dispensateur de nourriture, mais aussi comme celui qui permet aux hommes de s'éclairer avec les cierges confectionnés à l'aide de la graisse des troupeaux qu'il nourrit, et de se vêtir avec le lin qu'il fait pousser. C'est lui qui permet de coucher par écrit les paroles divines sur le papyrus qui pousse en abondance le long de ses rives. Montant de sa caverne, il sort de son lit étroit pour recouvrir et fertiliser les terres, semant la joie sur son parcours, sans que rien puisse arrêter son eau étale, qui recouvre tout le pays avant de se fondre dans la mer.

Salut à toi, Nil, qui sors de terre et vient vivifier l'Égypte [...]

lui qui fait vivre les prairies créées par Rê pour faire vivre tout bétail ;

lui qui rassasie le désert lorsque l'eau lointaine descend [...]

le bien-aimé de Geb, qui apporte le grain et fait prospérer l'artisanat de Ptah,

Seigneur des poissons qui fait remonter le fleuve aux oiseaux migrateurs, [...]

Auteur de l'orge, producteur du blé, qui met en fête les temples. S'il tarde, alors le nez reste obstrué. Alors tout homme est dans la misère. On restreint les offrandes aux dieux et par millions les hommes périssent. [...]

Tiré du mystère sans qu'on connaisse le lieu où il est,
sans qu'on puisse trouver sa caverne dans les livres.

Eau qui déborde sur les tertres,
sans trouver de digue lorsqu'elle erre,
sans que sa volonté soit guidée. [...]

Qui emplit la Haute- et la Basse-Égypte et tout homme boit de son eau [...]

Celui qui illumine ceux qui sortaient de leurs ténèbres, au moyen de la graisse des troupeaux [...]
qui vêt les hommes du lin à l'origine duquel il est ; [...]

Tous les travaux viennent à l'existence par lui,
tous les écrits des paroles divines
[parce qu']il a soin des papyrus. [...]

Quand l'inondation monte on te fait offrande :
on égorge pour toi des bœufs, on fait pour toi une grande offrande solennelle,
on engraisse pour toi des oiseaux, on attrape pour toi des antilopes dans le désert,
on pourvoit pour toi au feu (de l'autel).

Une offrande est faite à chaque dieu comme il est fait pour Hâpy :
résine, huile fine, bœufs, chèvres-mambrines, oiseaux en holocauste.

(Traduction de Fr. Daumas A. Barucq, coll. « LAPO » 10, Paris, éd. du Cerf, 1980.)

La caverne du Nil

Le Nil, couronné de plantes aquatiques, répand l'eau de la crue avec deux aiguières. Ce relief du portique d'Hadrien à Philae reproduit le lieu d'origine de la crue à la fois de façon réaliste, avec les rochers près de la première cataracte, endroit où elle apparaît en Égypte ; et de façon symbolique, par la présence du serpent. Celui-ci montre que l'eau provient des forces chthoniennes* des profondeurs de la terre, renvoyant au Noun des origines. Au-dessus sont perchés le faucon d'Horus, signifiant la présence des dieux sur terre à travers la personne du roi, et le vautour de la déesse de Haute-Égypte.

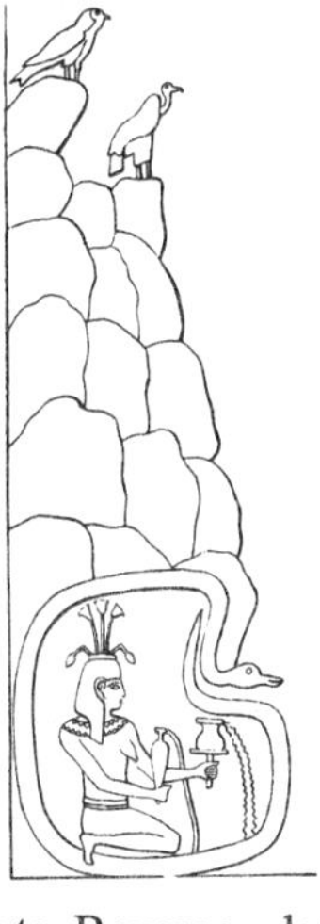

Dessin d'Hippolyte Boussac, dans un article où il commente Hérodote (*Recueil de Travaux* 5, 1915).

Osiris, dans cette mythogéographie, représente donc le fleuve en crue. Il fertilise à la fois Isis, qui donne naissance à Horus, et Nephthys, qui mettra au monde

Anubis. Ces deux fils vont permettre sa renaissance. Horus le venge, vainc Seth et reprend son héritage, assure la succession. Anubis accompagne et protège Isis dans sa quête, rend son intégrité au corps démembré d'Osiris et effectue son embaumement. Anubis est celui qui va favoriser le processus créatif d'Osiris en procédant à la reconstitution du corps démembré puis à sa momification. L'écoulement des lymphes, phase préalable à celle-ci, est l'image du Nil en crue, quand le fleuve occupe tout l'espace, irrigue les vallées. Le corps réunifié représente non seulement le royaume d'Égypte, composé de ses différentes provinces, où sont ensevelies les différentes parties (ce double phénomène de reconstitution et d'ensevelissement n'étant nullement antinomique dans la pensée égyptienne) ; il est aussi terreau de vie. Que le membre viril d'Osiris ait été jeté par Seth dans les eaux du fleuve ne fait que renforcer l'idée que tout écoulement est source de vie : c'est le retour au liquide originel. Dans les processions religieuses, les prêtres, nous raconte Plutarque, ouvraient la marche avec un vase rempli d'eau, symbole de la nature humide du dieu. On voit aussi comment, dans certaines représentations et dans certains hymnes, le corps vert ou noir, humide et fertile, donne naissance à la végétation et notamment aux céréales.

Il n'est donc point étonnant que le Nil nourricier ait été considéré comme sacré. On l'appelait le « Très-Saint », le « Père », « Celui qui conserve le pays ». Son eau douce jouissait d'une telle réputation qu'elle était considérée comme favorisant l'embonpoint, engraissant les hommes, les animaux et la terre. Solinus, auteur latin du IIIe siècle apr. J.-C., ne rapporte-t-il pas, à propos de la fécondité exceptionnelle des femmes égyptiennes :

> « Il est vrai que l'auteur Trogue assure qu'en Égypte des femmes mettent au monde jusqu'à sept enfants à la fois ; ce qui est là moins surprenant, parce que les eaux du Nil, non seulement rendent les terres fertiles, mais influent aussi sur la fécondité des femmes. »
>
> (*Polyhistor*, Livre I.)

C'est la raison pour laquelle, selon Plutarque, malgré la vénération dont le fleuve faisait l'objet, les prêtres ne buvaient pas de son eau, qu'ils interdisaient aussi au taureau sacré **Apis** par souci de frugalité : remarque étonnante, qui cherche sans doute à souligner les vertus de cette eau puisque, dans la réalité, il était difficile, en Égypte, de boire autre chose que l'eau du Nil !

Le corps-fleuve d'Osiris

Avec l'amour dans chacun de ses gestes, Isis reconstitua le corps d'Osiris. Alors elle se leva et prononça ces mots : « Osiris, vis, et répands la vie autour de toi. Et toi, lymphe de ce corps lumineux, sourds, coule, remplis les canaux et fais-toi rivière, étanche notre soif » (*Textes des Sarcophages*, chap. 74). Et c'est ainsi que l'on vit les humeurs sortir du corps divin d'Osiris, se répandre, nourrir et ensemencer la terre comme il avait ensemencé Isis, tandis que le dieu, après avoir régné sur le monde des vivants, partait désormais régner sur « l'Occident », c'est-à-dire l'au-delà. Et les paysans placèrent du blé dans l'eau, à l'intérieur d'un châssis, avec du terreau au-dessous et au-dessus, de l'eau lui étant donnée chaque jour, pour qu'il pousse, grandisse et devienne florissant. Ainsi renaît Osiris, vert comme le blé tendre, vert comme la mer, où viennent se mêler les rivières (voir p. 93).

> « J'ai étanché ma soif grâce aux lymphes de mon père Osiris, lui qui étanche la soif dans le flot d'abondance, lui qui maîtrise le courant de l'eau pure. »
>
> (*Textes des Sarcophages*, chap. 362.)

Frère d'Osiris le civilisateur associé au Nil, Seth renvoie pour sa part au désert et à ses dangers, tous les animaux du désert étant perçus comme des ennemis de l'homme. De pair avec l'image d'excès qu'il véhicule, Seth est associé à la violence et à la stérilité, ou du moins à une sexualité débridée qui n'aboutit pas : son mariage avec sa sœur Nephthys est stérile (alors que Nephthys, séduite par Osiris qui la confond avec Isis, donnera naissance à un fils, Anubis) ; les récits font état de tentatives de viol, notamment auprès d'Isis, et de sodomisation auprès d'Horus. Seth est également représenté comme un porc noir mutilant la lune.

À la stérilité des sables desséchés, Seth associe celle des eaux dévastatrices des orages ou celle, salée, de la mer. Seules des plantes du désert peuvent naître du sperme éjaculé trop tôt lors de ses tentatives de viol. Et quand sa colère fait rage, l'univers se dessèche. Cela correspond aux périodes de sécheresse, avant les pluies et les crues, quand le Nil se réduit peu à peu, laissant apparaître des bancs de sable qui gênent la navigation, quand l'humidité semble se retirer et s'enfouir sous la surface de la terre, quand le maigre filet d'eau qui coule dans le lit du fleuve se perd dans la mer. C'est cette période de l'année (entre novembre et mai) qu'illustre la revanche de Seth sur Osiris. Elle correspond à cet épisode du mythe où le premier scelle le second dans un coffre qui quitte l'Égypte, le long du Nil, et part dériver dans la mer, avant de s'incruster dans une rive lointaine où Isis le retrouvera enfin, pour rapporter en Égypte le principe de vie et de fécondité qu'incarne son époux.

Cette époque de l'année correspond aussi au moment où les nuits se font plus longues, et où le soleil lui-même semble avoir perdu sa force vivifiante. Les retrouvailles entre terre et eau sont alors célébrées, après une période de deuil, par une cérémonie religieuse au cours de laquelle les prêtres versent de l'eau douce dans un coffret en or, symbolisant par là qu'Osiris a été retrouvé. De cette eau, ils détrempent ensuite la terre, y mêlant aromates et parfums avant d'en façonner une figurine qu'ils parent telle une effigie religieuse : eau et limon, Osiris et Isis sont ainsi de nouveau réunis.

L'eau et l'air

Les mythes associent également l'air à l'eau, comme autre élément créateur. L'air, c'est le souffle de la vie, qui pénètre par les narines. C'est par ces « trous dans la tête » d'Osiris qu'Isis-oiseau, battant des ailes, insuffle de nouveau la vie à son époux mort, « afin que tu vives et que tu lui parles », et qu'en retour son sperme la fertilise et permette la naissance de leur fils Horus.

> Le sol repose sur tes bras,
> ses deux angles étant sur toi,
> pour soutenir les quatre supports du ciel.
> Quand tu bouges, la terre tremble. [...]
> Père qui fais naître le Nil [?]
> de la sueur de tes mains
> et projettes le souffle de l'intérieur de ta gorge
> dans les narines des hommes.

Ce qui les fait vivre est divin !
Ce qui croît ici vient de tes poumons,
arbres, herbes, roseaux [...],
orge, blé, arbres fruitiers [...]. [...]
Tous vivent de ton haleine,
Et mangent la chair de ton corps.

(Extrait d'un hymne à Osiris,
ostracon Caire 25209.)

Un monde mouvant

Cependant, la dichotomie qu'esquisse cette perception du monde, entre principes d'humidité et de sécheresse, n'est pas réductrice. Chaque chose contient son contraire. Autant l'air que souffle Isis dans les narines d'Osiris est humide et générateur, autant l'air peut aussi être le vent desséchant du désert, le souffle de Seth. De même, la division du monde entre fleuve et désert s'accompagne d'un aller-retour constant entre l'un et l'autre monde.

À cet effet, l'exemple de Seth illustre bien cette pensée égyptienne qui circule entre ce que nous aurions tendance à percevoir comme des notions opposées, voire incompatibles. Craint, haï, violent, meurtrier et violeur, Seth est certes antithétique d'Osiris, y compris dans son apparence physique : là où son frère a une peau sombre qui rappelle le limon fertile du Nil, il est roux comme le désert (et Plutarque nous enseigne que les prêtres, et plus généralement les Égyptiens, se méfiaient des hommes roux). Mais même un dieu comme Seth peut voir sa force utilisée de façon positive : on le voit dans le récit de Rê, lors du passage de la barque solaire dans les contrées de la nuit, où Seth lui apporte sa protection et lui permet de vaincre le serpent Apophis. Ramsès II, qui avait les cheveux rouges, a tourné à cet avantage l'inquiétude que cela pouvait susciter dans son entourage en faisant de Seth, dieu de la ville d'Avaris, dans le Delta, l'ancienne capitale hyksôs* dont est originaire la dynastie ramesside, un de ses dieux tutélaires et en l'utilisant comme preuve supplémentaire, s'il en fallait, que les pharaons se situent effectivement dans la lignée des dieux.

Dans le schéma de pensée sous-tendant ces mythes, tout élément négatif est indispensable à la bonne marche de l'univers. Seule l'existence d'un élément négatif permet celle du positif : c'est le couple *maât*/*isefet* (ordre/désordre, Osiris/Seth, existence d'Apophis...).

Le monde égyptien rejette donc toute vision qui reposerait sur la partition, sur des contraires clairement repérables et identifiables, tels ceux auxquels nous a habitués la pensée judéo-chrétienne. Dans ce monde-là, point de Dieu et de Satan antinomiques : au contraire, on l'a vu, le positif et le négatif sont complémentaires. On y trouve des représentations multiples qui cohabitent, qui se superposent ici pour se démarquer là, qui se prolongent les unes les autres ; c'est un monde où les lectures et les images sont tout à la fois simultanées et distinctes. Ainsi, les différentes parties du corps démembré d'Osiris sont à la fois enfouies dans les différentes régions d'Égypte et unifiées par Isis. Un récit n'exclut pas l'autre. L'univers des mythes égyptiens est un monde déroutant par sa fluidité – fluidité par laquelle il rejoint le monde physique dont il est issu.

De la vie à la mort

De la naissance à la mort, la vie des Égyptiens était rythmée par de nombreuses cérémonies organisées selon des rituels précis qui revêtaient une importance fondamentale à leurs yeux et qui étaient souvent en rapport avec les divinités de leur mythologie.

Les passages de la vie

La naissance

Lors de la naissance d'un enfant, il était important d'invoquer des génies protecteurs qui avaient pour rôle de neutraliser ou d'effrayer les mauvais génies. Ces invocations étaient renforcées par l'action de toute une série de manifestations physiques, notamment par l'utilisation d'objets sacrés ou d'amulettes que les femmes se plaçaient autour du cou en apprenant qu'elles étaient enceintes, ou de décrets divins par lesquels les dieux déclaraient protéger de tous maux l'enfant à naître. Ces longs phylactères (90 × 6 cm), datés des XXIIe et XXIIIe dynasties, étaient roulés dans un étui cylindrique probablement placé au cou de l'enfant.

> « Nous sauverons Ânkhesentaaset, la fille de [blanc], concubine de Djedkhonsou, suivante d'Amon, ma servante. Nous protégerons sa santé, dans sa chair et dans ses os. Nous la protégerons et nous veillerons sur elle. Nous serons entre elle et toute maladie. Nous lui donnerons vie, santé, une longue durée de vie et une longue et bonne vieillesse. Nous donnerons la vue à ses yeux et la capacité d'entendre à ses oreilles. Nous ouvrirons sa bouche pour manger et boire. Nous lui permettrons de manger pour vivre et de boire pour être en bonne santé. Nous la comblerons totalement d'une heureuse vie sur terre. Nous garderons en bonne santé tout son corps et toute sa chair, de la tête à la plante de ses pieds. Nous la sauverons de tout mauvais dessein, de tout dieu et de toute déesse du ciel, de la terre, et de la *Douat*, en tous leurs noms, et nous la sauverons de toutes leurs manifestations. »
>
> (Papyrus New York MMA 10-53,
> traduction de N. Guilhou.)

Dans « Le Prince prédestiné » (G. Lefebvre, *Romans et contes égyptiens*), conte qui ressemble à *La Belle au bois dormant* et où un roi d'Égypte obtient un fils par ses prières, le destin de ce dernier est fixé par les sept Hathors. Celles-ci se présentent pour énoncer le destin – en l'occurrence funeste – qui attend le fils tant désiré : périr par le crocodile, par le serpent ou par le chien. De même, lorsque Khnoum fabrique pour Bata une femme « au corps plus beau que toute autre », « les sept Hathors vinrent la voir et elles dirent d'une seule bouche : "Elle périra par le glaive" » (*ibid*). Nous avons vu comment les mots laissant présager un avenir sombre ou malchanceux furent transformés, par des jeux de mots, en mots apaisants ou protecteurs.

Au moment de mettre leur enfant au monde, les femmes invoquaient l'aide et la protection de Meskhenet, déesse de l'accouchement. Elles enfantaient accroupies au-dessus d'un lit de briques portant des représentations de naissances heureuses et des symboles de protection. **Bès**, le génie grotesque au visage effrayant, faisait face aux ennemis pour les mettre en fuite. Peut-être traçait-on en outre autour de la parturiente un cercle magique de protection avec l'un de ces couteaux d'ivoire gravés de figures protectrices que l'on a retrouvés au Moyen Empire dans les tombes de femmes et d'enfants.

Une fois l'enfant né, l'aide de Heqat était invoquée : déesse à tête de grenouille, c'est elle qui insuffle la vie au nouveau-né.

Après la naissance, au bout de quatorze jours de purification, venait la fête des relevailles : pour la célébrer, on approvisionnait la maison « en toutes bonnes choses » et on préparait de la bière avec de l'orge.

L'enfance

Le nom de l'enfant était attribué par la mère. Les enfants ou adolescents semblent avoir été circoncis, même si on trouve très peu d'exemples (deux représentations figurées de la circoncision – l'une dans le mastaba d'Ankhmahor, à l'Ancien Empire, l'autre à propos d'Amenhotep III enfant, dans le temple de Mout – et une mention sur une stèle évoquant cent jeunes gens). Selon Hérodote, les prêtres égyptiens étaient « circoncis par propreté », de même qu'ils se rasaient entièrement le corps afin que nulle vermine ne vienne souiller celui qui servait Dieu.

Les enfants étaient placés sous la protection d'Horus l'Enfant (aussi appelé Harpocrate) représenté, comme eux, avec la longue mèche qu'ils portaient sur le front et qui était coupée au sortir de l'enfance. La momie d'un jeune prince d'une quinzaine d'années, découverte dans la tombe d'Amenhotep II, la portait encore. C'est en enfant, avec cette mèche de cheveux caractéristique, ou porté dans les bras d'une déesse, ou encore allaité, que le pharaon est parfois représenté lorsqu'on le montre en compagnie des dieux : l'artiste rappelle par là le lien de filiation l'unissant aux dieux.

Dans l'univers mythologique égyptien, ce sont des enfants rencontrés par Isis sur les bords du Nil qui permettent à cette dernière de retrouver Osiris. C'est pourquoi, selon Plutarque, on attribue aux enfants un don prophétique et à leurs paroles un sens profond. C'est de la bouche des enfants jouant devant le temple que le dieu Apis était censé répondre à ceux qui venaient l'interroger sur l'avenir.

Dans les récits mythologiques, un autre enfant en train de surprendre Isis ouvrant le coffre d'Osiris qu'elle a retrouvé enchâssé dans une colonne est, lui, puni pour sa curiosité : il meurt foudroyé par le regard de la déesse alors que celle-ci avait été sa nourrice. En effet, Isis avait auparavant pris soin de lui et avait même tenté, en le brûlant de son feu divin, de lui donner une enveloppe divine – avant que la mère la surprît et, terrifiée, la suppliât d'arrêter. Déesse nourricière, Isis s'occupait de lui en lui donnant son doigt à sucer au lieu du sein, rite que certains ont voulu assimiler à un rite d'adoption.

Les fêtes

Les fêtes représentaient des moments clés du calendrier (voir p. 414-424). Elles se déroulaient certains jours précis ou durant plusieurs jours et correspondaient à la fois à des événements de la vie des dieux et aux réalités des saisons. Certaines festivités donnaient lieu à des célébrations à travers tout le royaume quand d'autres étaient liées à des traditions ou à un culte plus localisés. Enfin, quelques sources évoquent des fêtes liées à des événements royaux (par exemple, l'accession au trône d'un pharaon), à l'édification de temples (fêtes de fondation et de dédicace) ou à des rituels funéraires comme les fêtes de **Sokar** dans la nécropole au cours desquelles chacun rendait visite à ses morts, leur offrant des bottes d'oignons, gage de lumière (jeu sur le nom des oignons, voir p. 277). La plupart s'inscrivent dans des cycles temporels : cycles quotidien de la naissance du soleil, mensuel des phases de la lune, annuel de la crue du Nil, mythique de la naissance du monde. Elles se doublent souvent d'une symbolique royale de transmission ou de confirmation du pouvoir, ce dernier étant garant, en raison de sa nature divine, de l'ordre et de la prospérité. Certaines se répondent, d'un sanctuaire à l'autre (en particulier dans le tandem Edfou-Dendara), ou à deux moments de l'année (comme celles de la crue). Conduites par des prêtres, s'accompagnant de libations, de sacrifices et d'encens, elles se déroulaient sous forme de processions, sur terre ou sur le fleuve, et si certaines revêtaient un caractère relativement confidentiel et se déroulaient dans l'enceinte d'un lieu de culte, sur le toit du temple ou sur le lac sacré, comme les mystères d'Osiris, d'autres au contraire attiraient des foules nombreuses à travers le pays. Ainsi, le peuple se pressait sur les rives du Nil pour regarder le cortège rutilant des barques de l'escorte de la **triade thébaine** en route vers Louqsor, ou les embarcations d'Hathor de Dendara naviguant vers Edfou. Là, entre le grand temple et la nécropole des dieux morts, à la lisière du désert, d'autres fidèles contemplaient le cortège des deux divinités. Du Nouvel Empire à l'époque ptolémaïque et romaine, les calendriers des fêtes gravés sur les parois des temples ou l'évocation des liturgies figurant sur les lieux mêmes où elles se déroulaient retracent, de façon plus ou moins complète, ces différentes cérémonies : simples dates, listes d'offrandes, comme le grand calendrier des fêtes de Médinet Habou, hymnes, déroulement des rituels tels qu'ils sont inscrits sur les colonnes de la salle hypostyle d'Esna ou sur les parois des grands temples ptolémaïques... autant d'éclairages qui nous restituent une image très vivante de toutes ces célébrations et qui témoignent d'une vie religieuse intense.

FESTIVITÉS À EDFOU LORS DE LA FÊTE DE DÉDICACE DU TEMPLE (LORSQU'ON REMET LE TEMPLE À LA DIVINITÉ, À LA FIN DES TRAVAUX)

La ville était en fête [...], ses rues étaient dans l'allégresse, ses provisions plus abondantes que le sable de la rive, et le pain y était comme la poussière. Le bétail à longues et à courtes cornes était plus nombreux que des criquets, et il y avait un étang aux oiseaux. Oryx, gazelles, bouquetins et ceux de leurs espèces avaient été découpés, et leur fumée avait atteint le ciel, tandis que l'œil vert d'Horus [le vin] inondait ses rues comme la crue s'écoulant des deux cavernes. La myrrhe était sur le brasier ainsi que l'encens. On les sentait à un *iterou* (un peu plus de 10 km) à la ronde. On y avait répandu de la verdure (littéralement : de la faïence) et elle était luxuriante de fleurs. Prophètes et pères divins [différents prêtres] étaient revêtus de lin fin, et les suivants du roi portaient leurs ornements. Les jeunes gens étaient ivres, les habitants réjouis, les jeunes filles belles à voir. Les réjouissances la parcouraient [la ville], la joie était dans ses rues, et on n'y dormit pas jusqu'à l'heure où blanchit la terre. Son cœur [celui d'Horus] se réjouissait tandis qu'il s'y rendait, et c'est en grande joie que Sa Majesté [Horus] y entra, ayant vu la merveille sans pareille qu'avait faite pour lui le roi de Haute- et Basse-Égypte Évergète, le fils de Rê, Ptolémée (Edfou IV, 3, 2-9).

Le mariage

Des contrats étaient établis entre les deux familles au moment du mariage, mais on ne sait pas s'il y avait une cérémonie. Le mariage apparaît comme une décision personnelle en vue d'établir une famille. Il ne nous est connu que sous son aspect juridique.

Ainsi, toute l'existence, de la naissance à la mort, s'inscrivait dans un réseau de rites. Il faut imaginer cette société égyptienne, dans toutes ses composantes, comme extrêmement ritualisée : les papyrus des jours fastes et néfastes, tout comme les rites instaurés dans le *Livre de la Vache céleste*, ou encore la pratique médicale, nous montrent que le plus petit événement de la vie de tous les jours avait un référent mythique et s'inscrivait dans un tout, selon cette structure d'emboîtement si caractéristique de la pensée égyptienne.

Les différentes manifestations de la personne

Deux mondes coexistaient dans l'esprit des Égyptiens : le monde des dieux, monde imaginaire – invisible –, et le monde des hommes, visible ; seule la mort permettait de passer de l'un à l'autre.

À sa mort, le pharaon, tel un faucon, « prend son envol vers le ciel », il s'unit au disque solaire, son corps rejoint celui qui l'a créé : fils du dieu Rê, et dieu lui-même, le pharaon retrouve ainsi celui qui est à l'origine de sa dynastie (« L'Histoire de Sinouhé », in *Romans et contes égyptiens*). Un homme qui meurt « s'envole » pour le ciel ou « passe à la vie » (pour reprendre deux images du *Conte des deux frères*) ; après avoir séjourné dans cette hôtellerie de passage qu'est sa vie humaine, il rejoint sa demeure éternelle, comme l'exprime si bien le troisième chant du *Dialogue d'un homme fatigué de la vie avec son* ba (âme),

> La mort est aujourd'hui devant moi,
> Comme le désir d'un homme de revoir sa maison,
> Après avoir passé nombre d'années en captivité.
>
> (Traduction de Fr. Daumas, *La Civilisation de l'Égypte pharaonique*, Paris, 1971. Papyrus du Moyen Empire, conservé au musée de Berlin.)

On retrouve cette image dans le *Livre de l'Ecclésiaste*, 12, 1, 3, 4, 5 :

> Souviens-toi de ton Créateur [...]
> Au jour [...]
> Où se ferme sur la rue la porte à deux battants, où s'affaiblit la voix du moulin

Où se tait la voix de l'oiseau [...]
Car l'homme s'en va vers la maison de son éternité – et les pleureurs parcourent les rues.

L'homme, comme les dieux, a différentes natures et il pourra, dans sa mort, se manifester dans les différents espaces où se meuvent les dieux. L'homme existe à travers son corps (*khat*), son nom (*ren*), son image idéale (*ka*), son âme (*ba*) et son ombre (*chout*). Mais les catégories respectives de la dimension physique et spirituelle de l'être ne correspondent pas à celles auxquelles notre culture judéo-chrétienne nous a habitués : dans le monde égyptien, les catégories du concret et de l'imaginaire se chevauchent plus qu'elles ne se superposent.

Le cadavre, khat

Le corps d'Osiris nous est présenté comme démembré puis devant être recomposé, comme libérant des lymphes puis devant faire l'objet de la momification : il s'agit de le rendre immortel et imputrescible, comme doit l'être le corps des dieux : les membres sont revêtus d'or, les os sont d'argent (ainsi pour Rê vieillissant), et la chevelure de lapis-lazuli – métaphoriquement, parce que ce dernier évoque la couleur noir bleuté de celle-ci. L'or est décrit comme « chair des dieux ». La généalogie inscrivant les pharaons dans la lignée des dieux, ils sont eux aussi décrits comme naissant au monde sous cette apparence-là ; dans l'un des contes du papyrus Westcar (*Romans et contes égyptiens*), les enfants, futurs pharaons, naissent avec des os de lapis-lazuli : cette nature minérale précieuse se veut le reflet de leur grandeur, de leur puissance et de leur force, nécessairement supérieures, comme il convient à un maître tout-puissant, et inéluctablement d'origine divine – le lapis-lazuli est aussi la teinte de la nuit sombre, piquetée d'étoiles, et évoque donc le domaine céleste.

Après sa mort et après avoir bénéficié des rites funéraires qui vont permettre le passage, l'homme appartient désormais au monde imaginaire, comme les dieux. Le corps (*khat*), par le biais du cadavre momifié et placé dans le caveau, reste attaché à la terre, tandis que son image idéale (*ka*), sous forme de statue, va recevoir les offrandes dans la chapelle de la tombe. Au-delà de ce dédoublement visuel, ou de cette double manifestation de l'être, ce dernier appartient simultanément à d'autres espaces encore. Avec la mort, l'homme acquiert la mobilité, son « âme » (*ba*), c'est-à-dire au sens propre « ce qui est animé », lui donnant l'accès à l'espace céleste. Celle-ci se présente sous l'aspect d'un oiseau, le *jabiru*, idéogramme servant à écrire son nom, qui, à partir du Nouvel Empire, deviendra un oiseau à tête humaine. Les dieux possèdent quant à eux plusieurs *ka* et plusieurs *ba*.

Le ka

Le *ka* est parfois représenté comme le jumeau de la personne, et c'est ainsi qu'il apparaît dans les scènes de naissance royale ou divine, double de l'être conçu en même temps que lui.

Existant dès la naissance, il est une sorte d'image idéale de la personne, insensible aux atteintes du temps. Les dieux possédaient jusqu'à quatorze *ka*, ou manifestations de vitalité. L'homme se contente de quatre *ka* : « des biens en abondance, une longue vie, une belle sépulture, et une digne descendance » (Philippe Derchain, *ibid.*). Pendant la vie, le *ka* fait partie intégrante de la personnalité. Après la mort, on dit d'un homme qu'il « retourne à son *ka* ». Se dissociant de l'inertie du cadavre, ce dernier exprime à la fois la permanence et la vitalité, et permet de ce fait le souvenir, échappant par là au néant. La dimension atemporelle du *ka* est bien sensible dans le récit *Le Naufragé ou L'Île du ka* (voir p. 161) : en effet, les quatre mois qu'il passe dans cette île d'abondance – semblable en cela aux champs fertiles de l'au-delà – sont une sorte de parenthèse dans sa vie, un moment hors du temps.

LE *KA*

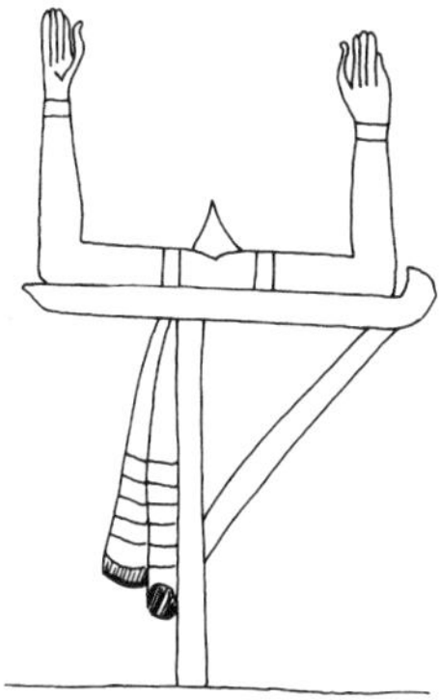

L'idéogramme du *ka* (les deux bras levés, prêts à enserrer pour donner de l'énergie et/ou l'assimiler) est posé sur un pavois. Cette image fait partie d'une scène de la tombe ramesside d'Inherkhâou (TT 359) montrant le défunt assis face à son *ka*.

Dessin de N. Guilhou, d'après la publication de B. Bruyère, rapport de fouilles de Deir al-Medîna, 1930.

Le *ka* est originairement une puissance invisible et inaltérable qui naît avec l'homme et l'accompagne pendant sa vie. Le quittant à sa mort, il continue cependant de représenter la personnalité de l'être avec lequel il avait coexisté sur terre – d'où la visualisation sous forme de statue. Par extension de sens, le *ka* est aussi la force vitale, le principe de vie, ainsi que tout ce qui est de nature à entretenir la vie chez un individu : en effet, utilisé au pluriel, il sert à désigner les aliments, sources d'énergie, dont la profusion caractérise le monde imaginaire.

Dans le quatrième conte du papyrus Westcar, un devin et magicien salue le fils du roi comme suit : « Puisse ton *ka* combattre contre ton ennemi et ton âme connaître les chemins qui conduisent à la porte de Hébesbag. » [le « démon » qui « cache la mort », l'un des gardiens des portes de l'autre monde] (Voir G. Lefebvre, *Romans et contes égyptiens*.)

Le ba

Lien entre le monde du mort et celui des vivants, le *ba*, ou manifestation immatérielle de l'être, « voltige sous forme d'oiseau autour de la tombe et rapporte à la momie ce qu'il a pu observer ou grappiller dans la campagne » (Philippe Derchain).

D'où la nécessité absolue de conserver ce corps qui sert de support et de pivot aux différentes apparences de l'être. La vignette reproduite page 248, extraite du chapitre 89 du *Livre des Morts*, « Formule pour permettre à l'âme de rejoindre son corps dans la nécropole », montre l'oiseau *ba*, de retour du monde du jour, s'apprêtant à se poser sur la momie.

LE *BA*

L'âme *ba* se posant sur le corps, à son retour de la lumière.

Vignette du chapitre 89 du *Livre des Morts*, papyrus de Tjenna, Louvre 3074.

Dessin de N. Guilhou, d'après un cliché de I. Munro, *Untersuchungen zu den Totenbuch-Papyri der 18. Dynastie*, Londres-New York, Kegan Paul International, 1987, pl. XIV, 1.

L'ombre

Noire et furtive, l'ombre a conservé la faculté de se déplacer. Un chapitre du *Livre des Morts* (chap. 92) vise à « ouvrir la tombe à l'âme et à l'ombre du mort afin qu'il sorte au jour et ait l'usage de ses jambes », et ainsi à empêcher qu'elles soient tenues prisonnières par « les génies hostiles », « les gardiens des ombres des morts » (traduction de Paul Barguet).

Ainsi, après la mort, les différentes manifestations de la personne investissent l'espace visible et invisible. Le corps, immobile, reste dans l'obscurité de la sépulture. La statue, toujours immobile, figure idéale du mort, hors du temps, reçoit dans la chapelle les offrandes de nourriture, maintenant ainsi l'énergie vitale (dite *sekhem*). L'ombre, fidèle compagne de l'homme durant sa vie, est désormais autonome. Sa silhouette sombre, si proche du corps décharné, se glisse hors de la tombe grâce à la « fausse porte » praticable par les seuls esprits.

L'OMBRE

L'ombre sort de la tombe, tandis que l'oiseau *ba* regagne le caveau pour apporter l'énergie de la lumière au cadavre. Vignette du chapitre 92 du *Livre des Morts*, papyrus de Néferoubenef, musée du Louvre (Louvre 3092).

Dessin de N. Guilhou, d'après J.-L. de Cenival, *Le Livre pour sortir le jour ; le Livre des Morts des anciens Égyptiens*, Paris, RMN, 1992, p. 22.

Seule l'âme *ba* a accès à l'espace céleste. Prenant son essor vers la lumière du jour, elle ramène au cadavre inerte chaleur, énergie et lumière. Enfin, par la vertu des rites, le mort pourra devenir pure lumière, *akh*, être glorieux ayant reçu la lumière et capable de l'irradier. Mais cet être immatériel, invisible aux yeux des vivants, peut aussi faire irruption dans leur monde, voire les tourmenter. Ainsi s'abolissent les frontières entre le monde visible et le monde invisible, celui de la lumière et celui des ténèbres, la voûte céleste habitée par les astres où se succèdent les deux luminaires, et l'envers du ciel où disparaissent les étoiles le jour et le soleil la nuit.

Le cœur

Si le cœur ne fait pas partie des manifestations de la personne, il n'en joue pas moins un rôle important pendant la vie et au moment de la mort. Chez les Égyptiens, en effet, il est bien plus qu'un organe physique : en égyptien, il existe d'ailleurs deux termes, *ib* et *haty*, pour désigner les diverses acceptions de notre mot « cœur » (cœur de chair, mais aussi courage, siège du sentiment...). Il y a « le cœur des étapes de la vie » et celui « de l'existence véritable », inné et acquis, mais aussi le cœur d'ici-bas et le cœur de l'au-delà, ayant passé victorieusement l'épreuve de la pesée. C'est surtout la conscience, l'esprit, siège de l'activité créatrice (voir la cosmogonie de Memphis, p. 184) et de la mémoire : le cœur élabore la pensée, relayé ensuite par la langue qui, permettant l'expression, sert de lien entre pensée et action. La parole concrétise, au sens propre du terme, ce qu'a conçu le cœur. Le cœur rattache aussi l'homme à sa condition mortelle – comme dans le *Conte des deux frères*, où Bata place son cœur au sommet d'une fleur de pin parasol et devient par là une sorte d'être surnaturel, qui ne mourra que si le pin est abattu.

Les rituels de la mort

Mourir en Égypte

Mourir ailleurs qu'en Égypte relève quasiment de l'inimaginable. Plusieurs contes font état du désespoir de l'exilé ou du naufragé de ne pas retrouver les siens ou, plus important encore, de ne plus fouler la terre d'Égypte et donc de ne pas y mourir un jour. Mourir en exil, « s'envoler » ou « aborder » (sur l'autre rive) loin des siens et se voir soumis à des rituels étrangers qui n'assureront pas le passage dans l'au-delà, loin de la présence des proches qui aident à remplir les conditions optimales pour ce voyage, est évoqué comme tout à fait insupportable. Tout Égyptien, illustre ou humble, se doit de mourir sur sa terre, dans sa ville, auprès des siens. Sinouhé, dans le conte qui porte son nom, invoque les dieux : « Qui que tu sois, accorde-moi ceci : il n'y a rien de plus important pour moi que d'être enterré en Égypte, là où je suis né. » S'il a accepté de vivre parmi les nomades, il ne saurait aborder l'au-delà dans une simple natte, à même le sable. C'est à cette condition-là, à condition aussi que tous les rituels soient respectés, que cette mort, loin de marquer une fin triste à l'existence, ouvre l'accès aux demeures éternelles, le passage à l'état de bienheureux.

Le tombeau, demeure éternelle

Pas plus que la mort ne saurait se produire en terre étrangère, elle ne saurait être solitaire. Les neuf « dieux morts » d'Edfou sont réunis au sein de la même nécropole. La mort est « collective ». Ce refus de l'isolement se traduit par la construction de « villages » des défunts, ou nécropoles, en marge des lieux habités, sur les bords du désert, dans cette zone de frontière, entre le monde des vivants qui s'est constitué le long du fleuve et le monde néfaste et dangereux associé au désert, lieu de tous les dangers où il faut savoir piloter la barque de son existence avec sagesse. C'est avant tout pour une raison pratique : ne pas empiéter sur les terres et mettre les tombes à l'abri de l'inondation. Se trouvent ici évoquées, dans le même temps, d'une part la notion de séparation entre le monde fertile et le monde stérile, d'autre part l'association à la mort de tout ce qui est dangereux ou à craindre dans le désert.

Et ce qui est caractéristique, c'est que cette situation en marge, la proximité qu'elle exprime simultanément avec le monde des vivants traduisent un sentiment de circulation et de fluidité entre ces mondes que viennent renforcer les rituels des offrandes. C'est là que se rendront les proches du défunt ; par leurs offrandes, ils viendront lui apporter l'apaisement, empêcher l'oubli. Par le mobilier funéraire dont ils entourent la momie, récipients ou ustensiles les plus divers, ainsi que, parfois, par des objets de sa vie quotidienne, voire, à l'occasion, par des animaux de compagnie momifiés, les parents du défunt s'assurent de son confort dans l'au-delà et font en sorte qu'il n'y manque de rien. Car, dans cette demeure qu'est le tombeau, le défunt connaîtra les mêmes besoins que dans celle qu'il occupait de son vivant.

L'espace de l'écrit

Le tombeau représente un espace de la plus haute importance. D'où la nécessité de bien en choisir l'emplacement, lieu de choix, « place excellente » – pour reprendre une expression retrouvée sur des fragments de tesson racontant l'histoire d'un revenant (« Une histoire de revenant », G. Lefebvre, *Romans et contes égyptiens*) – où l'on pourra faire durer à tout jamais le nom du défunt. C'est la maison du mort, « place d'éternité », qu'il convient de préparer en y apportant tous les soins.

Un récit raconte comment le pharaon Khéops cherchait à se procurer les plans du sanctuaire de Thot archivés au cœur du sanctuaire d'Héliopolis afin de faire édifier sa demeure funéraire sur ce même modèle (voir récit *Chez les pharaons*, p. 147). Idéalement, la demeure se doit d'abord d'être durable, donc en pierre, somptueuse et digne d'accueillir un dieu, surtout quand on est soi-même pharaon et donc descendant des dieux. Le temple funéraire, chapelle plus ou moins développée pour les particuliers, porte un décor alliant la beauté à ce qui est utile au défunt. Le prêtre funéraire s'y rendra, à l'occasion des fêtes régulières, pour y lire des glorifications ou y présenter des offrandes. Rendre visite suppose de pouvoir entrer en la demeure. Il est tout aussi nécessaire, pour le mort, d'en sortir. Comme toute maison, le tombeau a donc une porte, symbolique, à l'usage des êtres immatériels que sont l'ombre et le *ba* : c'est la fausse porte, souvent associée à la stèle, sur laquelle on sculpte la représentation du mort. Image double du vivant, elle empêche l'oubli.

Le plan intérieur du tombeau, l'agencement et l'orientation des salles qui le composent obéissent à des règles bien précises qui ont varié selon les époques. La structure de la tombe royale est d'abord celle de la pyramide, image du tertre originel que l'on retrouvera, pour les particuliers, jusqu'à la fin du Nouvel Empire. À partir du règne d'Ounas, dernier pharaon de la Ve dynastie (env. 2350. av. J.-C.), le caveau va porter sur ses murs les *Textes des Pyramides*. L'appartement funéraire présente alors toujours le même plan.

Il est organisé selon une disposition de trois chambres en enfilade, reliées entre elles par un corridor. La première est la chambre funéraire, la *Douat* (l'au-delà), où sont déposés le sarcophage et la cuve à canopes* qui recueille les viscères du corps (voir *La momification*, p. 260). Un premier passage, celui des vantaux de l'horizon, permet d'accéder à l'antichambre, ou « horizon », lieu d'où émerge la lumière.

LES PORTES DU CIEL

Dans la pyramide de Téti, au-dessus du passage qui conduit de la chambre funéraire à l'antichambre, on peut lire, à deux reprises (colonnes 1 et 5) : « Les vantaux du ciel te sont ouverts. » En effet, l'antichambre symbolise l'« horizon », c'est-à-dire l'endroit ou va apparaître la lumière. Ce passage matérialise donc les portes du ciel ouvertes pour le roi qui commence ainsi son parcours vers l'espace céleste où il s'apprête à prendre sa place parmi les étoiles.

Cliché de B. Arquier.

PLAN DE L'APPARTEMENT FUNÉRAIRE
DES PYRAMIDES À TEXTE

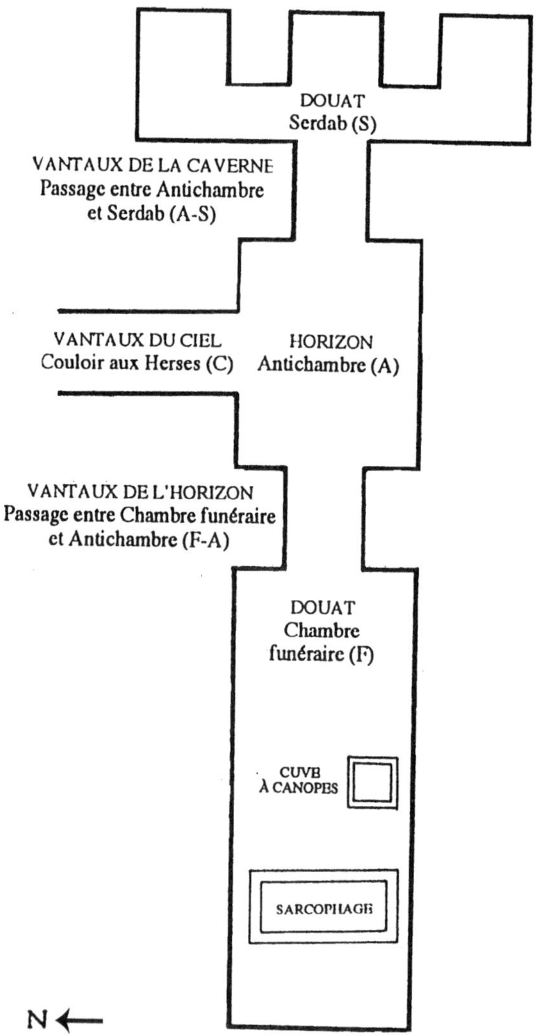

Le plan de l'appartement funéraire des pyramides à texte, toujours immuable, concrétise différents espaces : la *Douat*, au-delà invisible (salle du sarcophage) ; l'horizon où émerge la lumière (antichambre) ; le domaine des ténèbres et du Noun initial (*serdab*). De là, le roi gagne le couloir ascendant conduisant vers le ciel.

D'après B. Mathieu, « La signification du *serdab* dans la pyramide d'Ouras », *Études sur l'Ancien Empire et la nécropole de Saqqâra dédiées à Jean-Philippe Lauer*, Montpellier, Orientalia Monspeliensia IX, 1997, p. 304.

De là, le couloir ascendant conduit vers le ciel, après un séjour dans le *serdab*, pièce à trois niches, ou « caverne de Nouou » (variante ancienne pour Noun), le sanctuaire d'Osiris, place du juge suprême et lieu où le pharaon défunt va se replonger avant de réapparaître dans le ciel. Le corridor et le couloir ascendant matérialisent un axe sud-nord qui est aussi celui de la crue du Nil. Le roi va ainsi être associé au cycle de l'inondation, continuant, après sa mort, à assurer la prospérité de l'Égypte comme il l'avait fait de son vivant. Il devient enfin, à terme, juge suprême, assumant la fonction d'Osiris.

Quant aux trois pièces, elles sont disposées selon un axe ouest-est, chemin de la lumière. Ce parcours d'ouest en est, en passant par le nord, est celui des étoiles, parvenant à l'horizon, puis s'élançant vers le ciel. Le pharaon va alors avoir accès à l'espace céleste en tant qu'« astre unique », prenant place parmi les étoiles dites Impérissables (c'est-à-dire les circumpolaires, toujours visibles dans le ciel du nord), ou celles de la bande zodiacale qui se lèvent, se couchent, disparaissent et renaissent. Il pourra aussi, tel l'astre lunaire, passer rapidement d'un horizon à l'autre, « sur l'aile de Thot », ou encore emprunter les innombrables embarcations qui sillonnent un firmament liquide. Ici comme ailleurs, une multiplicité d'approches permet d'exprimer tous les possibles d'un devenir qui reste inconnaissable.

Pour cela, le pharaon dispose d'un certain nombre d'atouts, à commencer par celui des textes, dont les recommandations et les formules vont le guider. Toutes les salles, en effet, contiennent des inscriptions, à l'exception de la dernière pièce à trois niches, le *serdab*, qui est « anépigraphe », c'est-à-dire dénué d'inscriptions. Les textes ne sont pas disposés indifféremment sur les parois ; au contraire, ils ont un emplacement privilégié en fonction de leur contenu. Ainsi, les formules d'offrande sont systématiquement placées sur la paroi nord de la chambre funéraire. En face, la paroi sud commence inéluctablement par la formule dite « du Grand Départ », car elle débute par les mots : « Roi, tu n'es pas parti mort ! Tu es parti vivant ! » C'est la première formule que voyait le roi lorsqu'il se redressait, au sortir de son sarcophage. Les formules dites « théologiques » constituent l'essentiel de ces textes. Il faut y ajouter, outre les formules d'offrandes déjà citées, celles de conjuration contre les ennemis potentiels, essentiellement évoqués sous forme de serpents, qui occupent une partie de la paroi est de l'antichambre, soit la façade donnant accès au *serdab* dont elles assurent la protection. Toutes les formules commencent par les mots « Prononcer les paroles », selon cette ambiguïté qui existe toujours en Égypte entre l'oral et l'écrit (les hiéroglyphes étant eux-mêmes « paroles divines »). L'oralité rompt le silence, tandis que l'écriture, efficiente au point que dans la pyramide de Téti on a banni toute représentation humaine intégrale, perpétue la parole.

Les différentes parties de la tombe

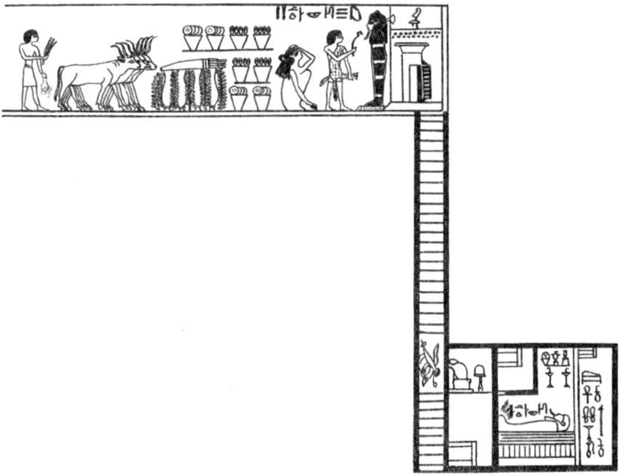

Cette vignette exceptionnelle illustrant le chapitre 1 du *Livre des Morts* provient du papyrus de Nebqed conservé au musée du Louvre (Louvre 3068). Comme de coutume, selon les conventions égyptiennes, plusieurs moments successifs sont illustrés sur une même image. Devant la tombe, où vient d'arriver le cortège funéraire, se déroule le rituel d'Ouverture de la bouche sur la momie (en fait, le sarcophage momiforme), dressée devant la chapelle, tandis que la veuve se lamente. Le corps, à l'intérieur de ses multiples sarcophages, repose dans le caveau où l'on a déposé, dans deux chambres annexes, le mobilier funéraire. Déjà le *ba*, sous forme d'un oiseau ailé à tête humaine, se hâte de rejoindre le cadavre pour lui apporter énergie et lumière.

En outre, les *Textes des Pyramides* ont pour fonction d'assurer la renaissance du roi, de le pourvoir de tout le nécessaire (aliments, boissons, onguents, armes, vêture...), et de lui permettre ainsi d'acquérir toutes les capacités nécessaires à sa vie dans l'au-delà (mobilité, énergie, acuité, pouvoir magique). On voit donc comment les formules des *Textes des Pyramides* visent à recréer un domaine spatial (l'espace céleste, d'un horizon à l'autre, sur et sous l'horizon) et temporel (celui de l'année égyptienne, découpée en mois et en saisons), étant capables d'exprimer un mouvement venant détruire l'immobilité de la mort. Dans les tombes de particuliers, les représentations assument un rôle comparable. Au Moyen Empire, les *Textes des Sarcophages*, disposés en colonnes au-dessous des frises d'objets détaillant les éléments du mobilier funéraire, reprennent et développent les mêmes thèmes.

« Le souvenir de toi demeurera parmi les vivants »

Guides pour le grand voyage, le *Livre des Morts* et les *Textes des Sarcophages* évoquent aussi les besoins du mort lors de son « existence » future et, au-delà de la tombe, prédisent sa réunion avec ses parents et amis. « Demeure du mort, [le tombeau] est [le] support de sa mémoire et [le] point de rencontre de son monde et de celui des vivants » (Philippe Derchain, « La mort dans la religion égyptienne », *Dictionnaire des mythologies*, vol. 2). Dans l'histoire du revenant évoquée plus haut, dont seuls des fragments ont été conservés, l'esprit d'un défunt est condamné à errer, car les promesses qui lui ont été faites à sa mort n'ont pas été respectées malgré les honneurs dont son décès fut entouré : le roi ne lui avait-il pas offert quatre vases d'embaumement et un sarcophage en albâtre ?

C'est en effet essentiellement par le souvenir, par celui qu'assurent les parents et les descendants du mort, que ce dernier survit. Cette survie se cultive, elle est le rempart contre l'anéantissement qu'entraîneraient l'oubli des cultes, la disparition ou la destruction du tombeau. C'est le thème du conte *Une histoire de revenant*, ce dernier étant condamné à l'errance du fait de l'abandon dans lequel est tombée sa sépulture. Pourtant, de son vivant, il avait occupé une position privilégiée auprès du roi puisqu'il l'avait servi comme chef de trésor ; et à sa mort, il avait reçu les honneurs du roi. Mais le temps a passé, l'oubli s'est installé et il se lamente de l'état de délabrement dont souffre son tombeau : « Vois, la partie basse de mon tombeau est en ruine et s'effondre au-dehors. On laisse le vent y souffler... » Son cœur s'agite comme le Nil, le vent de l'hiver lacère sa nudité, la faim l'étreint. Il ne retrouvera la paix que si quelqu'un s'engage à reprendre les rituels, lui apporte quotidiennement un sac de blé et une libation d'eau. Ce problème de l'oubli, malgré l'institution d'une fondation funéraire, est toujours resté essentiel dans l'Égypte ancienne, et c'est aussi à le pallier que sont destinées les représentations qui, sur les murs de la tombe, assurent la permanence de l'offrande.

Dans un autre texte littéraire, *L'Histoire de Sinouhé*, qui s'inspirerait du récit autobiographique d'un noble égyptien ayant vécu durant les règnes d'Amenemhat Ier (1994-1974) et de Sésostris Ier (1974-1929), on retrouve toute l'importance des rituels entourant la mort pour bien accompagner ce passage. Le récit se clôt sur le retour du héros vieilli en Égypte, après des années d'exil, et une préparation à la mort qui anticipe les rituels funéraires. La description de ces préparatifs montre clairement qu'ils se calquent sur les marques de respect qui sont dues à un homme de rang élevé, créant par là une illusion habile qui brouille les pistes, nouvelle correspondance entre le monde des vivants et le monde des défunts (G. Lefebvre, *Romans et contes égyptiens*). On y retrouve notamment une « préparation » du corps. La peau est ointe d'huiles précieuses, puis on apporte des vêtements de lin fin. Une pyramide est construite, signe de mort prestigieuse s'il en est, sa forme rappelant la butte première, surgie du Noun, et on y installe le mobilier que l'on a coutume de placer dans le caveau d'une tombe. Des serviteurs du *ka* lui sont assignés. Enfin, on lui offre une statue « plaquée d'or, avec une jupe en or fin ». C'est la statue qui permet de fixer l'image du défunt, de le préserver de l'oubli.

La momification

Avant de reposer dans le tombeau, d'entreprendre ce voyage périlleux, le corps aura été momifié. La momification a pour but de rendre divin. C'est d'abord de la liquidité de la mort (la semence d'Osiris défunt venant féconder Isis) que pourra rejaillir la vie : l'inéluctable déliquescence – écoulement de ce qui est mauvais (c'est-à-dire mortel) – devient « humeurs » vitales. Ensuite seulement aura lieu l'habillage à l'abri duquel se produira la transformation. Les rituels de la momification que suivent les Égyptiens ont été initiés par la préparation du corps d'Osiris par Anubis. L'ensemble dure, au moins symboliquement, soixante-dix jours – temps qui correspond à la période d'invisibilité de Sirius dans le ciel. Sous l'effet de la salaison au natron, qui permet au corps de se dessécher et de se conserver, les fluides s'écoulent. Éléments fertiles, ils sont soigneusement recueillis. De même, les autres éléments fluides du corps que sont les viscères – conservés dans un vase, avec des aromates et du vin cuit des oasis – sont censés avoir des vertus fécondantes : dans la vignette du papyrus Jumilhac montrant les parties du corps d'Osiris retrouvées par Anubis, on voit une touffe d'épis surgir du vase contenant les viscères d'Osiris (voir dessin p. 90).

Traditionnellement, les viscères sont conservés dans quatre vases appelés vases canopes, placés dans une cuve de pierre ou de bois auprès du sarcophage. À chaque vase correspond l'un de ceux que l'on appelle les quatre fils d'Horus : les deux du nord, Hâpy et Amsit, et les deux du sud, Douamoutef et Qébehsenouef, chacun gardant un quart des viscères partagés en quatre parties selon les quatre directions cardinales.

Parallèlement, les organes du corps, quand ils sont de nouveau humidifiés après avoir été desséchés, peuvent aussi être source de vie. Ainsi, l'eau dans laquelle est plongé le cœur de Bata, dans le *Récit des deux frères*, permet de redonner la vie. De même, on attribue des propriétés fécondantes à la jambe d'Osiris d'où sourd l'inondation. Elle est conservée comme relique à la frontière sud de l'Égypte, dans l'île de Biggeh, endroit associé à la naissance de la crue. Chaque décade, Isis se rend de son temple de Philae sur l'*abaton*, le lieu « interdit » de Biggeh, pour effectuer des libations de lait sur le corps de son époux et assurer, par cette humidification, les capacités régénératrices du dieu.

Après la dessiccation, le corps décharné est soigneusement frictionné avec une sélection d'onguents destinés à la fois à lui redonner de la souplesse et à lui conférer différentes vertus, grâce à leur composition et aux formules accompagnant les gestes des embaumeurs. Enfin, il est enveloppé de plusieurs couches de linceuls et de bandelettes de lin entre lesquels on glissait des amulettes pour protéger le défunt et garantir son passage dans l'au-delà, passage au cours duquel il va devoir affronter et convaincre les gardiens qui gardent les sept corridors ; ceux-ci conduisent à la demeure d'Osiris et il devra les franchir les uns après les autres. Ces enveloppes, souvent au nombre de sept, comme les sept corridors, vont lui redonner du volume et constituer autour de lui un cocon protecteur au sein duquel il va s'éveiller, telle une chrysalide. Les sept passages menant vers la salle du jugement, lieu de naissance de l'être nouveau, correspondent aussi aux sept décades nécessaires à la préparation du corps.

Parmi les amulettes, l'une des plus importantes était le scarabée du cœur, de pierre sombre, représentant la conscience du défunt lors de la pesée de l'âme et l'être nouveau venu à l'existence au moment précis où la parole du mort est « reconnue juste » devant ses juges. L'œil *oudjat* est l'œil guéri d'Horus. Symbole de la lumière lunaire lors de la pleine lune, il éclaire le voyage du défunt à travers les ténèbres, écartant de lui les forces du mal. Il représente aussi la guérison de l'ultime blessure, la mort. Le nœud *tit*, ou « nœud d'Isis », représente le sang d'Isis. Il est symbole de vie et du pouvoir magique protecteur d'Isis. Le pilier *djed*, peut-être une stipe de palmier (c'est-à-dire le tronc), symbolise la colonne vertébrale d'Osiris et sa verticalité retrouvée. L'ombelle de papyrus, qui sert à écrire le mot « vert », va permettre au mort de « (re)devenir florissant ». Le large collier, sur sa poitrine, symbolise l'Ennéade protectrice autour du démiurge. On mettait aussi sur son ventre des statuettes des quatre fils d'Horus, et sous sa nuque un chevet, destiné à redresser la tête, c'est-à-dire à redonner vie. Viatique pour l'au-delà, dans sa version sur papyrus, le *Livre des Morts* était déposé directement dans le sarcophage ou dans le socle d'une statuette de bois à l'effigie d'une divinité funéraire, Ptah-Sokar-Osiris. Plusieurs autres chapitres du *Livre des Morts* sont susceptibles d'être inscrits sur des supports spécifiques : amulettes, chevet, hypocéphale (disque placé sous la tête du mort et destiné à « faire naître une flamme sous la tête du glorifié », lumière protectrice et lumière du soleil levant, deux aspects des couronnes). Enfin, parachevant le tout, placé sur le visage, le masque funéraire qui, au Moyen Empire, porte le « Chapitre de la tête mystérieuse » tout en donnant au mort des yeux pour voir, assimile chacun des éléments du visage à une divinité :

> « Salut à toi au visage parfait, possesseur de deux yeux capables de voir, toi qu'a reconstitué le Supérieur-des-mystères [un prêtre], qu'a exalté Ptah-Sokar, à qui Chou a donné d'être élevé, toi au visage parfait entre les dieux, que Rê a donné à Osiris pour masquer ce qui a été fait contre lui, pour supprimer la blessure de Seth contre lui !
>
> Ta couronne blanche est Thot, le sommet de ton crâne est Oupouaout. Tes sourcils sont les deux Ennéades. Tes yeux sont la barque de la nuit et la barque du jour, tes deux mèches sont Isis et Nephthys, ta nuque est Doun-ânouy, ta tresse est Hedjedjet, ton revêtement est Hedjhotep. Tu es sur le devant de N [ici, le nom du mort] que voici, justifié, de sorte qu'il verra grâce à toi. Tu le rendras lumineux. Tu soumettras pour lui ses ennemis. Tu le guideras vers les belles places de la nécropole ! »
>
> (Chapitre 531 des *Textes des Sarcophages* devenu le chapitre 151 B du *Livre des Morts*.)

Le cortège funèbre

Une fois le corps préparé et momifié, les amulettes glissées entre les bandelettes, il est placé dans le sarcophage qui va entreprendre son voyage vers la tombe, sa « demeure d'éternité ». Dans ce voyage, le défunt n'est pas seul. Il se rend dans sa nouvelle demeure accompagné de tous ses proches, de prêtres, d'officiants portant le mobilier funéraire et de pleureuses. Deux d'entre elles, de part et d'autre du catafalque, évoquent Isis et Nephthys. Devant la tombe, une grande offrande alimentaire est purifiée par l'encens et par l'eau. Elle fait partie des ultimes rites destinés à redonner au défunt ses facultés vitales, grâce au rituel d'Ouverture de la bouche (voir p. 119-120, ill. p. 257).

> Le rituel d'Ouverture de la bouche et des yeux, selon son intitulé complet, consiste à les effleurer avec différents objets, essentiellement des ciseaux et des herminettes, qui vont leur rendre magiquement leurs fonctions vitales : usage de la vue et de la parole, capacité de manger et de boire. Ainsi seront possibles l'éveil et la vie dans le monde invisible. Ce sont les mêmes gestes qui ont été effectués, jadis, sur la momie d'Osiris.

La barque-sarcophage

C'est un parcours en barque que va entreprendre le mort, parcours qui rappelle celui de la barque du soleil. Passage d'un monde à l'autre, cette navigation est une négation de la mort, une assurance du renouvellement puisque le soleil vieillissant, menacé par le serpent Apophis, rencontre Osiris à mi-parcours de son voyage nocturne et se ressource, pour renaître, rajeuni, à l'aube. Le sarcophage se fait ainsi barque, comme le premier sarcophage dans lequel Osiris, enfermé contre son gré, descendit le Nil avant d'être retrouvé par Isis. Le sarcophage du Moyen Empire illustre très bien toute la richesse de la symbolique qui lui est associée, symbolique renforcée par les textes inscrits en des endroits spécifiques. Il est conçu comme une maison, avec sa fausse porte permettant l'accès à l'extérieur, mais aussi comme un bateau descendant le Nil, porté par le flot de l'inondation : on trouve ainsi la paroi « de bâbord » et celle « de tribord ». La paroi de fond évoque la *Douat*, ou l'au-delà, le dessous du couvercle le ciel. C'est donc aussi un microcosme. Là encore, les offrandes alimentaires ont la part belle, occupant la paroi de devant, c'est-à-dire la paroi est, celle que regarde le mort, couché sur le côté, face à l'orient. À l'extérieur de cette même paroi, deux grands yeux, au niveau de son visage, lui permettent de voir.

Le voyage est redoutable. Il est craint par les dieux eux-mêmes qui laissent le royaume de l'au-delà à Osiris : seuls Anubis ou les deux Oupouaout (« Ouvreurs des chemins », l'un de chaque côté), qui autorisent les déplacements entre les deux mondes, et Thot, qui signe les sauf-conduits, assurent une certaine médiation entre les deux espaces. C'est Thot qui avait remis à Osiris les insignes de la royauté l'autorisant à régner sur le monde des défunts après avoir régné sur l'Égypte. Pour accéder au royaume d'Osiris, il faut pénétrer dans un domaine dont on ne sait guère où il se trouve : souterrain ? au-delà ? en tout cas monde du silence et de la nuit. Il faut emprunter des chemins où des obstacles attendent le voyageur. Lorsque le défunt se présente à l'entrée des sept corridors menant au royaume d'Osiris dont chacun d'eux comporte trois porches, il doit décliner le nom de la porte et l'identité du portier et du gardien :

> Paroles dites par l'Osiris N [nom] (représentant Horus) : « Salut à toi, dit Horus, premier porche de Celui dont le cœur est las ! fais-moi un chemin, car je te connais, je connais ton nom, et je connais le nom du dieu qui te garde :
>
> "Celui qui fait trembler, à la haute muraille,

le supérieur, capable d'écraser, qui annonce les proclamations, qui détourne la fureur, qui secourt celui qui a été volé et qui est venu de loin" est ton nom. "Terrifiant" est le nom du dieu qui te garde.

Je me suis baigné dans cette eau dans laquelle Rê se baigne après s'être dévêtu du côté oriental du ciel ; je me suis oint d'huile de pin de première qualité, je me suis paré d'un vêtement, et ma canne *amès*, dans ma main, est en bois *khéty*.

– Va donc, tu es pur. »

(Chapitre 146 du *Livre des Morts*.)

LE DÉFUNT À L'ENTRÉE DU ROYAUME D'OSIRIS

Le mort se présentant devant l'une des portes des corridors d'Osiris.

Papyrus de Nebseni, BM 9900, Nouvel Empire, vignette du chapitre 144 du *Livre des Morts*.

Dessin de N. Guilhou, d'après E. Naville, *Das aegyptische Todtenbuch des XVIII. bis XX. Dynasty, aus verschiedene Urkunden zusammengestellt*, Berlin, 1886, I, pl. CLV.

(Voir également le dessin de la porte d'Ani, p. 207.)

Et ainsi de suite pour chacun des vingt et un porches dont les gardiens, qui ne sont dangereux que pour ceux qui n'auraient pas accompli les rites, portent tantôt des noms effrayants, tantôt des noms rassurants (« Maître des autels, aux offrandes abondantes, le bienfaisant, Celui qui écarte les ennemis... »). Dans tous les cas, la connaissance est fondamentale.

Là encore, la lecture se fait à plusieurs niveaux : ces corridors de l'au-delà correspondent, concrètement, aux étapes de la momification (voir ci-dessus). Le *Livre des Morts*, recueil tel qu'il a été réorganisé à l'époque saïte (VIIe-VIe siècles), s'ouvre d'ailleurs par le cortège funéraire et se clôt par l'accueil à la nécropole, par la vache céleste qui remettra au monde le défunt.

Le jugement

La notion de jugement existe dès les *Textes des Pyramides*. L'élément novateur qu'apportera le *Livre des Morts* est la représentation de ce jugement ; désormais, on en connaît le rituel avec les déclarations du mort, dites « confessions négatives », au cours desquelles, après avoir salué chacun des quarante-deux assesseurs du tribunal divin, il déclare ne pas avoir commis toute une série d'actions répréhensibles. L'illustration 4 reproduite sur la planche III montre la pesée du cœur (la conscience), en balance avec une figurine de la déesse Maât, qui représente la vérité, la justice, l'équilibre devant Osiris, Anubis, Horus et Thot.

La présence, dans cette scène, d'une brique de naissance montre qu'il s'agit là de l'émergence d'un être nouveau, Khepri, le scarabée, présent sur la momie sous la forme du « scarabée du cœur » (voir ci-dessus) portant, précisément, un chapitre spécifique faisant allusion à cette scène de pesée : le défunt y demande à son cœur de ne pas le contredire, à la suite de ses déclarations :

> « Cœur de ma mère, cœur de ma mère, cœur de chair de mon existence terrestre, ne te dresse pas contre moi en témoin (à charge), en présence des Maître des choses ! Ne dis pas contre moi : “Si, il l’a fait, en vérité !” [...] »

Sur d’autres vignettes, c’est avec la plume de **Maât** qu’est mis en balance le cœur. Les plateaux doivent être en équilibre : c’est le sens de Maât, concept désignant la justice, l’équilibre, l’harmonie, la norme. Celui qui aurait contrevenu à ses lois ne pourrait accéder à une vie nouvelle et serait remis à Amemet, la dévoreuse. Si, pour ce voyage, les descendants du mort se doivent d’assurer l’ensemble de l’équipement funéraire et l’approvisionnement en nourriture, certains textes stipulent bien que ce n’est pas le fait d’avoir de magnifiques funérailles ni un riche mobilier qui garantira l’accès à une nouvelle vie. Ainsi le dit l’*Enseignement pour Mérikarê*, texte appartenant au genre des Enseignements et Sagesses, destiné à l’éducation du prince Mérikarê (Première Période intermédiaire/Moyen Empire) :

> « Quand l’homme demeure seul, après le trépas,
> ses actions sont placées à côté de lui, en tas [...].
> S’il atteint [la mort] sans avoir péché,
> il demeurera là-bas sans cesse, comme un dieu,
> marchant librement comme les Maîtres de l’éternité. »

(Traduction de François Daumas.)

On sait finalement peu de chose de cette nouvelle vie. Comme le disent les *Chants du harpiste*, textes plus pessimistes du Nouvel Empire, nul n'est jamais revenu pour dire ce qui est de l'autre côté. En fait, la finalité des rites est d'intégrer l'homme dans le mouvement du monde : temps du mythe réactualisé, temps qui s'écoule, toujours renouvelé, rythmé par les fêtes, succession de la lumière et des ténèbres, des saisons et de la vie qui recommence, avec la crue qui revient, le cours rassurant des astres, dans un monde imaginaire où s'effacent les frontières.

De la parole à l'écrit

La parole créatrice

Le cœur et la langue

Dans le *Texte de Chabaka* (env. 710 avant notre ère), qui décrit la cosmogonie de Memphis, c'est par la parole que le dieu artisan Ptah amène le monde à la réalité, après l'avoir conçu dans son esprit et dans son cœur.

Le cœur et la langue sont, selon cette cosmogonie, à l'origine de toute chose : le dieu Atoum est décrit comme celui qui, s'étant manifesté comme le cœur et la langue, attribua la vie à tous les dieux et à leurs *ka*. C'est, toujours selon cette cosmogonie, par ce cœur qu'Horus est venu à l'existence et de cette langue que Thot est venu à l'existence. Et le texte poursuit, décrivant le cœur et la langue comme ayant pouvoir sur tous les autres membres. Car le cœur est dans le corps, la langue dans la bouche, et on les retrouve tous deux dans tous les êtres, qu'ils soient dieux, hommes, animaux ou reptiles.

Les rôles sont partagés et complémentaires : le cœur conçoit, la langue exécute. Dans ce texte extraordinaire, le cœur et la langue deviennent les dieux suprêmes de cette assemblée des dieux que constitue le corps. L'Ennéade, ou la multiplicité des dieux issus d'Atoum, représente les dents et les lèvres, mais aussi la semence et les mains d'Atoum (rappelons qu'Atoum crée la généalogie des autres dieux à partir de lui-même, par masturbation : voir le récit *Aux origines du monde*, p. 37). L'Ennéade est donc issue de sa semence, elle est aussi issue de cette bouche qui prononce le nom de toutes choses. En d'autres termes, peu importe le procédé : les moyens sont équivalents, qui conduisent du un au multiple.

Les yeux qui voient, les oreilles qui entendent et le nez qui respire assistent le cœur dans sa tâche, lui donnent la connaissance qui permet la pensée qu'exprimera la langue.

La parole du dieu créateur s'est manifestée « selon ce que le cœur exprimait et que la langue ordonnait [1] ». C'est à partir de cette parole qu'ont été créées toutes les activités : celles des mains, des bras et des jambes, puis, découlant de celles-là, les arts, les nourritures, les offrandes aux dieux, bref, la civilisation tout entière par la construction des villes et des sanctuaires, les statues, tout ce qui est bon en cette terre.

Tout le *Texte de Chabaka* est sous-tendu par l'idée que le monde tel qu'il existe a été délibérément conçu par le démiurge. Le cœur/conscience/esprit qui conçoit et la langue qui énonce sont incarnés par Hou, « Verbe créateur » et Sia, « Connaissance, Pensée créatrice », que nous avons vu intervenir dans la création selon la cosmogonie d'Edfou. Ces deux concepts – qui n'ont ni sanctuaire ni culte et ne constituent donc pas à pro-

1. Traduction de S. Sauneron et J. Yoyotte dans *La Naissance du monde*, coll. Sources orientales 1, Seuil, Paris, 1959.

prement parler des divinités – sont présents auprès du démiurge lors de la création. On les retrouve chaque nuit aux côtés de Rê-Atoum, dans la barque solaire, dans le cadre de ce cycle quotidien du retour au néant où se reconstitue un nouveau soleil.

Le nom, générateur de vie

Les hommes ont toujours un nom ; parfois ils en ont deux. La titulature du pharaon en comporte cinq. Et si l'élaboration de ce protocole royal est essentiellement d'ordre politique, le fait d'inscrire deux de ces noms, celui de naissance et celui de couronnement, dans un cartouche suffit à situer le pharaon comme représentant et héritier de la divinité. La corde dessinant un ovale allongé qui entoure le nom symbolise en effet le parcours du soleil (orbe solaire) enserrant tout le territoire dont le pharaon s'est vu confier la garde par les dieux (voir planche VIII, 10). Les dieux, pour leur part, ont une infinité de noms, d'où certaines prières dans lesquelles le dieu est invoqué « en tous ses noms » : celui qui prie veut être sûr de l'atteindre. Inversement, quand le suppliant hésite afin d'éviter de commettre une erreur sur l'identité du dieu qu'il invoque et de se tromper de nom, il s'adresse à lui par une périphrase générale pouvant s'appliquer à toutes les divinités : ainsi Sinouhé, dans l'histoire qui porte son nom, prie-t-il un « dieu quel qu'il soit » de se montrer clément et de lui permettre de regagner l'Égypte.

Derrière cette profusion, les noms des dieux servent aussi à cacher leur « identité » plus qu'ils ne la révèlent : leur nature intrinsèque, telle qu'elle s'exprime dans les nombreuses représentations physiques qu'ils assument et dans la multiplicité de leurs noms, se dérobe et demeure cachée, l'exemple par excellence étant fourni par le nom d'Amon, « le Caché ». Rappelons le cas de Rê, le dieu du soleil et dieu suprême, qui possède un nom secret connu de lui seul qu'Isis va tenter de soutirer dans un habile chantage afin de récupérer le pouvoir qu'il garde en son sein.

La plupart des noms de divinités sont vagues, les désignant par leur lieu d'origine (Nephthys = la Dame de la demeure ; Nekhbet = Celle de la ville de Nekhen) ; par leur fonction (**Satis** = Celle qui tire pour déclencher la crue ; Mout = la Mère) ; ou par leur apparence (Rê = le Soleil). D'autres, comme Amon ou Horus, « le Lointain », n'hésitent pas à afficher cette ignorance. D'autres encore transcrivent sans doute des réalités mythiques perdues pour nous, comme Hathor, « Demeure d'Horus », ou Isis, « le Trône » – cette dernière appellation n'étant pas sans évoquer certaines épiclèses* de la Vierge. Beaucoup restent réfractaires à toute analyse, même proposée par les Égyptiens eux-mêmes : c'est le cas d'Osiris, pourtant l'un des dieux les plus célèbres, dont le nom est écrit à l'aide de deux idéogrammes qui n'en induisent ni la prononciation ni l'exégèse. C'est aussi le cas d'Anubis, dont le nom est écrit à l'aide de simples signes alphabétiques, sans idéogrammes ; le papyrus Jumilhac en propose plusieurs étymologies, toutes plus fantaisistes les unes que les autres, qui cherchent à rattacher cette divinité aux mythes développés autour de sa personne, étymologies dont le nombre même ne fait que brouiller davantage les pistes.

De même que la parole est créatrice, le nom est générateur de vie. Dans le cadre de la création, prononcer le nom de quelqu'un, c'est l'amener à l'existence, dans un contexte funéraire, c'est permettre au défunt de revenir à l'existence, ne serait-ce que dans le souvenir, pour recueillir les offrandes qui lui sont faites. Inversement le nom, s'il est refusé, nié, peut aussi avoir une dimension destructrice. Le nom est ainsi au cœur de la pratique magique. On effaçait le nom inscrit sur un monument quand on voulait détruire la personne qui le portait. On ne retranscrit pas celui de ceux qui ont commis de graves méfaits, dans un procès, ou bien on le transforme (par exemple, Meryrê, « l'Aimé de Rê », devient Mesedjedjourê, « Celui que Rê déteste » dans le procès instruit à la suite d'une conspiration de harem à la fin du règne de Ramsès III, tandis que le directeur de cette institution est appelé Panik, « le démon »). Dans le *Livre de la Vache céleste*, les diverses formes d'Hathor sont appelées par jeu de mots, à l'occasion des différents épisodes du mythe, selon un procédé de création en tiroirs : l'Œil de Rê, « frappant » (*hout*) les ennemis, devient Hathor (*Hout-her*) qui, disposant d'eux (*sekhem*), devient à son tour Sekhmet. Au contraire, un peu plus loin, dans l'épisode des âmes des dieux, on évite de nommer Apophis, et on le désigne par l'indéfini « Quelqu'un ».

Les jeux de mots

Si la création se fait par la parole, c'est aussi parce que cette dernière côtoie la capacité créatrice des liquides du corps. Le crachat est, on l'a vu, créateur. Crachat et parole se rejoignent par leur émission ainsi que par les jeux de mots qui participent eux aussi de cette fonction créatrice. Ainsi, « Chou » désigne à la fois le crachat et le nom du dieu ; « Tefnout » signifie « ce qui est expectoré » et c'est aussi le nom d'une déesse. Ce jeu sur les mots est facilité par le fait qu'en égyptien, comme dans toutes les langues sémitiques, l'essentiel est le squelette consonantique du mot, seul noté dans l'écriture, sur lequel on pose oralement les voyelles (comme en arabe aujourd'hui).

De nombreux jeux de mots ont présidé à des naissances, empêchant, par des paronomases* (comme on en retrouve dans l'Ancien Testament), que des mauvais présages soient associés à la venue au monde d'un enfant. Ceux qui étaient présents à la naissance pouvaient les transformer en des présages heureux en instaurant rapidement une proximité des mots entre eux, en faisant basculer un mot porteur de sentiments potentiellement néfastes en un mot associé à des qualités ou à des pouvoirs positifs. On en trouve un exemple dans le papyrus Westcar, où la femme d'un prêtre met au monde trois garçons censés être les fils de Rê (voir récit *Chez les pharaons*, p. 152). Ces enfants sont appelés à devenir pharaons, et l'accouchement est un événement majeur : Isis et Nephthys sont là pour assister la mère, ainsi que la déesse accoucheuse, Meskhenet, aidée de Heqat. Nephthys se place à la tête de la mère, Isis se place devant la mère et reçoit successivement les enfants tandis que Heqat accélère l'accouchement ; la déesse transforme la « puissance » (*ouser*) du premier, qui fait souffrir la mère, en « puissance de son *ka* » (*ouser-(ka)f*) : la lenteur de la venue au monde du deuxième, qui se « retourne » (*sah*) en « gratification » (*sahrê*). Pour le troisième et dernier, resté dans le sein « ténébreux » (*kékou*) de sa mère, elle le nomme Kékou, *Sombre*. Ces trois noms ont été choisis pour évoquer ceux des trois premiers pharaons de la Ve dynastie, respectivement Ouserkaf, Sahourê et Kakaï, que deviendront les trois enfants. De la même façon, lors de la naissance d'Isis, on lui recommande d'être « légère » (*is*) pour sa mère (voir récit *Osiris*, p. 77 et lexique des dieux, p. 375). Pour les Égyptiens en effet, même s'il ne s'agit pas de réelles étymologies, de telles ressemblances ne sauraient être fortuites : elles témoignent d'une essence commune.

Ce procédé est largement utilisé dans le domaine rituel, que ce soit dans le contexte cultuel, médico-magique ou funéraire. Ainsi, l'oignon (*hedj*) est un remède particulièrement efficace contre les serpents, car il provient de la bouche de l'enfant Horus. En effet, le bulbe évoque par sa forme la dent de lait d'Horus, sa dent blanche (*beh hedj*), et le prêtre magicien qui a ramassé cette dent (l'oignon) à terre le brandit comme un talisman : c'est « une dent contre d'autres dents ! ». En même temps, c'est la clarté (*hedj*) qui frappe les ennemis et va donc détruire (*hedj*) le venin de l'agresseur [1]. Les assonances enrichissent et développent le mythe, permettant d'en tirer un maximum d'efficacité selon le principe de similitude dans le temps et dans l'espace : ce qui a existé dans un espace-temps se reproduit dans un autre, comme dans un jeu de miroirs, et la connaissance de l'un permet d'agir sur l'autre.

De tels exemples abondent, prenant souvent leur source dans le mythe d'Horus, comme c'est le cas pour le rituel de l'offrande funéraire : l'onguent *touaout*, l'une des sept huiles utilisées dans le Rituel de l'embaumement et dans le rituel d'Ouverture de la bouche, est ce qui a servi à soulever (*toua*) les dieux (formule 76 des *Textes des Pyramides*) ; le fard vert (*ouadj*) représente l'œil d'Horus (nom générique de l'offrande) guéri (*oudjat*) [formule 79-80 des *Textes des Pyramides*]. Les prêtres rédigeant les rituels s'ingéniaient à multiplier les assonances. Et il est intéressant de noter que ce jeu sur l'oralité s'accompagnait souvent – et plus particulièrement à l'époque ptolémaïque – d'un jeu sur l'image.

1. Cf. Traité d'ophiologie du papyrus Brooklyn 47.218.48 et 85, publié par Serge Sauneron, *Bibliothèque générale* XI, Le Caire, Ifao, 1989, § 41.

Les hiéroglyphes, parole et écriture

L'écriture égyptienne oscille sans cesse entre expression de l'oral et visualisation de l'écrit. Le nom même de « hiéroglyphes » en témoigne puisque, en égyptien, il signifie « parole divine ». Réservés aux écrits monumentaux ou sacrés, ils sont une « traduction » de la parole des dieux permettant de restituer la dimension divine du monde dans son moindre détail, de transmettre et d'expliquer le savoir légué par les dieux grâce à un travail simultané de révélation et d'exégèse. Dans la mesure où l'information et la sagesse qui se transmettent à travers ces signes participent du divin – que les écrits soient des textes religieux, des descriptions de rites ou d'événements, qu'ils aient pour finalité de consigner des observations ou des connaissances astronomiques, médicales ou agricoles –, ils sont inspirés des dieux et à ce titre ils ont tous valeur égale.

L'action de médiation que représente par conséquent le travail d'écriture et de décodage des signes hiéroglyphiques revêt donc lui aussi une dimension religieuse. Écrire et comprendre les hiéroglyphes implique un accès direct à un savoir sacré et constitue une mission réservée à quelques-uns. Cela est d'autant plus important que l'idée que l'on peut créer par la parole implique également, on l'a vu, que l'on peut aussi détruire par la parole. Les hiéroglyphes sont donc potentiellement dangereux et doivent être neutralisés. On trouve dans les pyramides ou sur les sarcophages des exemples d'illustrations de textes où certains animaux néfastes gravés en creux sont coupés en deux par un « pont » de plâtre, où le serpent maléfique est neutralisé par des couteaux plantés dans son corps ou par des flammes (voir planches IV, 5 et V, 7).

Des mammifères et oiseaux, on n'a parfois conservé que la tête. Les personnages sont réduits à la partie supérieure de leur corps. Cela implique également l'importance de l'écrit en soi, en tant que représentation visible du mot, en tant que mot vivant, car prononçable dans l'instant – ce qui est le propre de l'oralité –, mais en même temps destiné à rester, car fixé sur un support durable (essentiellement la pierre pour l'écriture hiéroglyphique), « matériau d'éternité », comme le désignaient les anciens Égyptiens. Un très beau texte du Nouvel Empire, conservé sur un papyrus du British Museum (papyrus Chester Beatty IV, BM 10684), illustre la valeur que ces derniers attachaient à l'écrit et aux sages qui savaient lire et écrire :

> « Ces écrivains savants du temps des successeurs des dieux [...],
> il est arrivé que leur nom dure pour l'éternité,
> bien qu'ils soient partis, ayant achevé leur vie,
> et que toute leur parenté soit oubliée.
> Ils ne se sont pas construit des pyramides de cuivre aux stèles de fer.
> Ils n'ont pas su laisser d'héritiers, des enfants qui prononceraient leur nom.
> Mais ils se sont donné en guise d'héritiers les Enseignements qu'ils ont écrits.
> Ils se sont donné le rouleau de papyrus pour prêtre ritualiste,
> la palette pour « fils bien-aimé » [prêtre funéraire],
> leurs Enseignements pour pyramide,
> le calame pour fils, la pierre à broyer pour femme. [...]
> Il leur a été construit des portes et des demeures,
> mais elles sont tombées en ruine.

Leurs prêtres funéraires ont disparu,
leurs stèles sont couvertes de poussière,
et leurs tombes sont oubliées.
Mais leur nom est encore prononcé, à cause des écrits qu'ils ont composés [...].
Plus utile est un livre qu'une maison bien construite,
qu'une demeure à l'Occident ! [suivent les noms de huit écrivains et sages réputés pour leurs écrits] [...].
Ils sont passés, leurs noms sont oubliés,
mais leurs écrits font qu'on se souvient d'eux[1]. »

À cela répondent, en écho, les paroles d'un scribe conduisant son fils à l'école de la Résidence (l'école royale) : « Je voudrais que tu aimes les livres plus que ta propre mère[2]. »

LE SYSTÈME D'ÉCRITURE HIÉROGLYPHIQUE

L'écriture hiéroglyphique, qui apparaît dans le courant du IVe millénaire, est un système extrêmement complexe. Elle comporte en effet deux catégories de signes : les signes phonétiques (c'est-à-dire relatifs aux sons) et les signes sémantiques (c'est-à-dire relatifs au sens), les idéogrammes relevant à la fois de ces deux catégories.

1. Traduction d'après Fr. Daumas, *La Civilisation de l'Égypte pharaonique*, Arthaud, Paris, 1965, et P. Grandet, *Contes*, chez qui on trouvera le texte complet.

2. Texte connu sous le nom de « Satire des métiers », documenté par plusieurs copies du Nouvel Empire. Traduction commode dans Cl. Lalouette, *Textes sacrés et textes profanes de l'ancienne Égypte* 1, *Des Pharaons et des hommes*, Paris, Gallimard, Connaissance de l'Orient, coll. Unesco d'œuvres représentatives, 1984.

Les idéogrammes

On appelle idéogramme, pictogramme ou logogramme un signe-mot, c'est-à-dire un signe qui représente un objet ou une action. On admet généralement que dans le processus d'apparition de l'écriture, ces signes sont les plus anciens. Par exemple, pour représenter une maison (*pèr*) on en dessine le plan 𓉐 ; de même, pour un bassin (*ché*) 𓈙, ou pour de l'eau (*mou*), mot partitif ou collectif noté à l'aide de trois filets d'eau : 𓈗. On notera au passage la ressemblance de ce signe avec notre idéogramme pour les cours d'eau, sur les panneaux de signalisation.

Les phonogrammes

Les idéogrammes peuvent à leur tour être utilisés comme phonogrammes. Ainsi, *ché* et *mou* entrent dans la composition du mot *chémou*, 𓈙𓈗𓇳, nom de la troisième saison de l'année égyptienne, la saison des récoltes, selon le principe du rébus. De même, le nom de la déesse Nout s'écrit à l'aide du petit vase *nou* 𓏌 et du pain *t* 𓏏 : 𓏌𓏏𓇯𓁐.

Chaque mot est ensuite doté d'un déterminatif permettant de le classer (voir ci-après), ici respectivement disque solaire, marqueur du temps, pour *chémou* ; voûte céleste et personnage féminin pour Nout.

Les signes phonétiques peuvent comporter une, deux ou trois consonnes. En effet, seules les consonnes sont notées en égyptien, comme dans les autres langues sémitiques. On parle alors respectivement d'unilitères (𓅓 *m*), bilitères (𓍃 *tm*) et trilitères (𓇼 *sba*). Les premiers, au nombre de vingt-six, sont aussi qualifiés d'« alphabétiques ». Ils constituent la totalité des consonnes et des semi-consonnes utilisées par la langue égyptienne, et pourraient permettre d'exprimer l'ensemble du vocabulaire. D'ailleurs, bon nombre de mots, et parmi les plus anciens, sont écrits à l'aide des seuls signes alphabétiques. Il y a une centaine de bilitères et une vingtaine de trilitères courants, mais l'ensemble du corpus de signes, déterminatifs compris, est de l'ordre de cinq mille.

Les déterminatifs

Ce sont des signes sémantiques qui n'ont pas de lecture sonore mais seulement une lecture visuelle. Ils permettent de classer les mots par catégories : personnages (hommes 𓀀, femmes 𓁐), actions de la bouche (𓀁), actions du bras (𓂡), verbes de mouvement (𓂻), mammifères (𓄛), terre (𓈇), canaux (𓈘), arbres (𓆭), plantes herbacées (𓇗), bâtiments (𓉐), bateaux (𓊛), écriture et mots abstraits (𓏛), etc.

À partir des idéogrammes, on peut aussi faire dériver des mots de la même famille. Le déterminatif permet alors de préciser la nature du mot. Ainsi, la racine 𓏞 *sèch*, « écrire », utilisant l'idéogramme de la palette de scribe (on parle alors de radicogramme), sera dotée du rouleau de papyrus 𓏛 pour « écriture » et de l'homme accroupi 𓀀 pour « scribe ».

Un signe donné peut être idéogramme, phonogramme ou déterminatif. Par exemple, le signe 𓉐, lorsqu'il est idéogramme, est accompagné d'un petit trait vertical : 𓉐𓏤. Il peut aussi entrer dans la composition d'un mot, par exemple le verbe 𓉐𓂋𓂻 *pèr*, « sortir », ou être déterminatif, comme dans 𓂝𓏏𓉐 *ât*, la « pièce ». D'autres signes n'auront qu'une ou deux fonctions.

Cette écriture est évolutive, c'est-à-dire qu'elle reflète une réalité qui a changé au cours de l'histoire : certains signes disparaissent ou se transforment, tandis que d'autres sont conservés (ainsi certains oiseaux ou animaux disparus depuis longtemps de la faune égyptienne) ou que de nouveaux apparaissent. L'écriture hiéroglyphique apparaît comme la stratification d'une histoire millénaire des êtres et des choses, le conservatoire de réalités mouvantes, le témoignage d'un regard porté sur le monde, figé à jamais au IVᵉ siècle de notre ère.

Dans ce système d'écriture, l'image écrite et visible du mot est essentielle. En témoigne, au sein du corpus de signes, une catégorie spéciale, les « déterminatifs » (voir encadré), signes sémantiques et non phonétiques dont la fonction essentielle est de classifier : placés à la fin d'un mot, ils indiquent à quelle catégorie (hommes, dieux, animaux, végétaux, action de manger, verbe de mouvement, matière, etc.), voire sous-catégorie (plante herbacée, arbre...), celui-ci appartient. De tels signes n'ont qu'une lecture visuelle. Un autre aspect visuel, fondamental, tient au système idéographique même. En effet, l'existence, dès les débuts de l'apparition de l'écriture, d'une trentaine de consonnes dites « alphabétiques » (c'est-à-dire unilitères, caractère ne comportant qu'une consonne, à la différence d'autres qui valent pour deux consonnes – on parle alors de bilitères – ou trois – dites trilitères) aurait permis aux Égyptiens d'écrire d'une manière alphabétique. Mais, pour eux, l'utilisation exclusive d'un tel outil eût été un appauvrissement. Au contraire, le recours à l'image vient enrichir le texte de façon purement visuelle, et cette possibilité de l'écriture hiéroglyphique sera largement exploitée dans les textes religieux, surtout à l'époque ptolémaïque.

Par exemple, la graphie normale du ciel est , graphie alphabétique suivie du déterminatif ; il pourra être écrit , qui en fournit une image.

« Celui qui sort de l'horizon », désignation du soleil levant, normalement écrit , peut être exprimé par un idéogramme , où le disque solaire entre les deux montagnes qui bordent l'horizon oriental est remplacé par un scarabée ailé prenant son vol et poussant devant lui le disque solaire : c'est la forme du soleil du matin, et son mouvement d'envol rend inutile l'emploi du verbe.

Dernier exemple : dans un hymne à Hathor, à Dendara, on dit à la déesse , c'est-à-dire « Que ton visage est beau ! », couramment écrit . L'utilisation du babouin dressé, bras levé en geste d'acclamation, au lieu du hiéroglyphe normal pour « beau », évoque les « gestes de joie » des cynocéphales* au lever du soleil. Cette image prend tout son sens quand on sait qu'Hathor est appelée, dans le texte parallèle (il s'agit de deux montants de porte), « soleil féminin ». Aucun alphabet ne peut exprimer autant de choses de façon aussi synthétique – ce que ne peut faire non plus la parole.

On voit ainsi que l'on ne peut dissocier écriture et iconographie : les images viennent prolonger, détailler, éclairer tel ou tel passage, comme par des effets de loupe ; elles permettent de passer du détail d'une figure schématisée dans un pictogramme à un gros plan reprenant cette figure et l'insérant dans une scène : ainsi renvoient-elles, par connotations successives, à une culture religieuse et à une pensée spéculative qu'elles contribuent à enrichir.

En outre, par son esthétisme et le soin qui préside d'une part à l'organisation du texte sur le support et d'autre part à la disposition des caractères à l'intérieur de chaque mot, l'écriture est une expression de la *maât*, ce concept d'équilibre et d'harmonie qui est au cœur de la civilisation égyptienne.

Un monde imprégné de divin

Le monde qui a vu éclore la civilisation pharaonique forme un tout. Chaque chose y a sa place. Chaque geste compte. Tout détail a son sens. Tout est codifié, ritualisé. Le divin y est partout, et la moindre action prend place dans un réseau de relations et d'interactions entre monde des dieux et monde des hommes. C'est pourquoi les éléments de l'environnement sont autant de symboles clés pour comprendre les mythes.

Les végétaux

Les plantes jouent un rôle de représentation de diverses facettes du monde des dieux ; elles en sont l'une des apparences, ou elles leur doivent leur origine. Leurs caractéristiques ou les propriétés qui leur sont associées dictent parfois leur rôle dans la composition des parfums, des mets, dans les rituels, les offrandes et les sacrifices.

En outre, chaque nome avait son bosquet sacré, et un arbre était planté sur chacune des buttes divines, lieu de naissance, mais aussi tertre renfermant la sépulture de la divinité.

Arbre iched*, le balanite*

Le *Balanites aegyptiaca*, l'arbre *iched* des anciens Égyptiens, est étroitement lié à la royauté. C'est en effet sur ses fruits que Thot ou Atoum, accompagnés de **Séchat**, inscrivaient les deux noms placés dans un cartouche du protocole royal.

Du point de vue mythique, il est associé à la naissance de Rê à Héliopolis et au combat qui en découle, comme le rappelle (trop) brièvement le chapitre 17 du *Livre des Morts*, reprenant en cela le chapitre 335 des *Textes des Sarcophages*.

> « Je suis ce grand Chat près de qui se fendit l'arbre *iched* à Héliopolis, en cette nuit du combat où l'on assure la garde des rebelles, et en ce jour où furent anéantis les ennemis du Maître de l'univers. »

Sur le plafond de la Chapelle pure du temple de Dendara, Nout donne naissance au soleil qui illumine le temple entre deux arbres *iched*, rôle généralement dévolu aux sycomores (voir p. 294). Plutôt que « se fendit », peut-être faut-il donc comprendre « se dédoubla ».

(Voir planches IV, 6, VI, 8 et VII, 9.)

*Bitume ou résine (*merekh*)*

On désigne sous le nom global de « bitume » ou « résine » des produits d'origine différente que les Égyptiens ont regroupés en fonction de leur aspect et de leur utilisation.

D'origine divine, le bitume est doublement précieux : il est le produit des crachats et des vomissures de Rê. Il entre dans la composition d'onguents et de parfums utilisés lors de la momification, ainsi que dans celle du fameux kyphi (voir p. 301). Le bitume ou vernis noir résineux a également été utilisé – en particulier à la XVIIIe dynastie – pour enduire des sarcophages (par exemple ceux de Youya et Touya, parents de la reine Tiy) et des statues (comme les deux grandes statues de bois montant la garde devant la chambre funéraire de Toutânkhamon). Sa couleur noire leur confère la renaissance.

Blé

Céréale de premier plan, il n'est pas étonnant que le blé soit présent dans la vie religieuse. Lors du premier mois de la saison *chémou* (mois de *pachons*, voir p. 421), une gerbe est présentée à Min, symbolisant le renouvellement de la légitimité du roi victorieux de ses ennemis : le souverain a su triompher des forces mauvaises menaçant le pays – le désert et la sécheresse enserrant la vallée fertile – et assurer la prospérité.

Un peu plus tard, des poupées de blé sont offertes en action de grâces à Renenoutet lors de la moisson. Enfin, lors de la fête de la Bonne Réunion, à la nouvelle lune du mois d'*épiphi*, quand Hathor de Dendara pénètre dans la cour du temple d'Edfou, on accomplit pour elle le rite de « répandre l'or et [d']éparpiller la faïence », c'est-à-dire du blé, de l'orge et de l'herbe. La récolte est alors engrangée, et ce geste d'accueil est destiné à inviter la déesse à revenir fertiliser l'Égypte.

Fèves

Selon Hérodote, les fèves n'étaient pas semées en Égypte : si l'on en trouvait, elles n'étaient pas consommées, qu'elles soient crues ou cuites, dans la mesure où elles étaient considérées comme un légume impur, Pline voyant dans les taches noires de la plante un signe de deuil. La présence de cette légumineuse à cette époque est pourtant attestée aussi bien par les textes que par l'archéologie, et Plutarque indique qu'on offrait aux dieux des fèves germées dans des rites visant à attirer leur faveur après les semences.

Laitue

En raison de son suc laiteux dont l'aspect rappelle celui du sperme, la laitue romaine a des connotations sexuelles. Ainsi, Seth ne consomme que des laitues, et c'est sur ces légumes qu'Isis verse la semence d'Horus dont Seth concevra le disque lunaire.

Les laitues sont également associées à Min, dieu chthonien représenté ithyphallique (c'est-à-dire avec le sexe dressé) : derrière son effigie, un carré de terre irriguée surmonté de trois romaines illustre son caractère de dieu de la fertilité.

Lin

Le lin était considéré comme étant d'origine divine, puisqu'il germa de la sueur de Rê, alors que ce dernier tentait de maîtriser les bouleversements qui agitèrent l'univers à la mort d'Osiris.

La culture du lin occupait de nombreuses terres arables, et le tissage des nombreuses variétés d'étoffes de lin, toutes d'une extrême finesse, mobilisait de nombreux artisans. En effet, on faisait grand usage de toile de lin, tant dans le domaine cultuel que dans le domaine funéraire, car les prêtres éprouvaient de l'horreur face à tout ce qui est sécrété. Plutarque et Apulée y voient la raison pour laquelle ils portaient uniquement des vêtements de lin et non des vêtements tissés à partir de laine, la laine des brebis, les poils, les cheveux ou les ongles étant considérés comme résultant de sécrétions. La laine était interdite dans les sanctuaires, et c'était « impiété », raconte Hérodote, que d'ensevelir les morts dans de la laine. Cet usage des tissus est confirmé par l'archéologie et par le *Manuel du temple*, recueil d'époque tardive, dont il ne reste malheureusement que des bribes, qui donne des instructions sur l'architecture du temple et définit le rôle de l'ensemble du personnel.

Lotus

Le lotus est étroitement lié aux divinités primordiales car, dans la cosmogonie d'Hermopolis, c'est une fleur de lotus qui se transforme en un enfant coiffé d'une couronne, devant lequel l'obscurité semble reculer et qui est de ce fait considéré comme l'œil droit de Rê, le soleil.

Le lotus est associé aux différentes formes de l'enfant divin et du soleil naissant. C'est pourquoi, dans les temples, l'offrande du lotus est essentiellement destinée à l'enfant divin. C'est aussi dans un contexte de création, et donc de naissance, qu'il intervient dans les rites funéraires : le parfum du lotus que « respire » le mort ou la fleur piquée dans sa chevelure lui permettent de renaître, tel le jeune soleil des origines. La stèle de la Dame Taperet, au musée du Louvre, figure même le rayonnement solaire comme une pluie de corolles de lotus.

Mélilot

Selon Plutarque, cette plante qui pousse à la limite des terres atteintes par l'inondation, est la marque de l'union d'Osiris et de Nephthys (voir récit *Osiris*, p. 80).

Orge

Tout comme le blé, l'orge est une céréale de première nécessité. Outre son intérêt alimentaire, on l'utilise essentiellement dans la fabrication de la bière. D'un point de vue religieux, elle est étroitement associée à Osiris en raison de la rapidité de sa germination. On l'emploie, mêlée de terre, pour confectionner les figurines d'Osiris lors des fêtes du mois de *choiak* (voir p. 418). Enfin, de même que le blé fauché par le roi, l'orge mondée piétinée lors de la fête de la nouvelle lune du mois de *pachons* représente les ennemis abattus.

Palmier

À l'époque de l'Égypte ancienne déjà, le palmier-dattier (*Phoenix dactylifera*) dressait sa haute silhouette le long de la vallée du Nil. Selon le mythe, sa fine stature légèrement penchée évoque Isis implorante, et ses fruits ont la douceur des paroles de la déesse. Le pilier *djed*, symbole de la verticalité retrouvée d'Osiris, a peut-être pour origine sa stipe effeuillée. La nervure de palme est l'idéogramme de l'année, d'où les relations de l'arbre avec Séchat et Thot. Ce dernier est également en rapport avec le palmier doum (*Hyphaene thebaica*) à tige ramifiée poussant plus volontiers en Haute-Égypte : nombre d'*ostraca* montrent en effet un petit babouin en train de cueillir les noix de doum, et une prière du Nouvel Empire compare Thot, « fontaine douce à l'homme altéré dans le désert », à un « grand palmier doum de soixante coudées qui porte des noix ; à l'intérieur de ces noix, il y a des noyaux, et de l'eau à l'intérieur des noyaux » (traduction A. Barucq et Fr. Daumas). Cette eau est la connaissance que Thot apporte à celui qui médite, et dont il l'abreuve, plaçant dans sa bouche les paroles divines.

Papyrus

On associe volontiers cette plante aux origines du monde – les premières buttes avec les premières touffes de papyrus – et à Horus que sa mère protège en le cachant dans les fourrés des marécages du Delta (voir encadré Horus enfant, p. 96). Selon une des versions du papyrus Jumilhac, le réceptacle du corps démembré d'Osiris était composé de papyrus. De même, la vache de la nécropole, forme funéraire d'Hathor accueillant le mort, surgit d'un fourré de papyrus, promesse de renaissance pour le défunt.

Les sistres que l'on agite devant Sekhmet pour l'apaiser reproduisent le bruit des tiges froissées des papyrus.

Sistres

La reine Néfertari joue du sistre. Cet instrument servait à apaiser les divinités féminines, en particulier Sekhmet. Il en existe de deux types, mais ils sont toujours à l'effigie d'Hathor (tête féminine à oreilles de vache), dont c'était l'instrument sacré.

Dessin de N. Guilhou, d'après Chr. Desroches-Noblecourt et Ch. Kuentz, *Le Petit Temple d'Abou Simbel* II, Le Caire, 1968, pl. LXVII.

*Perséa (*Mimusops schimperi*)*

Dans *Le Conte des deux frères*, le cadet, Bata, se transforme en deux perséas, un de chaque côté de la grande porte du pharaon. Cette image rappelle les deux arbres dressés de part et d'autre de l'horizon entre lesquels point le soleil. En effet, comme le sycomore et l'arbre *iched*, le perséa est lié à la naissance du soleil. Selon Plutarque, il est plus particulièrement consacré à Isis « parce que son fruit ressemble à un cœur, et sa feuille à une langue », ce qui nous ramène dans un contexte de création.

Pin

Né du sang que verse Geb au moment de la mort d'Osiris, le pin *âch* est apprécié pour son bois et sa résine. Dans l'histoire de Bata, le cœur de ce dernier se transforme en pomme de pin. D'après Firmicus Maternus (IVe siècle apr. J.-C.), dans les mystères isiaques, cérémonies religieuses à caractère initiatique développées à l'époque romaine, un tronc de pin évidé sert de cercueil à une figurine d'Osiris[1]. À côté du sycomore et du genévrier, les sources égyptiennes mentionnent en effet l'arbre *qedou* (peut-être le pin d'Alep) comme étant susceptible de fournir le bois du sarcophage. Le *Livre second des Respirations* y ajoute le Pin de Cilicie (*âch*) et l'arbre *mery*, tous chargés de protéger et d'accueillir le mort.

*Sycomore (*Ficus sycomorus*)*

Dans les *Chants d'amour*, qui en donnent une description très réaliste, le sycomore prête son ombre aux amants dont il se fait le complice :

> « Le jeune sycomore qu'elle a planté de sa main
> il a ouvert sa bouche pour parler ;
> les bruissements issus de sa bouche,
> ce sont des gouttes de miel.
> Il s'est embelli, ses corolles sont charmantes,
> il est verdoyant et développé.

1. P. Koemoth, « Osiris et les arbres », *Aegyptiaca Leodiensia* 3, Liège, 1994.

Il est chargé de figues entaillées et non entaillées [1],
qui sont plus rouges que le jaspe ;
ses feuilles sont comme la turquoise,
et elles ont la texture de la faïence ;
son bois a le teint de feldspath vert,
et ses racines sont comme du fenouil
il attire sous lui qui n'y est pas encore, car son ombre est fraîche. »

(Traduction de B. Mathieu, *La Poésie amoureuse de l'Égypte ancienne*, coll. « Bibliothèque d'Étude » 115, Le Caire, 1996.)

Solinus (IIIe siècle apr. J.-C.) le mentionne comme l'arbre principal de l'Égypte :

« Des arbres que l'Égypte seule produit, le principal est le figuier, qui, par la feuille, ressemble au mûrier, et qui porte des fruits non seulement aux branches, mais au tronc même : tant il a de peine à suffire à sa fécondité ! Il les produit chaque année sept fois ; dès que l'on a cueilli une figue, une autre commence à pousser. Le bois du figuier plongé dans l'eau va d'abord au fond ; après y être resté un certain temps, il surnage, et l'eau dont s'imbibent tous les autres bois lui enlève, au contraire, son humidité. »

(*Polyhistor* XXXIII, traduction de M.A. Agnant, Paris, Panckoucke, 1847.)

Ce dernier caractère, qui rappelle son rôle de sarcophage, évoque la quête des membres d'Osiris repêchés dans les eaux et remontés à la surface du Nil par Isis

1. Il faut entailler les figues de sycomore pour qu'elles s'épanouissent et parviennent à maturité.

ou par le crocodile (voir p. 320). Sa fécondité exceptionnelle (trois récoltes par an) lui vaut d'être l'arbre nourricier par excellence du mort comme du vivant, et ce, dès les *Textes des Pyramides*. Il est ainsi doublement rattaché à la déesse Nout. En effet, étant celle qui remet au monde le défunt, celle-ci est associée au sarcophage bien souvent fait de bois de sycomore et, comme nourricière du défunt, elle apparaît également comme la déesse de l'arbre (le mot pour « sycomore » est féminin en égyptien).

Enfin, le sycomore planté devant la tombe assure la protection du mort, comme il l'a fait au-dessus du tertre de la sépulture d'Osiris :

> « Salut à toi, sycomore qui protèges le dieu,
> [...]
> Toi qui rassembles ceux qui sont dans le Noun
> et qui enserres ceux qui sont dans les Arcs [les cieux] !
> Ta cime est inclinée sur ton épaule pour Osiris
> telle celle qui préside à l'offrande, penchée vers le Maître de l'Orient.
> C'est ta stèle, ton ombre au-dessus de toi, Osiris,
> à l'encontre de ta puissance d'attaque, Seth !
> La jeune femme de l'offrande faite à ce glorifié de Gehesety [Osiris] ! »
>
> (Formule 574 des *Textes des Pyramides*.)

Joignant la terre et le ciel, il n'est pas étonnant que, comme l'arbre *iched*, il soit l'un des arbres marquant les bornes de l'horizon comme le proclame le défunt dans les chapitres 109 et 149 du *Livre des Morts* :

> « Je connais ces deux sycomores de turquoise entre lesquels sort Rê et qui croissent sur Ce que

soulève Chou [le ciel], près de cette porte du maître de l'orient par laquelle sort Rê. »

Vigne

La vigueur de la vigne en fait un symbole de renaissance. C'est pourquoi elle envahit le plafond de la tombe de Sennefer, à Thèbes (TT 96), dite « tombe aux vignes ». On plantait des vignes dans le jardin des temples, comme en témoignent des représentations du site de Karnak, au Nouvel Empire.

(Voir aussi Vin, p. 306.)

Les minéraux

Les minéraux tiennent une grande place dans l'Égypte ancienne. La pierre est le « matériau d'éternité » à qui l'on confie toutes les réalisations faites pour durer (temples, statues, etc.), tandis que les demeures des vivants sont d'argile. Ce qui a pu être à l'origine nécessité, comme l'emploi du granit – pierre dure – pour les seuils et montants de porte, est dans un deuxième temps ritualisé.

Pierres précieuses et pierres fines ont un rôle important, tant mythique que rituel. Les pierres sont en gestation dans le sein des montagnes qui les mettent au monde. Min, seigneur des déserts, rend possible l'accès aux carrières et aux mines qui en permettent l'exploitation.

Les dieux sont de matière impérissable : chair d'or, os d'argent, chevelure de lapis-lazuli. Et, de même que la figurine d'orge et de terre d'Osiris se transmute en or, dans le secret du caveau, la « salle de l'or », le corps du pharaon deviendra celui d'un dieu, inaltérable.

Dans chaque temple, le « trésor » renfermait les

parures et objets précieux de la divinité, mais aussi des pierres brutes. Dotée d'une fonction d'apparat mais également de protection, chaque pierre a sa valeur, sa symbolique, parfois en raison de sa couleur : ainsi le jaspe rouge est chargé de « lancer une flamme contre les ennemis », et la calcite, « pierre claire », « d'éclairer » la demeure divine.

À chacun des trente-six décans* (étoile qui préside à une semaine égyptienne, ou décade) correspond un minéral et un végétal. Sur chacune des quatorze marches de l'escalier lunaire, un dieu apporte une pierre fine ou un métal afin de « remplir l'œil *oudjat* », c'est-à-dire de rendre à l'astre lunaire sa plénitude (voir encadré « La lune croissante », p. 194). La matière des bijoux et amulettes présentées aux dieux ou déposées sur le corps de la momie n'est pas indifférente. Chacune a sa vertu. Les textes nous laissent entrevoir des bribes de mythes qui rendraient compte de cette spécificité. Ainsi, le chapitre 157 du *Livre des Morts* rapproche le vautour d'or mis au cou du glorifié de l'oiseau aux ailes étendues d'Isis cherchant une cachette pour son fils Horus. Le nœud d'Isis, selon le chapitre 156 du même recueil, est de jaspe rouge, à l'image du sang de la déesse et de son pouvoir magique dont sera pourvu le défunt qui porte l'amulette. Il est naturel que la colonnette *ouadj* représentant une ombelle de papyrus soit de couleur verte, en l'occurrence du feldspath, et ait comme rôle d'éviter que le corps se dessèche. Le chapitre 160 évoque en outre à ce propos une rencontre entre Thot et Chou « qui, étant allé vers lui, le trouva à Chenmou » et lui donna son œil de feldspath vert (*nechmet*). Ces quelques phrases sont autant d'allusions à une autre version du mythe de l'œil lunaire, l'œil lointain que Chou est allé chercher pour le remettre à Thot, dieu lunaire. Le scarabée du cœur, qui porte le chapitre 30 du *Livre des*

Morts (voir p. 262 et 267) exprimant la venue au monde d'un être nouveau lors de la pesée de l'âme, est en pierre noire, couleur de la renaissance, comme le limon fertile et les ténèbres des origines. Dans le rituel d'Ouverture de la bouche et des yeux, l'herminette *mesekhtyou*, en forme de patte avant de taureau, est en fer météoritique, le « métal céleste issu de Seth », dieu de l'orage. De même, c'est encore en fer que sont les cordes avec lesquelles les deux équipages de la barque solaire, Étoiles impérissables et Étoiles infatigables, halent tour à tour barque du jour et barque de la nuit « sur les plaines liquides » du ciel (chapitre 62 des *Textes des Sarcophages*). Et c'est en cette même matière alors rare et précieuse qu'est l'une des amulettes en forme de chevet de Toutânkhamon, permettant au mort de se dresser.

C'est aussi par les minéraux que se définissent nombre de couleurs : le vert est papyrus ; les bruns sont ocre jaune et rouge ; le jaune d'or est orpiment ; le noir bleuté de la nuit étoilée est le sombre lapis-lazuli ; tandis que le bleu clair et lumineux du ciel quand apparaît ou disparaît l'astre solaire est la turquoise, « pierre de fête », consacrée à Hathor, Dame de la turquoise en son lointain sanctuaire du Sinaï où les expéditions minières dressaient de hautes stèles.

Comme les végétaux, les minéraux font partie d'un réseau de correspondances, dans un monde où tout élément trouve sa place et où rien n'est fortuit.

Parfums et aromates

Les parfums occupent une place importante dans l'imaginaire mythologique égyptien, leur présence dans les récits se prolongeant par le rôle qu'ils jouent dans les rituels accomplis par les prêtres et dans les gestes du quotidien associés à l'hygiène et à la santé.

Les dieux eux-mêmes ont un parfum particulier ; c'est une caractéristique égyptienne. Dans un récit sur l'origine du monde propre à la cosmogonie d'Hermopolis, un parfum, signe de divinité, accompagne « l'éclosion » de l'enfant-lotus. Dans d'autres récits relatifs à des naissances divines, c'est un parfum irrésistible qui inonde les sens des reines séduites par Amon.

Dans les rites funéraires, la momification a pour but de transformer le corps d'un humain en corps divin et de lui donner le parfum caractéristique de la divinité. Le mot égyptien désignant l'« encens » signifie d'ailleurs « rendre divin ». Le rituel de momification comme le rituel d'Ouverture de la bouche utilisent des huiles et des onguents parfumés, dont les sept « huiles sacrées » que l'on dépose auprès du mort. Au Moyen Empire, les vases à onguents et les fards sont représentés sur la paroi de tête à l'intérieur du sarcophage et ils font partie du mobilier funéraire.

VASES À ONGUENTS

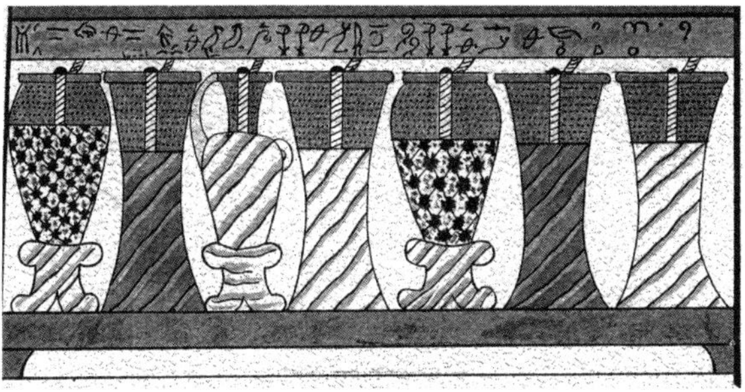

À l'intérieur des sarcophages du Moyen Empire, sur le petit côté tête, sont représentés les vases à onguents de pierre déposés dans le mobilier funéraire et contenant les sept huiles qui ont servi dans le rituel d'Ouverture de la bouche.

Sarcophage médian de Montouhotep, Berlin.

D'après G. Steindorff, « Das Grab des Mentuhotep », *MOS* VIII/1, Berlin, 1896, pl. IV.

Selon les cas, on trouve certains de ces parfums dans des îles magiques telles que l'île du *ka*, dans le conte qui en porte le nom, ou dans des contrées bien réelles, mais lointaines et mystérieuses, comme le pays de Pount, le « Pays du dieu », qui se trouve entre Nil blanc, Nil bleu et Atbarah (là où se situe l'actuelle Érythrée), à moins qu'il faille le situer en Arabie. C'est aux encens et à la myrrhe, rapportés lors d'expéditions organisées notamment par la pharaone Hatchepsout qu'est comparé le parfum divin d'Amon.

Dans les temples, l'offrande des onguents et des parfums jouait un rôle important. Ils étaient contenus dans des flacons et balsamaires de formes très diverses. Dans les grands temples ptolémaïques comme Edfou ou Dendara, ils étaient entreposés dans une pièce, le « laboratoire », ouvrant sur la seconde salle hypostyle. Outre les scènes d'offrande et la représentation des vases, les murs portent même des recettes, comme celle du fameux kyphi (voir ci-après) ou celle du styrax.

Tout au long de la journée, les prêtres brûlaient des parfums, obéissant en cela à des règles précises. Dès l'aube, nous raconte Plutarque, ils brûlaient de la résine dont les propriétés vigoureuses et stimulantes permettaient d'assainir l'air et de chasser l'engourdissement de la nuit. À midi, c'est contre la chaleur maximale du soleil qui tire des exhalaisons potentiellement malsaines de la boue et des eaux qu'il fallait lutter : c'est alors la myrrhe que l'on brûlait en y associant d'autres plantes odoriférantes, tels le cyprès, le genévrier ou le pin. L'aspect thérapeutique y était associé, puisque l'on a rapporté qu'en temps d'épidémie les Égyptiens allumaient de grands feux odoriférants dans les villes. Dès le Nouvel Empire, pendant les cinq jours épagomènes durant lesquels Sekhmet répandait miasmes et pestilences, les fêtes de la nécropole comportaient une offrande de parfum.

Encens

Voir *Résine de térébinthe.*

Kyphi

Utilisé par exemple par les prêtres lors des cérémonies liées à « la naissance des yeux d'Horus », durant le mois d'*épiphi* (voir p. 423), le kyphi est un parfum composé, le nombre d'ingrédients variant, selon les recettes, de seize à cinquante. Les recettes qui nous sont parvenues ont été retrouvées à Edfou et à Philae, et elles sont également données, avec des variantes, par trois auteurs grecs : Plutarque, Galien et Dioscoride. Plutarque (*Isis et Osiris*, 80) nous dit qu'il était composé de seize substances : miel, vin, raisins secs, résine, myrrhe, bois de rose, séséli, souchet, lentisque, bitume, jonc, patience, genévrier (deux espèces), cardamome et calame. Les parfums étaient mélangés dans un ordre bien précis et selon des règles strictes. Sous l'influence de ces diverses substances, « l'état de l'air est changé, et le corps, doucement et agréablement effleuré par leurs émanations, se laisse aller au sommeil et acquiert une disposition évocatrice. Les afflictions et les contentions des inquiétudes quotidiennes se détendent comme des liens et se dissipent sans le secours de l'ivresse. » (Plutarque, *Isis et Osiris*, traduction de Mario Meunier.)

Recette pour faire 10,164 g de kyphi deux fois bon, à l'usage du culte			
I.	Acorus Calamus L	270 g	
	Andropogon Shœnanthus L	270 g	
	Pistacia Lentiscus L	270 g	
	Laurus Cassia L	270 g	
	L. Cinnamomum Andr	270 g	
	Mentha piperita L	270 g	
	Convolvulus scorapius L	270 g	
		1,870 g	
	Piler très fin, passer au crible. N'employer que les 2/5 de la masse, soit la partie la plus odorante et la mieux pulvérisée		756 g
II.	Juniperus phœnicea L	270 g	1,080 g
	Acasia Farnesania L	270 g	
	Lawsonia inermis L	270 g	
	Cyperus longus L	270 g	
	Broyer ces quatre substances et les mouiller de vin		1,125 g
	Laisser reposer un jour.		
III.	Chair de raisins secs, bien pure		1,260 g
	Vin d'Oasis		1,440 g
	Mélanger aux onze ingrédients ci-dessus et laisser reposer cinq jours.		
IV.	Résine de térébinthe	1,200 g	
	Miel	3,000 g	
		4,200 g	

	Mélanger ces deux substances et les cuire jusqu'à réduction de 1/5 du poids, de sorte qu'il reste	3,360 g
	Mélanger au reste des aromates et laisser reposer cinq jours.	
V.	Myrrhe broyée finement	1,143 g
	Mélanger au reste de la masse,	
	ce qui donne, en kyphi	10,164 g

V. Loret, « Le kyphi, parfum sacré des anciens Égyptiens », *Journal asiatique*, 1887, d'après les recettes données dans les temples d'Edfou (deux versions) et à Philae.

Lait

Le pharaon, comme l'enfant divin, est allaité par les vaches divines ou les déesses, ce qui lui confère la royauté tout en assurant sa protection. C'est un des moyens essentiels de transmission de la royauté, ce qui souligne l'importance de la reine mère, à l'image du rôle de la déesse mère par excellence : Isis. Par référence à l'enfance d'Horus, on ne s'étonnera pas que le lait entre dans de nombreuses médications. Le lait d'une femme ayant mis au monde un enfant mâle est particulièrement recherché dans certaines recettes destinées à favoriser l'accouchement et la naissance. Dans un contexte funéraire, des aspersions de lait en avant du cortège funèbre permettent de purifier et de dégager le chemin en écartant les mauvais esprits. Enfin, le lait permet le rajeunissement. Voilà pourquoi Isis se rendait chaque décade sur la tombe d'Osiris, dans l'abaton de Biggeh, afin d'y effectuer une libation de lait.

Miel

Le miel est du pur soleil : pour preuve, les récits indiquent que, lorsqu'il apprit la mort d'Osiris, Rê versa des larmes qui se transformèrent en abeilles auxquelles nous devons le miel et la cire.

Le miel de première qualité était réservé aux dieux et à la table royale. Il ne figure pas dans les listes d'offrandes funéraires des particuliers. La cire était largement utilisée en magie, en particulier pour confectionner des figurines d'ennemis détruites lors des rituels de protection. Pour fêter la naissance d'Harpocrate (autre nom pour Horus l'Enfant) et rappeler ses qualités de dieu de la discrétion[1], les Égyptiens mangeaient du miel et des figues en disant, selon Plutarque, « Douce est la vérité » : la consommation de miel est un exemple de cette littéralisation de la parole qui sous-tend certains rituels.

Comme le vin, le miel entre dans la composition du kyphi. Il était également utilisé en pharmacopée, où son emploi faisait l'objet d'une formule de protection spécifique (papyrus médical Hearst, 215).

Myrrhe

Résine précieuse pour son parfum évoqué dans les grands textes anciens de la Méditerranée, la myrrhe fait partie des ingrédients utilisés lors de la fabrication des figurines d'Osiris que l'on confectionnait au mois de *choiak* (voir p. 418). Elle entre aussi dans la composition du kyphi.

1. Mésinterprétation par Plutarque du geste d'Harpocrate portant l'index à sa bouche, ce qui est l'idéogramme de l'enfant, dans l'Égypte ancienne, et non un geste pour imposer silence.

Oliban sec

Ingrédient recherché pour les parfums, l'oliban naît des larmes d'Horus versées à la mort d'Osiris. Il fait partie des résines précieuses que l'on consumait pour les dieux. Les temples d'Égypte utilisaient une grande variété de résines odorantes, dont l'identification n'est pas toujours aisée. Les officines des temples d'Edfou, d'Athribis de Haute-Égypte et d'Akhmîm nous en ont transmis toute une liste, avec indication de leur provenance et une description détaillée, montrant les implications mythologiques de chacun de ces produits :

> « Catégorie XI : L'oliban aggloméré dont le nom est *Ahemou* est ce qui sort du cœur du dieu ; on en fait des boulettes natronnées [...]. Le *Ahemou* est produit [aussi] à partir de la vulve du faucon femelle [Hathor-Sekhmet] lorsque son cœur fut lénifié en parcourant le pays de Pount. Quiconque voit cet oliban [le voit] rose, la matière qui est en lui étant blanche et molle lorsqu'il a créé son exsudat et qu'il se racornit avec lui sur son bois porteur.
>
> Catégorie XIV : L'autre espèce dont le nom est *Kheskhesou* est un oliban médiocre en toutes ses composantes ; il sort en [émanant] l'odeur de Seth et il est roux violacé comme s'il sortait de ce dernier. “Ne s'adjoint pas à la dotation [divine]”, dit-on en ce qui le concerne. »
>
> (Traduction de M. Chermette et J.-Cl. Goyon.)

Résine de térébinthe

La résine de térébinthe jaillit des larmes abondantes versées par Chou et Tefnout à la mort d'Osiris. Le mot que l'on traduit par « encens » désigne probablement la résine de térébinthe. C'est aussi, étymologiquement,

« ce qui rend divin » et, dans le culte divin, l'encensement de l'offrande la rendait apte à être consommée par la divinité.

Sel

En règle générale, les Égyptiens préféraient le sel gemme au sel marin (associé à cette mer inquiétante où se perdent les eaux du Nil).

Selon Plutarque, Pline et Hérodote, les prêtres ne consommaient pas de sel, car il était considéré comme mettant en appétit et provoquant une soif immodérée, ennemie de l'abstinence mais aussi comme réveillant les sens « endormis ». Parallèlement, l'eau de mer salée était réputée stérile et assimilée aux résidus salés rappelant les maigres eaux du désert et, par là, le dieu Seth.

Vin

Le vin était réservé au pharaon et aux dieux. Il faisait également partie de l'offrande funéraire, et les scènes de vendanges et de fabrication du vin sont présentes sur les parois des tombes dès l'Ancien Empire. On a retrouvé de nombreuses jarres de vin des oasis et du Delta, les deux grandes zones de culture de la vigne en Égypte, à côté de vin importé du Levant, dans les ruines des palais royaux et comme offrande funéraire dans les tombes. Un vin cuit des oasis, le *chédekh*, jouait également un rôle rituel, en particulier lors de la momification.

D'un point de vue rituel, le vin est appelé « œil vert d'Horus », le vert évoquant la verdeur et la fructification. C'est en même temps une allusion à la pleine lune, c'est-à-dire à l'œil d'Horus ayant retrouvé son intégrité (les yeux d'Horus étant, selon le mythe, à l'origine de la vigne).

Dans le mythe de la Vache céleste, la référence à

Imaou, région de vignobles, laisse penser que le rôle du vin dans le culte d'Hathor-Sekhmet rappelle son intervention dans la destruction des hommes, même si le stratagème de Rê utilise de la bière colorée, non du vin.

Le vin faisait également partie des offrandes présentées par Thot et Onouris-Chou à la Lointaine, forme d'Hathor, afin de la séduire et de la décider à revenir en Égypte. Quelle qu'en soit l'origine, Hathor est liée au vin et on célébrait chaque année à Dendara, le 20 du premier mois d'*akhet,* la fête de l'ivresse au cours de laquelle le vin coulait à flot et où semble avoir été pratiquée une ivresse rituelle, tandis que l'on présentait à la déesse le vase de vin qui fait partie de ses objets sacrés (voir p. 415).

Selon Plutarque (*Isis et Osiris*, 6), cette boisson était interdite à certains prêtres (comme ceux d'Héliopolis, temple dévoué au culte du Soleil), tandis que d'autres prêtres s'abstenaient à certains moments de la journée ou lors de certains jours, n'en usant qu'avec modération le reste du temps.

Les animaux

Les animaux sont omniprésents dans l'Égypte ancienne. Créés par le démiurge en même temps que les hommes et les dieux, ils ne constituent pas, dans la pensée égyptienne, un règne séparé. Ainsi, de Khnoum, à Esna, on dit :

> « Tu as tourné les hommes, tu as fait les dieux, tu as modelé petit et gros bétail »
>
> (*Esna* III, 319, 16-17)

Ils ne constituent pas non plus un règne considéré comme « inférieur » puisqu'ils peuvent prêter leur apparence aux dieux. De même, dans le Grand hymne à **Aton**, à Amarna, repris dans un hymne à Amon (du papyrus Boulaq n° 17) puis dans la 5e section du *Livre des Portes*, les hommes sont appelés « troupeau de Dieu » :

> « Gloire à toi, troupeau de Rê, venu à l'existence du Grand [dieu] qui préside au ciel ! » (*Livre des Portes*, à propos des « quatre races », Égyptiens, Asiatiques, Nubiens, Libyens, créées par le démiurge).

Les nombreuses interférences entre les différents règnes (humain, divin et animal), tant dans le domaine du mythe que dans la religion ou l'iconographie, témoignent de la considération dont ils jouissaient.

Ils jouaient notamment un rôle important dans la sphère religieuse, tant par le biais de sacrifices que de dévotions.

Dans tous les cas, l'utilisation des animaux est le fruit d'une connaissance profonde et d'une observation attentive de leur comportement.

Les sacrifices d'animaux

Les animaux que l'on sacrifiait étaient ceux que l'on associait au désert, à l'ennemi, à Seth (en tant que figure d'un monde inorganisé, sauvage, nomade et échappant à la civilisation). À la différence des sacrifices juifs et chrétiens, où l'agneau et la colombe viennent remplacer des victimes innocentes, l'animal sacrifié est l'ennemi que l'on cherche à maîtriser – par exemple le porc, l'âne ou l'hippopotame, associés à Seth. Ainsi, dans le chapitre 173 du *Livre des Morts*,

Horus se présente devant son père Osiris en lui exposant comment il abat ses différents ennemis sous l'apparence d'animaux sauvages, de petit bétail, de volailles ou de poissons. Dans l'abattage rituel effectué lors du rituel d'Ouverture de la bouche et des yeux (voir p. 264), le boucher grimpe sur l'animal de boucherie qui le porte, comme Seth a dû porter Osiris en guise de punition.

À l'animal réel pouvaient se substituer des effigies de cire que l'on détruisait lors de certaines fêtes comme, à Edfou, celle de la Victoire d'Horus (voir p. 419).

Les morceaux débités du « taureau roux de Haute-Égypte », image de Seth, étaient répartis entre les différentes divinités pour rappeler le morcellement du corps d'Osiris. Quant à la graisse de l'animal de sacrifice, teinte en rouge, couleur de Seth, elle servait à confectionner le cierge que le prêtre allumait, chaque matin, au cœur du sanctuaire, afin de chasser l'obscurité propice aux manifestations hostiles [1]. Ce dernier exemple montre bien comment l'acte de punition se double d'un acte fondamental de réparation. Il en est de même dans le rituel d'Ouverture de la bouche, où, parmi les instruments rituels, figure la patte avant représentant le bras de Seth. Ainsi, ce qui avait jadis donné la mort participe à la restitution des fonctions vitales (voir p. 119).

Selon Plutarque (*Isis et Osiris*, 73), on procédait à de tels sacrifices en période de calamité, par exemple lors d'une canicule, d'une grande sécheresse ou de fléaux divers. Les prêtres conduisaient, de nuit, les animaux dans un endroit isolé et tentaient de les

1. Comme tout ce qui appartient à l'anté-création, les ténèbres portent en elles des forces positives, celles qui permettent la naissance et la régénération, et négatives, puisqu'elles dissimulent les puissances maléfiques.

effrayer ; si la situation ne s'améliorait pas, ils les égorgeaient. Il leur arrivait même, à l'encontre des règles habituelles, de sacrifier des animaux sacrés devant une foule, et de procéder à leur inhumation en les jetant tous dans un même tombeau afin d'affliger Seth-Typhon. De telles pratiques ne sont pas attestées par les sources égyptiennes. En revanche, les jours épagomènes étaient bien l'occasion d'holocaustes dans les temples et lors des fêtes de la nécropole.

Ambivalence des animaux

Ces exemples montrent clairement l'une des caractéristiques essentielles de la pensée égyptienne : nul être vivant n'est totalement bon ou totalement mauvais. Serpents et crocodiles sont redoutés, mais ils incarnent aussi des puissances chtoniennes bénéfiques. Si le porc, l'hippopotame et le crocodile, incarnent des figures séthiennes, la truie, image de Nout, l'hippopotame femelle de **Thouéris**, le crocodile de Sobek sont autant de divinités positives. Même l'âne, si décrié, peut prêter son apparence à Osiris. Comme Seth apparaissait en défenseur de la barque solaire, comme Sekhmet a défendu Rê contre ses ennemis, chaque être porte en lui des aspects positifs et négatifs, antinomiques et pourtant complémentaires. Et c'est pourquoi, en parallèle de ces sacrifices animaliers, de nombreux cultes étaient rendus à des manifestations animales de la divinité.

Les animaux, expression du divin

L'omniprésence des animaux dans la sphère cultuelle, que ce soit pour représenter les dieux (animaux dits « sacrés ») ou pour en donner une image sous une forme purement animale ou sous la forme hybride d'un homme à tête d'animal, étonne le profane. Elle a profondément choqué les Grecs qui y ont vu une sorte de zoolâtrie. En fait, pour les Égyptiens, c'est un moyen d'exprimer les qualités intrinsèques d'une divinité en même temps que son caractère inconnaissable, la nature des divinités ne se limitant pas à un règne humain, animal ou végétal. Ces associations parfois étranges entre homme et animal dans les manifestations du divin témoignent du rôle important des animaux dans la vie de tous les jours, du regard attentif que les Égyptiens, fins observateurs de la nature, portaient sur eux, et surtout d'une conception globale d'un monde sans cloisonnement entre les genres.

Apparence animale et êtres composites

Selon le mythe, Isis recommanda à tous les prêtres auxquels elle confia une partie du corps d'Osiris d'honorer sa mémoire en lui consacrant un animal – n'importe lequel, nous dit Diodore de Sicile, historien grec du Ier siècle (*Bibliothèque historique*, livre I, XXI, 6) : il convenait de rendre à cet animal, aussi bien vivant que mort, tous les honneurs qu'ils auraient rendus à Osiris. C'est ainsi que chaque province, ou nome, avait ses animaux qu'elle vénérait plus particulièrement : « chaque nome nourrissait, à côté de son dieu-homme, un dieu-bête qu'il proposait à la vénération des fidèles » (Maspero, *Histoire ancienne des peuples*, t. I). Plutarque rapporte l'existence de cultes aux animaux, mais il écarte la légende, rapportée par Diodore, selon laquelle les dieux avaient été contraints, pour fuir la colère de Seth et la méchanceté des hommes, de se cacher sous la forme d'animaux (ibis, épervier, chien) ; s'étant par la suite rendus maîtres de l'Univers, ils avaient voulu honorer la mémoire de ces animaux et avaient contraint les hommes de les vénérer.

En fait, les animaux étaient perçus comme réceptacles de l'essence divine, les dieux choisissant de se manifester parfois sous la forme de tel ou tel animal. Mais la représentation d'Horus comme faucon, d'Anubis comme chacal ou de Khnoum comme bélier n'est nullement incompatible avec l'apparence humaine qu'il leur arrive d'emprunter, et c'est pourquoi on peut observer des représentations de dieux sous la forme hybride d'humains avec une tête d'animal ou, pour le pharaon, d'animal à tête humaine. Certains égyptologues du XIXe siècle avaient voulu voir là un progrès : l'existence d'enseignes animales avait été comprise comme un totémisme primitif. L'adoration des animaux aurait ensuite évolué peu à peu vers une humanisation du divin. Une telle analyse est contredite par les faits : si certaines divinités connues au départ sous forme animale, comme Anubis, peuvent revêtir dans un deuxième temps une forme hybride (en l'occurrence homme à tête de chacal), d'autres, comme Geb, Ptah et Osiris, n'ont d'autre apparence qu'humaine. En outre, une telle interprétation méconnaît totalement la vision globale du monde qu'ont les anciens Égyptiens et cette absence de cloisonnement entre les règnes qui, précisément, est le propre du divin, l'homme n'ayant accès au monde des apparences qu'après sa mort. L'animal prête à la divinité certains aspects de son caractère. Comme le souligne Maspero, reprenant en cela Diodore[1], certains animaux ont été honorés parce qu'ils inspiraient la peur ou qu'ils suscitaient l'admiration pour leur force ou leur courage (lion, taureau, crocodile, hippopotame, serpent, les

---

1. Les différentes propositions concernant le rôle des animaux dans le culte sont exposées au livre I de la *Bibliothèque historique*, LXXXIII-XC.

trois premiers ayant procuré toute une série de métaphores à l'imagerie royale). D'autres ont été choisis parce qu'ils venaient en aide aux hommes (oie, vache, bélier). D'autres encore parce que leur comportement fournit une image capable de concrétiser un phénomène (la truie ou le scarabée rendant compte du déroulement du temps). Leur choix met en relief autant de qualités intrinsèques de la divinité. En même temps, ces différentes transpositions constituent autant de relais entre monde réel et monde imaginaire. Par le truchement de l'animal, la divinité prend une apparence visible, cette apparence contribuant à la fois à la rendre perceptible et à dissimuler sa nature secrète. À travers les formes hybrides, elle se situe en même temps dans le réel et hors de celui-ci, et apparaît comme extérieure au temps et à l'espace.

Plus curieux sans doute est ce que raconte Plutarque sur les hommes « mimant » les animaux qu'ils vénéraient en les plaçant quasiment au même niveau que leurs divinités, chaque ville ayant une vénération pour son propre animal sacré mais ne respectant pas celui des autres cités : ainsi, les gens de Lycopolis (la moderne Assiout) mangeaient de la brebis en hommage au loup, ceux d'Oxyrhynchos immolaient et mangeaient du chien pour se venger des habitants de Cynopolis qui mangèrent de l'oxyrhynque. Il y a là une vision très grecque de l'imagerie égyptienne, la plupart des auteurs classiques y voyant une idolâtrie des animaux et manifestant une incompréhension et un rejet total de ces représentations qu'ils considéraient comme monstrueuses – tels sont chez eux le centaure et le minotaure.

Les animaux sacrés : uniques et multiples

Ce regard grec sur la religion égyptienne est né également du grand développement de la pratique de la momification d'animaux à l'époque gréco-romaine : des nécropoles entières reçoivent alors des momies de singes, d'ibis, de crocodiles, de chats... autant de représentants d'une divinité donnée momifiés et présentés par les fidèles en ex-voto ou en offrande. Il ne s'agit pas d'animaux sacrés au sens strict du terme. Le véritable animal sacré est unique. Seul de son espèce, il représente la divinité sur terre pendant son temps de vie. Reconnu à certains signes, il est intronisé, installé dans un local spécifique, et, à sa mort, enseveli après avoir bénéficié de tous les rites de momification et des funérailles.

Il n'existe en Égypte que quatre « uniques ». Le plus célèbre est le taureau Apis de Memphis, « âme vivante de Ptah ». À Héliopolis, le taureau Mnévis représente Rê. Un troisième taureau, le Bouchis d'Ermant, est également une incarnation de Rê, contrepartie en Haute-Égypte du Mnévis. Vient s'y ajouter le bouc de Mendès. Tous quatre apparaissent dans les temples d'époque gréco-romaine comme pourvoyeurs d'offrandes et garants de la prospérité.

À côté de ces animaux divins, on élevait dans les temples des représentants de l'espèce : oies dans les volières de Karnak, crocodiles près des sanctuaires de Sobek, rapaces à Edfou. Parmi ces derniers, l'un va chaque année servir de support vivant à Horus, lors de la fête du Couronnement du roi, le 1er du premier mois de la saison *péret*. Cette fête renouvelle la royauté d'Horus sur terre (voir p. 419). Sorte d'intermédiaire entre les uniques et la multitude des représentants de l'espèce, le faucon vivant d'Edfou, oint, paré, protégé par de multiples amulettes et la lecture de nombreux rituels, devient le réceptacle de la divinité jusqu'à l'année suivante [1].

Quelques animaux égyptiens

Les animaux n'avaient pas uniquement un rôle sacrificiel, loin s'en faut. Ils peuplent les textes, les peintures murales, les bas-reliefs, de même qu'ils peuplaient la vallée du Nil et le désert environnant. Associés aux rythmes de la vie, aux cycles saisonniers et aux dieux eux-mêmes, présents dans les scènes de chasse ou les représentations des rives du Nil, des marécages et des zones désertiques, ils jouent un rôle central et font partie de l'environnement physique des Égyptiens. Plutarque, par exemple, cite un nombre impressionnant d'animaux dans *Isis et Osiris*. Nous évoquerons ici les principaux.

Âne

L'humble bête de somme utilisée pour tous les travaux des champs mais aussi, en des temps où le dromadaire n'était pas encore présent en Égypte, pour les expéditions vers les oasis ou les pays étrangers, a acquis, au moins à l'époque ptolémaïque et romaine, une connotation séthienne. C'est pourquoi il fait partie des animaux dépecés et honnis dans les chapelles osiriennes de Dendara. Mais certains génies de l'au-delà présentent une tête d'âne, et quelques papyrus de la Troisième Période intermédiaire placent sur le trône d'Osiris une divinité à tête d'âne, de face, brandissant des geckos en guise de protection. Cet animal a donc également des aspects positifs dans le domaine religieux.

---

1. Voir aussi dans le Fayoum le crocodile représentant Sobek, selon Strabon, *Le Voyage en Égypte*, 38.

Aspic (voir aussi *Cobra*, *Serpent* et *Uræus*)

Selon Plutarque, l'aspic était comparé à un astre en raison de son aisance à se déplacer en souplesse et sans heurts, et parce qu'il était censé ne pas vieillir. Cette faculté est attribuée au serpent dans beaucoup de civilisations du fait de ses mues successives. Plus largement, l'ouroboros, figure du serpent qui se mord la queue, représente le temps éternellement recommencé. Dans les cosmogonies égyptiennes, serpents et grenouilles incarnent les êtres primordiaux à l'origine de la création.

Être dangereux, le serpent peut aussi incarner les puissances maléfiques. Son venin permettait de fabriquer un poison contre lequel nul remède n'existait, d'où l'invincibilité qui lui était associée : c'est la raison pour laquelle on le retrouve (sous forme de cobra) sur le front du pharaon et parfois sur celui d'Isis, grande magicienne qui sut extorquer à Rê son nom secret en employant un poison contre lequel le dieu lui-même se révéla impuissant.

Babouin

Les cris et gesticulations des babouins ont été interprétés par les Égyptiens comme des manifestations de joie au moment du lever du soleil. On retrouve également ces animaux sur le parcours nocturne de la barque solaire, comme dans la première section du *Livre de l'Amdouat*, où ils l'acclament depuis la rive.

Le babouin est aussi une incarnation de Thot, comme dieu lunaire, la tête surmontée du croissant et du disque, et comme dieu de l'écriture, « scribe de vérité », perché sur l'épaule de certaines statues de scribe. Le *Livre de la Vache céleste* évoque par un jeu de mots la genèse de cet animal divin. Le cynocéphale prête aussi son effigie à l'un des quatres fils d'Horus (en principe Hâpy). À côté du babouin, un autre singe, le cercopithèque, évoque Atoum archer.

Bélier

Le bélier symbolise la puissance génésique. Il est donc associé à tous les dieux en rapport avec la naissance ou la régénération, comme Khnoum, dieu plasmateur, Amon dans son rôle de démiurge ou Harsaphès, ancien dieu d'Héracléopolis lié à la fertilité. Il fournit son apparence au soleil nocturne : celui-ci se présente comme un homme doté d'une tête de bélier.

Bœuf

Voir *Taureau*.

Chacal

Les canidés (chien sauvage, chacal, voire loup) sont associés à Anubis et à Oupouaout, l'Ouvreur des chemins : le chacal, animal nocturne, vit à la frange du désert, hantant la nécropole, passeur entre ce monde et celui de la vallée du Nil, comme Anubis et Oupouaout le sont entre le monde des vivants et celui des défunts.

Chat

Le chat est une manifestation de Rê. Il apparaît à Héliopolis sous cet aspect près de l'arbre sacré afin de combattre les forces hostiles, combat traditionnel de la lumière et des ténèbres selon les mythes de création. La vignette du chapitre 17 du *Livre des Morts* illustre ce combat entre le chat de Rê et le serpent d'Apophis. Selon le chapitre 294 du même recueil, Rê est le Chat qui fait le tour du ciel en compagnie de l'hirondelle, oiseau solaire posé à la proue de sa barque. Le « grand Chat » est enfin l'une des soixante-quatorze apparences de l'astre solaire selon les *Litanies de Rê* (recueil funéraire royal du Nouvel Empire).

Rê, sous l'aspect d'un chat, met à mort le serpent, figure de l'ennemi, près de l'arbre *iched* lors du combat primordial.

Vignette du chapitre 17 du *Livre des Morts*, peinture murale de la tombe d'Inherkhaou (TT 359).). Le chapitre 335 des *Textes des Sarcophages* explique cette apparence du dieu solaire par un jeu de mots sur le nom « chat ».

« Quel est ce grand Chat ? C'est Rê lui-même ; on l'a appelé chat quand Sia a dit à son sujet : « Y a-t-il quelqu'un de semblable (*mi*) à lui dans ce qu'il a fait ? », d'où son nom de chat (*miou*). Quant à la séparation de l'arbre *iched* près de lui à Héliopolis, c'est quand les Enfants de la Déchéance expièrent ce qu'ils avaient fait. Quant

> à la nuit du combat, c'est quand ils entrèrent à l'Orient et qu'un combat se produisit sur la terre entière, au ciel et sur terre. »
>
> (Traduction P. Barguet.)

Plutarque rapproche plutôt cet animal de la lune. Selon lui, on trouve sur certains sistres des chats à tête humaine, ainsi que des représentations d'Isis et de Nephthys. Le chat serait assimilé à la lune, ses prunelles se dilatant et se rétractant selon l'intensité de la lumière et reflétant ainsi les phases de croissance et de décroissance de l'astre. Sa vie nocturne, la grande diversité de pelage et la fécondité attribuée au félin seraient d'autres correspondances lunaires : Plutarque raconte en effet que les chats commencent par mettre bas dans leur première portée un seul chaton, mais que le nombre va grandissant au fil des portées, jusqu'à atteindre vingt-huit chatons en une seule fois, soit le nombre équivalent de jours dans le cycle lunaire.

Chien sauvage

Voir *Chacal*.

Cobra (voir aussi *Aspic, Serpent, Uræus*)

Placé sur le front du roi, au-dessus duquel il dresse sa tête aplatie si aisément reconnaissable, le cobra représente l'Œil de Rê, déesse qui, sur la tête du dieu solaire, crache la flamme contre ses ennemis.

Animal des rives du Nil, il représente aussi, lorsqu'il est associé à la déesse Ouadjyt, l'inondation et la fertilité (la verdeur) qui en découle. En tant que Ouadjyt, divinité du Delta, il symbolise la couronne rouge.

Comme tous les serpents, le cobra symbolise fertilité et régénération ; de ce fait, nombre de figures de fécondité, dont Renenoutet, déesse des récoltes, peuvent se présenter sous l'aspect d'un cobra.

Crocodile

Animal à la fois craint et vénéré, sacré et ennemi, le crocodile exprime parfaitement l'ambivalence égyptienne face aux manifestations physiques du monde. Animal exotique, il a frappé les voyageurs antiques qui lui ont consacré de longs développements. Selon Plutarque, les crocodiles respectaient les barques en papyrus, car c'est dans une telle barque qu'Isis vogua sur le Nil à la recherche d'Osiris ; mais on raconte aussi que les ennemis des Égyptiens les redoutaient tellement qu'ils n'osaient franchir le Nil, d'où la vénération de cette garde avancée que constituaient les crocodiles. Cette vénération atteint son apogée dans le Fayoum et dans la région de Thèbes où, s'il faut en croire Hérodote et Diodore, les habitants apprivoisaient de jeunes crocodiles, les nourrissaient de mets spécialement choisis à partir d'animaux sacrifiés, les ornaient de bijoux (en leur fixant des pendentifs aux oreilles et en leur glissant des bracelets aux pattes) ; à leur mort, ils les embaumaient et les inhumaient en un lieu sanctifié.

D'autres attribuent au crocodile la capacité de voir sans que l'on puisse saisir son regard, en rabaissant une membrane sur ses yeux, et la capacité d'anticiper le niveau des crues, puisque les femelles pondaient leurs œufs hors du fleuve, à la limite de la zone de débordement.

Enfin, le crocodile s'inscrirait dans une logique astronomique : la femelle pond soixante œufs, les couve soixante jours (soit l'équivalent d'une demi-saison) ; et les plus vieux crocodiles vivent soixante ans. Un certain nombre de crocodiles figurent d'ailleurs parmi les constellations (non identifiées).

Le crocodile est aussi un animal redouté. L'expédition d'Horus sur le Nil a pour but de vaincre les hippopotames et les crocodiles, ennemis des hommes et, sur le plan symbolique, ennemis aquatiques des dieux, car proches d'Apophis, le serpent qui chaque nuit cherche à barrer la route de la barque solaire. La peur d'être livré aux crocodiles plane dans différents récits et contes. Dans le deuxième conte du papyrus Westcar, sun mari fait emporter l'amant de son épouse par un crocodile. Dans *Le Prince prédestiné*, un enfant fils de roi est destiné dès sa naissance à « mourir par le crocodile, par le serpent ou par le chien ». Il déjoue les tentatives du serpent et du chien pour devenir la proie du crocodile qui lui propose un marché : il le libérera s'il l'aide à vaincre son ennemi, l'esprit des eaux. Le crocodile incarne ainsi son destin de mort.

Dans le récit Vérité et Mensonge (voir p. 122), le fils de Vérité, scandalisé par le fait que sa mère a fait de son père le portier de sa maison après avoir satisfait son désir, lui déclare qu'elle mériterait que l'on appelât un crocodile et qu'on le lâchât contre elle et toute sa maisonnée. L'animal apparaît donc, une fois de plus, comme instrument de punition et de vengeance.

Maître du marécage, le crocodile joue aussi un rôle positif dans les récits mythiques, en particulier dans le cycle osirien. C'est en effet le dieu-crocodile Sobek qui repêche au fond de l'eau les mains d'Horus souillées par la semence de Seth et tranchées par sa propre mère. C'est encore Sobek qui tire de l'eau le corps d'Osiris, le ramenant vers la lumière, selon l'illustration de la porte d'Hadrien à Philae, et comme l'évoquaient déjà les *Textes des Pyramides* :

> « Sobek, maître de Bakhou, tu approcheras du Champ des Souchets, tu évolueras au milieu de tes acacias [...], tu feras monter le *ka* d'Ounas vers lui, à son côté » (formule 301). « Au-devant du flot d'abondance qui monte est venu Ounas. Car c'est Ounas, Sobek aux plumes vertes, levant la tête, dressant le buste [...]. Ounas a pris sa place à l'horizon, apparaissant en Sobek, fils de Neith. »
>
> (Formule 317.)

De même, dans le récit des mésaventures de Geb, la perruque de Rê se métamorphose en saurien, Sobek-Rê, combattant aux côtés de Geb. Selon ce mythe, c'est également en crocodile que se transformeront les dieux au terme de leur règne.

Cynocéphale

Voir *Babouin*.

Escarbot

C'est ainsi que Plutarque désigne le scarabée. Voir *Scarabée*.

Faucon

Divinité solaire en raison de sa capacité à s'éloigner (*her*) vers le ciel, il est assimilé au dieu Horus (*Her*), le Lointain, manifestation du démiurge (voir cosmogonie d'Edfou, p. 188), et image de l'astre solaire traversant le ciel de ses ailes puissantes. Cet oiseau prête également son apparence à **Montou**, dieu guerrier, et à Sokar, faucon momifié associé à Osiris. Au féminin, c'est en faucon ou autre rapace que s'incarnent Isis et Nephthys lorsqu'elles raniment le cadavre d'Osiris de leurs ailes. Les déesses protègent également de leurs ailes Osiris renaissant, tout comme elles avaient protégé son corps étendu dans le sarcophage.

Gazelle

Comme le chacal, la gazelle est un des animaux de la frange désertique, proche des hommes mais appartenant aussi à l'univers de Seth. On l'associe à Hathor, déesse au tempérament changeant, tantôt séductrice et protectrice, tantôt dévastatrice. C'est d'ailleurs avec du lait de gazelle que cette dernière rend la vue à

Horus. C'est aussi l'animal d'Anoukis, déesse nubienne. Les animaux voisins – oryx, antilope, bubale, etc. –, appartenant au biotope du désert, sont considérés comme des manifestations séthiennes.

Grenouille

Animal du marécage, mi-terrestre mi-aquatique, la grenouille appartient au domaine de la création. Principe mâle dans les quatre couples primordiaux de la cosmogonie d'Hermopolis, la grenouille prête ses traits à la déesse Heqat qui intervient lors des accouchements pour donner le souffle de vie au nouveau-né. Plus largement, elle est désignée, dans les inscriptions ptolémaïques et romaines, par la périphrase « Celle qui renouvelle la vie ». Une momie masculine de Douch, d'époque romaine, portait, à l'emplacement de son sexe, une grenouille momifiée, ce qui montre très clairement sa symbolique.

Hippopotame

Animal exotique dont Diodore a décrit l'aspect, les mœurs et la chasse dont il était l'objet, l'hippopotame est un animal séthien. On détruit son effigie à Edfou, lors de la fête de la Victoire d'Horus (voir p. 419). Mais il incarne également la puissance, et c'est pourquoi Horus et Seth prennent chacun l'apparence d'un hippopotame lors de leur combat au milieu des eaux (voir p. 109). Comme plusieurs êtres néfastes, c'est au féminin l'image positive de Thouéris, hippopotame femelle gravide protectrice des femmes en couches et accueillant le mort à son arrivée dans la nécropole.

L'ivoire de ses canines inférieures était utilisé notamment pour la fabrication des « couteaux magiques », décorés de figures prophylactiques et utilisés dans le cadre de la protection de la naissance.

Hirondelle

Posée à la proue de la barque solaire, elle annonce l'arrivée de Rê, au matin. Dans le chapitre 86 du *Livre des Morts*, l'hirondelle, dont le mort souhaite prendre l'aspect, représente le défunt de retour à la lumière du jour après avoir parcouru le domaine d'Osiris et rendant compte de ce qu'il a vu.

Ibis

Il existait en Égypte deux sortes d'ibis, l'un noir et l'autre blanc, auxquels Hérodote consacre son paragraphe 76.

Le *Livre de la Vache céleste* explique comment deux ibis différents sont associés à Thot, dont l'autre animal sacré est le babouin. Pour rendre compte de cette assimilation, les auteurs classiques ont avancé la longueur du pas de l'oiseau qui serait d'une coudée, voire celle de ses intestins qui serait de quatre-vingt-seize coudées, tandis que l'écartement de ses pattes par rapport à l'axe de son bec déterminerait un triangle équilatéral ! On souligne encore la forme de son bec évoquant le croissant lunaire, ou la couleur de son plumage, image de la lune aux trois quarts visible. On le voit, on cherche ainsi à mettre l'accent sur l'aspect de Thot en tant que calculateur et mesureur du temps, tandis que les remarques sur son attachement à la pureté – selon Élien et Plutarque, il s'administre des clystères, dont il a enseigné l'usage aux Égyptiens, se purge lui-même et ne boit que de l'eau non corrompue – mettent l'accent sur son rôle de ritualiste.

Les étymologies sacrées rapprochent en outre l'ibis *heb* du cœur (*ib*) de Rê, désignation de Thot, tandis que l'ibis *tekheny* évoque ses qualités d'exactitude lors de la pesée de l'âme (*tekh* est le nom du peson de la balance) et de calculateur.

Il était considéré comme un ami des hommes car il détruisait les chenilles et les sauterelles qui menaçaient les récoltes, mais aussi, d'après Hérodote, les serpents ailés (!) venus d'Arabie et les scorpions !

Ichneumon (aussi appelé mangouste ou rat de Pharaon)

Ami des hommes, il surveille la ponte des œufs de crocodile et les casse pour les manger. Les Égyptiens étaient convaincus que, sans eux, les crocodiles auraient proliféré dans le Nil en plus grand nombre encore. L'ichneumon, associé à Atoum, a fait partie de la faune momifiée.

Léopard

Voir *Panthère*.

Lion (voir aussi *Sphinx*)

Le lion, image de la puissance, fait partie des animaux associés à l'imagerie royale. D'ailleurs, au Nouvel Empire, à partir du règne de Ramsès II, le pharaon est souvent accompagné d'un lion fidèle lors de ses combats, quand il ne piétine pas lui-même les ennemis sous la forme d'un sphinx.

Dans le domaine divin, le lion est omniprésent : deux lions adossés dessinent l'horizon, se confondant parfois, dans l'image de Routy, le double-lion de l'horizon. Par paire, ils sont encore Chou et Tefnout, les jumeaux d'Atoum.

ROUTY

Routy, le « double lion » reprenant l'image des deux falaises bordant la vallée du Nil, est une image de l'horizon. Gardiens des portes de l'horizon et protecteurs du soleil, les deux lions sont parfois assimilés également à Chou et à Tefnout, les « deux jumeaux d'Atoum ». Dans un contexte funéraire, ils permettent l'accès à la vie que confère la lumière, comme le montre le signe de vie accroché à l'horizon.

Cuve du sarcophage de Khonsou (XIXe dynastie), Caire JE 27302.

Dessin N. Guilhou d'après le catalogue de l'exposition Ramsès le Grand, Paris, 1976.

La lionne est l'image de plusieurs déesses irascibles ou violentes, dont la dangereuse Sekhmet et la farouche déesse lointaine. Les déesses lionnes ont souvent leur temple au débouché des *ouâdis*, là où les fauves vont boire, à la limite de la vallée, telle Pakhet (voir p. 369). Le mâle, moins fréquent, se retrouve cependant comme gardien du temple : les verrous-lions qui libèrent les lourds vantaux de porte protègent le sanctuaire, tout comme les lions gargouilles qui évacuent les pluies d'orage destructrices, manifestations de Seth :

> « Je suis le puissant lion aux dents aiguës, le furibond, aux yeux de cornaline, qui mange les portions de viande, qui boit du sang, qui est satisfait du sang, qui fend les ventres, qui arrache les foies, qui croque les os des confédérés du Pervers [Seth] ». « Je suis le grand gardien, qui fait passer l'eau de pluie et la rejette à terre [...], qui avale le jour de l'orage, lorsque Celui-là [Seth, démonstratif péjoratif] vient pour faire le mal ».
>
> (Traduction de C. De Wit.)

Voir aussi p. 222.

Mille-pattes

Le mille-pattes représente Sepa, dieu héliopolitain associé à Atoum et lié à la venue de la crue depuis la caverne de Basse-Égypte, à Kher-Âha, l'actuel vieux Caire. Dans le contexte funéraire, Sepa, scolopendre aux quarante-deux pattes, autant que de nomes, est celui qui rassemble le corps d'Osiris et lui redonne mouvement et énergie.

Oiseaux

Selon le *Livre de Nout* (connu par l'Osireion de Séthy Ier et le papyrus Carlsberg n° 1, textes Dd et Ee), les âmes (étoiles ?) viennent sous forme d'oiseaux des régions où règne l'obscurité totale pour se nourrir d'herbages en Égypte.

Or, selon toute une série de documents, les oiseaux sont des images de l'ennemi. Ce rôle hostile leur est attribué dès la Ire dynastie, sous le règne du roi Den, d'après la Pierre de Palerme. Certains oiseaux sont en effet de redoutables prédateurs des récoltes, ce qui explique l'organisation de grandes chasses à leur encontre. Cette symbolique se traduit dans le domaine religieux et funéraire par le motif de la chasse aux oiseaux dans les marais (on le trouve dans des mastabas et des tombes thébaines) et par le motif de la chasse au filet (par exemple sur le mur sud de la salle hypostyle de Karnak). Dans l'écriture, le moineau détermine tout ce qui est petit, nuisible, néfaste.

Oryx

Être du désert, l'oryx est un animal néfaste, dont le sacrifice est régulièrement représenté sur les murs du temple en guise de protection. Sa dépouille figure à l'avant de la barque de Sokar, dieu chthonien proche d'Osiris.

Panthère

Manifestation de Seth selon le papyrus Jumilhac (II, 6-15), la panthère est dépecée et revêtue par Anubis dans son rôle de prêtre funéraire, le prêtre *sem* ou *setem*.

> « Seth [...] se transforma en panthère dans ce nome. Anubis, cependant, s'empara de lui [...]. Puis il lui arracha sa peau et revêtit sa fourrure. Après quoi, il entra dans la pièce pure [officine de momification] d'Osiris en disant : « Seth est là (*Seth im*) ! » C'est pourquoi le prêtre *ouâb* [pur ; catégorie des prêtres ordinaires] a été appelé *setem*. Et il [Anubis] imprima sur lui [Seth] sa marque au fer rouge, [qui resta] jusqu'à ce jour. C'est pourquoi il y a encore aujourdhui une peau de panthère sur le prêtre *setem.* »
>
> (Traduction d'après J. Vandier.)

Dans le rituel funéraire, elle est également portée par tous les prêtres jouant le rôle du fils, c'est-à-dire d'Horus auprès d'Osiris : le prêtre *Iounmoutef*, « le Soutien de sa mère » et le prêtre *Nedjitef*, « le Vengeur de son père ». Ils présentent l'offrande funéraire et accomplissent encensement et libation, tandis que le prêtre-lecteur, ou Cérémoniaire, lit le rituel inscrit sur le rouleau de papyrus.

PRÊTRE FUNÉRAIRE VERSANT UNE LIBATION

Le prêtre funéraire, prêtre *sem*, « Pilier de sa mère » ou « Vengeur de son père », joue le rôle du fils, tel Horus accomplissant les rites pour son père Osiris. Il est revêtu d'une peau de panthère qui, selon le mythe, représente celle de Seth, dépecé pour l'un de ses nombreux forfaits.

Scène de la tombe de Sennedjem, à Deir el-Medîna (TT 1), XIXe dynastie.

Dessin de N. Guilhou d'après A.G. Shedid, *Das Grab des Sennedjem*, Mainz am Rhein, Verlag Philipp von Zabern, 1994, pl. 69.

Selon le même document (XIII, 1), cette peau a servi à confectionner la nébride (voir p. 91), selon le principe de réparation qui veut que tout acte négatif soit réutilisé de façon positive.

La panthère est aussi associée à une divinité peu connue et pourtant très ancienne : la déesse Mafdet. Attestée dès la Ire dynastie, elle est représentée comme une panthère, une genette, voire un lynx, sur une sorte de harpon avec lequel elle « tranche les têtes des ennemis » du mort se présentant sous l'aspect d'un ver ou d'un serpent.

Enfin, la robe de Séchat, en peau de panthère, représente le ciel étoilé.

Pélican

Selon des bribes de mythes transmises par les *Textes des Sarcophages*, le pélican jouait un rôle cosmique. Au féminin, il se présente comme mère du défunt, remis au jour sous son aspect lumineux. C'est le thème des chapitres 225 et 484 des *Textes des Sarcophages,* repris par le chapitre 68 du *Livre des Morts*, dans lesquels le pélican femelle annonce la naissance du mort dans sa manifestation lumineuse.

Poissons

Tout comme les oiseaux en général, les poissons sont considérés comme des figurations de l'ennemi. Ils apparaissent bien comme tels dans l'étrange rite d'Edfou, où il fallait « piétiner les poissons » le premier jour de la fête de la Bonne Réunion, au lendemain de la nouvelle lune, au mois d'*épiphi* (voir p. 423). Ce rite effectué après des sacrifices et la destruction de figurines de cire dans la nécropole des « dieux vivants [c'est-à-dire morts] issus de Rê » avait pour fonction d'écarter les êtres malfaisants, comme le précise l'interprétation destinée aux prêtres : « piétiner les poissons, c'est-à-dire les ennemis qui sont dans l'eau [...]. Les oiseaux, ceux qui sont dans leur cage, ce sont les âmes des ennemis » (*Edfou* V, 134, 1-4 ; Alliot, *Culte*, p. 525). Dans ce même temple d'Edfou, les poissons et les oiseaux se retrouvent aux côtés des animaux du désert et des hommes dans le filet qui garde l'entrée du chemin de ronde, à chacune des deux extrémités. Le mythe rapporté par le papyrus des jours fastes et néfastes (voir p. 413) est trop fragmentaire pour qu'on puisse en conclure quoi que ce soit. On se bornera à remarquer l'ambivalence des poissons et des oiseaux et les liens entre poissons et corps d'une part, et entre âme et oiseaux d'autre part. Selon le *Livre de Nout* et le *Texte dramatique*, les étoiles oiseaux commencent leur vie dans le milieu liquide sous forme de poissons, qui semblent donc associés à une forme de vie primitive et encore impure.

Cependant, certains poissons peuvent jouer un rôle positif : le poisson *abdjou* de lapis-lazuli et le poisson *inet* (*Tilapia*, ou *bulti*) de turquoise guident la barque solaire, respectivement le soir et le matin, tandis que le poisson *latès* est l'une des apparences de Neith.

Dans la pratique, le poisson constituait l'une des bases de l'alimentation, comme en témoigne Hérodote. D'ailleurs, dans les représentations des tombes, à la suite des scènes de pêche, on assiste au défilé des porteurs et à la préparation du poisson séché. S'il reste quasiment absent de l'offrande funéraire, c'est sans doute parce que la table du mort est une table de fête où figurent des pièces de choix, et donc une alimentation carnée. Il faut considérer avec prudence les notions de tabous avancées par les auteurs classiques, car ils ne concernent la plupart du temps que certains lieux ou certaines personnes.

Selon Plutarque, le poisson pris par hameçon n'était

pas consommé dans certains lieux, les habitants considérant que l'hameçon risquait d'être impur s'il avait par erreur été saisi par un poisson qu'ils vénéraient, l'oxyrhynque. Ailleurs, c'était le pagre qui était épargné, car il apparaissait au moment de la crue et était donc perçu comme un poisson de bon augure. Cependant ces deux poissons, ainsi que le lépidote, inspiraient aussi aux Égyptiens une horreur sacrée dans la mesure où ils étaient censés avoir dévoré le phallus d'Osiris, jeté par Seth dans le fleuve au moment où il avait démembré son corps. Ce serait, selon Plutarque, la seule partie qu'Isis ne parvint pas à retrouver.

Au neuvième jour du premier mois de l'année, toujours selon Plutarque, les Égyptiens consomment devant leurs maisons un poisson grillé. Seuls les prêtres ne consomment aucun poisson, se contentant de faire griller l'animal jusqu'à ce qu'il soit entièrement consumé par le feu.

Porc

Plutarque raconte que le porc, considéré comme impur, était de ce fait « interdit » de consommation. Les accouplements du porc étaient censés se produire en phase de lune décroissante, et leur lait était réputé être l'une des causes de la lèpre et d'autres affections cutanées. En outre, on accusait le porc de dévorer ses propres petits.

Quiconque était touché par un porc devait se baigner tout habillé pour laver l'impureté. Les porchers n'étaient pas autorisés à entrer dans les temples, et seul un porcher pouvait épouser la fille d'un porcher (ils appartenaient à une sorte de caste d'« intouchables »). Malgré tous ces interdits, et comme pour vaincre rituellement l'ennemi que l'on voyait dans le porc, il était autorisé d'immoler un porc une fois l'an pendant la pleine lune. Par ce sacrifice, les Égyptiens croyaient favoriser la constance des phases de la lune. Selon certaines traditions, c'était pour rappeler que Seth avait trouvé le coffre qui contenait le corps d'Osiris en chassant un porc à la pleine lune et qu'il l'avait défoncé pour l'ouvrir et démembrer son frère.

Ces considérations ont pour origine le mythe selon lequel Seth, sous forme d'un pourceau noir, attaque la lune le quinzième jour de chaque mois et tente de la dévorer, une fois encore pour se venger de son frère Osiris, dont l'âme habite la lune, et pour s'approprier son pouvoir. En effet, dans les textes funéraires, ingérer une divinité signifiait acquérir sa puissance, et plus particulièrement sa puissance magique (ainsi la formule 273-274 des *Textes des Pyramides*, connue sous le nom d'« hymne cannibale »). L'amoindrissement de la lune, c'est aussi l'œil d'Horus que Seth s'efforce d'endommager, mais qui est guéri et restauré chaque mois. La scène de la 5e section du *Livre des Portes*, où l'on voit un babouin dans une barque chassant un cochon, pourrait évoquer cet amoindrissement de l'astre lunaire.

Le cochon, animal séthien

Thot, babouin dans la barque lunaire, empoigne par la queue un cochon, animal séthien, qui tente d'endommager la lune.

Livre des Portes, 5e section, tombe de Ramsès VI (VdR 9).

Dessin de N. Guilhou, d'après A. Piankoff, N. Rambova, *The Tomb of Ramesses VI, Ancient Egyptian Religious Texts and Representations* 1, New York, Bollingen Foundation, 1954.

LA TRUIE, ANIMAL POSITIF

Si le porc est néfaste, la truie, figure de la déesse du ciel qui « avale ses enfants » (c'est-à-dire les astres), est un animal positif : en effet, elle ne les fait disparaître que pour les remettre au monde en temps voulu, comme l'explique le récit connu sous le nom de « Texte dramatique » (voir récit Aux origines du monde, p. 37).

Nout/Isis, sous l'aspect d'une truie, allaite ses porcelets ; l'inscription en creux sous le socle contient un vœu de bonne année et mentionne Isis.

Louvre E 14357, faïence, époque saïte.

Dessin de N. Guilhou d'après Chr. Desroches-Noblecourt, B. Letellier et Chr. Ziegler, catalogue *Le*

Louvre présente au Muséum de Lyon : les animaux dans l'Égypte ancienne du 6 novembre 77 au 31 janvier 78, Paris, 1977, n° 35, p. 38.

Dans la pratique, le porc faisait partie des animaux élevés et consommés en Égypte. Selon Hérodote, on utilisait des troupeaux de cochons, au même titre que des brebis, pour enfouir les semences.

Scarabée

> « Voulant signifier ce qui naît seul, ou le devenir, ou le père, ou le monde, ou l'homme [le mâle], ils peignent un scarabée. »
>
> (Horapollon, *Hieroglyphica*, 10.)

Les Égyptiens considéraient le scarabée comme l'image du soleil, et plus particulièrement comme l'emblème du soleil levant. Il renvoie à l'auto-engendrement d'Atoum lors de la création du monde, puisque les Anciens pensaient qu'il n'existait pas de scarabée femelle : le scarabée se reproduit en déposant sa semence dans une petite boule qu'il façonne et roule avec ses pattes arrière. Cette boule évoquait pour les Égyptiens le soleil qui avance dans sa traversée du ciel. L'idéogramme du scarabée sert en égyptien à écrire le verbe « venir à l'existence ». C'est pourquoi de nombreuses amulettes en forme de scarabée seront glissées entre les bandelettes de la momie, dont le scarabée du cœur, de plus grande taille, image de l'être nouveau né au terme de la pesée.

Sur les sarcophages, le scarabée peut être doté d'une tête de bélier afin d'exprimer sa capacité à se régénérer en tant que soleil nocturne.

Scorpion

L'une des figures de l'ennemi, le scorpion fait partie des animaux dangereux maîtrisés par Horus sur les stèles magiques et les statues guérisseuses. C'est que lors de son enfance, dans les marais du Delta, il a eu à souffrir de leur morsure dont il ne fut sauvé que grâce à la science de sa mère et à l'intervention de Thot. Le scorpion est également associé à Serqet, à côté de la nèpe*, en raison de leur aspect voisin. Cette déesse, à travers ses prêtres spécialisés, joue un rôle important dans la guérison des piqûres et morsures des animaux venimeux et dans certains rituels de protection du temple.

Serpent (voir aussi *Aspic, Cobra, Uræus*)

Les serpents font partie des animaux ambivalents, comme le crocodile ou l'hippopotame. Figures d'Apophis, éternels ennemis de Rê, les reptiles, êtres chthoniens, incarnent aussi les puissances de création, de fertilité et de régénération : à côté de Kematef, dieu primordial, ou Sata (« Fils de la terre ») se régénérant sans cesse, beaucoup de déesses ont une apparence de serpent ou de femme à tête de serpent, comme les entités féminines de l'Ogdoade, **Meret-Seger**, personnification de la nécropole thébaine, ou Renenoutet, déesse nourricière.

Un traité d'ophiologie conservé au musée de Brooklyn recense et décrit systématiquement trente-quatre variétés de serpents : aspect, comportement, dangerosité, traitement de la morsure. Un tel document, soulignant l'importance des serpents dans le biotope égyptien, explique leur omniprésence dans la sphère religieuse.

Taureau

Symbole de fécondité, le taureau est tout naturellement associé au pharaon qui, sous la forme d'un taureau furieux, renverse les forteresses ennemies sur la palette de Narmer. La dénomination « Taureau furieux » fait d'ailleurs partie de la titulature du pharaon depuis le Nouvel Empire. Le costume du roi incorpore dès l'origine une queue de taureau. La prise au lasso du taureau est au programme des cérémonies d'investiture et de renouvellement du pouvoir royal. Parallèlement, le taureau sauvage est une manifestation de Seth, et sa patte avant découpée fait partie des instruments du rituel d'Ouverture de la bouche. La chasse au taureau sauvage, telle qu'elle est sculptée sur le mur extérieur du temple de Médinet Habou (règne de Ramsès III), illustre la victoire du roi sur le monde sauvage, symbolisant les forces subversives du chaos.

Les Égyptiens vénéraient le taureau Apis, image vivante de Ptah, qui représentait aussi Osiris renaissant. D'après Hérodote, Apis était noir, avec sur le front un carré blanc, sur le dos l'image d'un aigle, et des « poils doubles » à la queue. Il existait deux autres taureaux sacrés (voir p. 314).

Les taureaux sacrés se caractérisaient par les marques que dessinaient des poils de différentes couleurs. Dans *Le Conte des deux frères*, Bata, le frère cadet, qui à certains égards évoque un dieu – et plus spécialement Osiris – se transforme en taureau « de toutes les belles couleurs et d'une nature inconnue » qui sera vénéré à la cour du pharaon (G. Lefebvre, *Romans et contes égyptiens* ; voir ici p. 125). Dans *Vérité et Mensonge* (*ibid.* ; voir ici p. 122), le fils de Vérité, le frère vertueux, utilisera un taureau pour dénoncer l'injustice et l'irrecevabilité de l'accusation lancée contre son père par son oncle. Un trait hyperbolique attribue à ce taureau une taille exceptionnelle, recouvrant de son corps une bonne partie de la vallée du Nil et des zones marécageuses du Delta, et une fécondité lui permettant d'engendrer soixante veaux chaque jour – à tel point que les dieux eux-mêmes déclarent n'avoir jamais vu pareil animal.

Dans le monde céleste, le taureau est une image de la pleine lune, tandis que la lune vieillissante est qualifiée de « bœuf ». La « rencontre des deux taureaux » évoque la présence simultanée dans le ciel de l'astre solaire et de l'astre lunaire au soir du quinzième jour et au matin du seizième jour. La lune est en outre qualifiée de « taureau des étoiles », c'est-à-dire qu'elle est considérée comme leur guide. Enfin, Mesekhtyou, la constellation de la Cuisse (patte avant de Seth taureau de sacrifice), peut se présenter comme un taureau dans le contexte royal des tombes du Nouvel Empire.

Uræus (voir aussi *Aspic, Cobra, Serpent*)

On désigne par le terme uræus le cobra dressé au front du dieu solaire (l'Œil de Rê) afin de mettre en fuite ses ennemis (voir mythe de la déesse Lointaine, p. 60). Au front du pharaon figure aussi Ouadjyt, déesse-cobra de Basse-Égypte symbolisant la couronne rouge du Nord, à côté du vautour de Nekhbet, symbolisant la couronne blanche du Sud. Ces deux couronnes, placées conjointement sur la tête du roi, constituent les « Deux Puissantes » (le *Pschent*), et définissent l'un des cinq noms du protocole royal (celui des « Deux Dames » ou des « Deux Maîtresses », voir p. 158-159). Montou, dieu guerrier, porte deux uræus, tout comme les pharaons venus du Sud, fondateurs de la XXVe dynastie, kouchite.

Coiffes et couronnes

Le pharaon, portant la double couronne, l'uræus au front.

Dessin de N. Guilhou, d'après une statue de Sésostris III, musée de Louqsor.

Les deux pans du *némès*, étoffe plissée et rayée, retombent de chaque côté du visage du roi. Le cobra dressé au-dessus de son front le protège contre ses ennemis. Le *némès* est la coiffe royale par excellence.

Dessin de N. Guilhou, d'après un *ouchebti* (statuette funéraire) de Merenptah.

Dans les récits mythiques évoquant le règne de Geb, celui-ci, s'étant saisi du coffre qui contenait l'uræus vivant à la mort de son père, est brûlé par son souffle. Le passage qui précède est malheureusement endommagé, mais ce qu'il en reste suggère que Geb a pu s'emparer du pouvoir indûment, voire tenter de violenter sa mère.

Vautour

> « Lorsqu'ils veulent écrire la mère, la vue, la limite, la prescience, l'année, la [voûte] céleste, le miséricordieux, Athéna, ou deux drachmes, ils peignent un vautour. »

Parmi ces assertions d'Horapollon (*Hieroglyphica* 11), certaines correspondent à des réalités égyptiennes, même si l'explication proposée n'est pas toujours la bonne. En particulier, le vautour sert d'idéogramme pour écrire le mot *mout*, « mère », et le nom de la déesse Mout. C'est aussi l'une des graphies de l'« année », au moins à l'époque gréco-romaine, et sur beaucoup de plafonds de temples ou de tombes royales, des rangées de vautours étalent leurs ailes rouge, vert sombre et noir.

Comme le souligne également Horapollon, « les Égyptiens placent sur [la tête de] tout personnage féminin un vautour en guise d'attribut royal » : les reines et l'effigie des défuntes, sur le couvercle des sarcophages, sont coiffées d'une dépouille de vautour, tandis que la tête de vautour, au front du pharaon, évoque Nekhbet, déesse de Haute-Égypte symbolisant la couronne blanche. Le vautour de Nekhbet est également représenté, en alternance avec le faucon d'Horus, en haut de la plupart des scènes d'offrande royale, tenant dans ses serres le signe de l'orbe solaire.

Animaux mythiques et animaux fabuleux

Animaux mythiques

Phénix

Depuis Hérodote (*Histoires*, II, 73), le mythe du phénix est amplement documenté chez les auteurs classiques. Cet oiseau fabuleux a « les plumes de ses ailes, les unes couleur d'or, les autres d'un rouge vif ; pour la silhouette et la taille, il ressemble de très près à l'aigle » (Hérodote).

Si tous les auteurs lui attribuent une durée de vie bien déterminée, ils divergent sur la longueur de celle-ci, qui varie de 500 ans aux 972 générations humaines d'Hésiode[1] : 500, 540, 654, 1 000, 1 461 et 7 006 années. Parmi ces données, celle de 1 461 ans est particulièrement remarquable. C'est en effet la durée nécessaire pour que coïncident à nouveau l'année civile solaire de 365 jours et l'année sothiaque de 365 jours 1/4. On a aussi rapproché le cycle du phénix de la Grande année de Platon, qui voit la lune, le soleil et les planètes se retrouver à la même place, dans le même signe du zodiaque. Mais nous ignorons si les Égyptiens ont eu conscience de l'une et/ou de l'autre notion.

Tous s'accordent en tout cas à situer le recommencement du cycle de cet oiseau venu d'Arabie en Égypte à Héliopolis, où, selon Hérodote, « il transporterait le corps de son père enveloppé de myrrhe, et l'ensevelirait dans ce sanctuaire ». Voici ce qu'écrit Ovide :

> « Mais il y a un oiseau, un seul, qui se renouvelle et se recrée lui-même ; les Assyriens l'appellent le phénix ; il ne vit ni de graines ni

1. Ce nombre peut se ramener à 540 ans si l'on rapproche les données d'Hésiode d'une version sexagésimale.

d'herbes, mais des larmes de l'encens et du suc de l'anémone. À peine a-t-il accompli les cinq siècles assignés à son existence qu'aussitôt, posé sur les rameaux ou la cime oscillante d'un palmier, il construit un nid avec ses ongles et son bec pur de toute souillure. Là, il amasse de la cannelle, des épis du nard odorant, des morceaux de cinname, de la myrrhe aux fauves reflets ; il se couche au-dessus et termine sa vie au milieu des parfums. Alors du corps paternel renaît, dit-on, un petit phénix destiné à vivre le même nombre d'années. Quand l'âge lui a donné assez de forces pour soutenir un fardeau, il décharge du poids de son nid les rameaux du grand arbre et il emporte pieusement son berceau, qui est aussi tombeau de son père ; parvenu à travers les airs légers à la ville d'Hypérion, il le dépose devant la porte sacrée du temple. »

(Ovide, *Les Métamorphoses* XV, v. 392-407, traduction de G. Lafaye, Paris, Les Belles Lettres, 1930.)

Le mythe est relayé par un papyrus copte, mais il n'est pas attesté en Égypte. Cependant, outre le fait que toute la documentation mentionne Héliopolis, le principe même d'une existence cyclique est bien égyptien, même si la durée de ce cycle n'est pas chiffrée. Il y a ainsi deux antécédents en Égypte :

– le héron *bénou*, forme du créateur à Héliopolis, apparu sur le *benben*, sorte d'obélisque trapu qui représentait le tertre primordial ;

– le héron *bâh*, idéogramme de la profusion qui fait suite à l'arrivée de la crue. Parfois, les deux sont associées (voir illustration ci-après).

Bénou et *benben* sont mentionnés dans la formule 600 des *Textes des Pyramides* :

« Atoum, Khepri, haut sur la hauteur,
c'est du *benben* que tu t'es levé, dans la Demeure du *bénou*, à Héliopolis ! »

L'oiseau apparaît donc comme une forme du soleil, et c'est ainsi qu'on le retrouve dans la barque solaire sur certaines vignettes du *Livre des Morts* (chap. 100). Il figure également nimbé de rayons sur une tunique d'époque romaine en provenance de Saqqara. Le *bénou* peut enfin être une des manifestations d'Osiris en sa forme lunaire. Il n'est donc pas étonnant que parmi les transformations du mort figure celle « pour prendre l'aspect d'un héron *bénou* » (chap. 124 du *Livre des Morts*).

LE HÉRON BÉNOU

Le héron *bénou*, figure du soleil, sur la tunique de Saqqara.

D'après P. Perdrizet, « La tunique liturgique historiée de Saqqara », *MMAIBL* XXXIV, 1934, pl. VIII.

Quant à cet autre échassier, le héron *bâh*, perché sur une butte, on le voit sur la vignette du chapitre 110 du *Livre des Morts*, représentant le Champ des Souchets et le Champ des Offrandes, lieux d'abondance où peut se nourrir le mort. Il y accompagne une scène de moisson, et parfois une figure de Hâpy, la crue divinisée.

LE HÉRON BÂH

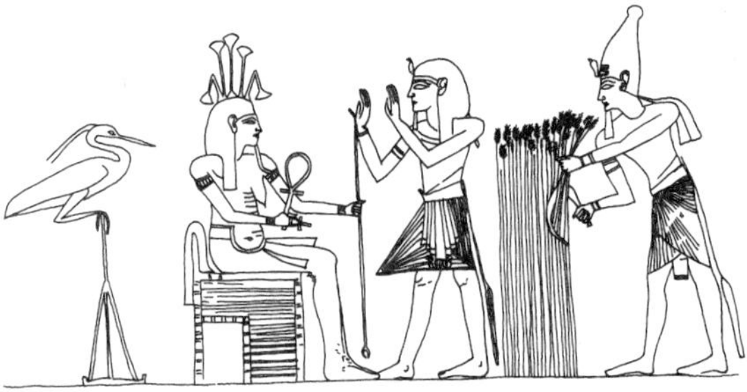

Le roi moissonne devant Hâpy, personnification de la crue, assis sur son trône. Derrière lui, le héron *bâh*, perché sur la butte émergeant de l'eau, incarne la profusion apportée par le flot d'inondation. Durant sa vie comme après sa mort, le roi est responsable de la prospérité de l'Égypte.

Salles osiriennes du temple funéraire de Ramsès III à Médinet Habou.

Dessin de N. Guilhou d'après *The Temple proper Part II (Medinet Habu VI)*, *OIP* LXXXIV, Chicago, 1963, pl. 469.

LE HÉRON *BÂH* OU *BÉNOU*

Deux hérons, l'un posé sur le sanctuaire, l'autre sur une touffe de papyrus qui porte également le disque solaire. C'est l'illustration de la naissance du soleil dans le milieu aquatique avant qu'il prenne possession de sa demeure.

Crypte sud du temple de Dendara.

D'après É. Chassinat.

L'ancêtre égyptien du phénix est ainsi lié au cycle de la création et de la naissance, au cycle de l'inondation et au cycle lunaire.

Sphinx

Doté d'un corps de lion et d'une tête de pharaon portant la coiffe royale, le *némès*, le sphinx associe tête humaine et corps animal, à l'inverse des représentations divines. Cette combinaison inhabituelle manifesterait à la fois, selon Christiane Zivie, le caractère divin du pharaon et son individualité, au contraire des divinités qui n'ont pas de visage en propre. Il évoque la puissance du pharaon et la crainte qu'il inspire.

Aussi bien, le roi est-il représenté en sphinx en train de fouler aux pieds les ennemis et de les déchiqueter, comme sur un coffret de Toutânkhamon. Parfois le *némès* est remplacé par une véritable crinière donnant à la figure royale un aspect plus farouche encore, comme sur les représentations en sphinx d'Amenhemhat III, au Moyen Empire, et celle d'Hatchepsout au musée du Caire.

Le plus célèbre des sphinx, celui de Giza, à l'effigie de l'un des pharaons de la IVe dynastie, Képhren ou peut-être Khéops, que les Arabes nomment aujourd'hui Abou'l Hôl, le « Père la terreur », a été réinterprété au Nouvel Empire comme une divinité, Harmachis, Horus dans l'horizon.

À côté de ce type de sphinx, dont le nom, emprunté à la Grèce, recouvre une autre réalité, on qualifie également de « sphinx » des êtres hybrides à corps de lion et à tête animale, comme les sphinx criocéphales à l'effigie d'Amon, bordant le *dromos* du temple de Karnak, un faucon à tête humaine, à l'effigie d'un pharaon de la XVIIIe dynastie, voire des crocodiles à tête de faucon, c'est-à-dire des hybrides de deux animaux.

Animaux fabuleux

Le mélange des règnes observé dans la sphère divine, où éléments humains et animaux s'associent pour créer des êtres composites, hors du réel, rend difficile l'appréciation de la notion de « fantastique » dans l'Égypte ancienne : ce qui nous paraît fantastique a une réalité dans le monde imaginaire. Cependant, le mot « prodige/prodigieux », existe dans le vocabulaire égyptien : on qualifie ainsi un événement merveilleux (telles les histoires relatées dans les « contes » du papyrus Westcar) ou l'irruption de l'extraordinaire dans le quotidien. En revanche, les cinquante coudées du serpent qui se dresse contre Rê, les glorifiés de neuf coudées de haut qui moissonnent les épis fabuleux (sept coudées, dont quatre pour la tige, trois pour l'épi) du Champ des Souchets, glorifiés qui ont eux-mêmes des fesses de sept coudées de large (!), de même que les huit coudées trois paumes six doigts d'Osiris et les vingt et une d'Onouris-Chou, tout cela n'a rien de fantastique, puisque cela relève du domaine de l'imaginaire. De même les innombrables êtres hybrides qui peuplent l'autre monde. Nous nous en tiendrons donc ici à deux éléments : l'animal fabuleux de Seth, qui n'est pas composite, en ce sens qu'il n'est pas la combinaison de différents êtres, et les animaux quelque peu étranges hantant le désert de Moyenne-Égypte.

Animal séthien

Beaucoup de propositions ont été faites pour tenter d'identifier l'animal idéogramme du dieu Seth (voir planche VIII, 10), avec son museau recourbé, ses oreilles aux extrémités carrées et sa queue fourchue : âne, tapir, oryctérope, lycaon, okapi...

En fait, il s'agit plus probablement d'un animal fabuleux. À moins que, comme l'écrit H. Boussac, « l'Afrique [...] ne nous révèle un jour l'existence d'un carnassier redoutable, extrêmement sauvage, resté jusqu'ici inaperçu et qui, par sa forme, son caractère irascible, ses instincts sanguinaires et féroces, réponde en tout point à l'animal symbolique de Seth-Typhon [1]. »

---

1. H. Boussac, *Seth-Typhon, Génie des Ténèbres*, Paris, 1907, rééd. Marseille, Arqa éditions, 2004, avec préface de D. Fabre.

Animaux fantastiques

Dans le désert, mêlés aux animaux réels et en compagnie de l'animal séthien baptisé *Cha*, s'ébattent des animaux pour le moins étranges (voir planche VIII, 11), comme le montrent les scènes de chasse de Beni Hasan (Moyen Empire).

ANIMAUX FABULEUX

Animaux fabuleux dans le désert, dans une scène de chasse de la tombe de Baqet, à Beni Hasan, Moyen Empire. On reconnaît, d'avant en arrière, l'animal de Seth, un griffon, un « serpo-léopard » et un étrange éléphant, manifestement dessiné par un artiste qui n'en avait jamais vu, à moins qu'il faille y voir un rhinocéros.

Dessin de N. Guilhou, d'après P. Newberry, *Beni Hasan* II, Londres, 1893, pl. IV.

On y voit un « serpo-léopard » (*sedja*), félin au long cou comme celui d'une girafe, mais ayant la souplesse du serpent, d'ailleurs doté d'une tête de serpent ; un « griffon » (*seferèr*), encore un félidé ou un canidé à tête d'oiseau du dos duquel surgit une paire d'ailes encadrant parfois une tête humaine ; un curieux éléphant (d'après le nom) doté d'une défense presque verticale comme celle d'une licorne. Ils côtoient gazelles, bouquetins, autruches et autres animaux du désert. Tous sont nommés. Certains sont attestés depuis longtemps, comme le « serpo-léopard » déjà présent sur des palettes à fard de l'époque pré-dynastique, peut-être emprunté à la Mésopotamie, et dont le long cou présente des qualités décoratives indéniables. On retrouve plusieurs de ces êtres fabuleux sur les « couteaux magiques » contemporains liés à la naissance. Cela permet de considérer tous ces êtres étranges comme les *afrit* ou les *djinn*, encore bien réels dans l'imagination populaire des pays arabes. Peuplant le désert, aux franges du monde civilisé, ils peuvent toujours intervenir dans la vie, dans un monde où la symbiose entre réel et imaginaire est totale, pour déranger l'ordre établi. Il est donc préférable de les connaître, et même mieux, de les utiliser. Et ces quelques représentations égyptiennes laissent penser que tout un pan de la culture populaire, toute une série de récits sont peut-être à jamais perdus.

Annexes

Lexique des dieux

[en gras, les noms des dieux figurant dans le lexique]

Akhet

Nom d'une des vaches divines. C'est celui que prend **Neith** en tant que mère et nourrice de **Rê**.

Amon

Amon, dont le nom signifie « le Caché », prend surtout de l'importance au Nouvel Empire, quand Thèbes devient la capitale religieuse de l'Égypte et Karnak le temple dynastique. Il se présente sous deux aspects : d'apparence humaine, coiffé d'un mortier surmonté de deux hautes plumes, il est représenté avec la chair bleue qui l'identifie comme un dieu céleste. Au contraire, en sa forme d'Amon-**Min**, momiforme et le sexe dressé, c'est une divinité chtonienne de la fertilité. Il peut aussi, mais plus rarement, être doté d'une tête de bélier à cornes enroulées (*Ovis platyra ægyptiaca*), plus récemment apparu parmi la faune égyptienne que le bélier à cornes horizontales de

Khnoum. Cet animal symbolisant la puissance générique lui est en effet associé, à côté de l'oie. Considéré comme un dieu primordial, il a été rattaché, avec sa parèdre **Amonet**, à l'**Ogdoade** hermopolitaine. Selon la théologie développée à Thèbes, les Huit sont enterrés dans la nécropole divine, sur la rive gauche, où Amon, tous les dix jours, vient leur faire une libation d'eau.

Amon est aussi associé à **Mout**, formant une triade avec elle et **Khonsou**, dieu-enfant. À l'est de son grand temple de Karnak, il possédait un sanctuaire d'« Amon qui écoute les prières », où il répondait aux suppliques et rendait les oracles, comme en témoignent les « stèles à oreilles » que lui adressaient ses fidèles. Veillant sur la création et sur les hommes comme un berger sur son troupeau, il apparaît proche des humbles, ainsi qu'en témoignent plusieurs prières émouvantes qui ont été conservées.

Amonet

L'un des quatre principes féminins de l'**Ogdoade**. Voir **Amon**.

Anat

Voir **Astarté**.

Anoukis

Dernière arrivée dans la triade des divinités d'Éléphantine, Anoukis, ou Anouket,  a l'apparence d'une déesse nubienne, avec sa coiffe de plumes fichées dans un modius. Comme toutes les déesses, elle porte une robe moulante à bretelles à la mode de l'Ancien Empire et ne se distingue guère par ses attributs. Régnant sur les territoires de l'extrême sud de l'Égypte et de la première cataracte, elle est plus particulièrement responsable du reflux de la crue (le flot *ânek*) permettant aux graines de germer. Son rôle est ainsi complémentaire de celui de **Satis**.

La gazelle lui est consacrée. On en élevait auprès de son sanctuaire de l'île de Séhel. Chaque année, à la saison des récoltes, son effigie, abritée dans le temple de Satis à Éléphantine, se rendait en barque sur l'île de Séhel, au cours d'une fête qui durait plusieurs jours et qui était l'occasion de grandes réjouissances. C'était l'aboutissement de son rôle protecteur et fertilisateur.

Voir aussi Satis.

Ânti

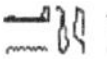 Nom du passeur vers l'Île du Milieu dans les aventures d'Horus et de Seth. C'est aussi un dieu, fils d'**Hesat**, qui aurait décapité une déesse, peut-être sa propre mère, doublet de la décollation d'Isis par Horus. Dépecé en punition de son acte, sa peau a servi à confectionner la nébride.

Anubis

Anubis (Inepou)  fait partie des divinités les plus anciennement connues de l'Égypte. Il peut se présenter sous forme animale (canidé – chien sauvage ou chacal) ou sous l'apparence d'un homme à tête de chacal (voir planche IX, 12).

Son nom, écrit à l'aide de signes alphabétiques, s'achève par le déterminatif du dieu ou par un chacal couché au sol ou sur un édicule, une chapelle ou un coffre. Cette dernière image évoque son rôle de protecteur des viscères, couché sur le coffre à canopes ou le coffre aux huiles, comme dans le trésor de Toutânkhamon. Les épithètes accompagnant son nom évoquent le milieu désertique dans lequel il évolue ainsi que ses fonctions : « Celui qui est sur sa montagne »,

« au-dessus des secrets », « dans (la maison) des bandelettes ». Il a en effet pour fonction essentielle de reconstituer le corps du défunt, comme il l'a fait pour **Osiris**, et à ce titre il est responsable de la momification. Il est aussi, comme **Oupouaout**, « l'Ouvreur des chemins », chargé de conduire le mort dans l'au-delà – ce qu'illustre la présence sur certains sarcophages de deux chacals couchés au-dessus des pieds. C'est sans doute parce que cet animal évolue la nuit à la lisière du désert qu'il a été choisi comme protecteur de la nécropole établie à cet endroit et comme responsable du traitement des morts. Son rôle de guide (on l'a qualifié de « psychopompe ») est dû à sa vivacité et à ses capacités de vision nocturne.

Origines d'Anubis

On sait peu de chose sur ses origines : certaines sources, dont le papyrus magique Harris, le considèrent comme fils de **Rê**. Plutarque en fait un fils d'Osiris et de **Nephthys**, le premier ayant pris, par mégarde, la seconde pour **Isis**. Le papyrus Jumilhac (IV, 19) le considère comme un fils de la vache **Hesat**, nourricière des dieux. C'est peut-être de là qu'Anubis tire son épithète occasionnelle de « vacher ». Mais d'autres déesses sont aussi épisodiquement citées, comme **Ouadjyt**, **Sekhmet** ou **Bastet**, toutes formes d'**Hathor-Isis**.

Le nom d'Anubis

Selon le papyrus Jumilhac, Anubis est aussi une forme d'**Horus l'Enfant**, fils d'Isis en son apparence de Ouadjyt (déesse-cobra de Basse-Égypte) et d'Osiris. *Inepou* désigne en effet l'enfant couché sur le ventre, et plus précisément l'enfant destiné à devenir roi. Le papyrus Jumilhac (VI, 3-16) présente quatre étymologies différentes du nom d'Anubis :

– « Ce nom d'Anubis, qu'il reçut de sa mère Isis, c'est ce qui a été dit par rapport au vent, à l'eau et à la montagne. Le I représente le vent ; le N l'eau ; le P la montagne[1]. »

– Autre version : « Elle lui donna son nom en fonction du nom de son père, qui était caché, afin qu'ainsi (= par ce nom) on le distingue. Plus tard, Rê dit : "Est-ce lui (*in py* ?) ? Car c'est moi (*in pou*) qui ai créé son nom d'Anubis (*Inepou*)". »

– Autre version : « Seth était allé rechercher Horus, encore enfant, dans son nid de Chemnis, alors que sa mère l'avait caché à l'intérieur d'un (fourré de) papyrus sur lequel Nephthys avait installé sa natte. Elle [l']avait caché sous l'aspect d'un enfant dans les langes (litt. : dans une enveloppe, dans des bandages : *inepou imy-out*) dans un fourré de papyrus. Ainsi exista son nom d'Anubis (*Inepou*) et la nébride (*Mehet-imy-out*, soit "l'enveloppe *imy-out*") devint [son] image. »

– Autre version : « Il [Horus] naviguait dans une barque (*inep*) de papyrus, et Isis dit à Thot : "Fais-moi voir mon fils, qui est caché dans les marais." Et Thot dit : "Regarde-le !" Isis dit alors : "Est-ce lui ? (*In pa pou* ?)" Ainsi vint à l'existence son nom d'Anubis (*Inepou*), et on appela de [ce] nom tout enfant royal (*inepou*) à cause de cela. »

Utilisant le procédé bien connu du jeu de mots créateur, ces différentes explications développent le rôle d'Anubis auprès d'Osiris, Anubis jouant en outre ici le rôle d'héritier généralement dévolu à Horus.

---

1. Selon Jacques Vandier, *Le Papyrus Jumilhac*, Paris, éd. du CNRS, 1962. Cette explication vise à exprimer le triple rapport avec l'air (Chou), l'eau (Osiris) et le désert (lieu où réside le chacal).

Apis

Le taureau Apis 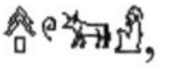, entièrement noir avec une marque blanche sur le front, est l'un des quatre animaux sacrés, avec les taureaux Mnévis d'Héliopolis et Bouchis d'Ermant et le bouc de Mendès. Choisi selon des critères très précis, chacun de ces animaux incarne, sa vie durant, la divinité correspondante. Manifestation vivante de **Ptah**, à Memphis, Apis est aussi celle d'**Osiris** renaissant à travers la crue du Nil. C'est pourquoi, à la Basse Époque, on le trouve représenté sur le petit côté de certains sarcophages comme un taureau galopant, une momie sur son dos. Élien (*Des animaux*, XI, 10), suivant Hérodote (*L'Enquête*, III, 28), précise qu'« il est né d'une vache sur laquelle un rayon de lumière est tombé des cieux et qui a été la cause de sa conception », et qu'il porte un certain nombre de signes à valeur symbolique qui permettaient de le reconnaître. À l'époque tardive, c'est vers lui que l'on se tournait lorsque l'on désirait sonder l'avenir. Et c'est par la bouche des enfants jouant devant le temple qu'il était censé répondre. Momifié après sa mort, il était enseveli dans les immenses galeries du Serapeum de Saqqara, au moins dès le Nouvel Empire. Dans le mur fermant chaque sépulture étaient incrustées des stèles d'adoration, parfois de très petite taille. À l'époque ptolémaïque, il constitue, avec Osiris, la figure syncrétique de Sérapis, homme barbu coiffé d'un calathos.

Voir Animaux sacrés, p. 314.

Apit

Autre graphie d'Opet, désignation de **Thouéris**.

Apophis

Né, selon la cosmogonie d'Esna, d'un crachat de **Neith**, Apophis a l'apparence d'un serpent qui, tous les jours, se dresse devant la barque de **Rê** pour tenter d'en interrompre la marche. Pour cela, il avale une grande quantité d'eau afin d'échouer la barque solaire, c'est-à-dire d'arrêter la marche du temps. Cette action se déroule au crépuscule du matin ou du soir selon les textes, en tout cas à un moment inquiétant de combat entre lumière et ténèbres. **Seth**, défenseur de la barque, se dresse alors contre lui et le transperce de sa lance. D'autres fois, c'est **Atoum** lui-même qui intervient, comme dans le *Livre des Portes*. Toujours vaincu, Apophis n'en revient pas moins à la charge quotidiennement. En effet, sa présence est indispensable : le temps n'a de sens que lorsque sa négation existe. On retrouve une fois de plus la notion de couple d'éléments antinomiques, si caractéristique de l'Égypte ancienne. Un recueil tardif, le papyrus Bremmer-Rhind, porte le titre « Connaître les modes d'existence de Rê afin de renverser Apophis ». Dans l'écriture de son nom, le déterminatif représente souvent le serpent le corps transpercé de couteaux afin de le neutraliser magiquement, en raison de la croyance en l'efficience de l'écrit.

Voir planche X, 13 et encadré Le serpent Apophis, p. 53-54.

Astarté

 Avec **Anat**, **Qadech** et Réchep, Astarté fait partie des divinités empruntées au Proche-Orient, et plus particulièrement à Ougarit*, et introduites dans le panthéon égyptien au Nouvel Empire, parallèlement à l'expansion égyptienne dans ces régions. Tandis que Réchep, forme du dieu de l'orage, est rapproché de **Seth**, Astarté, Anat et Qadech sont des formes d'**Hathor**. Astarté intervient dans le mythe mettant en scène le dieu de la mer, à qui l'**Ennéade** offre cette fille de **Ptah** réputée irascible et violente pour tenter

de l'apaiser. L'iconographie d'Anat et d'Astarté les présente comme des déesses guerrières, Astarté étant également représentée à cheval. Qadech, qui n'est peut-être qu'un avatar de la grande déesse mère ougaritique Acherah, est volontiers figurée nue, debout sur un lion, ou comme maîtresse des fauves. Elle emprunte à Hathor sa lourde perruque bouclée. Lorsque l'Ennéade donne à **Horus** l'héritage de son père **Osiris**, elle propose d'attribuer Anat et Astarté à Seth en guise de compensation. Le récit du dieu de la mer donne également cette dernière comme épouse de Seth.

Aton

, « le Disque », peut désigner le disque solaire ou le disque lunaire ; mais à l'époque amarnienne, où il désignait exclusivement l'apparence visible du soleil, il a été promu au rang de divinité d'abord principale, ensuite exclusive. Ses rayons constituent autant de bras dont les mains viennent effleurer la personne du roi (Akhenaton) et celle de son épouse, la reine Néfertiti, accomplissant le culte.

Atoum

Atoum  est le démiurge selon la cosmogonie d'Héliopolis. Son nom signifie « la Totalité », « Celui qui est complet », à la fois « Ce qui est » et « Ce qui n'est pas ». C'est pourquoi il désignera aussi le soleil du soir parvenu à son état d'achèvement et représenté sous la forme d'un vieillard. Cependant son iconographie la plus courante est celle d'un personnage masculin coiffé de la double couronne. Son sanctuaire principal, à Héliopolis, est appelé « la Grande Demeure » ou « le Grand Château ». Il intervient lors de l'avènement du roi, inscrivant son nom sur les fruits de l'arbre *iched* (le *Balanites ægyptiaca*).

Voir aussi **Rê** et planche X, 13.

Bastet

Forme d'**Hathor/Sekhmet**, Bastet 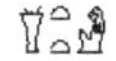 est l'apparence douce et gracieuse de la déesse correspondant à « Celle d'Imaou » du mythe de la vache céleste. Aussi se présente-t-elle sous l'aspect d'une chatte, ou d'une femme à tête de chatte, moins violente que la lionne Sekhmet.

Déesse de Bubastis, dans le Delta, ville à laquelle elle a donné son nom (forme grecque de l'égyptien *Per-Bastet* = Demeure de Bastet), elle vit son importance s'accroître à la XXIIe dynastie (945-718), quand la ville devint résidence d'une dynastie libyenne. De nombreux petits bronzes la représentent à la Basse Époque.

Bès

Apparu tardivement, au Nouvel Empire, Bès  est peut-être originaire de Nubie. Cependant, les « couteaux magiques » du Moyen Empire en présentent une sorte de prototype, personnage maîtrisant des serpents, de face, avec les jambes torses comme lui, mais plus élancé (voir planche VIII, 11).

Il est alors appelé « le Combattant ». Bès conserve en tout cas ce rôle consistant à mettre en fuite les mauvais génies lors de l'accouchement (d'où sa présence dans le mammisi). C'est pourquoi il est représenté de face, avec un visage monstrueux, à demi léonin, tirant la langue, évoquant quelque peu le *gorgoneion* des boucliers grecs. Sa petite taille et sa difformité peuvent aussi laisser penser à un avorton. En fait, il est polymorphe. C'est également un dieu musicien, ce qui peut être interprété de multiples façons : rite d'apaisement et/ou de séduction quand il jouc de la harpe devant **Hathor-Sekhmet**, forme de la déesse lointaine, et rôle de la musique pour chasser les mauvais génies.

Voir planche XI, 15.

Chou

Représentant l'air, l'espace vide qui sépare et unit la terre (**Geb**) et le ciel (**Nout**), Chou est, avec sa sœur **Tefnout**, la première hypostase* du démiurge, comme l'expose le *Livre de Chou* dont des passages ont été conservés dans les *Textes des Sarcophages*. Il est figuré comme un homme debout supportant la voûte céleste de ses bras levés, selon une image très fréquente sur les sarcophages des XXIe et XXIIe dynasties.

CHOU

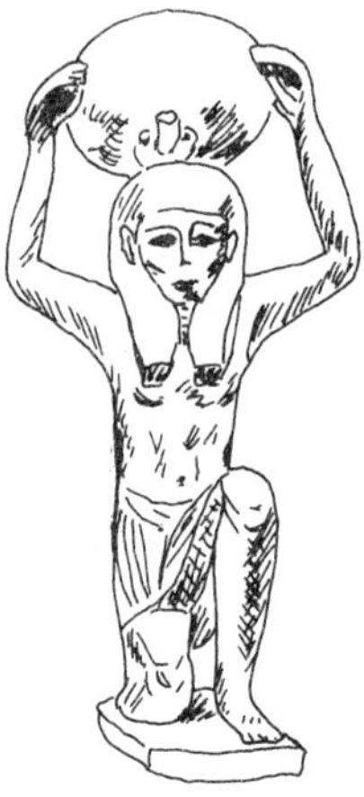

Des amulettes montrent Chou agenouillé, supportant la course du soleil. Placées entre les bandelettes, elles assuraient le défunt de participer au mouvement éternel de l'astre.

Amulette d'or du musée du Louvre (2,1 cm).

Dessin de N. Guilhou d'après J.-L. De Cenival, *Le Livre pour sortir le jour*, Paris, RMN, 1992, p. 49.

Voir aussi illustration du *Livre de la Vache céleste*, p. 206.

Dans les règnes mythiques des dieux, il succède à **Rê-Atoum** et précède Geb.

Voir aussi **Onouris**.

Dieu

C'est ainsi que l'on traduit l'égyptien *netjer*, 𓊹 écrit au moyen d'un idéogramme qui représente un bâton enveloppé dans une bandelette en partie déroulée. Mi-voilée mi-dévoilée, telle apparaît la divinité égyptienne, cette image renvoyant à l'idée du dieu caché, à la protection de l'étoffe (chrysalide, comme dans la momification), peut-être aussi référence au souffle. Le nom peut être accompagné du déterminatif de l'homme barbu assis, drapé dans un long vêtement semblable à un linceul 𓀭, ou de celui du faucon sur le pavois 𓅆. *Netjeret*, au féminin, est volontiers déterminée par un cobra. Quant au pluriel « dieux », il peut également être écrit au moyen de trois étoiles, exprimant leur nature céleste, lointaine et changeante, voire, à l'époque ptolémaïque et romaine, par l'association de trois animaux différents (par exemple bélier, crocodile et faucon à Esna). Dieux, car ils sont multiples, mais aussi « dieu », au singulier, car cette multiplicité n'est pas incompatible avec l'idée de divin, ni avec celle de transcendance divine. Il n'existe pas en Égypte, à la différence de la Grèce, de demi-dieux ou héros. Seuls Imhotep et Amenhotep fils de Hapou, maîtres d'œuvre mais aussi savants et sages ayant vécu respectivement sous les règnes de Djoser et d'Amenhotep III, ont été divinisés. Il y a, selon les Égyptiens eux-mêmes, des « petits dieux » et des « grands dieux », mais si les « esprits » (*akhou*) sont intermédiaires, positifs ou négatifs, entre le monde des vivants et celui des morts, il n'y a pas d'équivalent aux termes « génie » ou « démon », dont l'emploi n'est dû qu'à notre propre répugnance à mettre sur le même plan divinités majeures et mineures.

Ennéade

Assemblée des dieux dans la cosmogonie héliopolitaine, elle est composée de neuf dieux  (le chiffre 9 étant le pluriel du pluriel, c'est-à-dire le pluriel de 3), émanations d'**Atoum**, le démiurge : **Chou** et **Tefnout**, **Geb** et **Nout**, et les enfants de cette dernière : **Osiris**, **Isis**, **Seth**, **Nephthys** et **Horus l'Ancien**. Mais le terme « Ennéade » désigne aussi, plus largement, une assemblée divine entourant le dieu suprême ou la divinité principale d'un temple et assurant sa protection. Ainsi, dans les *Textes des Pyramides*, les « deux Ennéades » constituent les deux ailes de l'assemblée de justice d'Osiris. On distingue aussi une « grande » et une « petite » Ennéade – ce qui montre encore une fois que le terme ne se limite pas à la compagnie des neuf divinités d'Héliopolis.

Fils d'Horus

Au nombre de quatre et d'aspect momiforme, ils se dressent sur une fleur de lotus jaillissant de l'eau qui sourd sous les pieds d'Osiris (voir planche XII, 16).

Associés aux quatre points cardinaux, ils montent la garde sur les longs côtés des sarcophages du début du Nouvel Empire, deux au nord (**Hâpy**  et Amsit ) et deux au sud (Douamoutef  et Qebehsenouef ). Ils sont également préposés à la garde des viscères partagées en quatre parts et déposées dans les vases dits canopes, dont le bouchon est sculpté à leur effigie : respectivement à tête d'homme, de babouin, de chacal et de faucon. Les chapitres 520 à 523 des *Textes des Sarcophages* (Moyen Empire) rendent compte de l'étymologie de leur nom, selon le principe du jeu de mots si caractéristique de l'Égypte ancienne.

Geb

 Dieu de la terre, « prince héréditaire, père de dieux », selon son épithète la plus courante, il constitue avec **Nout** le premier couple ayant procréé de façon sexuée. Leurs cinq enfants, **Osiris**, **Horus l'Ancien**, **Seth**, **Isis** et **Nephthys**, ont été mis au monde pendant les cinq jours épagomènes. Selon le mythe, Geb a été séparé de Nout, déesse du ciel – ce qui se traduit graphiquement par la présence de **Chou**, debout entre eux, maintenant la terre éloignée de la voûte céleste. Geb se présente comme un homme allongé, à demi redressé sur un coude – ce qui traduit, selon Christiane Desroches-Noblecourt, vallonnements et reliefs. Son sexe dressé évoque ses relations avec Nout et l'impossibilité de la rejoindre, ce dont les textes se font parfois l'écho :

> « Nout, elle ne peut ni faire l'amour, ni donner ses bras.
> [...]
> Geb, il ne peut franchir son chemin. »
>
> (Formule 539 des *Textes des Pyramides*.)

Son corps est parfois parsemé de roseaux évoquant la végétation dont il est couvert. Dans le récit connu sous le nom de *Livre de Nout*, également dit *Texte dramatique*, il se met en colère contre la déesse qui « avale » ses enfants (les étoiles). Dieu de la terre, il accueille également les morts en son sein. Et dans le *Livre de la Vache céleste*, **Rê**, à son départ, lui confie la garde des serpents. Il sera en effet l'un des successeurs de Rê lorsque celui-ci quittera la terre, et il transmettra lui-même la royauté à son fils Osiris.

GEB

Au-dessus de Geb, à demi couché, le corps planté de roseaux, Chou « fils de Rê » soutient Nout, sur le dos de laquelle se déplace la barque solaire. Rê y est assis entre **Heka** et **Maât**. À l'occident, il est reçu par « le dieu parfait qui est dans la *Douat*, dieu parfait maître de la *Douat*[1] ».

1. Papyrus funéraire de Tentamon, Paris, BN 172 ; XXIe dynastie ; dessin de H. Schäfer, *Ägyptische und heutige Kunst und Weltgebaüde der alten Ägypter*, Berlin-Leipzig, 1928, p. 105, fig. 29.

Hâpy

Hâpy 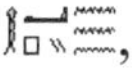, que l'on traduit conventionnellement par « Nil », représente en fait le Nil en crue plutôt que le fleuve proprement dit. C'est en effet cet aspect que les Égyptiens ont divinisé. Il est représenté obèse avec un ventre rond. Son sein pendant, sans lui donner véritablement un caractère androgyne, souligne son rôle nourricier. Il est simplement vêtu d'une ceinture de cuir à trois lanières rappelant le costume des bateliers. Sur sa tête, une touffe de plantes aquatiques évoque ses bords marécageux, générateurs de vie. « Les Nils » vont par deux. En effet, si l'origine de la crue est bien la première cataracte, au sud d'Éléphantine, à la frontière de l'Égypte, la conception dualiste de l'Égypte ancienne lui attribue un doublet en Basse-Égypte, à Kher-Ahâ, le Babylone des Grecs, près de l'actuel Vieux-Caire. Ce sont donc deux Nils qui lient les plantes héraldiques de Haute-Égypte (le lis) et de Basse-Égypte (le papyrus) de part et d'autre de l'idéogramme de l'union, *sema*, sur le siège des statues royales, lors de la cérémonie du *Séma-taouy*, l'Union des Deux Terres. C'est en effet le roi qui, par sa fonction, rassemble sous son autorité Haute-Égypte et Basse-Égypte, et qui assure leur prospérité. Sur les soubassements des temples, des files de génies du Nil – on parle alors de figures de fécondité – apportent des offrandes, tantôt symboliques (aiguières et plateau de pains d'où retombent des papyrus), tantôt bien réelles, associant pièces de viande, légumes, fruits et fleurs. Selon l'endroit où ils sont placés dans le temple et la composition de leur plateau, ces Nils peuvent symboliser l'abondance ou illustrer, de façon plus précise, les différents produits de l'Égypte. Ils portent alors sur leur tête, au lieu des plantes aquatiques, l'enseigne du nome constituant des processions géographiques. Ils alternent souvent avec des figures féminines, Domaines (le mot est féminin en égyptien), Campagnes ou Prairies, pareillement chargées d'aiguières ou de victuailles et accompagnées d'animaux.

Voir planche X, 14 et encadré Le héron *bâh* p. 345.

Harakhty

Littéralement « Celui de l'horizon », ou « des deux horizons » . Forme du soleil au milieu du ciel, entre l'horizon oriental et l'horizon occidental, et *vice versa*.

Voir **Rê**.

Harpocrate

Voir **Horus fils d'Isis**.

Hathor

 Son nom signifie « Demeure d'**Horus** ». C'est, à côté d'**Isis**, la grande figure féminine du panthéon égyptien. Déesse de la beauté, de l'ivresse, de la musique et de la danse, elle a été identifiée par les Grecs à leur Aphrodite. Tour à tour violente et douce, elle est tantôt la lionne **Sekhmet**, tantôt la chatte **Bastet**. C'est ainsi que la présente le *Livre de la Vache céleste* : lionne assoiffée de sang, elle se repaît de celui des hommes ; charmée par la bière, elle devient toute grâce et douceur. Elle se manifeste également sous un aspect violent pendant la période de sécheresse qui précède la crue, particulièrement pendant les jours épagomènes où, accompagnée de ses émissaires, elle répand sur terre miasmes et maladies. Elle est aussi « l'Œil du soleil », c'est-à-dire l'uræus protecteur se dressant à son front (que l'on retrouve, en forme de cobra, sur le front du pharaon) et crachant des flammes contre ses ennemis.

Vache céleste emportant **Rê** sur son dos dans les cieux, elle est la déesse de la nécropole, coiffée alors des deux hautes plumes et du disque solaire entre les cornes de la gazelle dorcade*, celle-ci rappelant la frange désertique où se situe précisément la nécropole. Accueillant le mort sous cette apparence sur la vignette du chapitre 186 du *Livre des Morts* reproduite sur de nombreux sarcophages de la XXIe dynastie, elle se confond à Thèbes avec la déesse-serpent **Meret-Seger**, « Celle qui aime le silence », personnification de la Cime thébaine, c'est-à-dire la montagne en forme de pyramide qui domine la Vallée des Rois, à Thèbes. Elle alterne avec **Nout** dans son rôle de déesse nourricière du défunt, comme dame du sycomore, véritable déesse-arbre abreuvant le mort de son aiguière et lui présentant un plateau de pains.

Sous son aspect de lionne (**Pakhet**), elle est rattachée aux ouâdis désertiques aux marges de la vallée fertile, lieu où ces fauves viennent s'abreuver et où on lui consacre volontiers des sanctuaires rupestres, tel le Spéos Artémidos en Moyenne-Égypte. Elle est également liée au désert de Nubie, à travers le mythe de la **Lointaine** dans lequel elle incarne le retour de l'inondation, et au désert du Sinaï où se trouvaient les mines de turquoise, la « pierre de fête ». Son visage rond, de face, encadré d'une lourde perruque bouclée, évoque la pleine lune, guide des bédouins dans le désert. Paradoxalement, en son apparence de vache, elle est aussi mise en rapport avec le milieu du marécage, lieu d'origine de la vie.

Parmi ses objets sacrés figurent essentiellement le sistre et le collier *menat*, lourd collier à contrepoids. Tandis que ce dernier est un symbole de fertilité, les sistres, dont il existe deux types, sont essentiellement destinés à apaiser la déesse. C'est pourquoi des sistres gigantesques remplacent les colonnes végétales dans les sanctuaires d'Hathor.

Outre le mythe de la vache céleste, elle intervient dans des épisodes très divers : elle déride Rê en lui montrant sa vulve dans les aventures d'Horus et de **Seth** ; puis elle guérit l'œil d'Horus arraché par Seth avec du lait de gazelle.

Elle est particulièrement honorée à Dendara, où un sanctuaire lui était consacré dès l'Ancien Empire. Elle y héberge Horus qu'elle allait rejoindre chaque année à Edfou, à la nouvelle lune du mois d'*épiphi* (troisième mois de la saison *chémou*, soit après les récoltes, avant que commence un nouveau cycle de végétation), lors de la fête de la Bonne Réunion.

Enfin, les sept Hathors rappellent les bonnes fées qui se penchent sur le berceau du nouveau-né pour déterminer son destin, même si, comme dans *Le conte des deux frères* ou dans *Le prince prédestiné*, elles n'annoncent pas que des joies.

Voir planches XIII, 17, et XIV, 19.

Heh

 Heh, ou Hehou, est aussi, selon la cosmogonie d'Hermopolis, l'un des quatre principes masculins de l'**Ogdoade**, où il est associé à sa parèdre **Hehet**. Dans le *Livre de la Vache céleste*, huit génies Heh maintiennent les pattes de la vache afin de la rassurer (voir illustration p. 206).

On peut aussi le rapprocher du concept de la durée infinie (*Neheh*), et du mot « millions » (*Hehou*), dimension comptable du temps.

Hehet

L'un des quatre principes féminins de l'**Ogdoade**. Voir aussi **Heh**.

Heka

Personnification de la magie, Heka est présent avec **Hou** (Verbe créateur) et **Sia** (Connaissance, pensée créatrice) aux côtés du démiurge pendant la création et l'accompagne dans son périple nocturne. On ignore les raisons exactes de la présence, au-dessus de sa tête, du signe hiéroglyphique de l'arrière-train de lion. Peut-être l'identifie-t-il comme force protectrice du créateur (le mot signifie en effet « force », « courage »).

Heqat

Déesse à tête de grenouille, Heqat, , comme tous les êtres du milieu marécageux, est dotée d'un pouvoir créateur rappelant en cela les couples primordiaux de la théologie d'Hermopolis (où la grenouille fait figure de principe masculin). C'est pourquoi c'est elle qui donne la vie à l'embryon modelé par **Khnoum**, au moment de la naissance. Elle est présente aux côtés d'**Isis**, de **Nephthys** et de **Meskhenet** dans le mythe de la naissance divine des rois de la Ve dynastie, de même que lors du modelage de l'enfant divin. Voir planche XIII, 18.

Les nombreuses amulettes représentant une grenouille, dès l'époque prédynastique, peuvent évoquer cette divinité ou le principe créateur d'Hermopolis.

Hesat

Nom d'une vache divine, parfois considérée comme mère d'**Anubis**, Hesat apparaît surtout comme étant à l'origine de la nébride, selon une des traditions rapportées par le papyrus Jumilhac. Il s'agit d'une sorte de doublet de la décollation d'**Isis**. Son fils Ânti a été dépecé pour avoir décapité une déesse (elle-même ou **Hathor** ?) sans raison apparente. Hesat lui rend la vie en faisant couler du lait sur sa peau. C'est pourquoi la nébride en peau de vache, fixée sur un bâton lui-même placé dans un godet, sur laquelle on fait couler du lait, est capable de rendre la vie au corps d'**Osiris** et, plus largement, permet de confectionner des onguents guérisseurs.

La nébride

La nébride, objet ayant servi à renfermer les parties du corps d'Osiris, peut être, selon certaines traditions, une peau de vache. C'est un rappel du mythe selon lequel la vache Hesat aurait guéri de son lait Ânti, dépecé pour avoir décapité une déesse. L'ombelle de papyrus, à l'extrémité de la queue, évoque une autre tradition, exposée dans le papyrus Jumilhac, faisant état d'une nébride de papyrus.

Livre des Morts d'Anhay, Nouvel Empire, British Museum (BM10472).

Dessin de N. Guilhou, d'après E. Rossiter, *Le Livre des Morts*, Fribourg-Genève, Liber-Minerva, 1979-1984, pl. 6, p. 105.

Horus

Ce nom 𓅃 désigne deux divinités différentes : **Horus l'Ancien**, ou encore le Grand, Haroéris sous sa forme grécisée, et Horus fils d'**Isis** (Harsiésis en grec), également appelé **Harpocrate**, la forme grecque transcrivant cette fois l'égyptien *Hor-pa-khered*, c'est-à-dire Horus l'Enfant. Enfin, les **Fils d'Horus** représentent la descendance d'**Osiris**.

Horus l'Ancien

Horus l'Ancien, ou le Grand, fait partie des dieux des origines, même s'il est l'un des fils de **Nout**, né le deuxième jour épagomène, soit immédiatement après **Osiris**. Dieu céleste, dont le nom signifie « le Lointain », « le Très haut », que l'on retrouve dans la graphie régulière de son nom dans les *Textes des Sarcophages* , il revêt la forme d'un faucon tel qu'il apparaît dans la cosmogonie d'Edfou, rapace volant au-dessus des eaux primordiales et cherchant un endroit pour se poser. À Edfou, ce sera le flotteur de roseaux *djeba* qui deviendra l'un des noms de ce temple. Bien qu'Edfou soit son lieu de culte principal, il est originaire du Delta, et c'est en tant que tel qu'il s'oppose à **Seth** personnifiant la Haute-Égypte comme dieu tutélaire de la royauté. Il y a là interférence, comme dans d'autres domaines, avec **Horus fils d'Isis** et héritier du pouvoir royal.

Horus fils d'Isis

Fils d'**Isis** et d'**Osiris**, il a été conçu après la mort d'Osiris. Né à la suite de couches douloureuses, il a été élevé par sa mère dans le marais de Chemnis, en cachette de **Seth**. Cette enfance d'Horus donne lieu à de nombreux épisodes : en butte à diverses maladies, aux piqûres et aux morsures d'animaux dangereux, il servira de modèle pour plusieurs prescriptions médicales. La personnalité d'Horus est ainsi scindée en deux :

– fils d'Isis appelé à grandir caché dans les roseaux et à venger son père ;

– Horus l'Enfant, appelé à rester enfant, pour représenter tous les enfants (sous le nom d'**Harpocrate**).

Il intervient essentiellement dans la geste osirienne, récupérant l'héritage de son père et servant par là de modèle à la fonction royale. C'est pourquoi il joue également un rôle dans le rituel funéraire : vengeur de son père – il accomplit les rites pour lui –, et soutien de sa mère, il sera le prêtre funéraire par excellence.

Hou

𓎛𓅱𓅆 Incarnation du Verbe créateur.
Voir **Sia** et **Heka**.

Isis

Fille de **Nout**, Isis 𓊨𓏏𓁐 est née le quatrième jour épagomène, après **Osiris**, **Horus** le Grand et **Seth**, et avant **Nephthys**. Elle a été mise au monde à Dendara où elle possède un temple, derrière celui d'**Hathor**.

Son nom s'écrit, comme celui d'Osiris, à l'aide du hiéroglyphe du siège 𓊨, le trône, qui se lit *Asèt*, et que les Grecs ont transcrit *Isis*. Cet idéogramme rend peut-être compte du rapport que ces deux divinités entretiennent avec la royauté : Osiris est le prototype du roi bienfaisant et parfait, tandis qu'Isis transmet le pouvoir à son fils Horus en le nourrissant et en l'allaitant. En outre, le mot égyptien pour « successeur » est fondé sur la même racine. Comme c'est souvent le cas, les textes égyptiens proposent une étymologie pour le nom d'Isis. Ainsi, à Dendara,

> « en ce beau jour de la veille de "l'enfant dans son berceau" (nom du dernier jour épagomène) [...], où Isis fut mise au monde à Dendara par Apit la Vénérable dans la Demeure d'Apit (= l'une des désignations du temple d'Isis), sous forme d'une femme noire et rose, douée de vie, douce d'amour, il lui fut dit par sa mère Nout, quand elle la vit : "Sois légère (*is*) pour ta mère !" C'est pourquoi son nom a été Isis[1]. »

Ce nom, donné par la mère, selon la coutume, ne nous apprend rien sur la nature de la déesse ni sur sa personnalité. Rien ne distingue non plus Isis dans son apparence. Elle se présente toujours sous l'aspect d'une femme vêtue, selon la coutume, d'une longue robe moulante à la mode de l'Ancien Empire, et coiffée de la perruque tripartite qui n'est dissimulée par une coiffe spécifique que dans son rôle de pleureuse, comme Nephthys. Elle peut également emprunter à Hathor ses cornes de vache enserrant le disque solaire.

Isis est essentiellement l'une des protagonistes du mythe osirien, épouse fidèle d'Osiris et mère d'Horus, deux traits auxquels elle doit son immense popularité dans l'Antiquité. Par sa quête inlassable du corps de son époux qu'elle ranime afin de pouvoir lui donner une descendance, elle apparaît comme celle qui trans-

1. D'après François Daumas, *Dendara et le temple d'Hathor*, Le Caire, 1969. Il s'agit du bandeau de soubassement droit du sanctuaire.

met la vie par-delà la mort, même si son rôle funéraire reste limité. Elle est surtout présente, aux côtés de Nephthys, de **Neith** et de **Serqet** comme gardienne et protectrice des viscères et du corps dont elle assure la réanimation. On la retrouve parallèlement dans un contexte solaire, face à Nephthys, participant à l'ascension du disque solaire. C'est pourquoi toutes deux pourront être identifiées aux deux môles du pylône du temple entre lesquels s'élève le soleil.

L'enfance d'Horus met également en avant son rôle de magicienne à travers ses interventions multiples pour protéger son fils des animaux venimeux et le guérir de leurs piqûres et morsures. Ces mêmes qualités lui permettent en outre de se jouer de Seth lors de ses démêlés avec Horus pour la succession d'Osiris. Ce rôle de magicienne est particulièrement développé dans le mythe de **Rê**, lorsqu'elle tente d'apprendre le nom secret du dieu solaire afin de s'emparer de son pouvoir.

Enfin, le couple Isis-Osiris est transposé dans le domaine astral sous l'aspect de **Sothis** et d'Orion. Le lever héliaque* de Sirius, première des étoiles décanales*, marque le début de l'année et l'arrivée de la crue. Elle succède à Orion, dont la constellation constitue le dernier groupe d'étoiles décanales. C'est pourquoi on les voit tournés l'un vers l'autre et se tendant la main sur les plafonds astronomiques des temples.

Le sanctuaire le plus important d'Isis, Philae, est situé au sud de l'Égypte, là où la crue pénètre dans le pays. Mais elle était aussi adorée à Dendara et à Coptos. Son culte se maintiendra dans l'ensemble du monde méditerranéen à l'époque romaine, et c'est tout naturellement que l'image de la Vierge à l'Enfant se substituera à celle d'Isis allaitant.

22. Renenoutet sous l'aspect d'une femme à tête de serpent allaitant l'enfant royal. Tombe de Khâemhat (TT 57), XVIIIe dynastie.

23. Statue de Ptah du trésor de Toutânkhamon, bois doré, chevelure et sourcils imitant le lapis-lazuli. Le dieu tient ses attributs habituels : signe de vie, sceptre ouas, *pilier* djed. *Musée du Caire.*

24. Séchat, dame des livres, maîtresse de la bibliothèque, note les années de règne du roi sur la nervure de palme, idéogramme de l'année. Temple de Louqsor, revers du socle d'une statue colossale d'Amenhotep III.

25. Sekhmet sous l'aspect d'une femme à tête de lionne. Granit noir. Temple de Mout, Karnak, mais faisant partie initialement des deux séries de 365 statues du temple funéraire d'Amenhotep III, sur la rive gauche.

« Isis, Vénérable, Mère divine, douée de vie, Dame de Philae,

[...]

Pleureuse qui prend soin des formes mystérieuses de son frère [1],

[...]

Celle dont la magie est grande, aux desseins parfaits,

[...]

Puissante dans Thèbes,
grande dans Dendara,
efficiente à Memphis,
Mère divine dans Coptos,

[...]

Vénérable dans le ciel
qui règne sur les étoiles
et place toutes les étoiles sur leur orbite,
Isis, douée de vie [...],

Maîtresse et Dame de Philae [2] ! »

Selon certains auteurs classiques, les Égyptiens prétendaient que les larmes d'Isis étaient à l'origine du Nil et de ses crues.

Keket

L'un des quatre principes féminins de l'**Ogdoade**.

Kekou

L'un des quatre principes féminins de l'**Ogdoade**.

---

1. Frère/sœur sont employés pour époux/épouse en Égypte.
2. Hymne à Isis de Philae, d'après A. Barucq et Fr. Daumas, *Hymnes et prières de l'Égypte ancienne*, Paris, Littératures anciennes du Proche-Orient 10, éd. du Cerf, 1980, p. 458-459.

Kematef

 Désignation de la divinité de première génération ayant « achevé son temps » et cédant la place à d'autres dieux chargés de poursuivre son œuvre créatrice.

Khepri

Forme du soleil renaissant le matin .
Voir **Rê**.

Khonsou

Khonsou , dieu-fils de la **triade thébaine**, est étroitement gainé dans un linceul de momie dont n'émergent que ses deux mains, tenant, comme **Ptah**, pilier *djed* et sceptre *ouas* auxquels s'ajoutent la crosse et le flagellum d'**Osiris** (voir planche XV, 20). Sur sa nuque pend le contrepoids du collier *menat*, l'un des attributs d'**Hathor** et symbole de fertilité. Il se définit ainsi comme un dieu chthonien.

Dieu-enfant, il porte sur le côté de son crâne rasé la mèche juvénile, mèche tressée qui est aussi un symbole lunaire. C'est en effet un dieu lunaire comme l'indiquent le croissant – horizontal, dans le ciel d'Égypte – et le disque lunaires. Il incarne ainsi plus particulièrement la lune croissante (tandis qu'Osiris représente plutôt la lune blessée, décroissante ; l'œil *oudjat*, l'astre guéri, la pleine lune ; Hathor, la lune en son aspect de lumière protectrice éclairant le désert, et **Thot**, la lune en tant qu'astre qui décompte le temps). Pendant du soleil, il peut aussi se présenter avec une tête de faucon. Son lieu de culte principal est Thèbes, où il possède un temple dans l'enceinte de celui d'**Amon**.

Khnoum

Le nom de Khnoum, , « Celui qui assemble », reflète sa fonction. En effet, c'est lui qui modèle sur son tour le corps des hommes et des dieux, c'est-à-dire qui façonne l'embryon dans la matrice et le mène à terme. On le voit ainsi, dans les scènes de naissance royale ou divine, tourner l'enfant, roi ou dieu, et son *ka*, représentés tous deux comme un petit garçon nu, debout, portant le doigt à sa bouche (voir planche XIII, 18).

Khnoum joue également un rôle très important lors de l'arrivée de la crue. Comme son sanctuaire principal est situé à la limite sud de l'Égypte, à Éléphantine, c'est lui qui soulève ses sandales pour laisser passer le flot d'inondation. Il partage en outre le temple d'Esna avec **Neith**. Ce double rôle de plasmateur et de fertilisateur explique son iconographie. Il se présente en effet comme un homme à tête de bélier, animal exprimant la puissance génésique. Les cornes horizontales, caractéristiques de l'espèce *ovis long ipes palæoægypticus*, déjà présente dans l'Égypte préhistorique et disparaissant vers la fin du Moyen Empire, montrent l'ancienneté de cette divinité.

> « Tu as modelé les hommes au tour,
> fait les dieux,
> modelé petit et gros bétail,
> formé chaque chose sur ton tour, quotidiennement,
> en ton nom de Khnoum, le Potier ! »

(Esna, Hymne à Khnoum,
d'après S. Sauneron.)

> « Le grand bélier [...] dont on ne connaît pas la forme,

qui conduit l'inondation hors de ses deux cavernes,
afin qu'elle inonde la terre nourricière,
puis la ramène en son lit au bon moment,
ayant ainsi créé une foule de productions
pour alimenter les autels de tout dieu et de toute déesse,
créé les herbages, amené à l'existence les céréales,
pour maintenir en vie toute bouche qui mange. »

(Esna, extrait du 10e hymne à Khnoum, d'après S. Sauneron.)

La Lointaine (ou le mythe de l'Œil du soleil)

Ce récit est connu grâce à un papyrus démotique conservé au musée de Leyde (I 384), daté de l'an 100 de notre ère et complété par plusieurs fragments, mais il pourrait remonter au Nouvel Empire. Le début en est perdu. Il évoquait peut-être une dispute opposant **Rê** à sa fille **Tefnout** ayant conduit celle-ci à se retirer dans le désert de Nubie. Un petit « chacal-singe », représentant de **Thot**, lui est envoyé afin de la convaincre de revenir en Égypte. À cette fin, il lui raconte divers récits dont beaucoup sont les ancêtres de nos fables. Finalement, la déesse acceptera de suivre le petit singe en Égypte et de revenir en ses temples où l'on célèbre pour elle de grandes fêtes en signe d'allégresse. Celle qui est nommée, tout au long du récit, « la chatte éthiopienne » représente les différentes formes de la déesse : Tefnout, Œil de Rê ou **Sekhmet**, lionne en colère ou déesse chatte en son aspect de **Bastet**, mais aussi différentes déesses attachées aux grands lieux de culte : déesses-vautours telles **Nekhbet** à El-Kab, **Mout** à Thèbes. Le mythe symbolise le retour du flot vivifiant et l'abondance retrouvée après une longue période de sécheresse.

> « Ma souveraine, l'Égypte est dans le trouble à tes pieds ! Tes temples (à cause de cela), [manquent] de jours de fêtes ! [...] Si tu tournes ta face vers eux, tu es comme le Nil qui inonde les champs secs, leur amenant l'eau quand leurs écluses sont ouvertes [...]. Plus agréable est la poussière de tes pieds que celle des greniers qui renferment les provisions du peuple d'Égypte. [...] Plus douce est ta bouche que les champs quand ils verdoient, quand ils croissent et sont gros de toutes les céréales. Les globes de tes yeux sont plus beaux que le ciel quand il est pur de nuages, sans mauvais présage dans sa bouche ! Plus beau de se tenir en ta présence que la satiété après la faim, la force après la faiblesse, l'amour après la haine ! Plus doux est ton discours quand il est bienveillant, que le bon vent du Nord sur la mer quand elle a cessé d'être calme [...].
>
> Noble Dame ! Tourne-toi vers l'Égypte ! [...] Tu aimes ton pays ! Moi, je languis aussi du mien. Puisses-tu t'écrier : "Viens en Égypte avec moi [1] !" »

Maât

 personnifie le concept de vérité, de justice et de norme. Elle représente l'équilibre et l'harmonie de la création par rapport au désordre de l'incréé. Elle est

1. Fr. de Cenival, *Le Mythe de l'Œil du soleil*, coll. Demotische Studien 9, Sommerhausen 1988.

le corollaire d'*isefet*, le désordre. Dans la création héliopolitaine, elle est le principe féminin hypostase d'**Atoum**, à côté du principe masculin « Vie » (mot masculin en égyptien) : **Chou** et **Tefnout**, « les deux jumeaux d'Atoum », sont en effet respectivement désignés comme Vie et Maât. Ainsi, l'offrande de Maât au cours de laquelle le roi présente devant la divinité une figurine de la déesse posée sur une corbeille – on dit qu'il « élève » Maât, qu'il la « fait monter » – est l'offrande par excellence, celle de la création à son créateur. Elle n'est cependant pas un principe désincarné puisqu'elle possède des sanctuaires, un clergé, et que l'on connaît des hymnes à Maât.

Dans le domaine funéraire, son effigie ou la plume qui sert à écrire son nom est posée sur l'un des plateaux de la balance lors de la pesée du cœur (voir planche III, 4).

Si le défunt a dit vrai, sa parole est reconnue juste (*maâ*), condition nécessaire à sa vie dans l'au-delà. La salle du tribunal divin porte d'ailleurs le nom de « salle des deux Maât », selon le parallélisme habituel Haute-Égypte/Basse-Égypte. Le rituel du culte divin développé sur le papyrus Berlin 3055 montre combien Maât est le principe fondamental au cœur de la civilisation égyptienne :

> « Salut à toi (**Amon**) qui es pourvu de Maât, auteur de ce qui existe, créateur de ce qui est ! Tu es le dieu parfait [...]. Tu jaillis avec Maât [...]. Ta fille Maât, tu rajeunis à sa vue, tu vis du parfum de sa rosée. Maât est placée comme un porte-bonheur à ta gorge. Elle repose sur ta poitrine [...]. Ton œil droit est Maât. Ton œil gauche est Maât, tes chairs et tes membres sont Maât ; les souffles de ton instinct et de ton intelligence

sont Maât [...]. Le vêtement de ton corps, c'est Maât. Ta nourriture, c'est Maât. Ta boisson, c'est Maât. Ta bière, c'est Maât. l'encens que tu respires, c'est Maât [...] [1]. »

Mehet-Ouret

 ou Methyer, dans sa transcription grecque, est le nom donné à **Neith** à Esna, lorsque, sous forme de vache, elle nage dans le flot céleste vers son sanctuaire de Saïs/Esna, transportant le soleil-enfant entre ses cornes. Il signifie « la Grande Nageuse ».

Meret-Seger

, « Celle qui aime le silence », est la personnification de la Cime thébaine, c'est-à-dire la montagne en forme de pyramide qui domine la Vallée des Rois, à Thèbes. Se présentant sous la forme d'un serpent, elle veille sur le mort et sur la nécropole.

Meskhenet

 Elle personnifie la brique de naissance dans la scène de psychostasie et dans les naissances divines, faisant alors figure de déesse de l'accouchement.

Min

Momiforme et de couleur noire, Min  fait partie des dieux chthoniens. Divinité de la fertilité, il est représenté ithyphallique (c'est-à-dire avec le sexe dressé). De l'une de ses mains, il tient son sexe, le « phallus de lapis-lazuli » [2], tandis que l'autre bras, dressé, soutient le flagellum. Son sanctuaire principal

1. Traduction de Fr. Daumas, *La Civilisation de l'Égypte pharaonique*, Paris, Arthaud, 1988.
2. Hymne à Amon d'Hibis, n° 90 du recueil Daumas-Barucq.

se situait à Coptos où il avait pour parèdre une forme spécifique d'**Isis**. Depuis ce site, au débouché du ouâdi Hammamat, il régnait sur cette partie du désert oriental, importante région minière. Des expéditions comportant plusieurs milliers d'hommes allaient y extraire l'or et le grauwacke, la pierre *bekhen* des anciens Égyptiens, d'un vert sombre et au poli semblable au métal. Selon les Égyptiens, minerais et minéraux étaient enfantés par les montagnes.

La fertilité de Min s'exprime aussi à travers l'offrande spécifique des laitues romaines qui lui est faite (voir le mythe d'**Horus** et de **Seth** pour la symbolique des laitues). Trois de ces salades (le chiffre trois représentant le pluriel), montées, comme elles le sont toujours en Égypte [1], sont d'ailleurs représentées derrière lui, au-dessus d'un champ découpé en damier par des canaux d'irrigation.

Min est l'une des divinités les plus anciennes de la Haute-Égypte. Des statues colossales à son effigie remontent à la période prédynastique. De la même époque datent des représentations de son sanctuaire archaïque devant lequel on procédait à l'érection d'un mât fourchu, fête comparable à l'érection du pilier *djed* devant **Osiris**.

Au Nouvel Empire, à Médinet Habou, lors du premier mois de la saison des récoltes, la « Sortie » de Min (sorte de procession), bien connue grâce aux représentations du temple funéraire de Ramsès III, alliait offrande des prémices agricoles, rites de protection et confirmation du pouvoir royal (voir p. 421). Les céréales étaient d'ailleurs une production importante du riche terroir agricole du nome de Coptos.

---

1. Plus encore que sous notre climat méditerranéen, cette salade, la seule courante en Égypte, monte très vite, ce qui explique sa taille sur les représentations.

Montou

Dieu guerrier, Montou se présente comme un homme à tête de faucon. Mais les deux uræus à son front le distinguent d'autres dieux hiéracocéphales. Sa présence à Thèbes est ancienne, antérieure à celle d'**Amon**. Les quatre sanctuaires de Montou à Karnak Nord, à Tôd, à Ermant et à Médamoud, qui constituent le *palladium* de Thèbes, entourent et protègent le temple d'Amon de Karnak.

Mout

Mout , dont le nom signifie « la Mère », est une déesse discrète. Hors de son sanctuaire thébain qui jouxte celui d'**Amon**, à Karnak, elle apparaît peu dans les mythes et la documentation. Se présentant sous l'aspect d'une femme coiffée d'une dépouille de vautour, idéogramme de son nom, elle constitue, avec Amon et **Khonsou**, la **triade thébaine**. Dans son temple étaient conservées deux séries de 365 statues en granit noir de la déesse **Sekhmet** devant lesquelles on accomplissait, matin et soir, le « rite d'apaiser Sekhmet ». On voit ainsi que Mout n'est qu'une des multiples apparences des grandes divinités féminines, **Hathor**, Sekhmet et **Isis**. C'est d'ailleurs à ce titre qu'elle prête ses traits à la **Lointaine** dans le texte démotique qui expose son exil en Nubie et les efforts déployés par **Thot** et **Onouris-Chou** pour la convaincre de regagner l'Égypte. Son épithète « Dame d'*Icherou* » nous ramène une fois de plus à Thèbes : c'est en effet le nom du lac semi-circulaire qui se déploie autour de son temple.

Naunet

L'un des quatre principes féminins de l'**Ogdoade**. Voir **Noun**.

Nefertoum

Nom donné au soleil enfant apparaissant au cœur du lotus selon certaines cosmogonies. À Memphis, il constitue, avec **Ptah** et **Sekhmet**, une triade divine.

Neith

Neith est une déesse créatrice. Elle fait partie des démiurges « à la fois dieu et déesse ». Selon les récits cosmogoniques du temple d'Esna, elle se manifeste sous l'apparence d'une vache, se transformant en poisson *latès* afin de se déplacer au sein de l'Océan primordial. Elle va alors proférer sept propos créateurs qui seront autant d'entités divines chargées de sa protection. Elle amène ainsi à l'existence un premier tertre où elle va créer les dieux primordiaux, puis le Soleil, issu d'un œuf déposé au sein des eaux initiales. Celui-ci crée lui-même dieux et hommes, les premiers de son sourire, les seconds de ses larmes. Neith l'emporte alors entre ses cornes, loin de ses ennemis, nageant ainsi jusqu'à son sanctuaire de Saïs, dans le Delta, où elle s'installe sous son aspect de déesse guerrière, portant l'arc et les flèches.

Ce mythe cosmogonique rend compte de ses différentes apparences de poisson et de vache. Dès l'époque prédynastique, elle est aussi mise en rapport avec un coléoptère (*Agrypnus notodonta*) dont l'aspect évoque son emblème (bouclier strié et flèches entrecroisées). En tant que mère de **Rê**, elle se présente comme la vache Ahet et, lorsqu'elle l'emporte entre ses cornes, comme **Mehet-Ouret** (Methyer), la « Grande Nageuse », deux expressions de la vache céleste. Mais elle est aussi, dès les *Textes des Pyramides*, considérée comme la mère du dieu-crocodile **Sobek**, et les amulettes tardives la représentent allaitant deux crocodiles. Ses deux grands sanctuaires sont Esna, en Haute-

Égypte, et Saïs, dans le Delta, son lieu de culte le plus ancien. C'est ce qui lui vaut d'être rattachée à la couronne rouge de Basse-Égypte qui porte un nom homophone (*N.t* en égyptien). Elle est aussi liée à la toile de lin rouge dont cette ville était le lieu de production. Cette déesse fondamentale du panthéon égyptien a été assimilée par les Grecs à Athéna.

Nekhbet

Déesse de la ville d'El Kab, et plus particulièrement du très ancien sanctuaire de Nekhen, Nekhbet, 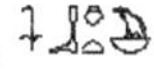 « la blanche de Nekhen », se présente sous l'aspect d'un vautour. C'est pourquoi elle symbolise la couronne blanche de Haute-Égypte , étant en cela complémentaire de **Ouadjyt**, au côté de laquelle elle apparaît sur le front du roi, comme sur le bandeau de Toutânkhamon. On la retrouve, « l'aile étendue », au-dessus de nombreuses scènes d'offrandes royales en alternance avec le faucon d'**Horus**. Les Grecs l'ont assimilée à leur Ilithye.

Nephthys

La « Dame de la demeure » 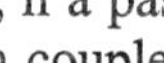, Nephthys, née le dernier des jours épagomènes, n'a pas de fonction bien définie. Bien qu'elle forme un couple resté stérile avec **Seth**, elle est associée à la quête du cadavre d'**Osiris** qu'elle accomplit avec sa sœur **Isis**. Selon certaines sources, elle serait la mère d'**Anubis**, fruit d'une relation adultère avec Osiris. Avec Isis, **Neith** et **Serqet**, elle assure la garde du sarcophage et du coffre à canopes (voir planche XVI, 21).

Niaou

L'un des quatre principes masculins de l'**Ogdoade**, formant couple avec **Niat**.

Niat

L'un des quatre principes féminins de l'**Ogdoade**.

Noun

 Océan primordial, renfermant tous les possibles, positifs et négatifs, au sein duquel s'est manifesté le démiurge. Dieu des origines dans la cosmogonie d'Héliopolis, il est, à Hermopolis, l'un des quatre principes mâles – l'infini liquide –, associé à sa contrepartie féminine, Naunet ou Nenet. Entourant le monde visible, il est symboliquement à l'origine de la crue. C'est dans la profondeur de ses eaux que retournera le démiurge, à la fin des temps, pour un nouveau cycle de vie. Il est intéressant de noter, dans la graphie de son nom, le déterminatif de la voûte céleste.

Nout

Déesse du ciel , Nout donne naissance aux astres qu'elle avale le soir (voir planches VI, 8 et VII, 9). C'est pourquoi elle est parfois représentée comme une truie, cet animal ayant la réputation de dévorer ses enfants.

NOUT

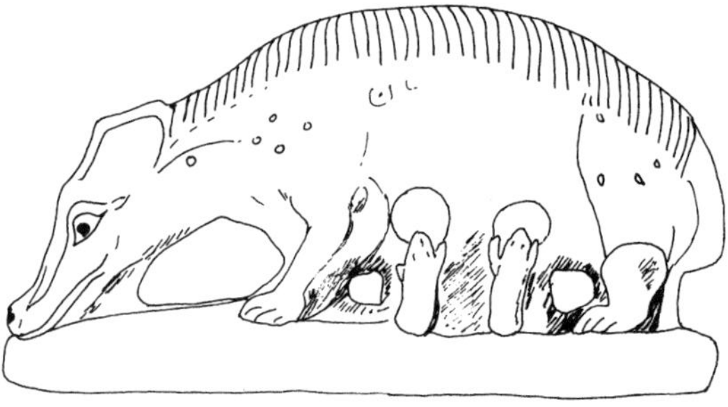

Nout/**Isis** est ici représentée sous l'aspect d'une truie allaitant ses porcelets ; l'inscription en creux sous le socle contient un vœu de bonne année et mentionne Isis.

Louvre E 14357, faïence, époque saïte.

Dessin de N. Guilhou d'après Chr. Desroches-Noblecourt, B. Letellier et Chr. Ziegler, catalogue *Le Louvre présente au Muséum de Lyon : les animaux dans l'Égypte ancienne du 6 novembre 77 au 31 janvier 78*, Paris, 1977, n° 35, p. 38.

Transformée en vache, elle emporte **Rê** sur son dos, ou entre ses cornes, dans l'espace céleste. Elle est aussi la mère des cinq divinités mises au monde lors des cinq jours épagomènes. De même, elle remettra au monde le défunt, nouvel **Osiris**. C'est pourquoi elle est identifiée au sarcophage dès les *Textes des Pyramides* :

> « **Nephthys** a recueilli pour toi toutes les parties de ton corps,
> en ce sien nom de **Séchat**, maîtresse de la forme.
> Elle les a rendues intègres pour toi,
> (et les a) données à ta mère Nout en son nom de sépulture.
> Celle-ci t'a recueilli en son nom de sarcophage,
> toi que l'on a fait monter vers elle en son nom de tombe. »
>
> (Formule 364.)

Pour la même raison, elle est liée au sycomore, précisément utilisé pour confectionner le sarcophage. Comme **Hathor**, elle apparaît dans cet arbre pour nourrir et abreuver le mort, le bas de son corps se confondant avec le tronc. Elle possédait un temple à Dendara, derrière le temple d'Hathor, orienté perpendiculairement à ce dernier.

Ogdoade

C'est le nom donné à la compagnie des huit dieux primordiaux d'Hermopolis qui se présentent sous la forme de grenouilles (principes mâles) et de serpents (principes femelles). Leurs noms évoquent le monde d'eaux et de ténèbres précédant la création : **Kekou** et **Keket**, l'obscurité ; **Heh** et **Hehet**, l'infini ; **Noun** et **Naunet**, les eaux ; **Niaou** et **Niat**, l'insaisissable, parfois remplacés par **Amon** et **Amonet**, le caché.

Voir encadré Ogdoade p. 40.

Onouris

 Nom attribué à **Chou** lorsqu'il est « allé chercher » et a « ramené » (les deux sens du verbe *jnj*) la **Lointaine**, en compagnie de **Thot**. À l'époque ptolémaïque et romaine, son nom peut être écrit à l'aide de l'idéogramme du singe assis tenant l'œil *oudjat*, en un véritable condensé du mythe.

Osiris

On ne connaît pas la signification du nom d'Osiris, *Ousir*  en égyptien ; la lecture même de son nom reste inexpliquée.

Il est parfois vénéré sous la forme du taureau sacré **Apis**, noir avec une marque blanche sur le front et l'image d'un aigle sur le dos (voir p. 358)

Si le mythe d'Osiris est divulgué dès l'ère classique par la recension très riche qu'en offre Plutarque dans *Isis et Osiris*, les sources pharaoniques présentent, dès l'Ancien Empire, les éléments essentiels du mythe.

Fils aîné de **Geb**, le dieu de la terre, et de **Nout**, la déesse du soleil, Osiris est né le premier jour épagomène. Il règne sur terre à la suite de ses pères sous le nom de Ounennefer (« l'Être parfait »). Il apprend aux hommes l'agriculture et la civilisation. À son côté, son épouse et sœur **Isis**, experte en magie, assure sa protection, mais ne peut empêcher sa mise à mort par son frère Seth. Isis et leur sœur **Nephthys** prennent alors la forme d'oiseaux pour réanimer le cadavre en battant l'air de leurs ailes. C'est à ce moment qu'est conçu **Horus** qu'Isis va élever secrètement dans les marais du Delta afin de le dissimuler à **Seth**. Cela donne lieu à toute une série d'épisodes utilisés dans les textes médico-magiques (guérison de la morsure des scorpions, maladies du petit Horus, etc.). La portée de la naissance d'Horus est importante dans l'Égypte ancienne qui y voit la vie naissant de la mort, Osiris étant mort sans avoir d'héritier.

Tout aussi important par sa portée symbolique est l'épisode du dépeçage du cadavre que Seth découpe en morceaux et jette dans le Nil. Chacun des morceaux est enseveli dans un nome : le corps d'Osiris, c'est la terre d'Égypte réunifiée par l'inondation issue de la relique d'Osiris conservée dans l'abaton de Biggeh, près de Philae, à la frontière sud de l'Égypte (première cataracte).

Les rites de momification sont alors accomplis par **Anubis** (lui-même fils d'Osiris selon certaines sources). Osiris est placé dans le sarcophage (c'est-à-dire **Nout**, déesse du ciel identifiée au sarcophage) et devient roi dans l'au-delà : Khentamentyou, « Celui qui préside aux Occidentaux » (c'est-à-dire les morts). Il vit dans un monde d'obscurité et de silence. Dans son périple dans l'au-delà, **Rê** (le soleil) apporte la lumière aux morts et opère, au plus profond de la nuit, sa jonction avec Osiris, puisant de fait ses forces de régénération dans ce monde nocturne.

Le mythe d'Osiris se poursuit dans la geste d'Horus et de Seth, avec leurs démêlés pour prendre le pouvoir. Le mythe d'Osiris est de ce point de vue également fondateur, car il insiste sur la transmission du pouvoir père-fils, le fils ne pouvant succéder à son père qu'une fois qu'il aura accompli pour lui les rites.

Ouadjyt

Déesse-cobra de Basse-Égypte 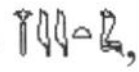, son nom, écrit à l'aide de l'ombelle de papyrus, signifie « la Verte » ou « la Florissante ». Habitante du milieu marécageux du Delta, elle est associée au très ancien sanctuaire de Bouto, réunissant les deux villes jumelles de Pé et de Dep. C'est pourquoi, comme déesse tutélaire de la Basse-Égypte, elle représente la couronne rouge , complémentaire en cela de **Nekhbet** de Haute-Égypte. L'un des cinq noms du protocole royal, « Celui qui appartient aux Deux Maîtresses », est d'ailleurs lié à ces deux divinités. Uræus fixé au front du pharaon, à côté du vautour de Nekhbet, elle est flamme protectrice repoussant les ennemis. Selon le Rituel de l'embaumement, deux des pièces d'étoffe destinées à l'enveloppement de la tête symbolisent Ouadjyt et Nekhbet, flammes qui se lèvent (*khâ*) au-dessus de la tête du défunt, image à la fois du soleil qui apparaît (*khâ*) au matin et des couronnes (*khâou*).

Oupouaout

Littéralement « l'Ouvreur des chemins » , Oupouaout, Ophoïs sous sa forme grecque, se présente comme un canidé – chien, chacal ou loup – debout sur un pavois. Dès les *Textes des Pyramides*, il conduit le roi vers le ciel. Deux enseignes à l'effigie d'Oupouaout, Oupouaout du Sud et Oupouaout du Nord, encadrent les processions, ou précèdent le roi quand il sort de son palais, afin de dégager le chemin et d'en chasser les forces hostiles.

Pakhet

Déesse lionne. Voir **Hathor**.

Ptah

Ptah 𓊪𓏏𓎛 fait partie des dieux démiurges. Sous son aspect de Tatenen, il est la « Terre qui se soulève », c'est-à-dire ce qui émerge de l'Océan primordial, le **Noun**. Selon la cosmogonie memphite, il a créé les êtres et les choses par le Verbe, pensant les choses en son cœur et les énonçant de sa bouche, selon un très beau texte qui nous a été transmis dans une version tardive (dit *Document de Chabaka*). Son épithète courante, « Celui qui est au sud de son mur », doit faire allusion à l'emplacement de son sanctuaire, « la Demeure du *ka* de Ptah » (c'est-à-dire de sa statue), dans la ville de Memphis, « le Mur Blanc », très ancienne capitale religieuse et politique de l'Égypte. Il est aussi le patron des artisans et des orfèvres. Dieu chthonien, il est représenté momiforme, avec une chevelure courte, sans perruque, et tenant dans ses mains le sceptre *ouas* 𓌀, symbole de stabilité, le pilier *djed* 𓊽, également lié à **Osiris**, symbole de durée, et le signe de vie 𓋹 (voir planche XVIII, 23). Il a autour du cou un collier dont le contrepoids retombe sur sa nuque. La couleur verte de sa chair l'identifie comme un dieu de la fertilité et de la renaissance.

Il peut être associé à Osiris et à **Sokar**, divinité funéraire se présentant sous l'aspect d'un faucon momifié.

Selon le récit du dieu de la mer, il est le père d'**Astarté**.

Qadech

Voir **Astarté**.

Rê

Le nom de Rê 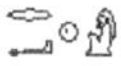 signifie tout simplement « le Soleil ». Le soleil a différents aspects : naissant au matin, il est **Khepri**, « Celui qui vient à l'existence », représenté par un scarabée ailé ou un homme à tête de scarabée, idéogramme de son nom. Voir planche III, 3.

Le scarabée était en effet supposé naître par génération spontanée, et le verbe « venir à l'existence » s'écrit à l'aide du scarabée. En outre, les Égyptiens voyaient dans l'image du scarabée tirant sa boule de terre un parallèle avec l'insecte qui pousse le disque solaire. Le soleil renaissant, chassant les ténèbres, peut également être figuré comme un grand chat tranchant la tête d'un serpent (chap. 17 du *Livre des Morts*).

Le soleil du jour a pour nom Rê, ou **Harakhty**, « Celui de l'horizon » (ou peut-être « des deux horizons », c'est-à-dire qui va de l'horizon oriental à l'horizon occidental – le monde égyptien est en effet borné par deux montagnes, l'une à l'orient, l'autre à l'occident). Cette dénomination, faisant allusion au déplacement de l'astre, est aussi celle du soleil nocturne. Capable de voir, depuis l'espace céleste, l'ensemble du monde, il est doté de quatre têtes de bélier, « quatre visages sur un cou unique » (*Livre du Jour*).

Le soleil du soir est **Atoum**, parfois représenté comme un vieillard courbé sur sa canne. La nuit, il parcourt les régions invisibles de l'au-delà sous l'apparence d'un homme à tête de bélier. Cet animal symbolise en effet la puissance génésique et, pendant la nuit, le soleil reconstitue ses forces afin de renaître au matin. Les *Litanies du soleil* illustrent les soixante-quatorze formes qu'il revêt au cours de ses transformations. On dit aussi qu'il passe la nuit en gestation dans le corps de **Nout**, la déesse du ciel, qui l'avale chaque soir pour le remettre au monde au matin. Comme cette déesse peut revêtir l'aspect d'une vache (la vache céleste), le soleil est parfois comparé à un « veau de lait à la bouche pure », et tel il apparaît dans certaines représentations. Enfant, il émerge du bouton de lotus s'ouvrant au matin à la surface des eaux.

De jour comme de nuit, le soleil se déplace en barque, moyen de transport le plus courant dans l'Égypte ancienne. Il utilise différentes barques selon le moment de la journée, guidé et escorté par diverses divinités. Son « Œil », le cobra dressé fixé à son front, le protège, crachant des flammes contre ses ennemis. De nombreux mythes se rattachent au cycle solaire.

À l'époque amarnienne, sous le règne d'Akhenaton, ces différentes formes du soleil seront désignées uniquement comme le « Disque » (**Aton**), figuré par un disque dont les rayons sont terminés par des mains.

Renenoutet

Renenoutet, , ou encore Renenet, Ermouthis ou Thermouthis, selon la version grecque de son nom, est « la Nourrice ». Déesse des récoltes et des moissons, elle se présente sous l'aspect d'un serpent ou d'une femme à tête de serpent – ce qui souligne son caractère chthonien. C'est ainsi qu'on la voit allaiter l'enfant royal dans la tombe thébaine de Khâemhat (n° 57). [Voir planche XVII, 22].

À l'occasion des moissons, on confectionne pour elle des poupées de blé au cours de cérémonies populaires, tandis qu'on lui présente des bouquets d'épis associés à des cailles et qu'on dépose devant elle des offrandes au cours des fêtes de la moisson ; ces fêtes constituent une action de grâces en remerciement des récoltes en même temps qu'un gage de fertilité pour l'année à venir.

RENENOUTET

Satis

Satis, ou Satet, , et **Anoukis**, les deux déesses de la première cataracte, constituent avec **Khnoum** une triade qui n'a pas la forme classique père-mère-enfant et qui s'est constituée assez tardivement. En effet, Satis, « Celle de Séhel », comme l'indique son nom, apparaît d'abord seule, indépendamment de Khnoum, avant de constituer avec lui un couple, pas avant le Moyen Empire. Ce n'est que dans un deuxième temps qu'Anoukis, figure indépendante également, leur est associée sans avoir de statut bien défini au sein de la triade. Satis se présente comme une femme vêtue du traditionnel fourreau, et coiffée de la couronne blanche du Sud flanquée de deux cornes d'antilope ou gazelle dorcas, qui lui est définitivement attribuée à la fin du Moyen Empire. Auparavant on peut en effet la trouver coiffée de sa seule perruque ou de la couronne rouge.

Satis possède un sanctuaire dans l'île d'Éléphantine dès l'Ancien Empire. Responsable de la venue de la crue, elle se présente parfois comme une archère dont la flèche déclenche le processus de l'inondation – ce geste (*setji*) formant un jeu de mots avec son nom dont la graphie utilise souvent le même idéogramme (la peau d'animal percée d'une flèche).

À l'époque tardive, en tant que responsable de la crue, elle est parfois assimilée à **Sothis** dont le lever héliaque accompagnait ce phénomène. Leurs noms, très proches dans la prononciation grecque, sont pourtant très différents dans l'écriture hiéroglyphique. Ce n'est donc que leur fonction qui a conduit à ce rapprochement.

Voir aussi **Anoukis**.

Séchat

Déesse de l'astronomie, Dame des livres, Maîtresse de la bibliothèque, Séchat, , vêtue d'une robe étoilée en peau de panthère, intervient comme responsable des écrits, et en particulier du décompte des prisonniers, dès les temples funéraires royaux de l'Ancien Empire (voir planche XIX, 24). Elle participe aussi à l'inscription des noms royaux sur les fruits de l'arbre *iched*. Mais l'un de ses rôles essentiels est l'orientation du temple et la délimitation de son périmètre dans les rites de fondation, celui de « Tendre le cordeau » qu'elle accomplit avec le roi et qui est attesté dès la IIe dynastie. L'idéogramme de son nom, une sorte de rosace à sept branches au-dessous de cornes inversées, n'a pas encore été élucidé.

Sekhmet

Déesse lionne, forme d'**Hathor**, elle est à Memphis la parèdre de **Ptah**. Violente et sanguinaire dans le mythe de la vache céleste, elle se déchaîne plus particulièrement pendant les jours épagomènes où elle envoie miasmes et maladies sur la terre par l'intermédiaire de ses émissaires. On accomplissait un rite destiné à l'apaiser, comme en témoigne la « monumentale litanie de granit », selon l'expression de J. Yoyotte, en provenance du temple funéraire d'Amenhotep III, à Thèbes Ouest : deux séries de 365 statues de granit noir étaient consacrées à ce rite, qui avait lieu deux fois par jour (voir planche XX, 25).

Serqet

Connue dès la période protodynastique, Serqet est d'abord définie comme « Celle qui fait respirer la gorge ». L'idéogramme de son nom, à l'origine une nèpe*, a ensuite été réinterprété comme un scorpion (voir planche XVI, 21). Ses prêtres, les « conjurateurs de Serqet », jouent un grand rôle dans le domaine médical – en particulier pour soigner les morsures d'animaux venimeux – et dans les rituels de protection du temple.

Seth

Très ancienne divinité de Haute-Égypte rattachée à la ville d'Ombos, Seth est, avec **Horus**, l'un des deux dieux tutélaires de la royauté. À ce titre, il effectue la purification du roi lors de son intronisation et celle du mort dans le rituel d'Ouverture de la bouche.

Mais il y est souvent remplacé par **Thot**. En effet, surtout connu grâce au mythe osirien, il véhicule une image défavorable. Troisième enfant de **Nout**, il est jaloux de son frère **Osiris**, archétype du roi bienfaisant et civilisateur, et le met à mort selon des modalités développées par Plutarque mais déjà attestées, avec certaines variantes, dès les *Textes des Pyramides*.

Seth est d'abord une divinité liée au désert dont il a la couleur (le roux) et la rudesse et dont il partage la nature stérile. Nulle descendance ne viendra combler le couple qu'il forme avec **Nephthys**. Dieu de la violence, y compris sexuelle, il répand en vain sa semence dans le désert. Quand, sous l'aspect d'un taureau, il tente de faire violence à **Isis** métamorphosée en chienne, dans le papyrus Jumilhac (III, 1-5) cette semence donne naissance à une plante du désert (peut-être une sorte de pastèque). De même, il tente d'abuser du jeune **Horus**. Viol, homosexualité, toutes les manifestations de sa sexualité s'inscrivent ainsi en dehors de la norme. Sa violence apparaît également à travers les pluies d'orages dévastatrices, par opposition à la crue bienfaisante et fertile. C'est pourquoi les lions gargouilles, qui évacuent les eaux de pluie du toit des temples sont chargés, en des termes très concrets, de mettre en pièces et de dévorer l'ennemi qu'il représente. Par cet aspect, il se rapproche des différents dieux de l'orage du Proche-Orient – ce qui explique que les Hyksôs, d'origine asiatique, l'aient adopté comme divinité.

Représenté sous l'aspect d'un animal fabuleux à museau incurvé, oreilles carrées et queue fourchue (voir planche VIII, 10) – que l'on n'a jamais pu identifier précisément –, ou d'un homme à tête de cet animal, il est aussi évoqué par le porc (mythe de l'œil d'Horus), l'hippopotame, l'âne et différents animaux du désert, toutes formes sous l'aspect desquelles il peut être mis à mort de façon réelle ou symbolique. En règle générale, l'animal de sacrifice, notamment le taureau roux, est une incarnation de Seth, sa mise à mort symbolisant la contrepartie du meurtre d'Osiris, et acquérant de ce fait une vertu réparatrice (symbolique développée dès les formules 580 et 670 des *Textes des Pyramides*).

Cependant, sa force canalisée peut devenir positive. Ainsi, dans le chapitre 108 du *Livre des Morts*, et déjà dans le chapitre 160 des *Textes des Sarcophages*, il se présente comme le défenseur de la barque solaire dont le monstrueux serpent **Apophis** tente d'arrêter la progression au moment du crépuscule.

Contrepartie indispensable d'Osiris civilisateur, Seth incarne l'une des composantes essentielles du biotope égyptien et, parallèlement, l'une des formes du mal par rapport au bien. Comme la plupart des êtres maléfiques dans l'Égypte ancienne, il n'est cependant pas totalement négatif. Mais son rôle de meurtrier d'Osiris tendra peu à peu à évincer tous les autres, comme cela apparaît sur les reliefs des temples tardifs d'Edfou ou de Dendara.

Sia

Personnification de la pensée créatrice, Sia est présent, avec **Hou** et **Heka**, au côté du démiurge lors de la création et lors de la répétition quotidienne de ce moment, chaque nuit, lors de la traversée de la *Douat*.

Sobek

Dieu-crocodile, Sobek est fils de la déesse **Neith**. Il possède des sanctuaires dans les régions marécageuses, l'un des plus anciens et des plus importants étant celui du Fayoum. Il est également établi au sud de Thèbes, à Soumenou, et partage à l'époque ptolémaïque le temple de Komombo avec Haroéris. Cette familiarité des eaux lui vaut d'intervenir dans le mythe d'**Horus** pour repêcher les mains tranchées par **Isis**, ainsi que dans la geste osirienne, où il ramène la momie d'**Osiris** du fond des ondes.

Sokar

 Dieu de la nécropole de Memphis, il est de ce fait étroitement lié à **Ptah**, dieu de Memphis, et à **Osiris**, divinité funéraire comme lui. Il se présente comme un faucon momiforme ou comme un homme momiforme à tête de faucon. « Maître de la crypte », il fait partie des divinités funéraires invoquées dans les formules d'offrande. Il possède une barque très particulière, la barque *henou*, à la proue ornée d'une tête d'oryx, d'oiseaux et de poissons, toutes représentations des ennemis. Lors de la fête de Sokar, dans la nécropole thébaine, on apportait aux morts, de nuit, des colliers d'oignons chargés de les « éclairer » (jeu de mots sur le nom de l'oignon, *hedj*).

Sothis

Première étoile décanale, Sothis, en égyptien *Sepedet* 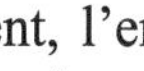, dont le lever héliaque annonce à la fois l'arrivée de la crue et le début de l'année égyptienne, représente soit notre étoile Sirius soit, plus probablement, l'ensemble de la constellation du Grand Chien (*Canis major*). Son nom, qui signifie « la Pointue », évoque à la fois la forme de la constellation et la fécondation d'**Isis**-Sothis par **Osiris**-Orion, la pointe de la constellation visualisant **Horus** Sopdou, produit de cette fécondation, selon un jeu de mots développé dès les *Textes des Pyramides* (formule 366) :

« Ta sœur Isis est venue vers toi, exultant de ton amour. Tu l'as placée sur ton phallus, pour que ta semence pénètre en elle, acérée (*seped-ti*) dans Sothis (*Sepedet*), Horus Sopdou issu de toi, en Horus contenu dans Sothis. »

Elle peut revêtir l'apparence d'une femme portant une étoile sur sa tête, debout dans la barque qui lui permet de parcourir le ciel, ou d'une vache couchée dans la barque, une étoile entre ses cornes.

Son rôle dans la venue de la crue a conduit, à l'époque tardive, à la rapprocher de **Satis**.

Tefnout

Née d'un crachat d'**Atoum**, cette déesse  apparaît essentiellement comme la contrepartie de **Chou** et n'a guère de personnalité propre. Tous deux constituent les premières hypostases du démiurge quand, selon les *Textes des Sarcophages*, il était seul et il devint trois. Ce sont les « jumeaux d'Atoum », ses « oisillons », les « enfants yeux », selon la terminologie de Komombo. Tous deux se complètent, entourant le démiurge, l'un à l'extérieur, l'autre à l'intérieur, personnifiant respectivement la vie et l'équilibre nécessaire à son épanouissement.

Thot

Thot (en égyptien *Djehouty*) 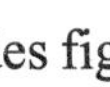 est l'une des figures les plus importantes du panthéon égyptien. À Hermopolis, il a succédé aux huit divinités primordiales issues du **Noun**, **Ogdoade** constituée par quatre couples, entités à tête de grenouilles (mâles) et de serpents (femelles), les « Pères et les Mères » venus pour faire émerger la lumière. Grâce à sa fonction de scribe et de savant, il intervient dans différents contextes et dans un grand nombre d'épisodes mythiques. Un passage du *Livre de la Vache céleste* définit son rôle et son iconographie. Il doit essentiellement remplacer **Rê** dans le ciel nocturne lorsque ce dernier va apporter la lumière à la *Douat* (l'au-delà). Il y est « scribe », c'est-à-dire qu'il est chargé d'organiser l'espace céleste et de veiller à sa bonne marche en tant que lune qui, dès les *Textes des Pyramides*, est présentée comme guide des étoiles. De même, dans le récit des démêlés d'**Horus** et de **Seth**, Thot fixe sur sa tête le disque d'or sorti du front de Seth et issu de la semence d'Horus. Toujours dans le *Livre de la Vache céleste*, les deux animaux pouvant prêter leur apparence à la divinité, l'ibis et le babouin sont successivement amenés à l'existence par jeu de mots, procédé de création fondamental dans les textes religieux et magiques. Tous deux sont mis en rapport à des titres divers avec la lune dans la documentation égyptienne. Thot est reconnu comme étant à l'origine des « paroles divines », expression qui désigne en particulier l'écriture hiéroglyphique. À ce titre, il décompte le temps dont il était déjà responsable en tant que dieu lunaire. Il aurait ainsi, selon Plutarque (*Isis et Osiris*, 12), établi le calendrier solaire de 365 jours en ajoutant à l'année les cinq jours épagomènes afin de permettre à **Nout**, la déesse du ciel, de mettre au monde ses cinq enfants. Ses connaissances expliquent sa présence lors de la fondation du temple afin d'en déterminer l'orientation. Il y est accompagné de **Séchat**, qui est un peu sa contrepartie féminine, comme lorsqu'il inscrit le nom du roi sur les fruits de l'arbre *iched*, fixe ses années de règne et établit ses fêtes jubilaire (voir planche IV, 6).

Il est également associé à **Maât**, personnification de l'équilibre du monde organisé. Une autre de ses fonctions essentielles est la fonction judiciaire : comme lettré, il fait office de greffier du tribunal divin quand celui-ci doit départager Horus et Seth et de greffier du tribunal de l'au-delà chargé d'évaluer les actions de chacun, dans la scène dite « de la psychostasie » (voir planche III, 4).

Enfin, dans de nombreuses circonstances – lors de la purification royale ou au cours des purifications accomplies dans le rituel d'Ouverture de la bouche –, il remplace régulièrement Seth, trop lié au mythe osirien pour conserver sa place traditionnelle.

Thouéris

Ta Ouret,  « la Grande », se présente sous la forme d'un hippopotame femelle gravide dressé sur ses pattes arrière, doté de pattes de lion et d'une queue de crocodile, s'appuyant sur l'idéogramme de la protection. Parfois, c'est même la dépouille de crocodile tout entière qu'elle porte sur sa tête et sur son dos, en particulier sur certaines représentations astronomiques. Son rôle essentiel est la protection des naissances. C'est pourquoi elle est représentée, au Moyen Empire, sur les couteaux magiques, à côté d'autres créatures fantastiques apotropaïques*. De nombreuses amulettes à son effigie étaient chargées de protéger la parturiente. On la retrouve dans le domaine funéraire accueillant le mort à l'entrée de la nécropole, comme sur la vignette du chapitre 186 du *Livre des Morts*, portant une torche destinée à chasser les mauvais esprits. Enfin, sous le nom de Reret, elle est aussi une constellation, forme d'**Isis** préposée à la garde de Mesekhtyou, la constellation de la Cuisse (notre Grande Ourse), selon le récit de la 11ᵉ heure du *Livre du Jour* :

> « Quant à cette Cuisse de **Seth**, elle est, dans le ciel du Nord, attachée à deux piquets de silex par une chaîne d'électrum. Elle est confiée à Isis sous la forme d'un hippopotame femelle qui la garde. Son entourage divin est tout autour

comme dieux de l'horizon. **Rê** les a placés derrière elle avec Isis, en disant : “Empêchez qu'elle n'aille dans le ciel du Sud, vers l'entourage divin né d'**Osiris**, qui est derrière Orion.” »

THOUÉRIS

Les constellations du Nord, salle à piliers de Ramsès VI.

Dessin de N. Guilhou, d'après A. Piankoff et N. Rambova, *The Tomb of Ramesses VI, Ancient Egyptian Religious Texts and Representations* 1, New York, Bollingen Foundation, 1954, pl. 164 et 168 : Reret, hippopotame femelle, garde la constellation de la Cuisse, figurée comme un être composite à tête de taureau. D'autres constellations les entourent.

Triade thébaine

Elle est constituée par **Amon**, **Mout** et **Khonsou**, jouant le rôle de dieu-fils. Elle joue un rôle prépondérant à partir du Moyen Empire, quand Thèbes devient la capitale de l'Égypte.

Le calendrier égyptien

Solaire, en hommage à cet astre si central dans la mythologie égyptienne, le calendrier égyptien cherche simultanément à rendre compte d'une année rythmée par la crue et la décrue.

La mesure du temps

Année solaire, année tropique, année lunaire

L'Égypte est la seule civilisation du monde antique à posséder une année solaire de 365 jours, soit trois saisons de quatre mois de trente jours, auxquels viennent s'ajouter cinq jours épagomènes, c'est-à-dire « en plus de l'année ». Présent en Égypte depuis le début de l'Ancien Empire, ce calendrier solaire tente de se rapprocher de l'année tropique, ou année des saisons, en accord avec les activités agricoles. Il est aussi appelé calendrier civil, ou vague, car il se décale par rapport à l'année tropique d'environ un quart de jour par an.

L'année égyptienne commence avec l'arrivée de la crue du Nil, qui coïncidait plus ou moins avec un phénomène stellaire : le lever héliaque de l'étoile Sirius (Sothis pour les Grecs, Sepedet de son nom égyptien). Celui-ci avait lieu vers le 19 juillet julien*. Or, par un hasard extraordinaire, le lever héliaque de Sirius se produisit, pendant toute la durée de la civilisation égyptienne, tous les 365 jours 1/4 (à peu près comme notre année). Il y avait donc un décalage d'un quart de jour, soit un jour tous les quatre ans, entre cette année sothiaque et l'année solaire civile, qui ne faisait que 365 jours. Ce décalage s'accentuait au fil des ans par rapport au lever héliaque, puis par rapport à l'inondation saisonnière. Le calendrier n'était plus en phase avec les activités agricoles. Cet écart s'accroît régulièrement jusqu'à atteindre 365 jours au bout de 1 460 années vagues (période sothiaque) ou 1 461 ans juliens, le calendrier étant alors de nouveau en phase avec l'année solaire et l'année sothiaque qui coïncidaient. Pour résoudre ce problème, il existe trois possibilités :

– soit ajouter (régulièrement ou non) un ou plusieurs jours supplémentaires, comme nous le faisons avec les années bissextiles. Il ne semble pas que les Égyptiens l'aient fait avant le Décret de Canope*, au début de l'époque ptolémaïque ;

– soit laisser diverger les deux années, c'est-à-dire avoir un double comput* : une année civile et une année sothiaque, l'une ou l'autre étant utilisée selon les événements envisagés ;

– une voie moyenne consiste à recaler automatiquement l'année, à chaque lever héliaque.

À côté de cette année solaire, il existe une **année lunaire** plus courte. La durée de la lunaison variant entre vingt-neuf et trente jours, on alterne des mois de vingt-neuf et de trente jours, totalisant 354 jours seulement, soit onze jours de moins que l'année solaire. Si l'on veut faire coïncider année solaire et année lunaire, on ajoute de temps en temps un mois supplémentaire afin de rattraper ce décalage. Il semble que les Égyptiens aient connu les deux types de calendrier, solaire et lunaire, et peut-être même une combinaison des deux, le calendrier luni-solaire.

Les jours épagomènes

Les textes racontent que Thot avait obtenu les cinq jours qui viennent se rajouter aux 360 jours en jouant aux dés avec la lune, permettant ainsi à Nout de pouvoir accoucher tranquillement de ses enfants sans avoir à affronter la colère de Rê : c'est au cours de ces cinq jours que naquirent Osiris, Horus l'Ancien, Seth, Isis et Nephthys. Le troisième jour épagomène était considéré comme néfaste car il rappelait la naissance violente de Seth qui avait déchiré le flanc de sa mère pour venir au monde. Selon Plutarque, les rois passaient ce jour sans travailler, sans vaquer à leurs occupations quotidiennes ni prendre soin d'eux-mêmes.

Les jours épagomènes sont attestés dès les *Textes des Pyramides* comme jours de naissance des dieux (formule 669), mais ils ne sont pas individualisés avant le Moyen Empire, le premier exemple étant un document comptable de Heqanakht, qui les présente comme suit :

[Dernier jour de l'année]
[Naissance d'Osiris]
Naissance [d'Horus]
Naissance de Seth
Naissance d'Isis
Naissance de Nephthys

Ouverture de l'an.

Dès le Nouvel Empire, ces jours sont associés à la naissance des cinq enfants de Nout et de Geb, comme le rapporte également Plutarque (*Isis et Osiris*, 12) : « De nos jours encore, les Égyptiens nomment ces cinq jours les jours additionnels, ou épagomènes, au cours desquels ils fêtent la naissance de leurs dieux. »

Ils sont généralement situés à la fin de l'année, comme suit :

14 juillet : naissance d'Osiris ;
15 juillet : naissance d'Horus ;
16 juillet : naissance de Seth ;
17 juillet : naissance d'Isis ;
18 juillet : naissance de Nephthys.

Ensuite vient « l'ouverture de la nouvelle année [1] ».

Toutefois, certains documents les placent au début. La plupart du temps, ils ne sont pas comptabilisés dans l'année : ils sont vraiment considérés « en plus », bien qu'ils figurent sur un certain nombre de documents administratifs qu'ils ont servi à dater.

Ces jours étaient considérés comme dangereux. Il fallait donc accomplir divers rituels de protection, et d'abord connaître leur nom, car on ne peut avoir d'action efficace que sur ce que l'on connaît et que l'on peut nommer. Dans les temples ptolémaïques, les jours épagomènes sont représentés par les *meskhenet*, les déesses hippopotame, incarnant la naissance, correspondant à chacun des cinq jours. Le jour de la naissance de Seth est occulté.

---

1. Ces dates sont valables dans le cas d'une année idéale, sothiaque.

Les mois et les saisons

Le mot pour « mois » se lit *abed* et s'écrit à l'aide du croissant lunaire horizontal, pointes en bas – ce qui peut s'interpréter comme une représentation du mois révolu. Cela pourrait indiquer que le calendrier lunaire est plus ancien que le calendrier solaire.

Les mois sont regroupés en trois saisons déterminées par le régime de la crue du Nil et l'activité agricole : *akhet*, l'inondation ; *péret*, la sortie (ou germination) ; *chémou*, la récolte. La plupart du temps, on les désigne par leur numéro d'ordre dans la saison à laquelle ils appartiennent : « premier mois de la saison *akhet*, troisième mois de la saison *péret*, deuxième mois de la saison *chémou*, etc. ». Ils ont cependant reçu des noms, et ce, dès le Moyen Empire : les lettres de Heqanakht (XIe dynastie) font connaître trois noms de mois. La tombe de Senmout (XVIIIe dynastie) en donne une liste complète. Il semble que, parallèlement, ait existé un calendrier lunaire, mais on ne connaît pas de liste complète des noms des mois lunaires avant l'époque ptolémaïque (pronaos d'Edfou). Un certain nombre de doubles dates (solaires et lunaires) permettent de situer les deux calendriers l'un par rapport à l'autre.

La première saison est *akhet*, ou « l'inondation », de juillet à octobre. Le Nil recouvre les terres arables. Elle comporte les mois suivants :

Mois de *thot* (I *akhet*) = 19 juillet-17 août [1].
Mois de *paophi* (II *akhet*) = 18 août-16 septembre.
Mois d'*athyr* (III *akhet*) = 17 septembre-16 octobre.
Mois de *choiak* (IIII *akhet*) = 17 octobre-15 novembre.

---

1. Les dates données pour les mois varient dans le calendrier julien de 25 jours par siècle : un jour en 4 ans. La correspondance des dates indiquées ici se produit vers 2750 av. J.-C., ou 1300 av. J.-C. ou 150 apr. J.-C.

La deuxième saison est *péret*, ou « la sortie », ou l'hiver, de novembre à février : on prépare la terre et les semailles.

Mois de *tybi* (I *péret*) = 16 novembre-15 décembre.
Mois de *méchir* (II *péret*) = 16 décembre-14 janvier.
Mois de *phamenoth* (III *péret*) = 15 janvier-13 février.
Mois de *pharmouthi* (IIII *péret*) = 14 février-15 mars.

La troisième saison est *chémou*, « la récolte », la chaleur, ou l'été, de mars à juin, du début des chaleurs à la récolte.

Mois de *pachons* (I *chémou*) = 16 mars-14 avril.
Mois de *payni* (II *chémou*) = 15 avril-14 mai.
Mois d'*épiphi* (III *chémou*) = 15 mai-13 juin.
Mois de *mésorê* (IIII *chémou*) = 14 juin-13 juillet.

Les cinq derniers jours de l'année, placés à la fin de la saison *chémou*, sont les jours épagomènes. L'année recommençait avec la saison *akhet*, qui débute ainsi au 19 juillet.

La dimension symbolique du temps

Les jours fastes et néfastes

Nous connaissons le calendrier et les fêtes qui le rythmaient principalement grâce aux calendriers des fêtes des temples gravés dans la pierre et au Papyrus des jours fastes et néfastes dont nous possédons deux exemplaires sur papyrus et plusieurs fragments sur papyrus ou *ostraca*. Les deux documents principaux (le papyrus Sallier IVr° et le papyrus Caire 86637) datent du Nouvel Empire (époque ramesside : XIIe siècle). Ils présentent une liste de tous les jours de l'année, chacun d'entre eux étant déterminé comme faste ou néfaste, souvent en fonction de l'événement mythologique qui lui est rattaché. Chaque jour est accompagné d'une triple détermination. Il peut donc être soit totalement faste (le signe « bon » est répété trois fois), soit totalement néfaste, comme le jour de la naissance de Seth (le signe « mauvais » ou « dangereux », selon les papyrus, est répété trois fois), soit mi-faste mi-néfaste (combinant les deux).

La référence à la geste divine qui permet de décréter si un jour est faste ou néfaste se borne souvent à une mention très allusive, dont le sens nous est perdu. Nous trouvons par exemple, pour le III *chémou* 24 ou 24e jour du troisième mois de la saison *chémou* (saison des récoltes), la simple mention suivante :

> « Faste, faste, faste : c'est le jour de [...] enfants de Bedech (« le Faible », être néfaste, masculin ou féminin). Les dieux les tuèrent quand il vint. Puis ils firent voile vers le Sud. »

Un même jour peut, selon les cas, être faste ou néfaste. Il en est ainsi par exemple du 22e jour du premier mois de la saison *akhet* (saison de l'inondation) : I *akhet* 1 est, selon les versions, qualifié de totalement faste ou totalement néfaste, cette journée étant associée à un épisode lié à Rê :

> « Rê appela tous les dieux et toutes les déesses. Alors ils s'approchèrent de lui, et il les fit entrer dans son corps. Puis ils se mirent à s'agiter en lui. Alors il les tua tous et il les vomit. Alors ils se transformèrent en poissons, leurs âmes devenant des oiseaux – leurs corps en poissons, leurs âmes en oiseaux qui ne peuvent s'abattre/tomber (?). »

Le texte poursuit en associant au souvenir de ce jour des interdits alimentaires :

> « Tâche de ne pas manger de poisson ce jour-là ; tâche de ne pas allumer de lampe à huile ; tâche de ne pas manger d'oiseaux. »

Il nous est souvent difficile, tant les allusions sont brèves, de savoir pourquoi un jour était qualifié de faste ou de néfaste. Le dernier exemple montre d'ailleurs l'existence de différentes traditions. Mais l'intérêt de tels calendriers est de nous montrer combien la vie des dieux, et ce que nous appelons la mythologie, jouait un rôle essentiel dans la vie de tous les jours.

Les mois et les dieux

• *Thot* : le mois de l'étoile Sirius

Le premier mois de l'année égyptienne s'appelait *thot*. Il commençait avec l'apparition de l'étoile d'Isis, Sirius, qui coïncidait avec les premières crues du Nil. On célébrait alors l'anniversaire de Rê-Harakhty. Les gens s'échangeaient de petites gourdes emplies d'eau nouvelle. Le jour de l'an était l'occasion de célébrations très importantes dans tous les grands temples d'Égypte. Ce jour-là, on conduisait une effigie particulièrement sacrée de la divinité dans une petite chapelle au plafond orné de Nout mettant au monde le soleil, comme à la naissance du monde, ou portant des représentations de son périple quotidien. Après l'avoir ointe d'onguents précieux, après l'avoir parée de ses bijoux et lui avoir présenté une offrande alimentaire particulièrement abondante, on conduisait solennellement la statue, accompagnée des autres divinités du temple, sur le toit par un escalier situé à l'est (réel ou symbolique). Les prêtres gravissaient lentement les volées de marches en portant les fragiles tabernacles dorés voilés de lin fin. Tout en haut, abrité des regards par un haut parapet, au son des hymnes et des chants, on exposait la divinité aux rayons du soleil, dans un petit kiosque à ciel ouvert : elle « s'unissait au disque solaire » et son âme *ba* venait se poser sur elle. Elle se rechargeait ainsi en énergie pour toute une année, redevenant capable d'assurer la prospérité et la sauvegarde du pays. Au terme de cette cérémonie, le cortège regagnait l'obscurité du sanctuaire par l'escalier opposé, à l'ouest, évoquant une descenderie de tombe, descente vers la terre noire et fertile, vers les profondeurs de la caverne d'où sourd l'inondation. Il débouchait dans un vestibule dont la décoration d'offrandes à profusion illustrait clairement les bienfaits de l'inondation attendue.

Aux dires de Plutarque [1], au neuvième jour de ce mois, chaque Égyptien mangeait devant la porte de sa maison un poisson rôti. Seuls les prêtres s'abstenaient d'en manger ; ils se contentaient d'en griller un jusqu'à ce qu'il fût entièrement consumé. Au quinzième jour, on élevait des offrandes à Amon et à Hâpy.

Un peu plus tard, enfin, le 20, la fête de l'ivresse était célébrée avec un faste particulier à Dendara.

---

1. Plutarque (v. 50-v. 125 apr. J.-C.) utilise pour l'Égypte le calendrier alexandrin mis en place par Auguste et qui commençait à la fin août, soit environ un mois plus tard (un mois et une décade). Ses données concernent donc le mois suivant. Cela est particulièrement évident pour le mois de *paophi*, où il situe l'équinoxe d'automne, alors que, selon l'année sothiaque égyptienne, ce mois va de mi-août à mi-septembre. De même pour les mystères d'Osiris, qu'il place en *athyr*, et qui se déroulaient en fait en *choiak*.

• *Paophi* : fête d'Opet et équinoxe d'automne

Le mois de *paophi* est le deuxième mois de l'année égyptienne. Il doit son nom à la fête d'Opet, célébrée à Thèbes au Nouvel Empire, et dont les premières représentations connues remontent au règne d'Hatchepsout (sanctuaire de la barque connu sous le nom de « Chapelle rouge »). La statue d'Amon de Karnak quittait alors son sanctuaire pour se rendre dans celui de Louqsor, à deux kilomètres au sud. L'aller se faisait par la terre ferme, avec six escales dans des reposoirs de barque où étaient présentés à l'effigie divine offrande alimentaire, encensement et libation. Le retour avait lieu en bateau. À partir du règne d'Amenhotep III, l'ensemble du voyage se faisait en bateau.

Aller et retour sont représentés sur les parois de la grande colonnade du temple de Louqsor : on y voit les musiciens et les danseuses acrobatiques accompagnant le cortège, les prêtres amoncelant les offrandes, la procession des bœufs gras presque monstrueux, spécialement engraissés pour cette fête. Pendant une période d'une durée de onze à vingt-sept jours, selon les époques, la statue d'Amon séjourne à Louqsor, sud symbolique d'où est venue l'inondation qui vient d'atteindre Thèbes en ce deuxième mois d'*akhet*. Lors de ce retour aux sources, au sens propre, Amon est accompagné non seulement des autres membres de la triade thébaine, Mout et Khonsou, mais encore du *ka* royal, chacun dans sa barque. Au sein du temple, dans la chambre de la naissance divine, ce dernier va retrouver sa permanence, et revenir renforcé et revigoré.

Selon Plutarque, lors du vingt-deuxième jour après l'équinoxe d'automne, voyant que la courbe oblique du soleil n'apporte plus la lumière ni la chaleur suffisantes, les Égyptiens considéraient que l'astre avait besoin d'être soutenu et affermi dans son voyage à travers le ciel. Ils fêtaient donc la « Naissance des bâtons du Soleil » (on ne sait rien d'autre que ce qu'en dit Plutarque). C'est aussi le mois où, les eaux se retirant, commencent les semailles. Selon Plutarque, cette époque coïncide avec celle où Isis aurait été fécondée, mettant au monde, vers le solstice d'hiver, Horus (aussi appelé Harpocrate), « créature imparfaite et nouvellement formée comme le sont les germes qui viennent de fleurir et de commencer à se développer » (Plutarque 65). Après l'équinoxe du printemps, on célébrait les relevailles d'Isis.

• *Athyr* : annonce du renouveau au sein de l'hiver...

Du mois d'Hathor, nous ne connaissons que les fêtes des derniers jours du mois, essentiellement par le calendrier d'Esna où l'on célèbre l'arrivée du jeune dieu, annonce du renouveau.

Selon Plutarque, ce fut au cours de ce mois qu'Osiris disparut : il identifie le dix-septième jour de ce mois comme étant celui où Seth l'enferma dans le coffre qu'il jeta, scellé, à l'eau. Mais, en vérité, il faut reporter tout cela en *choiak*, moment de l'année où « le Nil s'enfonce sous terre », laissant le sol à nu. Les nuits s'allongent, les vents porteurs de nuages et de pluie ne soufflent plus. Les prêtres accomplissent divers rites pour rappeler le deuil de la déesse Isis, tandis que son époux, enfermé dans un coffre, dérive vers des lieux inconnus. Les quatre premiers jours sont des jours de deuil, analogues, nous dit Plutarque, à ceux que l'on accomplit lors de funérailles. Au cours de ces journées, on se lamente à cause des événements qui semblent menacer le cycle de renouveau : le premier jour, on déplore l'enfouissement du Nil ; le deuxième, les vents du sud desséchants qui viennent annuler les vents humides du nord ; le troisième, les nuits devenues plus longues que les jours ; enfin, le quatrième, on se désole de voir la terre dénudée qui ne laisse rien montrer des graines qu'on y a semées, et les arbres dépouillés de leurs feuilles. C'est au terme de dix-neuf jours, lors d'une procession qui descend vers la mer, que les prêtres vont porter un vase rempli d'eau douce pour marquer le retour d'Osiris. De cette eau, on humecte la terre dont on façonne une figurine. L'union d'Osiris et d'Isis était ainsi célébrée, et avec elle la renaissance de la terre d'Égypte où l'on verra bientôt germer les jeunes pousses, le travail de semailles portant ainsi ses fruits.

Toujours selon Plutarque, les quatorze morceaux qui résultèrent du démembrement du corps d'Osiris correspondent aux quatorze jours au cours desquels la lune décroît, de la pleine lune à la lune nouvelle. Lors des cérémonies qui rappelaient les funérailles d'Osiris, les Égyptiens fabriquaient une petite arche en bois dont la forme évoquait le croissant de lune.

La recherche d'Osiris par Isis était fêtée par une cérémonie qui venait marquer le solstice d'hiver : les prêtres en procession faisaient tourner une vache sept fois autour du temple pour rappeler les sept évolutions du soleil qui séparaient le solstice d'hiver (époque du déclin solaire et de retrait des eaux) du solstice d'été.

- *Choiak* : deuil et renouveau

Les fêtes du Labour accompagnaient ces jours où l'espoir se renouvelait. Accompagnées de rituels qui rappelaient aussi les pouvoirs de fécondation d'Osiris, elles se déroulaient dans tous les grands sanctuaires d'Égypte tout au long du mois de *choiak*, dernier mois de la saison de l'inondation. Elles répétaient la quête du corps d'Osiris et célébraient l'Osiris végétant symbolisant la renaissance.

Les grandes liturgies de *choiak* étaient célébrées dans tous le pays. On fabriquait des figurines d'Osiris en terre, en orge et en myrrhe que l'on conservait un an avant de les enterrer dans les catacombes des temples. Par la vertu des rites, l'orge se transmutait en or, chair divine. Certaines figurines – celles que l'on déposait dans les tombes lors des funérailles – étaient de grandeur nature : sur une litière de lin, on dessinait un corps avec de la terre, et l'on y semait des grains d'orge germé qui verdoyaient. Des illustrations d'Osiris le montrent allongé et recouvert d'épis, à l'image de ce rituel qui rappelait que le dieu retrouvé était source de vie, mais aussi d'aliments (voir p. 93).

• Mois de *tybi*

Tandis qu'à Dendara on célébrait la fête de la Navigation de la déesse et son retour de Nubie, en ce début de la croissance des plantes un rite spécifique fêtait à Edfou le début du règne d'Horus. On y commémorait aussi l'institution des offrandes destinées aux dieux par Horus victorieux, roi des hommes et des dieux.

• Mois de *méchir* : la fête de la Victoire

Durant ce mois se déroulait l'une des fêtes principales d'Edfou : la fête de la Victoire d'Horus représentée sur la paroi intérieure du mur d'enceinte. On y célébrait les exploits guerriers d'Horus, « faucon aux mille couleurs », en trois étapes successives : le combat, suivi du triomphe, consacré par le sacrifice symbolique de l'hippopotame. Au mythe d'Horus guerrier se superposent les épisodes de sa lutte contre Seth dont l'hippopotame est une manifestation. L'animal était découpé, et les parts distribuées aux dieux et réparties entre les grands sanctuaires d'Égypte. Cette victoire est en même temps celle du roi, héritier d'Horus, sur les ennemis de l'Égypte. Horus, victorieux, ayant rangé ses armes sacrées – l'épieu et la lance –, peut alors déclarer :

> « Viens à ma voix, mon père Osiris ! je suis ton fils Horus. Je suis le taureau, fils du taureau. Je suis l'héritier, fils de l'héritier. Je suis Horus fils de Rê, le faucon divin qui sort de l'horizon du ciel [...]. Je suis ton fils, qui accomplit ton culte. J'ai percé l'hippopotame pour découper sa chair et la donner pièce par pièce à chaque dieu. J'ai saisi le harpon pour repousser le crocodile, et je les ai étendus sur le billot. »
>
> (Traduction M. Alliot.)

Si cette fête de la Victoire était célébrée dans différents sanctuaires au profit d'autres dieux, elle prend ici une signification particulière en raison de la personnalité multiple d'Horus, de son rôle dans le mythe osirien et de sa symbolique royale.

• Mois de *phamenoth*

On fêtait à cette période l'apparence céleste d'Horus d'Edfou et d'Hathor de Dendara. Disque ailé le jour, ces deux divinités devenaient astres la nuit, assimilées plus particulièrement à Vénus, tour à tour Étoile du soir et Étoile du matin. Ces célébrations, mal connues, semblent s'être surtout développées à l'époque grécoromaine.

• Mois de *pharmouthi* : naissance de l'enfant Horus

Au deuxième jour du mois, c'est-à-dire le jour d'apparition du premier croissant, était célébrée la naissance d'Horus, fils d'Isis et d'Osiris dans les différents temples d'Égypte.

• Mois de *pachons* : prémices des récoltes et rites de confirmation du pouvoir royal

Mentionnée dans les listes de fêtes dès l'Ancien Empire, la « Sortie (= procession) de Min » alliait des rites agraires à des cérémonies de confirmation du pouvoir royal. Cette fête est bien connue par les représentations de la deuxième cour du temple funéraire de Ramsès III à Médinet Habou. Elle est également documentée au Ramesseum (au même endroit) et à Karnak (cour du temple reposoir de Ramsès III). Elle comportait plusieurs temps forts dont le point culminant était l'offrande de la gerbe. Le roi sortait de son palais, et le cortège se mettait en place. Installé sur sa litière et entouré des notables et des enfants royaux, le roi se rendait à la chapelle où avait lieu une cérémonie d'offrande propitiatoire. La statue divine se joignait au cortège, avant d'être installée sur un reposoir, tandis qu'un taureau blanc personnifiant la divinité et coiffé des deux plumes enserrant le disque solaire, un ruban rouge autour du cou, précédait le roi. En tête du cortège s'avançaient des prêtres portant les statues des ancêtres royaux. Le roi procédait alors successivement, dans les quatre directions cardinales, au tir de flèches destinées à détruire ses ennemis, puis au lâcher de quatre oiseaux chargés d'apporter dans ces quatre directions la nouvelle de son intronisation. Puis il coupait avec une faucille de cuivre incrustée d'or une touffe du blé qu'un prêtre lui avait apporté. Cette gerbe était déposée devant la divinité, tandis qu'un épi était remis au roi. La cérémonie se terminait par un encensement et une libation.

À Edfou, l'offrande de la gerbe à Min (chambre de Min) était complétée par celle qui était faite à Harsomtous, l'enfant du couple divin. La gerbe moissonnée par le pharaon représentait les ennemis rassemblés comme en une botte, tels qu'on les voit sur le pylône du temple : « J'ai fauché pour toi les céréales de Haute-Égypte, que j'ai coupées sur ta route, à la nouvelle lune du premier mois de *chémou*, de sorte que tu foules le sol et que tu piétines tes ennemis », déclarait le roi à la divinité. En échange, celui-ci lui rétorquait : « J'ai placé pour toi les Neuf-Arcs (= les ennemis) sous tes sandales. » À Dendara, cette cérémonie était complétée par le piétinement de l'orge :

> « Le sol de la salle est semé d'orge mondée. On fait la procession du dieu [...]. Alors, la troupe (des participants) répand de l'orge sur le sol de la salle et en jette aux pieds du dieu. On joue du sistre et du tambourin et l'on chante : "Tu as écrasé les agresseurs, tu as écrasé les agresseurs, ô, Harsomtous ! Tu as massacré tes ennemis ; ils sont tombés sous tes pieds ; tu les as écrasés comme l'orge ! Fais que tous pays se prosternent en entendant ton nom : car tu es Rê, souverain des pays étrangers !" »
>
> (Traduction M. Alliot.)

Le pharaon se présentait ainsi successivement comme protecteur et nourricier de l'Égypte.

Pendant ce temps, dans le mammisi, on célébrait le mystère de la naissance divine en ce mois où la déesse mettait au monde l'enfant divin, selon des modalités voisines de celles de la naissance de l'enfant royal au Nouvel Empire.

• Mois de *payni* : la Belle fête de la Vallée à Thèbes

C'est en ce deuxième mois de *chémou* qu'avait lieu l'autre grande fête thébaine, la Belle fête de la Vallée. De nouveau, Amon quittait son sanctuaire de Karnak, à la nouvelle lune, mais cette fois pour se rendre sur l'autre rive, en Occident. Il retournait au lieu des origines, sur la butte de Djêmé, là où étaient enfouies les forces vitales du serpent Kematef, « Celui qui a accompli son temps », en ses dix âmes *ba*. Il rendait ensuite visite aux différents temples funéraires royaux qui s'échelonnaient à la lisière du désert, depuis Médinet Habou jusqu'à Gournah, l'un des lieux les plus sacrés étant le *Djeser djeserou*, au pied de la Cime thébaine, là où la reine Hatchepsout avait fait édifier son temple funéraire. Il accomplissait ainsi le parcours de la lumière, d'est en ouest et d'ouest en est, complémentaire de celui de l'eau, selon l'axe sud-nord, accompli lors de la fête d'Opet, huit mois plus tôt. Ainsi était renouvelé le moment de la création, la « Première Fois », nouvelle expression d'un déroulement cyclique du temps.

• Mois d'*épiphi*

Entre les sanctuaires d'Edfou et de Dendara se déroulait la grande fête de la Bonne Réunion (littéralement la belle étreinte). Quatre jours avant la nouvelle lune de ce mois – temps nécessaire au voyage –, Hathor quittait son sanctuaire pour se rendre, en bateau auprès d'Horus d'Edfou. Après les cérémonies à l'embarcadère du temple, le cortège se mettait en route.

Sur les rives, le peuple amassé regardait passer la nef divine, étincelante, tirée et accompagnée par une flottille de barques. Les haltes étaient nombreuses, donnant lieu à autant de célébrations. Le jour précédant la nouvelle lune, au terme de la navigation, Hathor était reçue, au débarcadère d'Edfou, par Horus venu l'attendre dans sa propre barque. On installait la déesse dans le temple où elle devait séjourner quatorze jours pour deux séries de festivités sur l'ensemble du territoire sacré d'Edfou, et en particulier dans le sanctuaire osirien entouré des ancêtres divins, à la lisière du désert. Dans les autres temples d'Égypte, on célébrait parallèlement la fête de « Elle est ramenée ! » – le retour de la lune préfigurant celui de la Lointaine, un mois plus tard.

Enfin, Plutarque (52) rapporte que si au trentième jour de ce mois « la lune et le soleil se trouvent sur une même ligne droite », les Égyptiens célébraient « la Naissance des yeux d'Horus ». En effet, ils considéraient que les yeux de l'épervier qui représentait souvent Horus l'Ancien pouvaient s'ouvrir tour à tour : l'œil droit était le soleil, qui éclairait de jour, l'œil gauche était la lune qui éclairait de nuit.

Horus, en effet, est associé aux jours qui suivent le solstice d'été : sa naissance est célébrée par des rites qui honorent aussi le soleil. Ils marquent le lever du soleil, son zénith et son coucher par des cérémonies au cours desquelles sont brûlés des parfums : de la résine au matin, de la myrrhe lorsqu'il parvient à mi-course, un parfum composé, le fameux kyphi (voir p. 301), célèbre dans tous les pays voisins, au coucher.

• Mois de *mésorê*

Le « mois de la naissance de Rê » commençait par une fête d'Hathor en son apparence d'Isis. Mais les festivités les plus importantes étaient celles du dernier jour du mois qui allaient se poursuivre pendant les jours épagomènes pour culminer avec le jour de l'an, clôture de l'année et début de l'année nouvelle.

Glossaire

Abaton : lieu où l'on ne doit pas pénétrer, sacré et inviolable. Nom donné au lieu renfermant le tombeau d'Osiris, sur l'île de Biggeh.

Apotropaïque : du grec « qui détourne les maux », protecteur.

Canope : nom donné aux vases renfermant les viscères, lors de la momification, à la suite d'une confusion avec l'effigie d'Osiris en forme de vase vénérée dans la ville de Canope.

Cartouche : on appelle cartouche l'ovale, délimité par une corde, qui entoure deux des noms du pharaon. Ce cartouche représente l'orbe solaire et symbolise donc l'espace sur lequel s'étend le pouvoir du pharaon. Voir Titulature.

Chthonien : qui a trait aux divinités infernales (des profondeurs de la terre), par opposition aux divinités célestes (dites « ouraniennes »).

Comput : décompte du temps, calcul utilisé pour l'établissement de séquences chronologiques ou de données calendériques.

Cosmogonie : récit mythologique qui explique la formation de l'univers.

Cynocéphale : du grec « à tête de chien » ; se dit à propos de certains singes dont les babouins.

Décan / décanal : on appelle décans des étoiles ou groupes d'étoiles qui, se levant à intervalles réguliers, permettent de déterminer les heures nocturnes par leur lever, leur coucher ou leur passage au méridien. Une nouvelle série de décans apparaît chaque décade (période de dix jours), d'où leur nom. Il y a ainsi 36 décans dans une année. Les décans égyptiens sont différents des décans utilisés en astrologie. « Décanal » est l'adjectif dérivé.

décret de Canope : Décret trilingue rédigé par un synode de prêtres à Canope en 238 av. J.-C., à l'occasion de l'anniversaire de la naissance et de l'accession au trône de Ptolémée III Évergète, destiné à établir les fêtes en l'honneur du roi et de sa fille, la princesse Bérénice, qui venait de mourir. Il est surtout célèbre par la mention d'une réforme du calendrier instaurant un sixième jour épagomène tous les quatre ans.

Démotique : état de la langue et de l'écriture égyptiennes à partir du VIIIe siècle av. J.-C. et utilisées jusqu'en 456 apr. J.-C., date de la dernière inscription démotique connue.

Démiurge : dieu créateur de l'univers.

Douat : nom donné par les Égyptiens à l'au-delà, lieu invisible où disparaît le soleil pendant la nuit, situé derrière le ciel visible ou au-dessous de lui.

Épagomène : cinq jours additionnels ajoutés à l'année pour permettre à Nout d'accoucher. Plus ancienne occurrence : document comptable de Heqanakht, Moyen Empire.

Épiclèse : nom donné à une divinité afin de qualifier certains de ses aspects. Par exemple, « Celui qui est sur sa montagne, l'Embaumeur, Maître de la Terre sacrée (la nécropole), Celui qui préside au pavillon divin » sont des épiclèses d'Anubis.

Gazelle dorcade, ou dorcas : espèce de gazelle.

Héliaque : qui se rapporte au soleil. Par exemple, on qualifie de lever « héliaque » le lever d'une étoile qui se produit en même temps que le soleil.

Hématite : minerai de fer de couleur rouge.

Herminette : sorte de hache à lame perpendiculaire au manche utilisée en menuiserie.

Hyksôs : nom donné par Manéthon, dans son *Histoire de l'Égypte*, aux populations d'origine proche-orientale ayant occupé l'Égypte à la fin du Moyen Empire et pendant la Deuxième Période intermédiaire. De l'égyptien *Heqa khasout*, « Rois des pays étrangers ».

Hypostase : sujet réellement existant, substance, personne divine.

Julien : qualifie le calendrier établi par Jules César utilisé jusqu'à la réforme grégorienne.

Ka : sorte de double de la personne, le *ka* est son image parfaite, immuable et atemporelle, modelée en même temps qu'elle. On dit de quelqu'un qui meurt qu'il « retourne à son *ka* ». C'est aussi le *ka* qui, sous l'apparence de la statue, reçoit les offrandes dans la chapelle de la tombe.

Mammisi : petit temple de la naissance divine, là où la déesse du temple met au monde son fils, chaque année.

Mélilot : plante à fleur, sorte de trigonelle appartenant à la famille des légumineuses.

Mystères : cérémonies reproduisant des épisodes de la geste divine et réservées aux prêtres, puis à certains initiés, à l'image des « mystères » du monde gréco-romain dont les plus célèbres étaient ceux d'Éleusis.

Naos : nom donné soit à l'oratoire en pierre monolithe fermé par des vantaux de bois et renfermant la statue divine, soit au sanctuaire qui le renferme, partie la plus sacrée du temple.

Nébride : nom donné à l'enveloppe de papyrus ou de peau (de vache ou de léopard) ayant servi à envelopper le corps démembré d'Osiris. Attribut d'Anubis et d'Osiris, elle fait l'objet de mythes étiologiques dans le papyrus Jumilhac.

Nèpe : insecte des eaux stagnantes.

Nome : division administrative de l'Égypte de la taille de nos départements. Le nombre des nomes a varié au cours de l'histoire égyptienne, pouvant aller jusqu'à quarante-deux. Chaque nome est représenté par une enseigne correspondant à l'idéogramme de son nom placé sur un pavois.

Oiseau *hat* : rapace non identifié, proche de l'épervier ou du milan, dont Isis prend l'apparence pour ranimer Osiris.

Oliban : résine odorante de certains arbustes ; sorte de myrrhe.

Ophiologie : science qui traite des serpents.

Ostracon, pluriel ostraca : éclat de calcaire ou de poterie, parfois de grande taille, qui servait de support à l'écriture afin d'économiser le papyrus qui est un matériau coûteux

Ouâdi : pluriel de oued, cours d'eau temporaire en région aride.

Ougarit : ville du Proche-Orient, Ras Shamra dans l'actuelle Syrie, où l'on a retrouvé une très riche civilisation de l'âge du bronze.

Parèdre : divinité associée à la divinité principale d'un temple.

Paronomase : désigne la dérivation d'un mot à partir d'un autre mot.

Ramesside : de l'époque des Ramsès. Le terme s'applique plus particulièrement à la XXe dynastie, où la majorité des pharaons porte le nom de Ramsès (de Ramsès III à Ramsès XI).

Scribe : littéralement, « Celui qui écrit ». Le terme se réfère en fait à différents types d'individus, du bureaucrate au lettré et au savant. C'était dans l'Égypte ancienne une profession enviée et respectée.

Sistre : instrument de musique utilisé lors des cérémonies religieuses.

Théogonie : système rendant compte de la naissance et de la généalogie des dieux. C'est aussi le titre d'une œuvre célèbre d'Hésiode, écrivain grec du VIIIe-VIIe siècle av. J.-C.

Titulature : ensemble des cinq noms, également appelé « protocole » royal, élaborés par les prêtres. Lors du couronnement, quatre noms viennent s'ajouter au nom de naissance du roi. L'ensemble met le pharaon en rapport avec différentes divinités. Deux de ces noms sont inscrits dans un cartouche.

Uræus : cobra dressé au front du pharaon et de certains dieux, ayant pour fonction de protéger des ennemis.

Vignette : nom donné aux illustrations du *Livre des Morts*.

Vizir : traduction convenue, bien qu'inexacte, de l'égyptien *tjaty*, assumant une fonction très importante dans l'appareil de l'État. Le vizir est avant tout responsable de la justice, et donc de tout ce qui en découle : police, fisc, grands travaux, économie, transports, etc.

Bibliographie

Histoire

CLAYTON (P.A.), *Chronique des pharaons. L'histoire règne par règne des souverains et des dynasties de l'Égypte ancienne*, Paris, Casterman, 1995. Trad. Fl. Maruéjol.

DRIOTON (É.) et VANDIER (J.), *L'Égypte*, Paris, coll. Clio, 1938, 1975.

GOYON (J.-Cl.), *De l'Afrique à l'Orient. L'Égypte des pharaons et son rôle historique (1800-330 avant notre ère)*, Paris, Ellipses, 2005.

VANDERSLEYEN (Cl.), *L'Égypte et la vallée du Nil*, t. II : *De la fin de l'Ancien Empire à la fin du Nouvel Empire*, Paris, Nouvelle Clio, 1995.

VERCOUTTER (J.), *L'Égypte et la vallée du Nil*, t. I : *Des origines à la fin de l'Ancien Empire*, Paris, Nouvelle Clio, 1992.

Civilisation

BAINES (J.) et MALEK (J.), *Atlas de l'Égypte ancienne,* Paris, Nathan, éd. du Fanal et Time Life, 1981 (réimpr. 1986).

DAUMAS (Fr.), *La Civilisation de l'Égypte pharaonique*, Paris, Arthaud, coll. « Les grandes civilisations », 1988.

DUNAND (Fr.) et ZIVIE-COCHE (Chr.), *Dieux et hommes en Égypte*, Paris, coll. « U », 1991.

EGGEBRECHT (A.), *L'Égypte ancienne*, Paris, Bordas et France Loisirs, 1991.

GOYON (J.-Cl.), *Rê, Maât et Pharaon ou le Destin de l'Égypte Antique*, Lyon, éd. A.C.V., 1998.

POSENER (G.), SAUNERON (S.) et YOYOTTE (J.), *Dictionnaire de la civilisation égyptienne*, Paris, Hazan, 1970.

SCHULZ (R.) et SEIDEL (M.), *L'Égypte sur les traces de la civilisation pharaonique*, Cologne, éd. Könemann, 1998.

Littérature et écrits divers

DERCHAIN (Ph.), *Le Papyrus Salt 825 (B.M. 10051), rituel pour la conservation de la vie en Égypte*, Bruxelles, Académie royale de Belgique, Mémoires, t. LVIII, 1965.

GRANDET (P.), *Contes de l'Égypte ancienne*, Paris, Hachette Littératures, 1998.

LALOUETTE (Cl.), *Textes sacrés et textes profanes de l'ancienne Égypte*, 2 vol., Paris, Gallimard, 1984 pour le vol. 1.

LEFEBVRE (G.), *Romans et contes égyptiens de l'époque pharaonique*, Paris, Adrien-Maisonneuve, rééd. 1988.

LEITZ (Ch.), *Tagewählerei*, Wiesbaden, Harrassowitz

Verlag, coll. « Ägyptologische Abhandlungen » 55/1-2, 1994 (Papyrus des jours fastes et néfastes).

SAUNERON (S.), *Un traité égyptien d'ophiologie*, Le Caire, Ifao, 1989.

VANDIER (J.), *Le Papyrus Jumilhac*, Paris, éd. du CNRS, 1962.

Auteurs classiques

DIODORE DE SICILE, *Bibliothèque historique*, Livre I, éd. Fr. CHAMOUX et P. BERTRAC, Paris, Les Belles Lettres, 1993.

HÉRODOTE, *L'Enquête*, Livres I-IV, éd. A. BARGUET, Paris, Folio, n° 1651, 1985.

OVIDE, *Les Métamorphoses*, éd. G. LAFAYE, Paris, Les Belles Lettres, 1928-1930.

PAUSANIAS, *Description de la Grèce*, Livre X, éd. L. DINDORF, Paris, Firmin-Didot, 1882, p. 488-550.

PLUTARQUE, *Isis et Osiris*, éd. M. MEUNIER, Paris, éd. Guy Trédaniel, 1924 (régulièrement réédité).

HORAPOLLON : B. VAN DE WALLE, J. VERGOTE, *Traduction des Hiéroglyphica d'Horapollon*, *Chronique d'Égypte*, 35 et 36, Bruxelles, 1943.

Religion

BARGUET (P.), *Textes des sarcophages*, Paris, éd. du Cerf, coll. « Littératures anciennes du Proche-Orient », 1986.

BARGUET (P.), *Le Livre des Morts des anciens Égyptiens*, Paris, éd. du Cerf, coll. « Littératures anciennes du Proche-Orient », 1978, rééd. 1988.

DAUMAS (F.) et BARUCQ (A.), *Hymnes et prières de l'Égypte ancienne*, Paris, éd. du Cerf, coll. « Littératures anciennes du Proche-Orient » 10, 1980.

FAULKNER (R.O.), *The Ancient Egyptian Pyramid Texts*, Oxford, Oxford University Press, 1969.

FRANCO (I.), *Rites et croyances d'éternité*, Paris, Pygmalion, 1993.

HORNUNG (E.), *Les Dieux de l'Égypte, le Un et le multiple*, Paris, Flammarion, coll. « Champs » (n° 257), 1992.

HORNUNG (E.), *The Ancient Egyptian Books of the Afterlife*, traduit de l'allemand par D. Lorton, Itaca-Londres, Cornell University Press, 1999, avec bibliographie très complète.

QUACK (J.-F.), « Le Manuel du temple ; une nouvelle source sur la vie des prêtres égyptiens », dans *Égypte Afrique & Orient* n° 29, juin 2003, Avignon, Centre vauclusien d'égyptologie, p. 11-18 ; « Organiser le culte idéal. Le Manuel du temple », dans *Bulletin de la Société française d'égyptologie* n° 160, Paris, éd. Peeters, juin 2004, p. 9-25.

MORENZ (S.), *La Religion égyptienne*, Paris, Payot, 1962.

Les mythes

BONNEFOY (Y.), *Dictionnaire de mythologie*, 2 vol., Paris, Flammarion, 1981.

DE CENIVAL (Fr.), *Le Mythe de l'Œil du soleil*, Sommerhausen, coll. « Demotische Studien » 9, 1988.

DERCHAIN (Ph.), « Mythes et dieux lunaires en Égypte », *La lune, mythes et rites*, Paris, éd. du Seuil, coll. « Sources Orientales » 5, 1962, p. 17-68.

FRANCO (I.), *Petit Dictionnaire de mythologie égyptienne*, Paris, éd. Entente, 1993.

GOYON (G.), « Les travaux de Chou et les tribulations de Geb d'après le naos 2248 d'Ismaïlia », *Kêmi* VI, Paris, Librairie orientaliste Paul Geuthner, 1936, p. 1-42.

Guilhou (N.), *La Vieillesse des dieux*, Montpellier, Université Paul-Valéry, coll. « Orientalia Monspeliensia » V, 1989 (*Livre de la Vache céleste*).

Lalouette (C.), *Textes sacrés et textes profanes de l'ancienne Égypte, Connaissance de l'Orient*, Paris, Gallimard, 1987, p. 75-88 (pour les *Lamentations d'Isis et de Nephthys*).

Lefébure (E.), « Un chapitre de la chronique solaire », *Zeitschrift für ägyptische Sprache und Altertumskunde* 21, Leipzig-Berlin, 1883, p. 27-33.

Sauneron (S.), *Les Fêtes religieuses d'Esna aux derniers siècles du paganisme*, Le Caire, Ifao, 1962, p. 253-302 (cosmogonie d'Esna et les Sept Propos de Mehet-ouret).

Sauneron (S.) et Yoyotte (J.), *La Naissance du monde selon l'Égypte ancienne, La naissance du monde*, Paris, Le Seuil, coll. « Sources orientales » 1, 1959, p. 17-91. On trouvera en particulier p. 48-51 une traduction du papyrus Bremmer-Rhindt et p. 62-64 celle du « Document de Théologie memphite » (Pierre de Chabaka).

Les dieux

Billing (N.), *The Goddess of Life in Text and Iconography*, Uppsala, coll. « Uppsala Studies in Egyptology » 5, 2002 (sur Nout).

Boylan (P.), *Thoth, the Hermes of Egypt*, Oxford, 1922 ; D. Kurth, *LÄ* VI, coll. 497-523, *s.v.* Thot. *LÄ Lexikon der Ägyptologie*, Wiesbaden, 7 vol., 1972-1989, Harrassowitz Verlag.

Cornelius (I.), *The many Faces of the Goddess, The Iconography of the Syro-Palestinian Goddesses Anat, Astarte, Qedeshet, and Asherah c. 1500-1000 BCE*, Fribourg-Göttingen, coll. « Orbis Biblicus et Orientalis » n° 204, 2004.

DAUMAS (Fr.), *Les Dieux de l'Égypte, QSJ* 1194, remplacé par TRAUNECKER (Cl.), même titre, même n°.

DAUMAS (Fr.), *LÄ* II, col. 1023-1033, *s.v.* Hathor.

FABRE (D.), « Le dieu Seth de la fin du Nouvel Empire à l'époque gréco-romaine, entre mythe et histoire », suivi de « De Seth à Typhon... et *vice versa* », dans *Égypte Afrique & Orient* n° 22, septembre 2001, Avignon, Centre vauclusien d'égyptologie, p. 18-55.

GRAINDORGE (C.), *Le Dieu Sokar à Thèbes au Nouvel Empire*, 2 vol., Wiesbaden, Harrassowitz Verlag, 1994.

MEEKS (D.) et FAVARD-MEEKS (Ch.), *Les Dieux égyptiens*, Paris, Hachette Littératures, coll. « La vie quotidienne », 1995.

TE VELDE (H.), « The god Heka in Egyptian theology », *Jaarbericht van het vooraziat.-egyptisch Genootschap. Ex Oriente Lux* n° 21, Leyde, 1970, p. 174-186.

TE VELDE (H.), *Seth, God of Confusion, Study of his role in Egyptian Mythology an Religion*, coll. « Probleme der Ägyptologie » 6, Leyde, 1967.

VALBELLE (D.), *Satis et Anoukis*, *Deutsches archäologisches Institut Kairo*, Mainz am Rhein, 1981.

L'univers égyptien

Outre les ouvrages cités en note, on pourra consulter :

AUFRÈRE (S.H.), « Parfums et onguents liturgiques. Présentation des recettes d'Edfou », dans AUFRÈRE (S.H.) éd., *Encyclopédie religieuse de l'univers végétal, Croyances phytoreligieuses de l'Égypte ancienne* III, Montpellier, Université Paul-Valéry, coll. « Orientalia Monspeliensia » XV, 2005, p. 213-262, sous presse.

DUNAND (Fr.) et LICHTENBERG (R.), *Les Momies, Un voyage dans l'éternité*, Paris, Gallimard, coll. « Découvertes », 1991.
GOYON (J.-Cl.), *Rituels funéraire de l'ancienne Égypte*, Paris, éd. du Cerf, 1997.
LECA (A.P.), *Les Momies*, Paris, Hachette, 1976.
LÉVÊQUE (P.), *Les Grenouilles dans l'Antiquité : cultes et mythes des grenouilles en Grèce et ailleurs*, Paris, éd. de Fallois, 1999.
ZIVIE-COCHE (Chr.), *Sphinx ! le Père la terreur*, Paris, éd. Noésis, 1997.

Fêtes et calendrier

ALLIOT (M.), *Le Culte d'Horus à Edfou au temps des Ptolémées*, Le Caire, Ifao, coll. « Bibliothèque d'étude » XX/1-2, 1954.
GAUTHIER (H.), *Les Fêtes du Dieu Min*, Le Caire, Ifao, coll. « RAPH » II, 1931.

Index

A

B

C

D

E

F

G

H

I

J

K

L

M

N

O

P

Q

R

S

T

U

V

Y

Table des matières

Les loisirs, les jeux et la culture au catalogue Marabout

• *Trucs de brocanteurs*
A. Mylène
Marabout Pratique

• *La pêche en eau douce*
E. Joly
Marabout Pratique

• *La chasse mode d'emploi*
E. Joly
Marabout Pratique

• *Petit manuel de danse orientale*
L. Alessandri et K. Mounhim
Marabout Pratique

• *140 jeux d'observation niveau facile*
Marabout Pratique

• *140 jeux d'observation niveau difficile*
Marabout Pratique

• *Maxi prénoms*
F. Le Bras
Maxi Bloc

• *Maxi tests*
G. d'Ambra
Maxi Bloc

• *Maxi proverbes chinois*
P. Serres
Maxi Bloc

• *Maxi proverbes arabes*
J.-J. Schmidt
Maxi Bloc

• *Maxi proverbes juifs*
V. Malka
Maxi Bloc

• *Maxi proverbes africains*
M. Cabakulu
Maxi Bloc

• *Maxi proverbes créoles*
R. Confiant
Maxi Bloc

• *L'année du bonheur*
I. Filiozat
Maxi Bloc

• *Maxi yoga*
Davina
Maxi Bloc

• *365 conseils pour être bien dans sa vie*
M. Velleda
Maxi Bloc

• *Le grand guide Marabout du bridge*
M. Charlemagne et M. Duguet

• *Le grand dictionnaire des mots croisés*
L. et M. Noël

• *Le grand guide de tous les jeux de cartes*
F. Loheac, P. Romano et J.-M. Maman

• *Dictionnaire des mots fléchés*
A. Bidart de la Noé

• *Jeux d'intérieur et de plein air*
M. Bosset-Clidière

• *Histoires de cœur*
B. Soulayrol

• *Secrets de collectionneurs*
C. Clifton-Mogg

• *Dictionnaire Marabout des mots croisés, t1*
Poche n° 5306

• *Dictionnaire Marabout des mots croisés, t2*
Poche n° 5307

• *Guide Marabout de la photographie*
Poche n° 5310

• *Tous les jeux de cartes*
Poche n° 5311

• *Les échecs*
Poche n° 5313

• *Guide Marabout du bridge*
Poche n° 5349

- *Proverbes pour rire*
Poche n° 5351

- *Fonelle et ses amis*
Poche n° 5352

- *La mythologie égyptienne*
Poche n° 5353

- *Les plus belles chansons*
Poche n° 5354

- *Initiation aux échecs*
Poche n° 5355

- *Ze Comic Book*
Poche n° 5357

- *Les meilleures blagues de l'été*
Poche n° 5358

- *80 jeux de logique niveau facile*
Poche n° 5359

- *80 jeux de logique niveau difficile*
Poche n° 5360

- *Guide d'orthographe*
Poche n° 8008

- *La mythologie*
Poche n° 8530

- *Contes fantastiques complets*
G. de Maupassant
Poche n° 9001

- *Je parle espagnol*
Marabout Flash Langues

- *Je travaille en espagnol*
Marabout Flash Langues

- *Je parle italien*
Marabout Flash Langues

- *Je parle allemand*
Marabout Flash Langues

- *Je parle anglais*
Marabout Flash Langues

- *Je travaille en anglais*
Marabout Flash Langues

Photocomposition Nord Compo
Imprimé en Espagne par Liberduplex.

pour le compte des
Nouvelles éditions Marabout
D.L. 63178 – Septembre 2005
ISBN : 2501041356
40-0749-8/01